殊死较量

美国五大黑手党家族兴衰

MOST WANTED

詹幼鹏　著

北方文艺出版社

图书在版编目（CIP）数据

殊死较量 / 詹幼鹏著 . -- 哈尔滨：北方文艺出版
社，2018.8（2021.5 重印）
ISBN 978-7-5317-4201-2

Ⅰ.①殊… Ⅱ.①詹… Ⅲ.①纪实文学 – 中国 – 当代
Ⅳ.① I25

中国版本图书馆 CIP 数据核字（2018）第 035554 号

殊 死 较 量
SHUSI JIAOLIANG

作　者 / 詹幼鹏
责任编辑 / 王金秋　赵　芳　　　　　装帧设计 / 锦色书装
出版发行 / 北方文艺出版社　　　　　邮　编 / 150008
发行电话 /（0451）86825533　　　　经　销 / 新华书店
地　址 / 哈尔滨市南岗区宣庆小区 1 号楼　网　址 / www.bfwy.com
印　刷 / 三河市腾飞印务有限公司　　开　本 / 880×1230　1/32
字　数 / 267 千　　　　　　　　　　印　张 / 11.5
版　次 / 2018 年 8 月第 1 版　　　　　印　次 / 2021 年 5 月第 2 次印刷
书　号 / ISBN 978-7-5317-4201-2　　定　价 / 49.00 元

前　言

意大利黑手党"教父"唐·维托重返美国，播下了罪恶的火种，从此，美国现代派黑手党由老一代"马菲亚"脱胎而出，并且占山为王，派系林立。

在众多的黑道帮派中，新英格兰、波士顿、曼哈顿、芝加哥及波纳诺等五大家族，乃是美国黑道王中之王。他们既钩心斗角，又狼狈为奸，翻云覆雨，黑手遮天，将一双双黑手伸向美国社会各个领域及最高政坛。

建筑业、赌博业、娱乐业、色情业是他们的"支柱产业"，欺诈、抢劫、谋杀、贩毒是他们的"生财之道"。

他们控制拉斯维加斯赌城、好莱坞影城，将无数社会名流、影坛明星玩弄于股掌之中、床榻之上——性感"艳星"玛丽莲·梦露玉殒香消……

他们涉足政坛、染指白宫，操纵总统竞选，又在光天化日之下将总统谋杀——美国总统约翰·肯尼迪"因福得祸"………

黑手党，是罪恶的渊薮、法律的天敌、正义的克星。昨天，他们制造了一起又一起的罪恶；今天，罪恶并没有绝种……

目 录

第一章

"教父"播种　美利坚黑祸泛滥

1889 年，美国第二十二任总统本杰明·哈里森上台，与此同时，另一位"总统"也由大洋彼岸的西西里岛登上了这片新大陆，此人便是年轻的西西里"教父"唐·维托，一个马菲亚人的后代。

从此，美利坚黑祸泛滥，长达一个世纪的人间闹剧由此开始……

美利坚合众国，一个古老而又年轻的国家。早在公元前 40000 年左右，成群的土著居民就繁衍生息在美洲广袤的土地上。但是，在漫长的历史长河中，一代又一代的史学家们，并没有给这些土著居民一个恰当的名称。直到 1492 年以后，他们才获得了一个以讹传讹的名称——印第安人。

以讹传讹的始作俑者，便是名垂古今的航海家哥伦布。

1492 年，克里斯托弗·哥伦布带着他的助手劈波斩浪，终于到达了巴哈马群岛，发现了新大陆。但是，这位勇敢而聪明的探险家发现了这块沉睡了几万年的新大陆之后，却误以为是到了东方的印度。于是，便将那一群群刀耕火种的红皮肤的土著居民称为印第安人。

从此，美洲土著人便有了一个"印第安人"的称号，并以讹传讹，一直沿袭至今。不过，这些所谓的印第安人的根倒的确是在亚洲。

约在公元前 40000 年至 20000 年时，印第安人始祖开始由亚洲越过联结亚洲和美洲的陆桥，到达阿拉斯加后继续向南迁徙，然后逐渐扩散到北美、中美和南美的平原与崇山峻岭之中。随着时间的推移，他们已经忘却了亚洲的故乡。在几万年的异化与同化之中，他们便成了美洲的"土著"。

在现今美国西南部的普埃布洛（Pueblo）族印第安人，在此生息已有两千年的历史。这大概可以算是最早的"美国居民"吧。

自 1492 年哥伦布发现美洲之后，欧洲人开始了对美洲的"探查"。葡萄牙、意大利、西班牙和英格兰等列强，开始了对美洲的扩张。1607 年，在弗吉尼亚詹姆斯敦建立了第一个永久性的殖民地以后，印第安人的反抗也开始了。

终于在一百八十年以后，第一个联邦政府——华盛顿政府于 1789 年成立，乔治·华盛顿成为美国的第一任总统。

从此，美利坚合众国的历史才揭开。

历史发展到 1889 年，美国总统从华盛顿开始，经历了二十一位总统的更替之后，本杰明·哈里森政府成立。本杰明·哈里森接替了前任格罗弗·克利夫兰的权杖，成为美国新一任总统。

这种改朝换代，在美国人心目中已经是司空见惯了。"你方唱罢我登场"，四年一届的大选并不能让他们热血沸腾。但是，这一年却在美国历史上应该大书一笔——因为在这一年的 5 月 5 日，美国黑社会的"开山鼻祖"、美国现代派黑手党"教父"唐·维托又从意大利西西里岛，重返阔别了十年之久的美国，亲手播下"火种"，创建了美国"黑手党"这一犯罪组织。从此，美国黑祸便泛滥成灾，终于演绎成了一部历时一个世纪的罪恶史。

唐·维托祖籍意大利西西里，出生于美国加利福尼亚。他的祖父约翰·苏特尔·维玛尔尼原是意大利西西里波旁王朝贵族的后裔，1834年流亡美国，在西部创建了"马菲亚"王国，后沦为美国老派犯罪团伙马菲亚（MAFIA）创始人。

维托的童年时代在美国度过，青年时回到意大利老家，闯荡江湖，创建"光荣社团"（即意大利黑手党的前身）而名扬西西里。

"光荣社团"是一个惩恶扬善、打抱不平，为西西里老百姓寻求公正、平等、尊严的庞大团体，但也是一个制造暴力事件的犯罪团伙。在它成立不到一年的时间内，就制造了一百多起暴力事件。当然，这种暴力事件的直接受害者是政府官员和当地首富，得利益的是平民百姓。因此，维托受到了老百姓的交口称赞，被称为"受尊敬的人"。

同时，维托的"光荣社团"还是一个令行禁止、纪律严明的组织。不论是来自乡村的"受尊敬的人"，还是来自罗马的政界要人，或者是来西西里做客的朋友，如果是在他的势力范围内被偷被抢了，只要他一声令下，无论是小提箱、旅行袋，还是手表、珠宝和首饰都会"完璧归赵"。

但是有一次，维托的命令却失灵了。

那是特拉比亚的兰扎亲王跟他的英国女友在西西里旅游时，他那件昂贵的皮大衣突然丢了，兰扎亲王连夜找到了维托。

维托对兰扎家族是非常了解的，知道这个家族不仅是名门望族，而且有过辉煌而悠久的历史。他们的远祖于九百年前就来到西西里，五百年前曾跟西西里国王一同南征北战，立下了汗马功劳。从此，兰扎家族享誉朝野，历代家族成员都是西西里国王的顾问、总督、将军或者是海军元帅……

这个家族拥有西西里三分之一的土地，无数的城镇、河流、城堡、邸宅和别墅，并享有几乎除国王之外的一切特权。他们在西西里可以说是绝对"受尊敬的人"。

就是这么一位亲王，他的皮大衣竟在自己的先人祖祖辈辈管辖的地域不翼而飞了。这不仅让他感到一种耻辱，在他的英国女朋友面前无法交代，也让当时名扬西西里的维托感到难堪。

维托非常谦恭地向兰扎亲王道了歉。接着他下达了一道命令。三十分钟以后，"光荣社团"的成员立刻把这几天偷的各类皮大衣都送到了维托这里。但是，兰扎亲王那件昂贵的皮大衣却不在其中。这不能不令维托大为尴尬。他只好无奈地送走了兰扎亲王。

维托令手下的几十名干将调查了三天三夜，终于弄了个水落石出——原来亲王的皮大衣正是自己"光荣社团"的成员同三个马菲亚合伙偷的，而亲王的那件大衣当晚就"飞"到美国去了。

维托调查清楚了之后，他显得异常冷静，他派人将自己"光荣社团"那个参与偷大衣的家伙找了来，而且亲手将他的一只眼睛废了，用刀剜出了他的一只漂亮的眼珠。

维托的朋友后来回忆说：

"这是我们第一次见到他亲自动手。刀子很沉，刀法却很熟练、精湛，仅仅一剜，眼珠子就滚落了。那个人的眼珠子滚过来，滚过去，活像一颗玻璃珠子。"

处理了这个家伙之后，为了自己的体面，维托竟连夜坐飞机去了美国，为兰扎亲王追查那件皮大衣去了。

于是，他就这样回到了阔别十年之久的美国。

19世纪末的美国社会是一个空前统一但又经济萧条的社会。通过一个多世纪的构建和大大小小的几百次战争，在美国现有的五十个州中，到1889年底，已有四十二个州加入了联邦政府。英国、法国及其他所有入侵者的殖民地都不复存在。有的是通过战争掠夺和兼并，有的是通过低廉的价格进行收购，到19世纪末，美国的版图已初具现在的规模了。

在这样一个幅员辽阔的国度中，虽然现代工业、铁路、电力和运输都相当发达，但社会秩序却相当混乱。黑人的起义、工人的罢工、对"禁酒令"的反抗引发的暴动等恶性事件几乎是此起彼伏。继1865年总统亚伯拉罕·林肯遇刺身亡之后，1881年总统詹姆斯·加菲尔德又被暗杀。

1866年，美国第一个骇人听闻的恐怖组织"三K党"在芝加哥问世。这是一个典型的以暴力实行种族歧视的反动组织。该组织的行动纲领是"白人至上"，大肆袭击那些所谓不遵守"黑人法典"的黑人。但是他们更广泛的目标是，企图建立百分百的美国主义和"基要主义"（Fundamentalism）新教，并将这种新教道德强加于整个美国社会。而这种所谓的基要主义新教即"原教旨主义"完全是一种伪宗教。它要求所有的教徒都得承认《圣经》一字一句都无错误；承认耶稣基督是神，耶稣是童贞女玛利亚所生，基督为人代死而使人类重新同上帝和好；人类终将身体复活，而基督将以肉身再次降临人世……

因此，所有的外来移民、天主教徒、犹太人、社会主义者、酿造和贩卖私酒者、赌徒、无神论者都是三K党迫害的对象，都将遭到其残酷的经济掠夺与私刑。

这一组织的横行，将美国社会的正常生活秩序都推入了混乱和恐怖的深渊。尽管三K党"多行不义必自毙"，最终烟消云散，但其阴魂仍在。直到20世纪初的1915年，美国又出现了全国性秘密恐怖组织，自命为"第二三K党"，其宗旨与三K党同出一辙。

造成美国社会混乱的原因还有种族歧视、民主党和共和党的政权之争以及对移民的限制等等。

19世纪末，大量的外籍居民移居美国，美国国内的居民又不停地迁徙。今天从南方迁往东部，明天又大批地涌向西部"淘金"。尤其是加入了工会的工人，长期以来一直有排斥移民的倾向。这些工人认为，大量的外国居民移居美国充当非技术工人，一方面使现有工人的工资下降，抢了他们的饭碗；另一方面阻碍了工会的发展，削弱了工会的力量。因此，美国劳联和其他工会组织自19世纪末开始，一直主张限制移民。美国许多社会学家和社会工作者也主张限制移民，认为无限制移民会造成社会的广泛动乱和同化的困难。

关于移民问题的限制与否，一直是美国各界争论的焦点。到19世纪末，当维托进入美国各地时，意大利人大都是在"禁酒令"颁布期间，利用美国人对酒的渴望，酿造和贩运私酒进入这个国家的。因此，他们对美国社会的危害和在当地的地位就可想而知。随着一次次禁酒运动的开展，这些意大利人的财源便趋于枯竭，他们不得不重新开辟生财之道了。

面对美国社会这种现象，阔别十年旧地重游的维托立即意识到，美国社会必然将成为自己的"光荣社团"滋生成长的乐园。

于是，一种机不可失的念头在他的头脑中闪现。现在，维托再也顾不上什么兰扎亲王的皮大衣了，现在需要考虑的，是立即在这样的一个社会里发展自己的事业，建立自己的"光荣社团"。

在接下来的日子里，维托频频往返于社会的头头脑脑之间，接触许许多多的老友新朋和祖父当年遗留下来的部下，了解"行情"，探明路径。

经过几个月的努力，维托毅然决定着手组建一个自己的组织，这个组织就是后来让人们谈虎色变的暴力集团——美国现代派黑手党。

经过一番筹划，维托的现代派黑手党这个"光荣社团"终于出台了。他们大多数是美国各城区的市民阶层，穿着讲究，打扮时髦，往往携带现代化的冲锋枪，钱夹子里塞满了花花绿绿的各种钞票。杀人抢劫的手段更是直截了当，一发现目标从不犹豫和商量，一梭子子弹解决问题。

现代派黑手党人的这种风格和做派，让老派的马菲亚人大吃一惊。这些马菲亚人大都是当年随维托的祖父维玛尔尼从西部流落到东部大都市的农民，或者是他们的部下和后代。总之，他们是一伙老派而传统的"体面人"。

这些人偏爱节制，推崇部落传统的礼教和习俗。他们在采取暴力行为之前，往往采用传统的劝诱与含蓄恫吓的软硬兼施，办事拖泥带水，总是不能一步到位。同时，这些人不事张扬，不讲究穿戴，有的甚至还穿得破破烂烂。

尽管这两派人都是一脉相承的两个派别，而且都是当年马菲亚王国的后裔，但是，时代的进化已将他们拉开了距离，矛盾冲突便不可避免地产生了。

在现代派黑手党创建后的最初几个年头里，新旧两派黑势力的冲突，还没有发展到滴血断头的地步。然而，一山不容二虎，这种冲突就像一座沉默的活火山一样，终于爆发了。

到了20世纪初，为了争夺波士顿这块地盘，现代派黑手党头目维托决定快刀斩乱麻，彻底割断与老派马菲亚人的恩恩怨怨，树立自己的形象。于是，他便选择了名震波士顿的米歇尔家族，作为他袭击的第一个目标，亮出现代派黑手党的牌子。

消灭马菲亚人的第一场决战，就这样在维托的运筹之中打响了。

米歇尔是位极受米歇尔家族尊敬的领袖，也是一位典型的马菲亚的"体面人"。此人除了担任哈洛克地区监督外，还是种植协会会长、天主教民主党地方分部主席和医学院教授。

米歇尔的父辈老米歇尔是一个地地道道的马菲亚人，由于他精于畜牧和养殖，曾一度得到过维托的祖父维玛尔尼的重用。马菲亚王国被消灭后，他便逃亡东部地区，联络旧时的一班兄弟，在东部从事运输业。

米歇尔从小师承父辈的传统，发迹于运输和畜牧走私。到了20世纪初期，他的家族已拥有数百万美元的资产，在当地可谓首富。

米歇尔除了有钱之外还有势。在他的身后总有一大帮黑道名流。每当周末，这些人总是开着豪华的轿车来到哈洛克米歇尔的别墅，拜访这位有钱有势且有声望的"体面人"。

据维托调查的结果发现，米歇尔对这些黑道首领都会不同程度地施加影响，使他们甘愿俯首帖耳。在他的影响下，米歇尔不仅牢牢地控制了这些家族，而且对波士顿及东海岸地区的运输和畜牧走私都进行着监控。这样，在米歇尔的控制下，维托的黑手党永远都无法打入波士顿及东海岸各大城市，这里永远是米歇尔家族的一统天下，是第二个"华盛顿政府"。

尽管米歇尔家族与维托的现代派黑手党从未发生过任何冲突，可维托却无时无刻不感到对方的威力和气势，感到一种无形的压力。仅此一点，就让年轻气盛，想成就一番事业的维托不能容忍。他记得他的叔父——当年一位马菲亚的头目对他说过："要敢于惹那些你一见就怕的人。"

因此，他想，只有消灭了米歇尔，人们才会对自己刮目相看，自己的黑手党才会在东海岸站稳脚跟，取米歇尔家族而代之。

但是，毫无理由地杀人毕竟是有失体面的事情，何况要谋杀的又是一位有如此威望的"体面人"。

维托虽然对谋杀米歇尔蓄谋已久，但总得找一个机会，或者是说找一种借口。正当维托在为这个机会和借口寻寻觅觅时，一个契机送上门来了——

一个月以后的一个周末，维托和几位黑手党徒在波士顿的赛马场听到一个重大的消息：波士顿政府决定在通往洛杉矶的一个山谷修建一座水电站，来解决哈洛克地区的照明问题。

以往，类似这样重大的承包合同，都是由米歇尔家族去谈判，去签约，去承包，其他任何人都不敢贸然接手。尽管许多人都知道，能签署这样的大合同，承包这样的大工程，是完全可以赚到大钱的，但是，如果由此而惹恼了米歇尔家族，其结局只会是人财两空。所以，谁都不敢去找这种麻烦。

但是，这一次在政府决策出台好久以后，米歇尔家族却一直按兵不动，好像是要把这一次赚大钱的机会，礼让给其他人一样。不过你要这么理解，说明你实在不了解米歇尔这个人了。米歇尔这一次之所以在迟迟观望是一种策略。一方面，他知道这笔生意迟早都是自己的，他要让政府等急了，才好在谈判桌上漫天要价；另一方面，他也想趁此机会检验一下自己的实力，看看在这波士顿地区，还有哪位不知天高地厚的家伙敢于出头与自己争锋。

米歇尔的这种做法，真可谓是老谋深算，一箭双雕。但是，他这一次却打错了算盘，他没有想到真有一位不知天高地厚的家伙敢于出头，来抢自己的生意。

此人就是维托。

当时维托在赛马场听到这一消息之后，他就打算去抢米歇尔的这碗饭吃，趁机杀一下他的威风。尽管维托手下的人从没有涉足过这样的工程，但他还是想试一试，哪怕是赔了钱，他也不能让米歇尔一手遮天。

谁知等了这么久，米歇尔那边还没有动静。维托便觉得很奇怪。他想，是不是米歇尔听到了什么风声，或者是真的想就此让自己分一杯羹呢？如果真是如此，那自己只有另打主意了。

思来想去了好久，维托一直举棋不定。最后，他干脆来了一个"单刀赴会"，去哈洛克米歇尔的老巢，探听一下他的虚实。

哈洛克区曾是个风景秀丽的地方，紧靠通往洛杉矶的大路。当年，维托一家曾在离波士顿不远的梅德城住过。那时，他还是一个十来岁的孩子，曾同叔父尼洛孔克来此玩过。在他的记忆中，这里还是一个很好玩的地方。然而，这一次维托开着车子走进哈洛克，似乎有一种面目全非的感觉。

作为一个社区，哈洛克实在是一个很破烂的地方。"哈洛克"

一词的意思是"英雄的天堂",然而,现在这座"天堂"却充满着荒凉和孤寂。满眼都是紧紧关闭的百叶窗,空荡荡的一条长街几乎看不到一个人影,只有一长溜裂了缝的房屋东倒西歪地立在那里,看上去随时都有倒塌的可能。偶尔走过一两个身穿丧服的年老的寡妇,也如同受惊的蜘蛛一样,仓皇地沿着狭窄的街道匆匆而去,马上隐进一条小巷。唯有一点人间气息的标志,就是那些一个接一个的阳台上晾晒的漂洗过的衣服,在风中摇荡。

维托把车停在一间酒吧前,这间酒吧的名字叫"教父"。维托觉得有点意思,他要了一杯酒和三个小菜,一边悠闲地呷着,一边观察着这条小街。街对面是一家小店,出售的货物五花八门,甚至卖一些上街冒险的孩子们玩的塑料枪。那些枪的造型就跟维托怀里的真枪一样。商店的斜对面是一个小型的街心花园,没有花草树木,只有一个不再喷水的喷水池。池沿边的水泥墙上,坐着几位刚刚喝了点酒的男人,他们都戴着一顶破旧的帽子,在说着一些与自己毫不相干的话题。

维托又看了一会儿,觉得十分无聊,便收回了他的目光。他真没有想到,米歇尔这么一位大富翁的辖区,竟是如此破败、贫穷而又荒凉。这时,他竟有点善心大发,准备把这笔生意让给米歇尔。但是,几乎是在一秒钟之内他就改变了主意。

这时,他突然发现商店的墙上有一条标语,尽管被撕得支离破碎,但还是可以连看带猜认出它当时的内容——原来这是一条谴责黑手党暴行的标语,意思是:

"只有黑手党才会杀人抢劫,马菲亚人才是真正的'体面人'……"

这条残缺的标语无疑是一纸宣言,一道战书。维托一口喝干了杯中的酒,二话不说就开着车子离开了哈洛克。他觉得再去找米歇尔探听虚实太没有必要了，唯一的办法就是尽快地消灭这些顽固不化的马菲亚人。

维托想："我的祖父一定会原谅我的。"

第二天，维托立即开车去了波士顿，同水电站投资方进行了一次非常成功的谈判，当场就签署了承包修建电站的合同，揽下了这项有利可图的大工程。

当然，维托的成功完全得益于米歇尔的"等待"，投资方的谈判代表及代理人在同维托谈判时，几乎没有什么讨价还价，因为他们的老板已经有点急不可待了。

维托承包了水电站工程的消息，对米歇尔来说实在是"石破天惊"。他根本没有料到维托这个家伙，竟敢在太岁头上动土。得到这一消息之后，米歇尔立即派三位气势汹汹的杀手，向维托传达了他的"命令"：明天带20万美元的"铺路费"去米歇尔的别墅见他，这一次要不是米歇尔"铺路"，维托无论如何也揽不到这桩好事。

维托一听，马上满脸笑容地答应下来了，说了许多感激的话，并约定明天上午带现款去见米歇尔。

三位杀手心满意足地回去了，米歇尔一听也扬扬得意，心想看来维托还算懂事，这次就让他白白地拿出20万买个教训吧。

谁知维托表面上对米歇尔的敲诈满口答应，其实暗地立即派出十多名心腹，暗藏冲锋枪化装成哈洛克的小贩和市民，埋伏在米歇尔别墅周围。

第二天上午10点整，维托又亲自开着车，带上五名杀手去了哈洛克。当他把车子开进米歇尔的别墅大门时，他就看见米歇尔和他家族的大小头目都聚在院子里，一个个笑逐颜开，一副表示欢迎的样子。维托的车子开进去了。

米歇尔以为维托是给他送钱和"面子"来了。哪知维托的车刚一停下，五位杀手从车上钻出来，六支冲锋枪一齐开火，给米歇尔送来的竟是满院子乱飞的子弹。随着维托的枪声一响，早就埋伏在周围的十多名心腹也一起冲了进来，一二十支冲锋枪一阵狂扫，打得米歇尔和家族的大小头目措手不及，几乎全都被当场击毙。

事后有人清点了一下，发现米歇尔全身竟有二百多个弹孔，他已经被打得血肉横飞。

米歇尔家族从此烟消云散。

维托由此一举成名，他的现代派黑手党组织震动了东海岸各大家族。

但是，维托并没有满足，他又盯上了第二个目标——曼泽拉家族。一场决战又拉开了战幕。

曼泽拉家族的"掌门人"曼泽拉此时已经是一位85岁的老人。他是这个家族年龄最大的长者，也是一位似乎非常仁慈的老人。

曼泽拉家族的基地在篷塔雷机场旁边的镇子里。每当天气晴和，曼泽拉便戴上一顶美式宽檐帽，在镇上那条狭窄的街道上散步。这时，他会掏出满满的两小袋糖果，分给那些孤儿和流浪街头的顽童。他到晚年尤其喜欢孩子，他用海洛因交易中所得的一部分收入，捐赠给了当地的慈善机构，建立了一所孤儿院。

他的慷慨解囊为他赢得了很好的口碑，他由此当选为天主教信徒会的会长。

当维托派人暗杀米歇尔时，曼泽拉家族正在安排他们的老供应商——臭名昭著的科西嘉走私犯、外号叫"金指"的家伙运送海洛因。

"金指"是一个有名的海洛因毒品走私犯，他有一个很大的走私网络。他的人遍及由基的每个港口，走私从香烟到海洛因的一切非法物品。在往常的走私过程中，当海洛因转运到西西里时，"金指"只不过是乘一艘快艇靠近由基港口，将海洛因移交给马菲亚许多小渔船中的一条。但是，这种移交方法用得太多了，引起了警方的注意和当局的反感。于是，这一次"金指"决定做一点小小的变动，将移交的地点改在该岛的南部进行。

"金指"已将这一变动通知了曼泽拉家族。曼泽拉家族表示同意，准备派两名最得力的干将去接货。这两位干将就是拉·巴伯拉兄弟。

拉·巴伯拉兄弟出身卑贱，从小在贫民窟中偷鸡摸狗。兄弟俩通过卑劣的偷窃和谋杀跳出了贫民窟，一跃成为马菲亚中最有权势的集团头目。他们又从事房地产非法交易与毒品走私，从中牟取暴利，并且杀人如麻，借此爬到了曼泽拉家族的高位，声名显赫。

《光荣社团》一书中，对拉·巴伯拉兄弟有一段以下的描写：

"年轻的、打扮得俗不可耐的强盗。他们总习惯戴着手套，穿着紫褐色丝绸衬衫，外罩一件巴勒斯坦驼绒外套，驾驶一辆奶油色、装饰着小玩意儿的阿尔法·罗密欧牌轿车。"

尽管他们的外表花里胡哨，但他们却是马菲亚的重要人物，也是时下曼泽拉家族中的"台柱子"。维托要想消灭曼泽拉家族，关键是要干掉拉·巴伯拉兄弟。

就像上次干掉米歇尔一样，平白无故地杀掉这对兄弟将会遭到舆论的非议，即使是黑道社会也有他们的规矩。因此，维托不想因小失大，他同样在等待机会的光临。没想到，他需要的机会又来了——

9月的一天，维托的两位好友居里奥·皮斯西塔和文森佐·曼尼斯卡柯，决定前去拜访一个名叫罗拉莫·蒙加达的人。他们找到蒙加达后告诉他：他们很想得到他的地产，因为他们正在计划经营一家电器商店，而蒙加达的这家店面的位置极佳。

蒙加达也是一位马菲亚人，他经营的生意是为非法房地产生意做准备的。他的这家店面的位置，刚好处于拉·巴伯拉兄弟势力范围之内。因此，他将这件事告诉了拉·巴伯拉兄弟，征求他们的意见。

拉·巴伯拉兄弟的意见是，让皮斯西塔和曼尼斯卡柯二人趁早放弃这种念头，并且不要再去招惹蒙加达，因为这是他们的地盘。

对于拉·巴伯拉兄弟的警告，曼尼斯卡柯和皮斯西塔却置若罔闻，不予理睬，因为他们自恃同维托过从甚密。有维托做他们的后盾，他们自然就不在乎什么拉·巴伯拉兄弟了。因此，他们为了得到蒙加达的店面，不惜采取挑衅的手段，曼尼斯卡柯出点子，建议将此事提交"委员会"讨论，最后由"委员会"做出决定。

但是，在"委员会"召开会议讨论此事的前三天，曼尼斯卡柯就遭到了一伙不明身份的歹徒的袭击，身中数枪死于非命。不过，"委员会"讨论的结果是：同意蒙加达将自己的店面及地皮出售给幸存的皮斯西塔。

10月2日，已经在蒙加达的店址上开始经营电器生意的皮斯西塔带着一位保镖，乘坐一辆小型的费特牌轿车前往纽约火车站东站取货。当皮斯西塔和保镖一下车，就发现拉·巴伯拉兄弟提着枪站在自己面前。

面对两个黑洞洞的枪口，皮斯西塔和他的保镖吓得无话可说。在枪口的威逼下，他们不得不连忙钻进另一辆汽车逃命去了。从此以后，人们再也没有见到皮斯西塔和他的保镖。

拉·巴伯拉兄弟对皮斯西塔及其保镖神秘"失踪"始终矢口否

认自己负有责任。尽管如此,人们还是觉得是拉·巴伯拉兄弟下令将他们杀死的。

不管拉·巴伯拉兄弟是否有罪,反正维托现在总算找到了借口——自己的好友皮斯西塔和曼尼斯卡柯相继遭到暗杀,他便迁怒于拉·巴伯拉兄弟二人。于是,维托很快制订了一份详尽而周密的谋杀方案,决定先干掉拉·巴伯拉兄弟。

到了第二年的 2 月 12 日上午,一辆轿车缓缓驶过纽约第 15 大街时突然发生爆炸,声震百米,碎片横飞,车上坐的拉·巴伯拉的一位副手当场被炸死。

这是维托的谋杀方案的一部分,只是由于情报有误,只炸死了拉·巴伯拉的一位副手。维托当然不会就此罢休。

三个月后的 5 月 24 日凌晨 1 点 30 分,拉·巴伯拉从米兰市的一位情妇家里出来,悄悄地上了自己的欧佩尔牌轿车。轿车刚驶出 10 米左右突然发生爆炸,坐在车内的拉·巴伯拉的一条腿飞上了天,他身体的其他部分也顿时四分五裂了。

又过了几天,拉·巴伯拉的弟弟也遭到了同样的"车祸"。曼泽拉家族的两员干将便从此消失了。

曼泽拉家族当然明白,这完全是现代派黑手党的头目维托一手制造的谋杀案,目的当然是要争夺自己的地盘和赚钱的行当。于是,曼泽拉家族便开始向维托的黑手党进攻。

双方经过几次血战后,曼泽拉家族便分崩离析,大部分成员流亡去了巴西,那儿最后成了许多在逃的马菲亚人的栖息地。

就这样,维托领导着他的现代派黑手党,击败了一个又一个马菲亚人的家族,取得了对老派马菲亚人决战的决定性胜利。对此,《洛杉矶观察》的评论是:

"好像老农一样，唐·维托在这片土地上留下了他20世纪现代派'黑手党'的组织，并且这个组织又跟西西里的'光荣社团'结成了联盟。"

20世纪初期，各国向美国移民再度掀起高潮。许多外国人都漂洋过海，通过各种途径和关系，源源不断地进入这个国家。

美国社会上层阶级和中产阶级、白人新教徒都主张限制移民。尤其是战后，美国土生土长的白人受"赤色恐慌"的蛊惑，也增加了对移民的恐惧，开始把外国人同所谓的"共产主义威胁"联系起来。

于是，美国国会于1921年通过了《移民紧急限额法》；到了1924年，美国国会又通过了《国别来源法》，以此替代《移民紧急限额法》，规定将某一国家的移民数，限制在该国1890年在美国的移民总额的2%，这一法条进一步限制了南欧和东欧人进入美国。该法又于1927年做了修正，规定以1920年各国的移民数为基准，每年移民数为十五万人。

这种大量的移民同20世纪初期美国的经济萧条双管齐下，将美国社会推入了风雨飘摇的动荡之中。这种动荡的背景，正是维托的现代派黑手党得以滋生、发展和壮大的"温床"。因此，仅仅是在消灭了米歇尔家族和曼泽拉家族后的几年之中，现代派黑手党在美国已成大气候了。他们渗透了社会的每一个领域，非法进行房地产交易，控制股票证券市场，经营赌博、娱乐、色情业及各种投机买卖，最猖獗的还是走私和贩毒。

作为现代派黑手党的创始人维托，这时已经是功成名就，被推崇为"教父"和"开山鼻祖"，受到了黑手党党徒们死心塌地的爱戴和尊敬。

但是，维托真不愧是个具备高瞻远瞩的超前意识的一代"教父"——就在他的现代派黑手党盛极一时的时候，他就预见了这个黑道组织必然灭亡的命运。对此，维托经常对他手下的头目和朋友说：

"我的孩子们他们已经是人到成年，已经不需要庇护了。老一辈人忧心忡忡，是由于他们的接班人已排成了长长的队伍。毫无疑问，终有一天，内耗会使这个苦心经营的帝国家园失火并最终烧成灰烬……"

维托的预见是惊人的准确且超前的。

从 1889 年 5 月维托返回美国，创建现代派黑手党开始，到 1985 年美国联邦调查局与纽约市警方联手出击，一举逮捕了"五大家族"的"教父"，宣告了美国现代派黑手党的毁灭为止，前后经历了一个世纪的历程。

在这惊心动魄的一百年之中，美国现代派黑手党杀人抢劫，导演了一幕又一幕令人做噩梦的"闹剧"。尽管他们好像是"无敌勇士"，是另一个"华盛顿政府"，但是，他们最终还是烟消云散了。

美国现代派黑手党从创建、发展到鼎盛时期及至没落，前后总共才一百年的时间。但他们的命运和结局，全在他们的"教父"维托的预言之中。

于是，就在意大利的墨索里尼法西斯政府在西西里向"光荣社团"大开杀戒之时，这位西西里人的"唐"从美国抽身回意大利去了。

维托从此离开了他的"孩子们"，并且一去不复返。他又在西西里这个多灾多难的岛屿上建立了他的"国中之国"。

但是，美国社会却从此"黑手"猖獗，黑祸泛滥成灾。一幕又一幕的人间"悲剧"与"闹剧"由此开始……

第二章

派系林立　领风骚五大家族

经过近半个世纪的拼杀，到20世纪50年代，美国现代派黑手党已"大器初成"。一时间派系林立、妖风四起，"君子"和"黑客"总数达二三十万人，"五大家族"由此脱颖而出。

"新英格兰教父"恶少出身，不幸入狱却因祸得福，巧遇"恩师"学成十八般武艺，越狱后黑道称雄，抢得罗得岛一块风水宝地，从此"事业有成"。

20世纪30年代，黑手党已发展成为美国黑社会中一个完整的组织。

从20世纪50年代开始，美国黑手党已"大器初成"，派系林立，控制美国黑手党的许多黑社会独立集团已遍布全国各大城市。这种独立集团被称为"家族"，一个家族几乎就是一个独立王国。在黑手党活动规模较大的城市或地区，一般只有一个家族。但在黑手党势力最强、活动规模最大的纽约市却有五个家族，被称为"五大家族"。

美国黑手党是一个组织机构严密、等级森严的黑帮组织。自从其创始人唐·维托离开美国之后，美国黑手党的最高裁决机构便是"委员会"。委员会由全国各帮派的十二个头目组成，它负责解决家族之间的争端或超越一个家族利益的事务，审批各种联合行动，如控制纽约的混凝土工业，或隐匿从拉斯维加斯赌城攫取的不义之财，等等。这样重大的行动，都得由委员会进行最后的裁决。

另外，超越一个家族利益的问题有时可能涉及是否杀掉这个家族的头目。这时，委员会同样得进行集体裁决，决定由该家族中的某一帮人或另外的什么人来执行处死他的任务，并决定最后由谁来替代这位死者，接管他的权力。

所以，委员会是美国黑手党组织至高无上的权力机构，而委员会的主席则是最高领导人，拥有绝对的权威。如果说委员会是美国社会的第二个"华盛顿政府"，那么，这位主席便是第二位"华盛顿"了。

在20世纪50年代，该委员会的主席是由纽约黑手党"五大家族"之一的甘比诺家族的头目卡洛·甘比诺担任。因为这一家族在整个黑道社会中，无论从哪方面来说都是"首屈一指"的。

在每一个家族中，都有一位"德高望重"的头目作为该家族的首领。这种首领有的称为族长，也有的被称为"教父"。无论是族长还是"教父"，都在家族内部拥有绝对的权威。这种权威无论何时都是不可动摇的。即使他被关押在政府的监狱之中，他都可以影响这个家族，并对家族所有的人发号施令，直到他死去为止。

每个家族中，在族长或"教父"之下，又由高到低形成各种级别。每个家族都有一位副族长、一位负责调停争端并为族长出谋划策的顾问和一批组长。组长、族长与下层人员之间的缓冲人物，可以使族长无须直接插手各种犯罪活动。组长下面便是无数的黑手党党徒，这是黑手党最低级的正式成员，是各个家族在册的"士兵"。黑道中往往称这些人为"君子""成熟分子"或"纯洁分子"。

除了这些所谓的"君子"之外，还有许多"亲属"。这些人与正式成员联系密切，但本人还不是正式成员，也叫"半拉子"。这些人有时也会同黑手党合作共事，但不享有一名正式成员所获得的全部好处或利益，当然，也不可能承担一名正式成员所承担的责任。

不过，如果你是与一名正式成员有关系的"亲属"，那么你就必须遵守家族中其他人所要遵守的许多规矩。你必须敬重上司，必须与他人分享你的收入，而他们却未必会让你分享他们的利益。另外，你也无权享受正式成员所拥有的尊严与保护。

此外，与严格的上下级等级制度共存的还有一套严格的处罚纪律。任何一位成员，不管你是正式的"君子"，还是一个"半拉子"或"亲属"，都得无条件地遵守和服从。否则，给你的惩罚并不仅仅是将你一脚踢出这个家族，等待你的将是在肉体上的惩罚，甚至让你在这个世界上消失。

美国黑手党的这一套纪律，与意大利西西里等地黑手党组织中的纪律并无二致。因为制定这种制度的人，大多数是从西西里移民进入美国的黑手党分子，这些人自然把这行之有效的一套"金科玉律"照搬移植过去了，有的甚至还加以发挥完善。

正是这种森严的等级制度和严明的纪律，才保证了美国黑手党在短短的一二十年内，完成了西西里黑手党近五十年的发展，成长为一个令这"金元帝国"头痛的庞大的黑帮组织。

20世纪50年代前后，在美国社会到底有多少个这样的黑手党家族，实在是一个无法准确统计的数据。照现有的可靠资料推测，在 50 年代，美国社会同时并存的黑手党家族大约有二十个。这些家族都是聚集在各大城市或工业重镇，基本上以每个州府所在地为活动中心。也就是说，一些州的首府城市，也是这个州或这个地区的黑手党组织的"首府"。因为美国黑手党完全摒弃了当年老马菲亚人那一套，他们完全走进了城市，寄生在大都市的灯红酒绿和金钱美女之中。

到了 1959 年，美国的最后两个州——阿拉斯加和夏威夷也加入了联邦政府。到这时，美国已经有整整五十个州了。在这五十个州的州府所在地，活动着二十来个黑手党家族或其中的某些行动小组，他们帮派势力大小不一。在这些帮派之中，虽然纽约有所谓的"五大家族"，但这"五大家族"并不是当时美国最大的黑手党家族。真正的大黑帮应该是"新英格兰帮"。纽约的"五大家族"之所以显得特别强大，原因是他们都聚集在纽约这一个城市之中。在如此大小的方寸之城聚集着这么多的黑手党徒，当然是很惊人。而新英格兰帮却分别散落在附近的几个州，但无论从人数、地盘和财富上来看，新英格兰帮都是老大。

在美利坚合众国开国之前，由于英殖民主义者的大肆扩张和入侵，英格兰的势力几乎占据了美国当时东海岸各大城市及南部、中部较为发达的地区。在华盛顿开国之后，英殖民主义者的权力和范围完全被剥夺了。但是，大量英格兰移民及宗教、文化和习俗的影响，使英格兰的习惯势力根植在北美的这片土地上，从而形成了一个无法改变的新英格兰地区。

关于新英格兰地区，在美国现有的行政区域划分上没有明文规定，但是，它已"约定俗成"地包括缅因、新罕布什尔、佛蒙德、马萨诸塞和康涅狄格等州和罗得岛等广大地区。其中东部海岸的大都市波士顿是其主要的城市和重要的港口。

新英格兰帮是美国现代派黑手党中最有实力的最大黑帮。这个黑帮以波士顿为活动中心，立足整个英格兰地区，辐射全国及海外。它每年挣的钱，比国内其他任何一个黑帮都要多。

不过，这黑帮又是一个松散的"联邦"，在每个州或某些地区，又有许多家族和各自的"族长"。如马萨诸塞州的头目为约瑟夫·隆巴多，罗得岛的头目为弗兰克·莫雷利。所以，这个黑帮为了便于管理，又有一个凌驾于各州黑帮之上的"顾问委员会"，这也是在全国其他帮派中独一无二的。不过，这个顾问委员会的权力仅仅是协调，并没有更大的行政权力。

在新英格兰帮中，真正有权力的"族长"有两个人：一个是统辖新英格兰帮的全部事务，被黑道社会誉为"新英格兰教父"的雷蒙德·帕特里阿卡；另一个则是波士顿的黑帮大老板，有"波士顿教父"之称的文森特·查尔斯·特里萨。

除了新英格兰帮之外，美国黑手党的第二大帮派便是"纽约帮"。纽约帮是一个以纽约为活动中心的大黑帮，其中最负盛名的莫过于前文提到过的"五大家族"。这"五大家族"的情况大致如下：

一、甘比诺家族

甘比诺家族开始是由大老板保罗·卡斯泰拉诺掌管，后来才将大权移交给了卡洛·甘比诺本人。这个家族便是由他而正式命名的。

甘比诺家族在纽约"五大家族"中，是唯一一个让政府执法部门束手无策的黑帮团伙。它在"五大家族"中作奸犯科也是名列榜首，这个家族权势过丁显赫而作案又诡诈不定，叫执法部门无从下手。

甘比诺掌管家族大权不久，就荣登黑手党全美"委员会"主席宝座，由此也可见其权势之一斑。甘比诺"荣升"之后，对家族的"内政"就无暇过问了。于是，到了20世纪70年代以后，家族的大权基本上就由他的权力继承人布朗·卡特诺执掌了。

布朗·卡特诺实在是黑道社会的一大"奇才"。自1976年登上甘比诺家族的第一把交椅之后，一直大权在握，在"五大家族"中鹤立鸡群，直到死去。因此，他被黑道社会誉为"曼哈顿教父"。

二、卢凯塞家族

该家族的头目为安东尼·科拉诺，此公有"宝贝托尼"之雅号。在20世纪70年代他因伪证罪被判处监禁五年。

三、科洛博家族

该家族头目为安东尼·萨莱诺，有"胖托尼"之称。此人因犯抢劫罪而被判处监禁十四年。在他入狱后，该家族的权力移交给科洛博本人。尽管该家族以他的名字命名，他本人也是多灾多难。自从1971年在意大利裔美国人公民权利同盟集会开枪案件中受伤后，一直躺在医院里昏迷不醒，成了名副其实的"植物人"。同时，他还因为控制了一个庞大的赌博业帝国而被起诉，以致成了"植物人"之后还官司不休。

四、吉诺维斯家族

该家族的头目为弗兰克·芬齐·帝尔里，也因经营诈骗行业被起诉，其手段包括谋杀和勒索，根据纽约的《反诈骗及腐败组织法案》，他成了纽约第一位被起诉的"族长"，从此臭名昭著。

五、波纳诺家族

该家族是"五大家族"中最为糟糕的一个家族。从1931年开始，由乔·波纳诺掌管家族事务。20世纪60年代中期，乔·波纳诺被迫退位，到70年代他已病魔缠身，一直住在亚利桑那州的图森市。

在乔·波纳诺之后，权力继承人布朗·西亚卡刚"即位"不久，又因走私海洛因而被捕；布朗·西亚卡被捕后，菲利浦·拉斯泰利在20世纪70年代后期又继任"族长"之位，也因触犯反垄断法、暴力行为和勒索罪等多种罪名被起诉，又被关押了十一年之久。

继菲利浦·拉斯泰利之后，卡迈因·格兰特又担任波纳诺家族的"族长"，结果又在1979年7月被枪杀于纽约布鲁克林布什威克区的尼克博克大街街头。这位短命的"族长"上任前一直在亚特兰大的联邦监狱之中。出狱后任波纳诺家族的"族长"，前后还不到五个月就倒在血泊之中。据说他是在意大利裔美国人开的餐馆里用过午餐后被人用手枪打死的。

在纽约"五大家族"中，波纳诺家族可算是一个最"不幸"的家族。这个家族的头目不是病重住院，就是一个个地被起诉关押或被暗杀。这个家族几乎难以找到一位"族长"了。

然而，正是波纳诺家族这种"群龙无首"的局面，造就了另一位"黑道英雄"——索尼·布莱克。

索尼·布莱克本来不是"族长"，连"副族长"都不是，仅仅是一位"组长"。在格兰特被害时他还在狱中。结果，他一出狱就"出手不凡"，将波纳诺家族这么一个多灾多难的黑帮推出了困境，一时在纽约黑社会名声大振，从此被称为"波纳诺家族教父"。

以上就是有名的纽约"五大家族"。

除了新英格兰帮和纽约帮之外，美国黑手党组织较有影响的帮派还有以下一些：

底特律帮是一个很坚固、紧密的黑帮。该帮头目泽里利虽然年迈力衰，但他却几十年如一日，始终强有力地掌握着该帮所有的黑手党徒。为了保持独立性，底特律帮一般都不会同其他的帮派合伙做生意。但不是不互相来往，有什么事情也互相通个电话。底特律帮对工会很感兴趣，不论什么工会组织，他们都派人插一手。当然，他们并不是为了几个"会费"，而是为工会的巨额财富去做"合法的生意"。在这样一个美国有名的"汽车城"，工会的财富可想而知。

芝加哥帮是一个最混乱的黑帮，内部互相倾轧是该帮最大的特点。芝加哥帮的另一个特点就是毒品贸易，不管是海洛因、吗啡还是大麻，只要是毒品他们都感兴趣。芝加哥帮中最有名的"族长"是山姆·莫尼·吉安卡纳，他一生大起大落，名扬黑道，被称为"芝加哥教父"，又被称为黑道"老大"。

蒙特利尔黑帮的头目是卢·格雷科。此人的势力延伸很广，而且擅长把外国人偷运进来，以此发点小财。

亚特兰大黑帮是一个很特别的帮派，它与当地的警察部门串通得极为紧密，外人很难打进去，一旦打进了也弄得警匪难辨。

新奥尔良帮是一个纪律严明的黑帮，所有的黑手党徒都严守纪律，十分惧怕他们的头目卡洛斯·马尔切诺。而卡洛斯·马尔切诺又是一个手眼通天的人，他不仅控制了本州的警察，还控制了所有的政客。弄得许多人都认为他要改邪归正，去竞选州长。

以上是20世纪50年代前后，黑手党帮派体系的粗略介绍。

据比较权威的统计，当时美国真正的黑手党徒，全国约有六千五百人。其中新英格兰帮约一千五百人，纽约帮约一千人，其他各帮派共有四千人左右。

不过这是真正的黑手党徒，是那些所谓的"君子"，而在这些"君子"背后，还有无数的"半拉子"和"亲属"。这两种人加在一起，总数在二十万至三十万之间。这个数字实在是令人触目惊心。

正是这些大大小小的家族、族长和成千上万的黑手党徒，组成了另一种黑道社会，把无数善良的人，一次又一次推向了痛苦的深渊。

本书所介绍的五大家族并不是纽约黑手党的"五大家族"，而是整个美国黑道社会的"五大家族"。也许这种展示更能让人们全方位地了解什么是真正的黑手党。

这"五大家族"分别是：

新英格兰"教父"雷蒙德所代表的新英格兰家族；

波士顿"教父"特里萨所代表的波士顿家族；

曼哈顿"教父"卡特诺所代表的曼哈顿家族；

波纳诺"教父"布莱克所代表的波纳诺家族；

芝加哥"教父"吉安卡纳所代表的芝加哥家族。

这"五大家族"及其各自的"教父"尽管有的同出一个派系，有的交往并不频繁，但是，他们和他们的家族却是美国黑手党最典型的代表。无论是犯罪的目的、作案的手段和制造的后果，都称得上是美国黑手党的"典范"。

新英格兰"教父"雷蒙德·帕特里阿卡于 1908 年 3 月 17 日出生于马萨诸塞州的伍斯特。父亲埃莱乌特里奥是一位勤劳的意大利移民，有一手酿造烈性白酒的好手艺。

在雷蒙德 6 岁时，父亲出于谋生的目的，将全家迁往了普罗维登斯，并在那里开了一家小酒店。一家人从此过着半饥半饱的生活。

孩提时代的雷蒙德个头矮小，身体瘦弱，并看不出他有什么过人之处，更看不出他日后的凶狠、残暴和狡诈。只是一双棕色的眼睛又大又亮，看人时总是一动不动，似乎要把人看穿看透。当时的他一天到晚无所事事，当然不会有上学的机会。他父亲见他闲得无聊，就让他在自家的小酒店里学着招待客人。他当时主要的任务是为客人添酒和点烟，再就是帮人家照看一下那些挂在门边上的帽子和大衣。

后来，随着年纪的增长，父亲便开始教给他酿酒的手艺。有时，父亲也派他站在酒店门前的大路边去望风，一发现来了警察或那些穿戴整齐的人就立即来通风报信。因为当时所有的州都在三令五申禁止酿造私酒，禁酒令也下了多次。同时，还有许多社会团体，尤其是一些妇女组织打着标语上街游行，因为酗酒让许多妇女遭到虐待甚至造成家庭破裂。

然而，父亲的酒店里却天天高朋满座，生意兴隆。这种现象让小小年纪的雷蒙德受到了一种"启蒙教育"：原来政府的法令并不是一定要去执行。不过在他17岁以前，他并没有过触犯法律的记录，贫困的生活让他变得胆小而又安分。

1925年他17岁时，父亲不幸去世。父亲去世后，雷蒙德自己成了这家小酒店的老板，开始继承父亲的手艺经营这种既酿酒又卖酒的非法生意。

然而，就在父亲去世不久后的一天，来了几位警察查封了他的酒店并将他用一根绳子捆走了，罪名是违犯了当地的禁酒法。他由此被判了两年刑。

坐牢对十七八岁的雷蒙德来说倒并不是一件十分难过的事，但是却让他感到十分难为情。因为是第一次坐牢，总觉得在街坊邻居面前丢了面子。更让他感到奇怪的是，父亲非法酿酒卖酒一辈子，为什么没有警察去找他的麻烦，而自己才刚开了个头，却被判了两年刑。

不过，几天以后，雷蒙德终于明白了这个"为什么"。告诉他这一答案的并不是那些高高在上的法官，而是和他同住一间牢房的难友。

一天夜里，雷蒙德实在忍不住，便悄悄地把心中的纳闷告诉了这位难友，想向他讨教这其中的原因。这位难友听了雷蒙德这种想法后，竟不由哈哈大笑起来，他觉得这位小伙子实在太天真了。笑过之后他还是告诉了雷蒙德答案，原来这个答案太简单了，只有一句话："你太老实了！"

但是，雷蒙德还是把这句简单的话想了半天，想过之后他才对这位难友说：

"你说得很对，我是太老实了。但是，我父亲只教给了我酿酒的方法，并没有告诉我如何去逃避警察的搜查啊！"

这位难友一听，不再笑了，而是很认真地对他说："如果你想学的话，我可以把你父亲没有教给你的东西全教给你，其中就有如何逃避警察的搜查。你愿意跟我学吗？"

雷蒙德想了一会儿，最后还是点了点头，表示愿意跟这位难友学。为了对这位难友有所了解，雷蒙德便对这位难友说："你能告诉我你叫什么名字吗？"

这位难友说："这个你也要学吗？"

雷蒙德说："不是，我是想知道你叫什么。"

"这个你以后会知道的。"

"那么，你能告诉我你为什么坐牢吗？是不是也跟酒有关系？"雷蒙德又问。

难友想了想说："我坐牢跟酒没有关系，我是为我的一位朋友坐牢。"

"你骗我！"雷蒙德觉得受了侮辱。

"你错了，朋友，也许我前几天骗过你，但我这句话却是真的，我的确是为我的朋友坐牢。"那位难友很认真地说。

雷蒙德觉得很不理解，还有愿意为朋友坐牢的人。他不再作声了，一直在想这个问题。

那位难友见雷蒙德在沉默不语，便又对他说："不要再想那个问题了，过几天我带你出去见见我那位朋友。如果你和他相处了一段时间后，我想，你也许会愿意为他坐牢的。"

那位难友的这番话，让雷蒙德听得一头雾水。这可是监狱，你想出去就能出去吗？雷蒙德认为这位难友是百分之二百地在同自己开玩笑，或者是干脆在骗自己。他就不再去理睬他了。

谁知第三天夜里，这位难友却推了推他，把雷蒙德推醒了。他对雷蒙德说：

"快，穿着你的鞋子跟我走，其他什么东西都不要拿。"

雷蒙德揉了揉眼睛，半天才明白了他的意思，在他的催促下，趿拉着鞋子，懵懂地跟着这位难友朝牢门走去。

奇怪的是，牢房门竟没有上锁，门外走廊上也没有看守，连路灯也不亮了，只有老远的地方有一盏灯。整个大院里几乎看不见一个人影，好像一切都是为他们的"出去"安排好了的。

雷蒙德这时才开始相信这位难友的话了。他紧紧地跟在他后面，走出了牢房，摸索着下了楼，来到了围墙边。在这堵高高的围墙上，竟挂着一根粗壮的绳索。那位难友对他说：

"快，攀着这根绳索翻过墙去，把鞋子脱下来给我。"

雷蒙德连忙脱下鞋子，然后吃力地攀着绳子上了墙头。这时，只见那位难友也脱下了鞋子，并把两双鞋子同时抛向墙外，然后也攀着绳索往上爬。当两双鞋子落到墙外时，雷蒙德又顺着墙外的绳子溜到了墙根。他就这么容易地出来了。

然而，正当他赤着脚在地下找鞋子时，只听见有人在墙内大吼一声，紧接着监狱内所有灯都亮了。大门口岗楼上放哨的士兵拉响了枪栓，一束探照灯的光柱扫了过来。同时，还听到一阵杂乱的脚步声。雷蒙德知道他们已经被发现了，但他的鞋子还没有找到。

这时，那位难友已爬上了墙头，并对他说："快跑！你这个杂种！"然后自己也"扑通"一声跳了下来，并把那根绳子也拉了下来，拉着雷蒙德便往前跑。

谁知雷蒙德这时竟吓得双脚在打战，还在哆哆嗦嗦地说："我的鞋子，我的鞋子……"

那位难友一听火了，"啪"给了他一记耳光，对他吼道："小杂种，你是要鞋子还是要命！"

雷蒙德被他一个耳光打明白了，才糊里糊涂地跟着他跑起来。这时墙头上爬上了一个看守，用一支手电筒朝他们一照，大声喊：

"在这里，他们在这里，快来——哎哟——"

那位看守还没有喊完，就大叫一声从墙头上栽下去了——原来是被那位难友一枪击中了。

他哪里来的枪呢？雷蒙德一边赤着脚跟着这位有枪的难友在黑暗中狂奔，一边在想这个问题。

从监狱里逃出来后的第二天，雷蒙德才知道，这位难友原来就是马萨诸塞州黑手党有名的头目约瑟夫·隆巴多。

从此，雷蒙德便成了马萨诸塞州黑手党头领隆巴多手下的一名成员。

约瑟夫·隆巴多是当时新英格兰地区黑手党中权力最大、地位最高的头领之一。他悄悄地但却是有力地控制着一切，新英格兰地区是他的王国。当你看到他与旁人在一起时，你不用怀疑他的权力，因为你会看到所有的人都在向他躬身致意。但是，他既不贪婪又不独裁，而是一位外交家、谈判专家。就像他的对手对他的评价那样——"狼群中一头狡猾的狐狸"。

他的主要"生意"是赌博。他控制着全国最大的赌博业"辛迪加"，他自己主要是"赌马"。

他有一座当时闻名黑道的松林马场，这是他最大的基业，也是黑手党头目经常集会的理想处所。他手下有无数个小头目，但每一个小头目所控制的一个帮派，都是一个令政府头痛的大犯罪集团。如果城市或州一级以及几个州一级的黑手党组织要做出某种决定，这些黑手党头目就会来松林马场集会，同隆巴多进行磋商（有时也在波士顿的意大利俱乐部集会）。

每逢这样的集会，所有的会议主席都是隆巴多。雷蒙德有幸目睹过这种集会上，会议主席隆巴多和他的松林马场的威风。

当参加会议的黑手党头目乘车来出席会议时，在大门前一公里的地方就得停车，几位保镖就全副武装地前去进行检查。在没有怀疑的情况下，这些人才被允许走过这条一公里长的通道，然后进入大门。进入大门后，整个马场就尽收眼底。这里有一望无边的绿色的草场和低矮的山坡，有清澈透明的湖水供洗马用。标准的赛马场边立着白色的栅栏，跑道上设置着规定的障碍物。此外还有宫殿一样的马厩，里面装有冷暖空调机和不锈钢的饮料机和草料槽。所有的房屋都是深藏在绿树丛中，包括主人的客厅和卧室等楼房。经常集会的那幢大楼只有三层，但里面却装修得十分考究和豪华，而门口的台阶两旁却是配有各种火力的暗堡……

所有的设施都笼罩在一片绿荫之中，但这里却充满着杀机。在清澈的湖边，你可以看到全副武装的保镖和打手，有一些打手还威风凛凛地站在跑道边。松林马场之所以名闻遐迩，一是因为它安全，二是因为它充满恐怖。不过对参加会议的头目们来说只有安全，恐怖是对政府的密探和别的帮派的杀手而言。

所谓的马场并不是专门养马的地方，尽管松林马场的马厩里和草坡上，饲养着一百多匹世界各地的名马。这里还是一个为赛马经纪人提供信息服务的机构。

20世纪50年代的头几年，是新英格兰黑手党头目们最不安全的时期。1950年2月，当时的美国总统杜鲁门授权他的最高检察长霍华德·麦格拉思，召集了一次全国各城市市长和检察长会议，专门讨论全国有组织犯罪的问题。当年5月，参议员埃斯特斯·基福弗为全国有组织犯罪安排了长达十七个月的"审理期"，这些措施让黑手党的头目们惊恐万分，他们估计政府对黑手党的打击会越来越猛，而且会持续不断。

1951年底，基福弗在全国所有大城市进行电视演讲，动员大家对有组织的犯罪行为和犯罪团伙公开发表意见。

在这种形势下，隆巴多和他的同伙们，最担忧的就是这位参议员基福弗会下令取缔《芝加哥大陆报》。因为该报是当时美国赌博行业的主要工具，它是由黑手党控制的电信服务机构，以合法和非法的方式披露赛马场有关赛马结果方面的信息，然后将这种信息卖给全国赛马经纪人换取报酬，从中牟取暴利。

隆巴多的这种担忧很快变成了现实——当基福弗注意到《芝加哥大陆报》遍及全国性的非法活动时，便进行了指名道姓的指责，逼得这家报纸最后关门了。

《芝加哥大陆报》关闭后，新英格兰地区所有的赛马经纪人便失去了信息的来源，隆巴多和他的伙计也失去了财源。于是在这种情况下，隆巴多便与布鲁科拉开始创建了自己的独立服务机构。这个机构的办事处就设在有影响的松林马场。

隆巴多的这个服务机构的宗旨，还是尽快地将赛马场的结果和信息传递到全国各地，其作用与《芝加哥大陆报》相同。所不同的就是，他们安置了一些人带着远距离望远镜，潜伏在他们鸟瞰赛马场的大楼里，或安置人在赛马场内用无线电话与场外汽车里的某些经纪人通话，或者是贿赂一些骑手、驯马师等人，有时也用匿名电话和手枪进行恫吓和威胁……

当时隆巴多的服务机构拥有全美最好的电话通信设施，他们还有一名自己的电子专家。这位电子专家能在十分钟内，给你的每一间房间都装上一部电话，并且将这些电话同某个可怜的傻瓜的线路接通。这位电子专家手下还有一大批这种精通业务的技术人员。

有一次，这几位技术人员将电缆搭接在东波士顿机场的通信网上，将电话机与赫尔茨的电话线连通。但是，对方却全然不知。这伙人中有个叫弗伦戈的家伙，同样是这方面的天才。隆巴多委托这个弗伦戈建立个通信中心，结果他一夜之间，就将整个房间布满了电话，他将整个中心布置得可以同时与十多人或几十人通话……

有了这种设施和技术人才，隆巴多的独立服务机构，完全代替了被取缔的《芝加哥大陆报》，垄断了全国的赛马赌博行业。

常言道，"名师出高徒"，成了隆巴多的黑手党成员之后，雷蒙德果然被调教出来了。

不过在和隆巴多逃出监狱之后的那几年，雷蒙德并没有直接参与隆巴多的赌博业，而是开始在波士顿及马萨诸塞州一带自己闯天下。所以，他从1930年加入隆巴多的黑手党组织后，直到1938年以前，许多人都不知道他是隆巴多的"部下"，只知道他是新英格兰地区黑手党中的一个重要角色。

从监狱里逃出来之后，雷蒙德一直牢记隆巴多对他说的第一句话——"你太老实了"。因此，他便开始让自己变得不老实，渐渐学得像狐狸一样狡诈。

1938年，雷蒙德的真实"身份"暴露了，原因是他同一伙人武装抢劫一家珠宝店当场被抓获了。警方从他身上搜出了作案的工具和携带的一支大口径手枪，他由此被判处了五年的监禁，然而他仅仅在监狱里蹲了八十四天，就被不明不白地释放了。

雷蒙德的公开释放，让无论是黑道社会还是有关当局都大吃一惊。更让人感到吃惊的是，由于雷蒙德的释放，竟让马萨诸塞州州长的得力助手、该州的一位司法厅长受到了指控并被剥夺了其重新担任官职的权利。这则丑闻真让人们对雷蒙德不能不另眼相看了。

其实这则丑闻真正的导演并不是雷蒙德本人，一切都是由隆巴多的一双大手在幕后操纵。

雷蒙德被判刑之后不久，马萨诸塞州司法厅厅长丹尼尔·H·科克利收到了一份申请书，这封申请书上有三位牧师签了字，他们一致建议释放雷蒙德。

科克利当时任该州的司法厅长，同时也是该州州长查尔斯·赫尔利的左右手，深得他的器重和信任。他收到这份申请书后，唯一感到有怀疑的地方是，这份申请书并没有下级各政府机关的签章，而是直接送到了他手中。他开始考虑是否将这份申请书送给州长过目，然后提交州司法机关讨论。

正当科克利在举棋不定时，他接到了一个电话，电话中有人邀请他去松林马场观看赛马。科克利顿时雅兴大发，果然如约去了松林马场。到了那里他见到了隆巴多本人，并在隆巴多一位副手的陪同下观看了赛马，还第一次买了十张彩票。结果在开彩时，他的十张彩票有八张中了彩，总共得到的奖金据说比他三年的工资总额还要多。当然，在松林马场逗留的期间，隆巴多还问及了那份申请书的事，并透露了雷蒙德同他的关系——"他是我的一位表弟"，这是隆巴多的原话。

就这样，科克利回到他的办公室之后，就着手操办这份申请书上提出来的问题。结果就在雷蒙德刚刚服刑八十四天时，他被宣布释放了。

雷蒙德被释放之后，在马萨诸塞州引起一片哗然。州政府立即组成调查小组对这份申请书和司法厅长科克利进行调查。调查一直持续了三年之久，直到1941年才有了结果。这份申请书上的三位牧师，其中一位是"查无此人"，另外两位都公开声称，本人与此事没有任何关系。同时，司法厅长科克利在松林马场"中彩"一事也上了报纸的头版头条。

就这样，科克利在1941年受到指控，并被剥夺了重新担任官方职务的权利。这一决定，是马萨诸塞州建州一百多年以来，第一次对该州官员采取这样严厉的措施。

同时，这则轰动一时的丑闻，也让雷蒙德的身份大白于天下，所有人都知道他原来是隆巴多的人。从此，他在新英格兰黑手党组织中，又多了一张"通行证"。

雷蒙德的身份公开之后，他就不再在社会上闯江湖，干脆跟着隆巴多在松林马场鞍前马后地跑。这一切当然是隆巴多的安排，他觉得这位当年"太老实"的小老弟，已经不再"老实"了，而且是一个干大事业的人。

果然几年下来，雷蒙德不仅是隆巴多手下一员不可多得的"跟班"，而且是新英格兰地区一颗正在升起的"黑道明星"。

后来，一个偶然的机会，终于让雷蒙德自立门户，成了一方霸主。

松林马场的电信服务机构建立起来之后，果然生意兴隆，财源滚滚。不过，意料之中的麻烦也来了。

这个电信服务机构有一位顾客，名叫卡尔顿·奥布莱恩。此人是罗得岛普罗维登斯的赛马经纪人，也是一方霸主。

奥布莱恩有前科，涉嫌参加过好几次武装抢劫。后来他垄断了罗得岛的赛马赌博业，许多赛马经纪事务所都是他麾下的办事机构。赛马在美国和西方国家，是一种赚大钱的重要赌博方式，许多人都是由此而暴富。奥布莱恩对他手下的赛马经纪事务所，在业务上不加以任何干预，他得到的唯一的"好处"就是征收他们的服务费。

在《芝加哥大陆报》关闭之后，那位参议员基福弗知道，这种赛马赌博并没有偃旗息鼓，关于赛马的信息情报同样是赚大钱的抢手货。这样，自然还会有人干《芝加哥大陆报》一样的勾当。通过调查，他的目光终于转向了马萨诸塞州的松林马场，转向了隆巴多的电信服务机构。于是，便派出许多政府侦探，深入到这一带明察暗访，总想弄个水落石出。

由于基福弗的侦查，隆巴多的服务机构付出了很高的代价，无论是人力上还是设备上都不得不投入许多额外的开支。这样　来，那些服务机构对顾客的收费，也就相应地提高了。这种收费的提高，使所有的赛马经纪人都产生了不满情绪。而其中最为不满的就是垄断了罗得岛的赛马赌博业的经纪人奥布莱恩。他不仅公开进行反抗，而且拒绝缴付提高的那部分收费。同时他还扬言，他要建立自己的服务机构，来打破隆巴多这个服务机构对新英格兰地区的垄断，以低廉的收费来为那些赛马经纪人服务。

奥布莱恩的这种态度和企图，无疑是宣判了自己的死刑。

经过几次交涉之后，奥布莱恩依然不改初衷，并且打算将自己的计划付诸行动。在这种情况下，隆巴多不得不采取最后一手了——他派出他手下最有能力的雷蒙德亲自去罗得岛进行"调查"。

雷蒙德来到罗得岛之后，同奥布莱恩进行了交谈，但效果依然不佳。于是他便指挥当地的隆巴多部下，一夜之间，袭击了奥布莱恩属下的五个赛马事务所，并枪杀了三位奥布莱恩手下的经纪人。面对雷蒙德的强硬措施，这位抢劫犯出身的经纪人奥布莱恩不但不服输，反而纠集一伙手下人赶到雷蒙德下榻的旅馆，扬言要把雷蒙德赶出罗得岛。

哪知这天晚上，雷蒙德并没有住在这家旅馆。因为这几天听到风声，这只狡猾的狐狸住到一位朋友家去了。正当他在那位朋友家中商量如何对付奥布莱恩时，他手下的几位黑手党徒驾着车赶来了，向他报告了奥布莱恩在那家旅馆的所作所为。

雷蒙德一听，知道现在是该下手的时候了。他马上操起电话，请示他的老板隆巴多。

这时，隆巴多给他的回答还是那句话："你太老实了！"

雷蒙德脸上露出了笑容，他知道，这是隆巴多在向自己下达"密杀令"。雷蒙德马上做出了决定，连夜带人砸烂了奥布莱恩最后的几家事务所，吓得他躲到情妇家里去了。

雷蒙德这一次是下决心要置奥布莱恩于死地的。得到奥布莱恩躲进情妇家去的消息后，他又派出一伙人埋伏在他情妇家的附近，命令这些人，只要一见到奥布莱恩，就开枪射击。

奥布莱恩在情妇家躲了三天，同外面的一些朋友通了几个电话，知道这一次是在劫难逃，便请一位朋友出面去找雷蒙德，愿意和他谈判，接受他提出的任何条件，只要留下自己一条性命。

雷蒙德了解奥布莱恩的禀性，知道他这是缓兵之计，一旦缓过气来，还会卷土重来。再说，自己正要找块地盘发展，有罗得岛这么一个现成的地方，又有这么一个千载难逢的机会，怎么可以错过呢。于是，雷蒙德便利用奥布莱恩想谈判的心理，把他引出藏身之所，答应了第二天上午在他的经纪事务所见面。其实他暗地里却安排了一伙人埋伏在奥布莱恩的家门口。他知道这个家伙在见自己之前，一定会先回家一趟。

果然不出雷蒙德之所料——

6月23日清晨，奥布莱恩从他的情妇家出来后，就径直开车回了自己的家。他准备在家里收拾一下，再去从从容容见雷蒙德。结果他在门口一走下汽车，还没有跨上自己家门口的台阶，就被一阵乱枪打死在台阶下面的水泥甬道上。

奥布莱恩死后，雷蒙德立即在隆巴多的授意下，在罗得岛开办了一家赛马经纪事务所，把这种赌博生意接管过来了。在隆巴多的支持下，他几乎是免费使用黑手党的电信服务机构提供的赛马信息，把奥布莱恩生前遗留下来的一些残部的生意全夺过来了。这些人见奥布莱恩一死，也树倒猢狲散，许多人赶快改换门庭，立即投到雷蒙德的门下。

到1953年初，罗得岛基本上成了雷蒙德的一统天下。他除了垄断了罗得岛的赛马赌博业，还发展了自己的实力，建立了一支三百多人的黑手党组织。这时，他开始向各个方面渗透。不到一年的时间，他凭借自己超凡的智慧和胆魄，很快就成了罗得岛黑道社会的霸主。他的大名很快传遍了新英格兰地区。

正当雷蒙德在罗得岛崛起时，隆巴多的日子却很不好过。参议员基福弗的穷追猛打，已经让隆巴多不得不开始收缩势力。因为当局已经掌握了隆巴多在波士顿等大城市公开进行诈骗的赌博和抽彩等罪行，还掌握了他在一些偏远地区和其他州与赛马经纪人之间肮脏的交易。这种事情一旦有了证据，等待他的将是法庭和监狱。

这时，隆巴多不得不下令停止波士顿的赌博生意，同时也命令其他的部下停止在波士顿的一切非法活动。他当时的命令是：不赌钱、不抽彩。

隆巴多的这种收缩，既成全了自己的得意门徒雷蒙德，也让另一位新的黑社会首领脱颖而出，后来居上。

这位新生的黑手党家族的"族长"，就是后来有"波士顿教父"之称的文森特·查尔斯·特里萨。他正是在波士顿隆巴多家族的废墟上平步青云，成就一代霸业的。

不过，特里萨的崛起却是那么步履维艰。

第三章

艰难崛起　众"教父"乱世出道

　　"波士顿教父"并不是"科班"出身，而是一位海
军军人，但他在地中海的驱逐舰上学的却是赌博和投机
——最保险的赌场是在厨房中的冷冻柜里，但在夏天
也得穿上棉大衣……

　　"曼哈顿教父"本是一位屠夫的后代，但他却组建
了一个神出鬼没的"盗车集团"，巧遇罗得岛来的高
手，从此成为纽约城引人注目的黑道"新星"。

　　波士顿，是美国东海岸与纽约齐名的大都市，也是新英格兰地
区最负盛名的港口城市。

　　在20世纪中期美国黑手党猖獗的年代，波士顿一直是新英格
兰地区各大黑帮家族的必争之地。因为波士顿濒临大西洋，海上交
通方便，是走私贩毒理想的地方，同时，成千上万的码头工人当
中，自然有不少的酒鬼、赌徒和嫖客……这些人，都是黑手党人的
"衣食父母"。

　　但是，由于这个城市太大，自然很难成为一个人的"一统天

下"，加上又属于新英格兰帮的范围之内，一般的人又很难自立门户，不可能囊括所有赚钱的行当，只能在某一个领域里独领风骚。所以，这里便出现了无数个小帮派，就像一群苍蝇，在"嗡嗡嗡"地绕着一块腐烂的大肥肉叫，谁都别想据为己有。

然而到了20世纪50年代以后，波士顿却有一位自己的"族长"，将这块"肥肉"置于自己的权力之下，由自己慢慢地宰割。

此人就是被称为"波士顿教父"的特里萨。

特里萨并不是一个"科班出身"的黑道人物，他在出道之前曾是一位军人。

1945年11月29日，特里萨加入了美国海军部队，一个月后来到班布里奇海军基地接受基本的军事训练。这时二战已经结束了，当兵就像进工厂一样，不过是寻找一种谋生的职业。而这在当时对特里萨来说并没有那么轻松，因为他15岁就有了女朋友，现在不得不同她告别。

特里萨的女友名叫布兰琪·博塞曼，温柔又漂亮。她比特里萨小两岁，在小学时就爱上了这位比自己高一届的橄榄球手。不过，布兰琪的父母并不喜欢这个"意大利佬"，尽管她的家庭并非名门望族，父亲也不过是个在街头摆个铁匠炉的"打铁佬"。父母的态度并没有改变布兰琪对特里萨的一往情深，他们依然相爱如故，直到特里萨当兵入伍。

可想而知，特里萨同布兰琪的告别是浪漫而又痛苦的，但一到军舰中特里萨就没有时间去痛苦了。在海军基地六个多月的训练中，他总无法记住各种动作的要领，该背的操典也总是背不下来。结果在训练结束时，他只能被分配到一艘开往地中海的驱逐舰上当一名厨师。

特里萨对在军队中干哪一行倒并不十分挑剔。他的想法十分简单，无非是能管吃管住、能玩、能弄到钱，还能通过这种机会去周游一番世界，到威尼斯、雅典、那不勒斯、直布罗陀等地方去逛上一遭，他也就心满意足了。他知道自己无论如何也当不上美国海军司令，恐怕连当个轮机兵都很难。现在既然叫自己当厨师也没有什么不可以，每天还可以比别人多喝两瓶酒呢。

因此，特里萨在驱逐舰上的伙房里干得很开心，而每次靠岸能得到外出的机会就更开心了。只要一有这样的机会，他一次都不放过，总是脱下平时穿的工作服，换上一套笔挺的海军服上岸去了。一上岸之后他就往两个地方钻，不是酒馆就是妓院。先是喝得酩酊大醉，然后和妓女厮混，结果总是不能按时返舰。有一次他醉倒在一个三等妓院里三天两夜，差一点弄得美国外交部要向他们靠岸的这个地中海国家发照会。

这样，特里萨每次返回军舰之后的后果就可想而知了，不是被禁止不得外出就是关禁闭反省。不过这对特里萨来说总是小菜一碟，关上几天禁闭他反正乐得睡上几天，恢复一下元气等下次靠岸再快活一把。最让他伤脑筋的惩罚就是罚款。每当到月终发军饷时，军需长拿着花名册唱名时，唱到他的名字时总要停顿一下，因为在特里萨的名字后面总是一个"0"。后来到了发饷唱名时，一念到特里萨的名字，所有在场的人都不约而同地圆着嘴巴，异口同声地"0"一声，弄得气氛既活跃又开心。在海军的三年期间，特里萨几乎没有领过一次军饷，这实在是一件该上"吉尼斯大全"的事。

然而，特里萨并没有为这一次又一次的"0"所难倒，他总有办法弄到他所需要的钱。军舰每次靠岸，都得去补充一批给养，将贮藏室的东西搬出来。这里面有面粉、黄油、香肠，还有整块整块的牛肉、猪肉和整箱的鸡蛋。这些食品有的既没有变质也没有腐烂，仅仅是贮藏的时间长一点，不够新鲜。但是美国海军的饮食卫生标准并不同于地中海沿岸的普通城市居民，这些不新鲜的食品是违反操典的。于是每到一个新的停泊地，特里萨和他的战友们就累得半死，因为这些清理出来的东西，你又不能只是往舰外一倒就了事。那样，当地政府就会控告你污染了他们的海域，你还得花上九牛二虎之力，把这些东西搬上小艇，然后弄到老远老远的海面上去处理，处理完了这些旧东西，再去上街采购新鲜的。

后来，特里萨终于发现了一种"两全其美"的办法：一到停泊地，他就和他的朋友上岸去黑市市场联系几位黑市商人，名义是花几个钱请他们来清理，实际上是把这些不新鲜的食品折价卖给他们。这样，他们既可以从军需官那里领到一笔"劳务费"，又可以从黑市商人手中得到一大笔卖东西的钱。尤其是在一些贫困的国家，这些黄油、香肠、牛排什么的，都是市场上的热门货，只要不是坏得吃不得，一般的市民是不会拒绝的。

这一发现，终于让特里萨和他的几位朋友找到了一条生财之道。因此，即使是没有军饷，他同样可以搞到自己需要花销的钱，同样可以在有机会的情况下，上岸去喝酒和玩女人。

特里萨的第二条生财之道就是赌博。

赌博在军队中是禁止的，但军队中并不是没有有赌瘾的人，关键是看你能否找到合适的场所。特里萨在军舰上终于找到了一个最隐秘的赌博场所，那就是在厨房底舱的冷冻库里。他们往往穿着大衣，戴着手套，坐在冷冻库的纸箱上，通宵达旦地赌。在这样的地方赌博，再精明的军官也查不出来，除非他们是上帝。

特里萨对赌博有天生的才能，而且喜欢下大赌注的"豪赌"。

结果不到半个月的时间，许多士兵的军饷都到他的口袋里去了。这样，又让特里萨有了第三条生财之道，那就是放高利贷。

许多无法弄到钱的士兵需要钱花，只好请特里萨帮忙。特里萨也不推辞，以高额的利息借给对方，下个月发饷时，连本带息一次性还清，如果需要可以再借，但一定不能超过发饷的日期。另外一个很重要的原则是不许告密，否则，说不定哪一天会大祸临头。

就这样，三年的海军生活，便把一位涉世不深的特里萨锤炼得五毒俱全。也正因如此，他的海军生涯提前结束了。当他离开军舰回到波士顿的家中时，还真有点恋恋不舍。

退伍之后，特里萨很快就同他的女友举行了婚礼。尽管布兰琪的父母极力反对，但特里萨还是如愿以偿。

然而，这样的婚姻并没有改变特里萨的人生。婚后不到一个月，他经常夜里喝得烂醉如泥，在凌晨两三点钟时才推开自家的门。开始的时候，他的妻子布兰琪还等到深更半夜，等待他的归来。后来他竟彻夜不归了，布兰琪只有含着泪水一个人去睡觉。有时是特里萨的父亲在灯下等候，过了一段时间父亲也对他失去了信心。他觉得自己的这个儿子实在是个无赖。

但是，特里萨的父亲绝对没有想到，自己的儿子还是一个狂热的赌徒。

特里萨这时最大的兴趣不是喝酒，而是赌博，并且是赌赛马。

从海军退伍之后，为了生计，他父亲通过老朋友的关系，帮他在一家意大利人开的阿特拉斯公司谋得了一个卡车司机的差事。

这家公司是一家纸业公司，生产各种各样的纸，其中有办公用纸，也有家庭用纸。公司的仓库发货员是一位老奸巨猾的家伙，他唆使特里萨利用运货的机会，将公司的货偷出去便宜卖掉，然后两人坐地分赃。

特里萨和他"合作"了几次之后，尝到了甜头，便大胆地做手脚。有时将整车的纸偷出去，和街上原来的一些朋友联手，销赃给一些地下批发商。通过这种非法途径，特里萨每个月能搞到2000美元的"外快"。

搞到这些钱之后，特里萨并不是补贴家用，也不是存银行或者是做什么生意，而是到赛马场去赌。

每天上午，他都急急忙忙将一天的运输定额运完，然后匆匆吃过午饭，就在一点钟以前赶到赛马场去。他开着车子到了赛马场之后，给一位看门的家伙付点小费，让他把卡车开进去，停在马厩边的院子里，然后把车上的大篷布拉下来，遮住车门上的标志，这样，别人就不会发现这是阿特拉斯公司的车子，还以为是马场的卡车。

接下来，他便飞快地跑向买马票的窗口，将当天挣来的钱全部押上。但是，每当一场赛马结束以后，他那些押上去的钱便一去不复返了，一天的工作全部付之东流。尽管特里萨并不是每次都输，但他的确很少有赢的时候。但是，无论是赢了还是输了，他在第二天都会准时开着那辆阿特拉斯公司的大卡车来接着赌。

这段时间，他对这种赌博不仅上了瘾，而且几乎到了疯狂的地步。如果一天下午不到马场去把身上的钱输光，他这一天就无法打发。

特里萨的这种疯狂，终于被一个人发现了。此人叫安朱洛，1951年前后，他作为一个抽彩的小骗子，一直在波士顿为尼古拉·吉索跑腿。吉索是当年松林马场的大老板隆巴多手下最大的赌头和高利贷债主之一。

一天下午，当特里萨刚把车子开到马厩边的院子里停下来，安朱洛就来到了他的身边，用手重重地在他的肩上一拍，笑着对他说："朋友，今天又来发财啦！"

特里萨回头一看，并不认识这么一个人，于是便一把将安朱洛的手拿开，大声吼道："滚开！我不认识你！"

"不认识我没有关系，"安朱洛嬉皮笑脸地说，"只要我认识你就行。来，交个朋友。"

安朱洛说着，非常麻利地从口袋里摸出一包烟，顺手递给了特里萨一支，并给他点上了火。

特里萨在吸着烟，心想：这个家伙是干什么的，真有涵养。便说：

"朋友，不瞒你说，我是很喜欢这种游戏，输赢对我来说并不在乎。但是，我今天的确是一分钱都没有，只是想来过过干瘾。刚才听你说我来发财，认为你是讽刺我……"

安朱洛一听，连忙打断他的话说：

"我说哩，怎么这么大火气。我知道你对这玩意儿有瘾，已经差不多两个月了，我天天都能看到你往这里跑，当然认得你。你说你今天是来过干瘾，这不是寒碜我这个自称朋友的人吗？好吧，我这里还有 1000 美元，今天我们就合买一份，输了算我的，赢了我们平分。"

特里萨从来没碰上这么大方的朋友，何况还是素不相识，听安朱洛这么一说，居然有点不好意思。不过心里还是领了他这份情，只是在想，千万不要输了才好。

好像冥冥之中有神助一样，安朱洛与他合伙买的这张 1000 美元的马票，到比赛结束时一开彩，竟变成了 4000 美元。这可是特里萨在这家马场上从未有过的纪录。他非常感激地接受了安朱洛分给他的 2000 美元，真没有想到这家伙这么有眼力。于是，他不由得对安朱洛佩服起来。他哪里知道，这个马场上专门玩抽彩的小骗子，完全是依靠马场上的那班兄弟们做手脚过日子。

从此，特里萨就和安朱洛成了好朋友。这也正是安朱洛白送2000 美元给特里萨的目的之所在。

安朱洛，生于马萨诸塞州的斯旺普斯科特。在此之前，他不是黑手党，只是一个微不足道的水果贩子。

在 20 世纪 40 年代，安朱洛有一部旧货车和几辆独轮车，与他的几位兄弟，专门从郊区往城里运送水果。这种微不足道的小本生意居然也让他们受到盘剥。市区的那些小帮派的黑手党徒时不时来找他们的麻烦，白吃白拿不算，还要收什么"地皮费""保护费"。那些人公开地对安朱洛说："国家有税务所，那是'第一税务所'，我们这些人是'第二税务所'，不上税同样是不能上市的……"

安朱洛气得没有办法，和几个兄弟一合计，干脆改行不做水果生意，也去办个"第二税务所"。这种无本的买卖不仅钱来得快，而且还不受气。安朱洛手下有十多个兄弟，都一个个人高马大，听他这么一吆喝，都同意了。

不过要做这种"生意"，关键的一条，是得找个靠山。这种靠山越大越好，越大越来钱。如果有人不服，你把牌子一亮，报一声你的靠山是谁，只要听说你是某某某的人，那么，对方连屁都不敢放一个，你说圆就是圆，说方就是方。这种"生意经"安朱洛懂。但找谁去呢？安朱洛想来想去，终于想到了他平日见过的尼古拉·吉索。此人自己在波士顿这块地皮上倒没有什么惊人之举，但他有个大靠山隆巴多，所以他的分量就不一样。

当时，这位尼古拉·吉索只是在波士顿替隆巴多管几家赌场、两家赛马事务所，另外兼放、收高利贷。安朱洛找到吉索门上之后，吉索见他伶牙俐齿，又獐头鼠目，知道他是一个聪明的奸诈之徒，便把他收在门下，安排他一份差事——去赛马场管抽彩。这种行当不费力，不要打打杀杀，冲锋陷阵，但要头脑灵光，便于做手脚。

安朱洛果然不负吉索之重望，尽管他是半路出家，但对赛马场上的那一套，不出十来天便烂熟于心了，几场下来，为吉索挣了不少钱，也为自己开辟了一方天地，他手下的那几位水果贩子，也跟着他吃香喝辣又抖威风。

就这样，安朱洛在赛马场上混了半年之后，就有了自己的赌场。这时，安朱洛还认识了大头目隆巴多，于是他便想跳过吉索，直接拜在隆巴多门下。

1951年3月的一天，安朱洛斗胆去了松林马场，经过一番盘问之后，他终于见到了隆巴多。他对隆巴多说：

"隆巴多先生，您不用管赌场了。如果让我来干，您看怎么样？"

当时隆巴多正为他的电信服务机构的事操心，参议员基福弗要查，罗得岛的奥布莱恩又不肯交钱……许多事弄得他焦头烂额，他对赌场的确抽不出时间去过问，甚至连搞女人的时间都没有了。现在见这个安朱洛送上门来为自己分忧，心中自然有几分高兴。但是，他对这个马场的小骗子还不十分摸底，有些不放心。他想了一阵子，对安朱洛说：

"你这个主意不错。但是，我先得把丑话说在前头，你可要好好地盘算盘算。我这里目前的情况相当严重，他们对所有的人都在盯梢。如果你想干，我没有意见。要是你被逮住，你当然不能指望得到帮助，这一点你别忘记。组织与你无关系，你与我们毫无关系。不过赌场的收入怎么分成，你看着办。对，还有，你原先的老板吉索那里还得有个清楚的交代。"

隆巴多的这番话，无疑是同意了安朱洛的想法。安朱洛见目的达到了，便顺着竿子往上爬，同隆巴多把许多问题都一次性地敲定了，这足见他的外交才能。

从松林马场回来之后，安朱洛便想找一个人代替自己管理赛马场的生意，这对吉索也好有个交代。于是，他便发现了特里萨，觉得这样一位对赛马如此执着的人，将来肯定是这方面的高手。他同特里萨交往了几次之后，便对特里萨和盘托出了自己的想法。

特里萨本来就对开卡车不感兴趣，现在见有了这么一个机会，自然不肯放弃，二话没说，就接了安朱洛的摊子，在赛马场施展开了。这样，两个人都各得其所，这种高兴劲儿自然没法说。

从此，特里萨便与新英格兰地区最大的黑手党组织沾上了边。

特里萨正式辞去了阿特拉斯公司卡车司机的职务，是在同安朱洛拍板成交三个月以后的事。

当时，特里萨由安朱洛介绍，认识了安朱洛的老板，也是自己未来的老板尼古拉·吉索。吉索对安朱洛的另攀高枝虽然不满，但见他已同隆巴多拉上了关系，也不好过多地说什么。他只是叫安朱洛把自己手下原来那帮水果贩子全都带走，说自己庙小容不下大菩萨。真正的意思是担心这些人会碍特里萨的事。

自从第一眼看到了特里萨之后，吉索就发现自己无论从哪方面说，对特里萨的感觉都比对安朱洛的好。他认为特里萨这样的人，无论如何都不能仅仅是一位马场抽彩人员，他应该是一个干大事业的人。因此，他很想先把特里萨拉过来，帮他一把，然后再推他一把。吉索从来不怀疑自己的眼光和直觉。

吉索"拉"特里萨的方式也很特别。因为他是一个高利贷者，因此，他还是轻车熟路地利用自己的老本行。他知道特里萨嗜赌如命，而且是"豪赌"，因此就借钱给他。只要他一输，吉索就慷慨解囊，一沓一沓的美金往他面前搬。不过，借归借，但手续一定不能含糊。一张张的字据都要由特里萨本人亲笔写好，末了还要签上大名，按上手印。因为吉索知道，这些钱都是隆巴多的。目前在波士顿，或者是在马萨诸塞州这个地面上，敢于赖隆巴多的账的人还没有出世。

吉索的这种"拉"的方式真可谓老谋深算、一箭双雕——既为老板隆巴多做了生意，又将特里萨控制在自己的手中，再也不用担心他会像安朱洛那样，翅膀一硬就跳槽，另攀高枝。

吉索的这一招果然见效。几个月下来，特里萨虽然过足了赌瘾，但却欠了吉索——准确地说应该是隆巴多一身的债。然而奇怪的是，债主吉索不但不催他还，反而一如既往地有求必应，只要特里萨一开口，有时甚至他没有开口，吉索就会主动地把钱借给他。要多少借多少，从不打折扣。

人总有清醒的时候，特里萨也不例外。

有一次，特里萨过足了赌瘾之后，头脑特别清醒，他才想到欠下了吉索一大笔钱。他大致地估计了一下，总不下20万。这时，特里萨竟然有些愤怒，找到吉索，一把抓住他的领子说："老板，你到底要我干什么？你为什么要借这么多钱给我？你说！"

特里萨顺手一推，几乎把吉索推倒在沙发上。

吉索当然知道会有这么一天。他坐在沙发上看着暴怒的特里萨，看了半天才说：

"特里萨，我告诉你，我为什么要借钱给你，这是因为你需要钱，我能不借吗？不过我每一次都对你说，这钱，这所有的钱都不是我的，我也同你一样，不过是一个穷光蛋，一个给人跑腿的狗，这钱都是大老板隆巴多的。特里萨，你听到了吗？"

奇怪的是，听吉索这么一说，特里萨竟然火气全消了，低下了愤怒的头，两只手在满头的乱发中乱揉，坐在对面一声不吭了。

吉索知道自己"拉"的目的已达到了，该进行下一步的"帮"了。他沉吟了半晌才对特里萨说：

"小伙子，是骡子是马，拉出来遛遛，不要为几个钱难倒英雄汉。我倒有个法子，不知你愿不愿干？"

"你说下去吧！"特里萨连头都没有抬。

"马萨诸塞州坎布里奇市的哥伦布联合信用社，是那个地方意大利移民的一个信贷办事处。那里的老板是一个地地道道的意大利人，英语说得结结巴巴。不过，此人善良、可亲而又天真，而且是我的朋友，你愿与此人共事吗？"

"你这是什么意思？"特里萨终于抬起了头，望着吉索。

"这里的意思你自己去想。"吉索似乎是很随便地说，"如果你不乐意，我绝不勉强。我不过是想替你找个能弄钱的地方，不然的话，隆巴多老板的这一二十万，还加上利息，我真不知道该怎么打发。"

"你说是让我去搞钱，有那么容易吗？"特里萨似乎在半信半疑地说。

不过，吉索已听出特里萨心动了。他觉得应该再鼓励一下就可以了，便说："特里萨，那位老板叫帕斯夸莱·瓦尔托，虽然善良但却是一个典型的笨蛋。你完全可以通过他摆脱这一身的债务，甚至还可以利用你的精明顺手牵羊，把这整个信用社都搬走。我完全相信你能做到这一点。”

特里萨在吉索的“鼓励”下，果然答应了他的要求，去坎布里奇市同那个什么瓦尔托老板“共事”去了。

正如吉索所言，哥伦布联合信用社的经理瓦尔托老头实在是个典型的笨蛋。他为所有的意大利人办这个信用社，是因为这些年纪大的意大利人都不相信政府的银行和私人开的什么储蓄所，担心自己的钱一旦存入那里就会被他们吃掉。这些意大利人便把自己节省下来的钱存入这个信用社，由瓦尔托代他们管理，并认为这样一笔笔一两千的小钱，到时候可以变成整万整万的大钱。

瓦尔托深深理解这些老乡的心理，所以对他们存进来的每一分钱，都像自己的钱一样留神，几年来没有出过任何差错。但是，这个信用社只是一个银行的原始形式，瓦尔托还不是一位银行家或金融专家，所以在管理上极为混乱。其中最混乱的一点，就是无论什么人，都可以从这个信用社借到钱，而且手续极其简单。全部的手续只要两个人签名：一个是借贷的人签名，另一个是证人签名。

奇怪的是这种简单的贷款手续，竟使这个信用社自开办到现在没有出过一回乱子，因此瓦尔托就认为自己的这种管理办法，是世界上最好的管理办法了，而且深信不疑，一直沿用至今。

吉索在这家信用社旁边开了一家洗衣店，他手下的一个头目、那家洗衣店的老板告诉了他这种可笑的贷款办法，才让吉索这个高利贷者动了这份歹心。

特里萨也是地地道道的意大利人的儿子，又有吉索这位老朋友介绍，瓦尔托自然深信不疑。特里萨便利用这种信任大做手脚，第一次就向信用社借了 20000 块钱还给了吉索。事后他对瓦尔托说，他有好多朋友，都希望能从这里贷款，因为大家都知这个信用社守信用，利息也不高。

瓦尔托听到这种花言巧语，便信以为真。

有了第一次的成功之后，特里萨便开始了第二次、第三次……所谓这些"朋友"，有的是根本没有的"子虚乌有"的名字，有的则是从坟地里的墓碑上抄来的名字，这些人都是瓦尔托永远见不到的"贷款人"。特里萨在这家信用社连续用这种方法，从瓦尔托那里"借"了大约四十笔这样的贷款，骗取了85000美元的贷款。他甚至用自己3岁的儿子韦恩的名字，从瓦尔托手上借到了一笔25000美元的款。

可笑的是，那位老实的信用社经理竟然一无所知。这时，特里萨才真正想到了吉索是在"帮"自己。不过，要想完全还清从吉索手上借来的钱，仅仅靠这样一笔一笔的贷款还是不行的。特里萨又想到了吉索对他说过"顺手牵羊"的办法。

一天，特里萨找到了以前常在一起赌钱的两位朋友，问他们想不想弄钱。这些赌徒一听到钱字，眼睛都亮了，连忙问特里萨有什么办法可以弄到钱。特里萨便同他们轻轻松松地就策划了一次成功的抢劫。

特里萨知道瓦尔托的办公室在二楼，每天在他办公室的保险柜里，都会放上四五万块钱。因而，特里萨就对这两位朋友说："明天上午9点钟左右，你们每人带上一把手枪和一只长筒丝袜到信用社来。来了之后直接上二楼找到瓦尔托的办公室，然后把长筒丝袜套在头上，闯进去关上办公室的门，用枪逼着瓦尔托打开保险柜，拿走里面所有的钱和有特里萨签名的借条。不过你们千万不要朝他开枪，即使他要反抗也不能开枪，万一不行就用绳子勒死他……"

第二天上午9点钟，这两位朋友果然如期而至，一切都照特里萨说的去做。他们不仅顺顺当当地拿走了保险柜中所有的45000元美金，而且将有特里萨签名的借据全都拿走了。整个行动不过半个小时。在这半个小时内，特里萨一直在楼下的办公室，一边竖起耳朵听头上的动静，一边挡住了三位要上楼面见经理的顾客，让他的两位朋友在不受任何干扰的情况下把这件事办完。

晚上，他们三人在一位朋友的家中分赃，每人分得15000美元。同时，特里萨将那些自己签名的借据，都用打火机一张一张地烧掉了，这些借据上的钱加起来，不少于15万美元。

事情发生时，瓦尔托根本没有想到特里萨会参与这次抢劫，只是后来在清理被翻得乱糟糟的保险柜时，才产生了怀疑。因为他发现凡是有特里萨签名担保的借据都不翼而飞了，而且昨天下班时他还看见了这些借据。

瓦尔托决定要回被特里萨骗去的十多万块钱，他便向法院起诉，将特里萨告到了法庭。然而瓦尔托又拿不出足够的证据，使法庭能判特里萨有罪，结果特里萨胜诉，反而指控瓦尔托诬告，从他手中获得28000美元的"名誉损失赔偿费"。

更不幸的是瓦尔托惹火烧身——因为他这家信用社违背了该州的《信贷工作法》，既没有登记又没有审批，完全是一家地下"黑银行"，有为黑社会"洗钱"之嫌疑，同时，作为信用社的经理，瓦尔托从来没有看见过他的"债权人"，更不要说审查这些借贷者的信誉度和经济偿还能力，结果被法庭处以83000美元的罚款，并宣布取缔该信用社。

从此，这家哥伦布联合信用社彻底地瓦解了。正如吉索事先向特里萨预言的那样，利用自己的精明顺手牵羊，把整个信用社都一锅端了。

这件事不仅让特里萨偿还了吉索的全部债务，而且给了他一个很大的启示：任何一个人都可能进行诈骗，但必须具备这种能力和耐心。他承认自己的确具备这种能力，关键是要在耐心上下功夫。从此，特里萨便在这方面下功夫，他的格言是："笨蛋是造成的而不是天生的。为了诱骗那些笨蛋，必须要有耐心、有钱和有漂亮的门面作为掩护。"

为了达到这一目的，他于1954年在马萨诸塞州的萨姆维尔开了一家冷饮店，后来又开了一家"侨民俱乐部"。这两家门面都装饰得富丽堂皇。

当时，特里萨还很年轻，也还粗暴，手段也不十分高明。他仍然还是一个小骗子和疯狂的赌徒，他的朋友也大多数是窃贼、杀手、赛马经纪人和小高利贷主，而不是黑手党的大人物。但是，他却利用这两家漂亮的门面和自己独特的能力和耐心，骗得了数百万美元，一跃成为当地的首富。

从此以后，特里萨开始寻找更大的合作者和靠山。

1954年以后，隆巴多的"事业"在参议员基福弗的打击下开始走下坡路了，而他的得意门生雷蒙德却在罗得岛如鱼得水。

雷蒙德能在罗得岛呼风唤雨成为一代霸主，除了他自己的能力之外，还与一个重要人物的鼎力相助分不开。

这个人物不是他的启蒙老师隆巴多，而是被公认为新英格兰家族"二号头目"的塔梅莱奥。

许多年以后，雷蒙德还常常对人说，他的成功离不开塔梅莱奥的帮助。

塔梅莱奥何许人也？还得从头说起。

1911年，塔梅莱奥生于罗得岛的普罗维登斯，在当时罗得岛的大头目弗兰克·莫雷利的引导下成为黑手党徒，开始了他的黑道生涯。

1928年塔梅莱奥17岁时，因偷窃汽车被警方逮捕，关禁了五个月后在莫雷利的营救下，越狱潜逃到了纽约。

塔梅莱奥逃到纽约之时，正是纽约"五大家族"刚刚自立门户、初具规模的年代。当时，美国历史上最糟糕的总统之一赫伯特·胡佛（1929—1933年在任）刚刚上台，纽约股票市场全面崩溃，有名的经济大萧条年代刚刚开始。在这样动乱的年代，纽约社会的黑手党组织甚嚣尘上，发展相当迅猛，以"五大家族"为首的黑帮社会几乎成了这个城市的主宰。同时，也给刚刚逃亡纽约的塔梅莱奥以可乘之机。

逃到纽约后，他立即纠集一帮意大利移民的后裔，专门从事他的老本行——偷窃汽车。因为他在罗得岛时就进行了这方面的操练，专干这种营生。凡是被塔梅莱奥和他的兄弟们看上的汽车，很少有幸免的。因此，塔梅莱奥和他的兄弟们成了纽约"有车阶级"的心头之患，他们这伙人被称为"汽车帮"。

正当塔梅莱奥和他的"汽车帮"在纽约如鱼得水时，不料却碰上了一位强硬的对手。这位强硬的对手，就是"五大家族"之首的甘比诺家族的人。

当时，甘比诺家族的"掌门人"还是大名鼎鼎的大老板保罗·卡斯泰拉诺，后来的"族长"卡洛·甘比诺还是个"二号人物"。

1931年4月的一个下雨的傍晚，塔梅莱奥和几个"汽车帮"的成员在纽约第46大街的转角处发现了一辆汽车。这是一辆老式的福特牌汽车，是1903年福特汽车公司刚成立时生产的第一代产品。这辆车子静静地停在暮雨之中，车旁边是一棵枝叶稀疏的紫槐树。雨点从树叶上落下来，滴滴答答地掉在车顶上。车内一点动静都没有，就像一座坟墓一样。

塔梅莱奥发现之后，连忙把手一摆，"汽车帮"的几位兄弟立即停住了脚步，他们都悄悄地站在一堵离车子大约10米远的高墙下，仔细地观察着。就像几个躲雨的人一样，即使是警察来了也不会打扰他们。

大约过了十五分钟，塔梅莱奥续上了第二支烟，然后招呼一位兄弟向汽车走去。当时他穿着雨衣，双手插在雨衣的口袋里，口里叼着一支烟，看上去很像一位电厂工人。尤其是头上的那顶鸭舌帽，最能表明他这种伪装的身份。跟在他后边的那位兄弟撑着一把黑布伞，与他保持两米的距离，不紧不慢地走着。

当塔梅莱奥走到汽车跟前时，他用手拍拍车盖，车内依然没有反应。他笑了一下："原来是一辆空车，害得我们等了这么久。"

说着，他右手摘下嘴里那支没抽完的烟，左手迅速地从口袋里掏出一串钥匙。这串钥匙上有一把是专开福特车车门的，这些钥匙都是他设计的，开锁率在90%以上。这是他混饭吃的家伙，也是他打开金库的"金钥匙"。

当他用那把不锈钢的钥匙捅进车门上的锁孔，稍微用力一旋，车门便裂开了一道缝。塔梅莱奥将车门拉开，并没有马上钻进车去，而是很老练地按了按喇叭。他这一招也是自己摸索出来的成功的秘诀。要是车主在附近，听到喇叭肯定会大喊大叫或上前来干涉，那么，他就可以装作是玩玩的样子拍拍手走掉，临走还可以煞有介事地对车主说："伙计，今后可要记着锁车门。"

要是按了喇叭还没有人来干涉，那么他就可以大胆行事，这辆车十有八九是他的了。

　　这一次，塔梅莱奥也照此办理，按了几下喇叭后，周围除了雨声居然没有任何反应。塔梅莱奥心中一喜：今天又该进财了。他正要招呼其他几位兄弟过来，谁知那几位兄弟都自己跑过来了。他们也同塔梅莱奥一样，见周围没有动静，便知道即将大功告成了。

　　一位兄弟拉开车门，蹿了上去，紧接着其他的车门也打开了。就像上自己的车一样，还不到一分钟，所有的人都挤进了车内。坐在驾驶席上的那位兄弟已经在打马达了，他竟然还亮了一下灯，检查了一下电路，顺便照一下油表。塔梅莱奥就坐在旁边副驾驶的位置上，这样的情况一般都不需要他亲自动手，他也乐得做甩手掌柜，只顾找到买主以后数票子就是了。

　　车子启动了，"轰"的一声驶离了那棵紫槐树，朝46大街的马路正中驶去。那位兄弟一脚把油门踩到底，车速马上升到了六十码。然而还没有转过那个街口，就只听到"隆"的一声，车子向左边一歪，紧接着又是"隆"的一声，车子马上向右边一歪，然后便瘫在地上，底盘在水泥路面上磨得咯咯直响，火星四溅。

　　还没等那位开车的兄弟反应过来，塔梅莱奥便伸过一只脚，一脚将车子刹死了。其他的兄弟都连忙掏出短枪，打开了车门跳了下来，一看，原来两只后轮都飞掉了，不知去向。

　　塔梅莱奥一见，知道今天碰上了高手，正要带着兄弟们到附近的小巷子里逃走，但是已经晚了，几支黑洞洞的枪口已对准了他们。原来塔梅莱奥碰上了真的高人，领头的那位汉子便是后来有"曼哈顿教父"之称的布朗·卡特诺。在甘比诺本人荣升为美国黑手党委员会主席之后，他于1976年接管了甘比诺家族的大权，成为纽约帮中最显赫的黑道人物。

这是塔梅莱奥第一次见到卡特诺。卡特诺当时不过是甘比诺家族中的一个"组长",由于他也热衷于偷窃汽车,所以经常将一些汽车制造故障丢在街头巷尾,引诱一些偷汽车的小偷上钩,从中物色一些高手。今天,卡特诺又故技重演,把这辆老式福特车的两个后轮松动了,弃置在46大街的转弯处。他知道即使再细心的偷车贼,也不会怀疑一辆车子的轮子有问题。当塔梅莱奥和他的"汽车帮"一出现在这辆车子的附近时,他和他的手下在对面的高楼上看得一清二楚。当他看到塔梅莱奥毫不费力地打开了车门时,就知道这伙人身手不凡。他想,这一定是眼下令警察头痛的那个"汽车帮",因此,卡特诺决定要收编这些人,作为自己的左膀右臂。

从此,塔梅莱奥就成了"纽约帮"的一员,同卡特诺一道操纵着一个巨大的"盗车集团",把纽约市场搞得昏天黑地。然而在此之前,卡特诺并不是这条道上的高手,他只不过是一个高明的屠夫,被人称为"卖肉的天才"。

下面,请看一看这位屠夫的发家史。

1910年6月26日,布朗·卡特诺出生在纽约的布鲁克林。父亲叫季乌塞佩,母亲叫孔切娜,他们都是西西里的移民。

卡特诺的父亲是个屠夫,也是一个骗子,他同有名的纽约黑手党巨头、美国黑手党委员会主席卡洛·甘比诺是堂兄弟的关系。另外,他的女儿、卡特诺的姐姐凯瑟琳与甘比诺曾有过一段婚姻关系。由于这种关系,季乌塞佩便成了当地一霸,谁见了都要让他三分。于是,他除经营屠宰业之外,还控制赌场。他至少控制了本森哈斯特17街的意大利轮盘赌的赌博业。

季乌塞佩有三个孩子，卡特诺是最小的一个，而且是唯一的男孩。季乌塞佩本来是想要把他的儿子培养成一个真正的体面人，但是卡特诺向往的并不是大学生的礼服和那种神气的博士帽。他八年级时便退了学，开始替父亲卖彩票，同时学做杀猪卖肉的生意。这时，他开始注意到，屠夫们穿着满是血迹的罩衫和长靴，一天到晚不停地白刀子进红刀子出，提着汤壶干着又累又脏的活，但却得不到人们的尊敬，经常挨顾客的白眼和咒骂，而那些大街上游手好闲的暴徒们，有时虽然也是白刀子进红刀子出，但他们却穿着干净体面的西服，结着领带，穿着皮鞋，开着豪华的轿车去高级饭店享用牛排，并且受到各种人的尊重。因此，年轻的卡特诺开始对生活的道路有了明确的选择。

　　18岁时，他便长得人高马大，瘦长的双颊深深地陷下去，就像一只阴险的花面狐狸。这时，他开始穿上宽大的西服上衣，在领口处戴着别针，总是系一条艳丽俗气的领带，使他腭下的温莎花结显得特别刺眼。然而，这一身与父辈不同的打扮却让他神气活现，自得其乐。

　　也正是在这年，卡特诺策划了他平生的第一次抢劫，然而这是一次不成功的抢劫，它让卡特诺第一次尝到了监狱的滋味。

　　这年夏天的一天，卡特诺驾驶着一辆偷来的汽车，带上两位在布鲁克林的朋友前往附近的康涅狄格州。这时，他已经不仅仅是一个为父亲跑腿的大男孩，大多数时间是在街头偷摸诈骗。这次旅行的目的，是准备在周末去拜访一个亲属。但是当他们三人驱车来到哈特福德时，却决定抢劫一家服装店。

　　这家服装店在515号犹太街的尽头，店主是一位犹太裁缝，名叫尼古拉斯·莱昂。当时卡特诺车上带着一支枪。他把车停在这家服装店门口，就带着这支枪和两位朋友冲进了这家服装店，用这把科特尔手枪将店主莱昂逼进了里面的房间。然后他们三人一齐动手翻箱倒柜，结果每人只拿到了 17 美元。

正当他们要出门时，来了两个闲逛的顾客。于是，他们三人又将这两位目击者劫进屋里，搜遍了他们全身。最后连他们的钱包也拿走了，才开着车子逃跑。

但是就在他们抢劫时，卡特诺的汽车牌号却被一位邻居记下来了，他马上打电话报了警。于是，当卡特诺开着车子回到布鲁克林同两位朋友分手不久，警察就找上门来了，并且在那辆车上搜出了那把手枪，卡特诺就这样被带进了警察局。

从这次作案的整个过程来看，并看不出卡特诺有什么秘密行动的天资，也不具备一位黑手党领袖人物的聪明。但是，后来他在警察局所做的一切却证明了他具备一位黑道领袖人物的"天才"。

当时卡特诺并不是黑手党成员，但是从家族的大人和朋友口中，他已懂得了许多黑手党的原则。因此，一进警察局，他就恪守这些原则，坚决守口如瓶，不出卖自己的朋友。他始终是说那两个人是途中搭车的，他根本就不认识，更不知道他们叫什么名字，家住在什么地方。他们只是在自己的一再请求下才同意援手，临时帮了自己一把。卡特诺独立承担了这次抢劫案的全部罪责。

他这种明智的举动，尽管让他在警察局吃了不少苦头，但是却让他一举成名，震动了当地的黑道社会。尤其是他的堂叔、姐夫卡洛·甘比诺，根本没有想到一位 18 岁的大孩子就具备了这种素质，实在是黑手党中踏破铁鞋无觅处的"人才"。

卡特诺在康涅狄格州高等法院接受审判，在法庭上他承认自己犯有暴力抢劫罪行，结果被判在哈特福德监狱服刑一年。但是，由于他在作案时离满 18 周岁还差三天，于是卡特诺在监狱里仅仅蹲了三个月零四天之后，便于当年 12 月 24 日被释放了。

卡特诺走出监狱时，所有的亲属和家人都去迎接，就像迎接一位凯旋的英雄一样，把他接到了本森哈斯特。在这迎接的队伍中，就有后来甘比诺家族的"族长"卡洛·甘比诺。

卡特诺走出哈特福德监狱之后，立即成了甘比诺家族的一名正式成员，并且被委任为布鲁克林街区行动组的组长。由于他对各种汽车情有独钟，便带领手下的几十号人在纽约专干这种营生，出道两年来"成绩斐然"，深得家族头目的器重。没想到如今又将塔梅莱奥的"汽车帮"收编了，卡特诺从此更是如虎添翼，他们的"盗车集团"真是名扬"五大家族"。

然而，卡特诺万万没有料到，后来他的得力助手塔梅莱奥竟会同他分道扬镳，重返罗得岛。这使得他也心灰意懒，只好重新操起父辈的屠刀，再去做一个"天才的屠夫"。

第四章

巧取豪夺　罗得岛黑手遮天

　　罗得岛"群雄"聚义，新"教父"招降纳叛，一时乌烟瘴气，黑手遮天，"办事处"成了这座岛上的"白宫"。

　　一位无赖出身的乡巴佬献给"教父"的第一笔佣金是一个"大信封"，从此他便成了"自己人"。十年下来，净赚3亿美元……

　　塔梅莱奥重返罗得岛时是1942年夏天。

　　当时，罗得岛的黑手党头目弗兰克·莫雷利的统治地位已受到了严重的威胁。原因是前文出现的那位后来死在雷蒙德的暗算之中的赛马经纪人卡尔顿·奥布莱恩，同他争夺彩票买卖地盘。

　　20世纪40年代前后，罗得岛的赛马赌博业非常火爆，许多赛马经纪人都因此而发了大财，奥布莱恩便是其中发大财者之一。奥布莱恩发了财之后，依仗手中有几个钱，开始同大头目莫雷利分庭抗礼，觊觎罗得岛霸主的位置。他不但垄断了许多小的赛马事务所的业务，而且还准备同莫雷利争夺彩票买卖地盘。当时他四处放出风声，扬言要杀死莫雷利马场中所有的马。

莫雷利是一位传统的黑手党头目，也是一位很守旧的赛马经纪人。这时他既没有能力也没有信心同奥布莱恩抗衡，但又不愿放弃自己世袭的地盘和权力，于是便只有向远在纽约的门徒塔梅莱奥告急。

5月的一天，塔梅莱奥收到莫雷利的一封电报，上面只有一句话：见电速回。

塔梅莱奥收到这封电报，真有些丈二和尚摸不到头脑，不知莫雷利急电召他回去到底是为什么。

这些年来，塔梅莱奥同卡特诺的"盗车集团"已经在纽约"五大家族"中名声大振，甘比诺家族也由此成为"五大家族"之首。唯一美中不足的，就是塔梅莱奥一直被甘比诺家族，这个完全靠血缘关系维系的集团看成是"外来户"，更不要说有朝一日能出人头地，得到甘比诺的重用。

但是，自己这样鞍前马后地为这个家族卖命十年了，就这样不明不白地"告老还乡"，不免又显得有些寒碜。他总想能在这里混出一点名堂，但这种希望却又难成现实。正当塔梅莱奥在进退维谷之时，莫雷利的电报促成了他最后的选择。

收到电报后，塔梅莱奥立即同卡特诺摊牌，声明自己去意已决。尽管不知莫雷利叫自己"见电速回"的原因，但是当年的救命之恩是不能不报的。当年要不是莫雷利设法营救，自己恐怕还得在监狱里过日子。

卡特诺见塔梅莱奥说得如此有情有理，明知他是在寻找退路，也没有话说，只好同意和他分手。但两人毕竟合作多年，而且这种合作并非一般的商业伙伴，卡特诺就对塔梅莱奥提出两点建议：一、如果哪一天不愿在罗得岛干，就早日回到纽约来，我们继续合作；二、回去之后有什么为难之处，需要什么帮助，随时都可以提出来，我一定尽力而为。

塔梅莱奥带着卡特诺的这两点建议上路了，离开了生活了近十年的纽约，回到了罗得岛。

当莫雷利再次见到塔梅莱奥时，发现他已经变得面目全非。当年离开罗得岛时，他还是一位十七八岁的毛头小伙子，如今却成了一位老成持重的中年人。

此时，塔梅莱奥身高约 1.75 米，体重 175 磅。他头顶光秃，外围一圈白发，看上去很有一种学者风度。加上他总是穿有背带的西装裤，穿一双纯棉的白袜子，上身大部分时间穿着花格子衬衫，而且戴一副很考究的金丝边眼镜，说话语调温和，行动举止得体，这种绅士派头让你很难把他同黑手党联系起来。如果他要是坐在一张宽大的老板桌前，你一定会认为他不是一位大学教授，就是一位银行家。

然而，他的的确确是一位黑手党人。在他这种温文儒雅的外表下面，却有一颗冷酷而残忍的心，有一种杀人不眨眼的恐怖。如果你站在他的面前，他虽然一言不发，但他那双棕色的眼睛可以看得你浑身颤抖，说不定什么时候他会突然拔出枪来击碎你的脑袋。他可以咧着嘴向你笑，但内心却在考虑，什么时候把你剁成肉酱……

莫雷利在自己豪华的庄园里，会见了这位远道而来的得意门生。他没有想到塔梅莱奥还会像当年一样，对自己的话言听计从。这时，莫雷利自己似乎反而有点不好意思。但是人既然来了，他只好把自己的处境和想法对塔梅莱奥和盘托出。

对于莫雷利所说的奥布莱恩这个人，塔梅莱奥闻所未闻。他还是第一次听到莫雷利说起他。

塔梅莱奥心想，既然是一位连莫雷利都头痛的人，还是慎重为好。因此，听莫雷利说完之后，塔梅莱奥沉着地说：

"弗兰克先生，对奥布莱恩这个人，直到今天我还是一无所知。并不是我不相信您的话，但我还是想先见见他为好，不知您的意见如何？"

塔梅莱奥的这番话，真让莫雷利大吃一惊。如果是在当年，塔梅莱奥听自己这么一说，早就把枪拔出来了。真是"士别三日，刮目相看"啊！他当然没有任何理由不同意塔梅莱奥的这种想法。不过，莫雷利还是问塔梅莱奥：

"你说是我们一起同奥布莱恩谈谈，还是你一个人单独见见他？"

"当然是我一个人单独见见他。"塔梅莱奥毫不含糊地亮出了自己的观点，接着他又补充说，"弗兰克先生，请您千万不要误会，我无论什么时候都是您的人，绝不会拿您的利益来同那个什么奥布莱恩做交易。"

莫雷利点了点头。他相信塔梅莱奥不会欺骗自己。

当天晚上，在普罗维登斯的一家夜总会的包房里，塔梅莱奥见到了他从未谋面的奥布莱恩。一见面，塔梅莱奥就知道自己碰上了一个棘手的家伙。这天晚上，奥布莱恩的打扮几乎同塔梅莱奥一模一样，都是花格子衬衫，深色的背带西裤。所不同的是，奥布莱恩系的是一只黑色的蝴蝶形领结，而塔梅莱奥系的是一条白色的领带。

当侍者把两人领进了这间包房之后，就彬彬有礼地退出去了。现在，这间豪华的包房里就只有他们两个人。这是一对从未打过交道的对手，但双方却已经知道对方是谁。

侍者刚一出门，就听到桌子上"砰"的一声响，原来是塔梅莱奥把自己的那支手枪拔了出来，重重地放在桌上对奥布莱恩说：

"如果您是奥布莱恩的话，先生，那么应请您把您的手枪拿出来，和我一样放在这里，因为我从来不喜欢和一位藏着手枪的人说话。"

奥布莱恩先是一愣，但马上镇静下来了，他对塔梅莱奥说："先生，这里不是纽约。如果你是塔梅莱奥的话，那么你应该知道，这里是罗得岛。"

塔梅莱奥一听，突然咧嘴一笑说：

"罗得岛又怎么样，就是西西里岛我也去过。奥布莱恩先生，罗得岛也不应该是一个只会动刀动枪的地方！"

奥布莱恩一听，似乎有点不耐烦了，便开门见山地说："塔梅莱奥先生，今晚是大老板莫雷利请您来，还是您自己要来，请您明白告诉我。"

"莫雷利大老板派我来又怎么样？我自己要来又怎么样？"塔梅莱奥也显得有点不耐烦了。

"如果是莫雷利派您来，我们之间就无话可说了；如果是您自己想来见见我，那您就多同我谈谈纽约好了，别的事您就少掺和。"

"是我自己想来见见您，先生！但是我却不想同您谈什么纽约，我们这里是罗得岛，这是您刚才教训我的。我还没有听说过，罗得岛还有同莫雷利老板过不去的人啊，所以我要来见识见识。"

"既然如此，我们就没有什么好谈的了。"奥布莱恩差点儿要站起来告辞了。

塔梅莱奥一见连忙说：

"奥布莱恩先生，我看还是谈一谈为妙。如果下次您要找我谈，那还要看我有没有时间。"

奥布莱恩说："先生，我不会再打扰您的，请放心好了。告辞了，祝您晚安！"

奥布莱恩说完竟站起来拂袖而去，把塔梅莱奥一个人晾在那里。

从17岁出道到现在，塔梅莱奥从罗得岛到纽约，还没有受过这种待遇。没想到竟让这么一个浑小子在自己面前要了一把威风。等奥布莱恩走出去了之后，塔梅莱奥还一个人静静地在这包房里坐了二十分钟。在这二十分钟内，他仔细地想了一下自己挨"宰"的原因，就在于自己低估了奥布莱恩的能量，同时自己一出场也太善良了，没有把威风摆足，镇住对方。原因找出来了之后，现在要考虑的是如何收拾这种局面。自己失面子事小，关键是如何挽回莫雷利的面子。他满怀希望地把自己召回来，本想自己助他一臂之力，为他解眼前的燃眉之急，没想到把自己赔进去了，事情还没有结果。这岂不是名副其实的"赔了夫人又折兵"！

塔梅莱奥想到这里，心里实在不是滋味，如果见到了莫雷利，他一问起会谈的结果，自己实在无法交代。总不能一回来就给他这样一个结果。那么自己在纽约这么多年，岂不是白混了？这时，他想到了自己回来时，卡特诺对自己谈的两点"建议"，便又心中一亮。心想，奥布莱恩不在乎自己，但他总不敢不买纽约"五大家族"的账，卡洛·甘比诺的名字对他来说应该还是有分量的。事到如今，何不借助一下甘比诺家族的势力，刹一刹这个家伙的威风。一来可以为莫雷利争口气，二来也可以让罗得岛的"同行"看看，自己这些年在纽约没有白混。

塔梅莱奥带着这种想法站了起来，收起桌上自己的那支枪，然后走出了这间包房见莫雷利去了。

莫雷利一见塔梅莱奥回来了，连忙打听同奥布莱恩会谈的结果。但是，塔梅莱奥并没有将奥布莱恩在包房的嚣张气焰如实相告，而是摆出一副胸有成竹的派头对莫雷利说：

"弗兰克，奥布莱恩并没有您所说的那么傲慢和固执，他还是通情达理的……"

"他怎么说？"

莫雷利迫不及待地打断塔梅莱奥的话。他要的不是奥布莱恩的态度和对他的评价，他要的是塔梅莱奥和他会谈的结果。

塔梅莱奥看了莫雷利一眼，接着说：

"奥布莱恩对我说，他并不是非要与您争夺那片彩票买卖的地盘，而是认为您在这件事情上一开头并没有给他一个委婉的答复。他说他现在在罗得岛也是有头有脸的人，您不应该还像从前那样对待他。"

莫雷利一听，似乎听出了点眉目。他认真回忆了一下自己在这件事情上的态度，也觉得有点过分，便说：

"既然他有这个意思，那说明这件事情还有商量的余地。他到底怎么说？"

塔梅莱奥见事到如今，只有假戏真唱了。他不慌不忙地说：

"奥布莱恩说，他既然把话说出去了，收回来就不那么容易，那样，将来在罗得岛说话就没有分量了。他的意思是，如果您能找个有来头的人从中调解一下，他也就赚回了面子，这样，就不在乎什么地盘不地盘了。"

莫雷利被塔梅莱奥的一番鬼话，哄得晕头转向，连忙说："塔梅莱奥，他开始可不是这种说法。这很可能是见到了你，他才改变了主意。他要面子，这好说，你就再想点办法，给他一点面子就是了。"

塔梅莱奥见莫雷利完全相信了自己的假话，而且意识到自己的分量，便觉得正是趁机树立自己的威望的好机会，便说：

"奥布莱恩要的面子我能给他。但是，您也不能失面子啊，这罗得岛还应该是您的天下，您说是不是？"

莫雷利完全相信了塔梅莱奥的能力，更相信了他对自己的一片忠心。他大声说：

"塔梅莱奥，我总算没有看错人，这件事你就看着办吧，我的面子也就是你的面子，将来这罗得岛还不是你的天下。"

"好！"塔梅莱奥也一副士为知己者死的派头大声说，"老板既然如此看重我，我就全力以赴，帮您把这件事摆平。我图的并不是什么罗得岛的老大，我倒要让他们看看，我这些年在纽约是怎么混的！"

莫雷利没有再说什么，只是点了点头，对塔梅莱奥一拱手说："全权拜托了，今后我这个家，你就当一半！"

莫雷利的这句话，无疑是把塔梅莱奥推到了罗得岛黑手党领袖的位子上去了，只差一纸正式的委任书。

这时，塔梅莱奥才觉得事情有些严重。因为他是把宝押在甘比诺家族的身上，如果卡特诺不认账，如果卡特诺即使认账但却请不动卡洛·甘比诺，那将如何收场呢？

事情既然已经走到这一步，那只有死马当活马医了。塔梅莱奥现在已经没有退路了，无论如何他都得试一试。如果能得到卡洛·甘比诺的一字半纸，即使奥布莱恩不买账，那在莫雷利面前还是可以说得过去。于是，他便连夜回纽约找卡特诺去了。

卡特诺一见塔梅莱奥才去了几天又回来了，便觉得很奇怪。但是，当塔梅莱奥把原因一摆，他也觉得这件事情的确重要。这时，卡特诺也觉得很棘手，能不能请动自己的这位堂叔他心中也没有底。但是，他和塔梅莱奥二人毕竟是十来年割头换颈的生死之交，再说塔梅莱奥也同样为甘比诺家族立下了汗马功劳。仅凭这一点，他的堂叔、甘比诺家族的掌门人卡洛·甘比诺也应该伸手拉一把。这时的塔梅莱奥可是把自己推到刀尖上去了，稍有闪失，罗得岛就没有他的立足之地了，更不要说能当莫雷利的半个家。

于是，卡特诺便安慰塔梅莱奥说：

"兄弟，这件事你也别急，明天我带你去见我堂叔，我想他会让你如愿的。"

塔梅莱奥一听，知道卡特诺是在诚心帮自己。但是他这种诚心能否请动甘比诺他也心中无底。于是，他便对卡特诺说：

"兄弟，我目前的处境你也清楚，如果这件事不成，我实在没面子在罗得岛待下去了。因此，除了仰仗你之外，我还有一个想法……"

"你有什么想法？"

"如果你堂叔既不给我面子也不给你面子，那我只有请你出马了。"

"我？我出马有什么用？"

"两种办法：一是把我们的盗车集团的兄弟们带到罗得岛去，同奥布莱恩那小子真刀真枪地干一场；二是你以纽约五大家族的名义去会一会那小子。万一不行就只好如此，哪种办法方便用哪种。"

卡特诺一听，不由得在塔梅莱奥肩头上一拍，笑着说："兄弟，我还没有看出你有这种本事。好，等明天见了我堂叔再说。"

当第二天卡特诺带着塔梅莱奥去见过甘比诺家族的大头目卡洛·甘比诺之后，才知道他们的一切担心都是多余的。

原来在20世纪30年代，甘比诺与罗得岛的莫雷利就是黑道上的朋友。那时美国黑手党刚刚出道，波士顿、纽约以及马萨诸塞州和康涅狄格州的黑手党，在东海岸一带才崭露头角，根本没有自己的地盘和势力范围。只是过了十年以后，才有现在这样的规模和这种形势。当时在这一带的黑道上的朋友，除了他们两位之外，还有一位马萨诸塞州的隆巴多，他们三个人几乎是生死之交。只是后来，各自有了自己的地盘才疏远了，但这种情分还没有完全消失。

如今，卡洛·甘比诺听塔梅莱奥这么一说，心中顿时涌起一股怀旧之情。他二话没说，便决定同塔梅莱奥去罗得岛走一遭，并要带上卡特诺，同去会一会那位乳臭未干的什么奥布莱恩。

塔梅莱奥听甘比诺这么一说，真是喜出望外。他想，即使甘比诺叔侄这次亲自出马，奥布莱恩还不买账，那么，自己不但脱了干系，而且可以在莫雷利面前神气活现了。同时，也可以让罗得岛上那班黑道上的朋友，见识一下自己这些年在纽约是怎么过来的。

塔梅莱奥的这一招真叫绝，其结果当然可想而知。奥布莱恩再财大气粗，也不敢与纽约的甘比诺家族一比高低。何况甘比诺往罗得岛一走，又惊动了当时新英格兰的大头目隆巴多。这些元老一出马，无疑成了塔梅莱奥的一块金字招牌，都知道这位名不见经传的黑手党徒，原来是个手眼通天的人物，竟有如此的来头和背景。事后奥布莱恩也说：

"早知塔梅莱奥有这种来头，我何必要同莫雷利去争个高低呢！"

这种结局真是皆大欢喜，不仅把莫雷利与奥布莱恩之间的争斗摆平了，让两人相安无事，而且让回到罗得岛的塔梅莱奥大出风头。

从此，塔梅莱奥理所当然地成了罗得岛黑手党的"二号人物"，一直呼风唤雨，直到雷蒙德成为新的霸主。

20世纪50年代，罗得岛的黑手党大头目弗兰克·莫雷利大权旁落，"二号人物"塔梅莱奥青云直上，成为罗得岛黑手党组织中最有实权的人物。

这时，赛马经纪人奥布莱恩的势力也遍及全岛，完全垄断了全岛的赌博业。但是，由于塔梅莱奥的背景和权势，他再也没有觊觎之心。加上塔梅莱奥处事稳健，对他并没有威胁之处，因此，两人便井水不犯河水，一直相安无事。

不过，奥布莱恩一直野心勃勃，总想在罗得岛一统天下。为了抵制隆巴多的势力，竟想在罗得岛建立独立的赛马信息服务机构，从隆巴多手中分一杯羹，结果遭到隆巴多的得意门生雷蒙德的暗算，从而成全了这位"黑道新星"，让他在罗得岛平地崛起，成为新的一代霸主，最后成为新英格兰地区黑手党最大的领袖人物。

当雷蒙德刚来罗得岛时，根基并没有塔梅莱奥的深厚。要不是塔梅莱奥诚心礼让，雷蒙德很难平步青云。

到了50年代，塔梅莱奥对黑手党头目的这种身份已经开始厌倦了。从17岁涉足黑道，混迹纽约，直到在罗得岛称王称霸，二三十年的黑道经历，似乎让他已"看破红尘"，总让他觉得这种生活并不是人间正道。尤其是等到奥布莱恩被雷蒙德暗算之后，他更觉得黑道社会这种"无规则的游戏"实在有些荒唐。但是，如果彻底从中抽身隐退，洗手不干，那么黑道又不会放过自己。对于这一点，塔梅莱奥深信不疑。因此，他总想找一个替身，让自己躲在他的背后半藏半露，这才是明智的选择。

因此，当雷蒙德杀气腾腾地杀上罗得岛时，塔梅莱奥便想好一条万全良策，那就是礼让这位"后起之秀"，把手中的权力移交到他手中。如果塔梅莱奥想继续干下去，他一定能得到后来雷蒙德的位置，他可以坐在宝座上，任何地方也不用去，除了下命令之外什么也不用干。但是这种生活方式并不适合塔梅莱奥。他算是莫雷利的"二号人物"，到过许多地方，从事过重大盗窃、拉皮条、武装抢劫等许多犯罪活动，另外他还杀人、诈骗和在赌博中设圈套，这切都曾让他疯狂过。他不愿意生活在"金丝笼"中，成为不可接触的人，他宁可在大街上，自己亲手去干黑道上的各种买卖，可是如果他是"一号人物"，那他就是坐在王位上的君主，一切都要由其他人代劳。他的性格永远是愿做"二号人物"，总需要有一个人在他的上头指手画脚，当年在纽约是这样，后来在罗得岛也是如此。

除了这种多年形成的"习惯"之外，塔梅莱奥还有许多个人的嗜好，决定他只能当"二号人物"。

首先，他喜欢美酒佳肴，喜欢夜生活，喜欢漂亮的姑娘和下等娱乐场所。如果他是头领，他就不可以放肆，他必须拘谨和刻板，就得把他那种真实的人生掩藏在背后。但是，他对生活的兴趣太足了。他非常会喝酒，说起来令人难以置信，他可以从上午11点开始喝，一直喝到凌晨3点钟，这时，你还会看到他在一杯又一杯地往肚子里灌。

他玩女人的功夫也是一流的，最大的兴趣就是处女，年龄越小越好。

除此之外，他就是喜欢两只手往外甩钱。他赌起钱来比谁都发狂，赢了如此，输了更是如此，动辄挥霍数百万。在每年举办足球比赛时，他可以把钱押在全国各个职业球队和大学生球队上，每个周末两三万。每当他走进赌场或夜总会，他花钱真像流水一样。弄得那些服务员和侍应生，总是抛开其他的客人朝他身边涌来，为的是尽快地得到招待他和当他的随从的机会，因为他的小费，通常和账单上的钱一样多。可是，如果他欠你一分钱，答应到下周二还你，那么即使是刮风下雨甚至刮暴风雪，他也会开着车子把这一分钱亲自送到你手中。但是欠他一分钱不及时归还的人，后来偿还的，远远超过了这一分钱的成千上万倍的价值，甚至是一条无价的生命。

塔梅莱奥除了这些嗜好之外，他最擅长的不是杀人抢劫，而是他的外交手腕。他认为谈判、妥协和迂回是促使事情解决的最好办法。当年重返罗得岛时，同奥布莱恩的那场"交易"就是他这种理论的实施。当然，这并不意味着他不去斗争，如果他认为谋杀某人是解决问题最好的办法，他就会毫不犹豫地向这个人开枪。但是，如果与谋杀同时存在的还有其他的办法，他绝不会选择谋杀，宁可放弃简单的谋杀而采用理智与和平的外交方式达到自己的目的。他觉得这样做没有"后遗症"，而且能让人心服口服。

他曾说："我们不是政治家，但是我们必须成为政治家，只有这样，我们才能生存下去，而且能将对手击倒。在今天这样的年代，政治就意味着力量。"

作为一位黑手党徒，这种思想真是不可思议。

因此，他利用这种"政治"，在雷蒙德来到罗得岛之后，立即把他推上"一号人物"的王位，并帮雷蒙德实现他需要实现的目的。为了得到黑手党所需要的一切，巩固雷蒙德的地位，塔梅莱奥使用外交手腕，同州政府各个局和各个警察分局，同州议会和市议会，甚至与国会议员都建立了一定的联系，从而达到了许多目的。

比如，当时有一位叫拉尔夫·拉马蒂纳的黑手党小头目，因邮政诈骗案被关进了监狱。这时，塔梅莱奥就通过马萨诸塞州各主管局和州议会有关系的人，为拉马蒂纳的释放创造条件。结果不到三个月，这个拉马蒂纳就被释放出来了。

还有一次，当雷蒙德击败了奥布莱恩，垄断了罗得岛的赛马赌博业之后，想通过当局，进一步扩大赛马场的投资。塔梅莱奥就去活动有关系的议员，向州议会提交一个法案，以期通过正当的途径，将这件事办成。尽管到后来，由于参议员基福弗的干预，这项法案未能通过，但这并未影响雷蒙德的生意。他通过与隆巴多的联手，已经在马萨诸塞州的赛马场上挣足了钱。

在罗得岛，在马萨诸塞州，甚至在整个新英格兰，塔梅莱奥都是一位很有影响的人物。正是他运用自己的影响，让雷蒙德的权力一直能维持下去。如果没有塔梅莱奥的鼎力相助，雷蒙德是不会有如此地位的。如果说，发现雷蒙德的是隆巴多，那么，真正造就雷蒙德的，应该是这位有影响的塔梅莱奥。

雷蒙德在各方面，一开始都得依赖塔梅莱奥。塔梅莱奥稍稍一动指头，就可以决定一个人的生死，只要他点一下头或摇一下头，就可以使帮派之间的火拼爆发或停止。但是，他对雷蒙德也是如此，在成全的同时又不放弃控制。当雷蒙德头脑发热想干蠢事时，塔梅莱奥总能使他保持冷静，保持作为一位黑手党大头目的心理上的平衡。哪怕是碰到重大的抉择和灾难，塔梅莱奥总能让雷蒙德镇定自若、不动声色地稳坐钓鱼船。

雷蒙德能碰上这样的一位人物，实在是他的幸运。这也是他能在新英格兰地区平地崛起，后来居上，成为一代霸主的主要原因。

在罗得岛的普罗维登斯，有一条阿特韦尔大街。这里同马萨诸塞的松林马场形成了鲜明的对照。那里有大片的草场、充沛的阳光和幽静的谷地以及充满生机的马匹，而这里却只有一些喧闹的集市、几十家店铺和一些很深很古老而且破旧的巷子。在这里的费德勒尔山坡上，聚居着成群的意大利移民，成为一个独特的意大利人住宅区。这里的住宅区一年四季始终显得死气沉沉的，然而就在这种死气沉沉之中，滋生着当时美国社会所有的罪恶。

这里，就是当时"新英格兰教父"雷蒙德的大本营。他的"办事处"就设在阿特韦尔大街。

在阿特韦尔大街的 163 号楼的三楼，设有一家全国烟草服务公司。雷蒙德就是这家公司的经理——这是他公开的社会职业和身份。

但是，这不是一家真正的公司，新英格兰家族的大小头目们都叫它"办事处"。

雷蒙德的"办事处"没有穿着整齐、肌肉发达的保镖杀气腾腾地守在入口处，只有一些精瘦的老头坐在俱乐部旁边的椅子上或门口的台阶上，就像晒太阳或在聊天打发人生最后的时光。但是，他们一个个却像狡猾的老狐狸那样，以怀疑的目光注视着来往的行人，随时准备在某些陌生人向他们接近时，向行人看不见的地方用枯瘦的双手打出各种暗号。

正像人们所说的那样，阿特韦尔大街貌似平静，其实像一个兵营，任何人来到这里不被发现是不可能的。这里有一个复杂的暗中监视系统，其速度比现代化的"电子眼"还快。只要这里出现了一个陌生人，那么不到一分钟，三楼全国烟草服务公司的人就已经得到了通知。传遍这种信息的人，便是那一个个精瘦的像老狐狸一样的老头。

在烟草公司对面有一家商店，其实就是雷蒙德办事处的瞭望哨。在163号大楼隔壁的二楼临街的窗边，整天二十四个小时都轮流坐着一个老头。他靠近窗台坐在那里，注视着街上来往的汽车。任何一辆陌生的汽车都逃不脱他们那双看似昏花的眼睛。在大楼旁边的加油站里也有这样的密探，在阿特韦尔大街上的饭店、面包房、菜市场和水果批发市场中，你都能经常碰到这种负有同样责任的老头。他们永远会让你掉以轻心，不注意他的存在。但他们又是那样忠于职守，让你无处藏身。

当你走进烟草服务公司时，如果一些老人不认识你，那么一位小伙子就会出来把你拦住。当你有足够的理由和证据证实你的身份之后，你才会被带到里面去。

里面到处都是自动赌博的装置和电动唱机，你必须随着那位小伙子从这些东西中间穿过，走进一个有机械师在不停地工作的修理车间。修理车间后面是一间4平方米的房间，你要进去必须将这房间的铁卷门提起来，然后低着头钻进去。

进去之后，你将会看到这个4平方米的房间非同一般，钢板焊成的墙壁上没有窗子，柔和的灯光下总有一两个人在低声交谈。这里没有办公桌子和椅子，周围是一圈真皮沙发，中间是一个玻璃钢管茶几，上面摆着咖啡、酒、香烟、雪茄，还有其他许多你从未见过的饮料和小玩意儿。沙发上经常可以看到各种各样的枪支，就像一个儿童的玩具室一样。地板也是用钢板拼凑成的，走上去发出空洞洞的响声。这时你会有一种走进电梯的感觉，觉得这间房间随时都会上升或下降。其实这种感觉并没有欺骗你，控制这间房间升降的键就在沙发边的某个地方。当这间房间上升到顶楼时，就是一个小型的直升机场，在房间上升的同时，一架底部装有钢板的直升机就会如期而至，刚好准时地停落在它的上头，如果这房间下降到5米深的地下时，便有一条暗道与一个隐蔽的车库相连，车库里永远停着三辆防弹轿车和三位司机，当房间下降时，那三位司机也已经把车子启动了，只等房间里的人一出现，就可以坐上发动了的车子，一点也不浪费时间。

这间房间就是真正的"办事处"，也是新英格兰帮大本营的指挥中心。

这时你看到的雷蒙德，已经不是当年松林马场的那位小伙计了，他再也不是一个"太老实"的人。他已经变得冷酷、凶恶而又狡黠异常，已经具备了领导美国第一大黑帮的才干。

他身高大约1.65米，体格也并不十分健壮。他的头发总是向后梳着，无论何时见到他总是油光滑亮。而他的衣着却非常保守甚至是寒酸，经常穿一双白色的短袜，棕色的皮鞋，他从不穿背带西裤和高档花格衬衫，也似乎很少系什么花里胡哨的领结、领带。那些衣服对一位黑手党头目来说，应该是最便宜的衣服。但是他却戴着两枚价值15万美元的钻石戒指，一枚有五粒小钻石的戴在右手，一枚镶嵌着大钻石的戴在左手。这些都是地地道道的南非钻石。

雷蒙德有一张保养得很好的脸，有一对鹰隼式的棕色的大眼睛。他看人的习惯还保持少年时代的那种风格，可以瞄准对方的脸看上一分钟以上，一动不动，似乎可以用目光将人穿透。

他的性格并不像他的第二位"恩师"塔梅莱奥那样貌似儒雅，倒很像他的"启蒙老师"隆巴多，暴躁而又狂虐，人们说他"野得像一条响尾蛇"。

自从坐上新英格兰帮的第一把交椅之后，他就牢牢地控制着全美国这个最大的黑手党家族，指挥着附近几个州的黑手党为非作歹。

1954年8月的一天，那位在波士顿将特里萨推给了尼古拉·吉索之后想改换门庭、另攀高枝的安朱洛拜见雷蒙德来了。

在此之前，安朱洛就卖身到隆巴多门下，替他掌管波士顿的赌场生意。但是，这件事却让安朱洛遇上了麻烦。

安朱洛管理赌场之初并不很富有，他是向自己的父亲借了8000块钱"开张"的。

开张之后，他想出了一个自以为极妙的计划，就是怂恿人家"押号"。

具体操作是这样的：安朱洛去找一个老笨蛋，问他："您想押个号吗？"如果这个老笨蛋同意了，那么安朱洛又接着说："那好，您押在每个号上的1块钱，我都退给您2角5分。"

这样，这个老笨蛋就成了业余的赛马经纪人，他为挣更多的钱，就押很多的号，甚至还向人借钱，把无数个 1 块钱交给安朱洛，又从安朱洛手中退回无数个 2 角 5 分钱。他这样做，等于是用 7 角 5 分钱做了 1 块钱的生意。如果他押上去的那 1 块钱中了彩，他还可以得好大好大的奖，这同买彩票一样，不过这里买的是马票。很多没有钱的穷人，都想发财，都想通过自己投入的一两块钱，换回一两千块钱。越穷越想发财，这是普遍规律。于是，当第一个老笨蛋上钩之后，安朱洛又去找第二个、第三个……

安朱洛便用这样的办法，雇佣一些人，印制一些马票，然后分头去找这样想发财的但又只想投入一两块钱的人，向每一个人重复同样的故事。这样，这些人都成了业余的赛马经纪人，他们可以在自己参与的每场赌博中赚取 25%。安朱洛把他们发财的念头鼓动起来了。安朱洛很快利用手下雇佣的一批人，用这种花招，几乎把全城的人都捉弄了。街上的每个孩子、每个老顽童、每个老太太都把所有的钱掏出来了，都交给了安朱洛。大家一齐动手，都来为安朱洛的这个 25% 去赌。安朱洛与当年同他一起贩水果的兄弟一起动手，骗了一大堆的钱。

所有人的钱都泥牛入海无消息，但却没有一个人来找安朱洛的麻烦。安朱洛旗开得胜，比跟着那个什么尼古拉·吉索干强得多，更不要说什么贩水果卖。

安朱洛这样弄了一阵子后，手上就有了一大笔钱。这时，他便在城里开了一家叫"蒙特克里斯托"的小酒馆，他自己开始做老板。遗憾的是，他这家小酒馆一开张，就接二连三地遭到当地的黑手党徒的勒索。这个人要地皮费，那个人要保护费，还有更多的是来白吃白喝，永远是一句"把账给我记上，下次还给你"，嘴巴一抹就抬腿走人，还得对他们点头哈腰，送往迎来。

这些人一来，有的要两三千，有的要得更多。开始安朱洛把钱都给了他们，可是那些人尝到甜头之后，来得更勤，要得更多。安朱洛眼见把自己辛辛苦苦骗来的几个钱都送给了这些人，就不干了，就同这些人硬顶硬撞，并抬出隆巴多这样的人来挡。但是，安朱洛的这种招数都没有用，他们竟一起上前，把安朱洛打翻在地，还踩上一脚，向他身上吐唾沫。

这种现象发生过好几次，安朱洛实在受不了。他在他的酒馆里想了好久，想到了去找隆巴多，但隆巴多的牌子不灵了，过时了。最后他又想出了一个绝妙的主意：去罗得岛找黑手党的新头目雷蒙德。

当他想出这个高招时，几乎要跳起来。安朱洛自己都没有想到自己有这么聪明！

第二天一清早，安朱洛就用一个大信封，装上 50000 块崭新的美钞，然后开车去了普罗维登斯。

安朱洛在这时还不认识雷蒙德，只听说过他的大名。他开车来到普罗维登斯，找到了雷蒙德的全国烟草服务公司，一到大门口，就被一位老头拦住了，问他找谁。安朱洛没加任何考虑，就脱口而出："我找雷蒙德先生，请进去通报一声。"

这时马上走过来一位小伙子，将安朱洛上下打量了一番，然后对他说："你是谁？"

安朱洛还是那种气急败坏的样子大声说：

"我叫安朱洛，是从波士顿来的，我要见雷蒙德先生，我必须跟他谈一件很重要的私事。"

"私事？"

"对，是私事，很重要。"

那位小伙子觉得很奇怪，以往来找大头目的都是说来谈"公事"，而这家伙却说是来谈"私事"，而且一再声明，并说"很重要"。于是，这位小伙子马上对安朱洛肃然起敬。心想：这肯定是大头目家里的人，至少是他的什么亲戚，一般的人哪里敢这样。

那位小伙子便对安朱洛说：

"先生，请您稍等一下，我马上进去通报。"说着，就连蹦带跳地进去了。

三分钟后，那位小伙子出来了，他对安朱洛说："请您让我检查一下，最好是您把身上的枪和刀子之类的东西拿出来放在这里，再跟我进去。"

安朱洛一听，笑了笑说：

"这种天气，我上上下下就是两件衣服，再就是一双袜子和一双鞋，你尽管检查好了！"

那位小伙子还是把安朱洛从头到尾检查了一遍，然后才带着他七弯八拐，最后才走进了那间4平方米的"办事处"。

雷蒙德就坐在靠墙的沙发上，他也不认识安朱洛。一见这么多人进来了，他便威严地说：

"您要干什么？"

当雷蒙德用这种声调跟别人说话时，那些听的人就会浑身发抖。可是安朱洛却没有发抖，而是十分平静地说：

"我有许多恼火的事情要找您谈谈。波士顿的抽彩买卖已由我接手了，隆巴多对此是同意的……"

"这跟我有什么关系？"雷蒙德不耐烦地打断他的话说。

但是，安朱洛好像没有听出雷蒙德的不耐烦，而是仍然按照自己的话头往下说：

"但是，那些家伙不断地来勒索我，让我的许多生意都做不下去，尤其是我新开张的蒙特克里斯托酒馆的生意。他们接二连三地来要钱，要了2000要3000，还白吃白喝，我对此已经烦透了。"

这一次雷蒙德没有打断他的话，他似乎很有兴趣地听这个乡巴佬一样的家伙在唠唠叨叨地诉说。当雷蒙德还想往下听时，安朱洛却自己停住了。他见雷蒙德这次没有打断自己的话，似乎觉得有些不好意思，便说：

"我是不是说得太多了些，雷蒙德。你为什么不问我什么呢？"

雷蒙德几乎被安朱洛这种语调给逗笑了。于是，他便露出狡诈的而又难得的微笑说：

"既然您很厌烦，那您为什么不反抗呢？"

"正是这样，我才有一个想法。"安朱洛将手中的信封递过去说，"这是一个信袋，里面装有我的第一笔佣金，我每年给您两次，起码这么多，请您告诉那几个幕后操纵者，他们应该让我安静。"

雷蒙德打开信封，当面数了数是50000美元，便又对安朱洛看了一阵子，然后说：

"您说两次都给我这么多？"

"保证办到，雷蒙德。"

"那你不觉得亏了吗？"雷蒙德问。

"不亏，这与每年让那些人勒索去的相比，还要少，我算了一下。"安朱洛说。

雷蒙德咧开嘴笑了，不知是为这每年10万美元的"佣金"，还是为安朱洛的诚实。他说：

"好，年轻人，你回波士顿去吧。我现在就给他们挂电话，叫他们让你安静。"

安朱洛点了点头，又同那位小伙子走了。

雷蒙德真的给波士顿的几位黑手党的小头目打了个电话。他在电话里非常肯定地说：

"安朱洛现在是我的人了，你们必须立即停止对他的勒索，否则，我会派人敲碎你们的骨头……"

就这样，安朱洛不仅花钱为自己买到了安全，而且还买通了一条通往黑手党上层的路。

在雷蒙德的庇护下，安朱洛开始有了"安静"，但他并不真正安静，而是开始疯狂地经营酒店、饭店、保龄球场、信贷公司和高尔夫球场，还有赌场和赛马赌博等一切赚钱的大宗生意，他在几年后，还将触角由波士顿伸往邻近的缅因州和遥远的佛罗里达州，经营非法的房地产生意。不到十年的工夫，他的资产总值已超过了3亿美元，成了新英格兰地区的一大富翁。

有了足够的财力之后，安朱洛并没有过河拆桥，他后来每年进贡给雷蒙德的并不是两个"大信封"，而是辅佐雷蒙德，最后彻底完成并巩固了其对新英格兰的统治。

安朱洛也由此爬上了新英格兰家族的高位，成为仅次于塔梅莱奥的"三号人物"。

安朱洛的发迹，让曾经受过他帮助的特里萨受到了很大的启发。特里萨是亲眼见到安朱洛从一个马场的小骗子，一步一步地暴富起来的。尽管安朱洛为他创造了机会，但自己除了开了几家赌场和一家冷饮店之外，并没有很大的起色。这让他想到，如果不趁早下手，地盘都让人家抢光了，到时候再从人家手中夺回来就晚了。

于是，特里萨决定从现在开始大干一场。

第五章

先骗后抢　黑吃黑赌馆遭殃

先是在牌桌上玩假骰子骗赌客，后来到银行玩假支票骗银行家，骗得不过瘾就变换一种花样——抢，而且是抢运钞车。

不过，最好的办法还是抢赌场，只要拿条麻袋，牌桌上的钞票就尽收囊底——结果黑吃黑竟抢到"教父"表弟的家里，真是"大水冲倒了龙王庙"，最后的结果自然是"不打不相识"。

特里萨在马萨诸塞州的萨姆维尔开办的冷饮店和"侨民俱乐部"，其实都是藏匿赃物的黑窝点和赌场。

当时，他手下已有二十多个人，除了原来的赌友之外，大多都是后来招募的"大孩子"。这些人最大的不过十七八岁，最小的才 10 岁。但是在不同的作案过程中，他们分别扮演不同的角色，各得其所，能骗则骗，能偷则偷，能抢则抢……真是无所不用其极。他们把那些通过各种途径弄来的便宜货，都藏在冷饮店后面的库房里。特里萨知道，所有的市民对偶然能买到的便宜货都是感兴趣的。那些为买冷饮、汉堡包和热狗而来的父母，甚至祖父母都在他这里争相抢购自己无法弄到，而特里萨又大方地处理给他们的便宜货。这其中有皮鞋、高级手表、呢子大衣、小型收音机和录像机等，甚至还有特受女士们欢迎的钻戒和项链。

卖这种"便宜货"，最担心的是警察。但是特里萨却通过尼古拉·吉索，甚至隆巴多等人的势力，把这个地段的警察收拾得服服帖帖。后来，这些警察都成了特里萨的朋友和"雇员"，每个月从他这里领取一定数额的"佣金"。从此，特里萨再也没有什么后顾之忧了。

至于那些招募来的"大孩子"，特里萨每周都发给50至200美元的工资。有时还会有重奖，主要是看他的"业绩"而定。发了工资和奖金之后，特里萨和他的那些朋友们，又鼓励这些人去"侨民俱乐部"潇洒，主要是教他们赌钱。有时就干脆在冷饮店后面的库房里掷骰子，这种手艺可以速成，一看就懂，一掷就熟，而且见效快。不过这些骰子事先都是由特里萨"加工"过了的，在某一角或某一点的下面掏空之后灌进了水银，特里萨知道这些骰子掷下去时向哪个方向倾斜，出现的点数是"大"还是"小"。

他就像当年当海军时在军舰上的冷藏室里那样，又通过这种手段把那些"大孩子"们的工资和奖金都收回到自己的腰包里来。有的除了被收回这一周的工资外，还把下一周的工资都预先收回来了。

这样，特里萨几乎是没有花钱就请了一批帮手为他打工，他每个月的收入都是没花本钱的"纯利润"。

在萨姆维尔这个地方，特里萨主要的活动就是"骗"。他除了骗这些无知的手下外，还骗周围的邻居和其他的人。

他的"侨民俱乐部"不远处有一家油行，老板叫梅特拉诺。特里萨通过骗的手段，在不到一年的时间内，从这位梅特拉诺老板手上骗去了 75000 多美元。后来，这位梅特拉诺知道受骗了，但又不敢去向特里萨算账，便通过吉索向特里萨求情，请他归还 10000 美元。但是，特里萨断然拒绝了。他对吉索说：

"梅特拉诺是个笨蛋，我发现他时他就是笨蛋，他一直还是笨蛋，我一个子儿也不给这个笨蛋。不骗这样的笨蛋你叫我骗谁去，我骗的就是笨蛋……"

特里萨一口气连说了六个"笨蛋"，弄得吉索也没有话说了。

结果，这位油行老板并没有从特里萨这里弄回一分钱。

事后，特里萨对一些朋友坦诚地说："梅特拉诺同所有被我戏弄过的笨蛋一样，他本来是个低能儿，相当于一个白痴的人，但他又想成为一个和我一样的人。于是，他们就来同我套近乎，同我交往，他们好像在对待一位名流一样同我一起吃饭，一起赌钱，一起谈生意……而他们这样做，首先是想成为一个骗子，让我上当，从我这里得到好处。这样一来，就很自然地掉进了我的圈套，尽管我骗了他们的钱，他们也毫无办法。即使是去向警察诉说，警察也只能说，好吧，你拿点钱出来，我帮你到特里萨那里去买点便宜货，弥补一下吧……"

特里萨的这番"宏论"，实在令人叹服。

经过长时间的操练，特里萨的骗术越来越高明，胆子也越来越大，所骗对象的档次也越来越高了。他便把目光瞄准了马萨诸塞州的各家银行。

在他的许多朋友中，有一个名叫爱德华·贝内特的人。此人是个老印刷工人，也是个假支票制造大王。只要将某家公司或商号的支票给他看一下，他就能在二十四小时内印制出这种支票的复印件。另外，他还可以印制假的驾驶执照，让特里萨他们在兑现这种假支票时当证件用。

就这样，特里萨就专门让贝内特这个老印刷工印制各个商号的支票。他们在汽车行李箱里装有全州的电话号码簿，找出打算写在驾驶执照上的名字，而这样的名字必须取自他们准备下手的地区。此外，他们的行李箱中还有一台支票签发机和一台打字机。每天特里萨他们都带上这些东西到州的另一个地区，使这个地区到处都是假支票。有时，他们的目标是对准一些超级市场和百货公司，但大多数时候是对准银行。

他们的第一个目标是华尔街第一国家银行。那里所有人的工作都绝对无可指摘，但是在他们看来却都是十足的笨蛋。在开始行动时，特里萨派一个手下到另一家银行用20美元弄到一张真的付款单，然后拿着这张真的付款单来到第一国家银行，目的是以此摸清楚这里付款的程序。

特里萨拿着这张付款单走到出纳窗口处，里面坐着一位非常漂亮的小姐。特里萨将这张付款单交给这位小姐，请她付款。

"你有证件吗？先生。"这位小姐很客气地问。

"我没有证件。"

特里萨摇摇头，双手一摊。当然，他知道这位小姐下面会怎么说。

"那您必须去找经理。"这位小姐果然这样对特里萨说，同时对他指了指坐在写字台后面的那个人。

特里萨要的正是这种效果。他希望这位小姐要他去找经理，并且让她看到自己在同经理交谈。

特里萨笑了一下，马上走到经理那里对他说："先生，能否请您让我将这张支票兑取？"

那位经理看了特里萨一眼，请他出示证件。

特里萨掏出了身上所有的证件，其中有驾驶执照，还有其他形形色色的证件。

经理将这些证件例行公事地看了一遍，没有看出任何破绽，便笑了笑，马上在付款单上签上了他的姓和名的第一个字母。在经理签字时，特里萨不紧不慢地站在经理身边，同经理套着近乎。目的是要让那位漂亮的出纳小姐看到他同经理在说话，让她知道经理已经同意兑现这张付款单。

拿到经理签过名的付款单后，特里萨并没有马上去出纳窗口兑款，而是到另一个出纳员那里，请这位出纳员代他换点零钱。他塞进一张 10 美元的票子，换成了一把零钱。特里萨这样做的目的，是想让经理看到，刚才签字的付款单已经兑现了。其实，这时特里萨已经把刚才经理签过字的那张付款单藏到口袋里去了。

特里萨拿过零钱之后，立即带着这张付款单赶回他住的旅馆，他的同伙都在这里等他。现在，他们开始制造假支票了。

首先他们拿出一块玻璃，把它放在灯罩上。在玻璃上放上这张有经理签名的付款单，又在付款单上再放上一张写有假名的 4000 元的支票。他们在这张支票上描上经理的姓和名的第一个字母和假的检验号。这样，一张可以兑现的支票完成了。但是，特里萨并不是拿这张假造的支票直接去出纳窗口找那位小姐，他还准备另一张支票，写上同样的名字和同样的数额。不过，这张支票不描上经理的签字和检验号。

把这两张支票都准备好了后，特里萨自己不再去银行，而是派他的副手塞里诺去银行，并将具体行骗的步骤程序都交代清楚了。

塞里诺拿着那张没有经理签名的支票走到窗口前，请那位出纳小姐兑现。出纳小姐接过支票看了看，当然没有满足他的要求，而是又叫他去找经理签字。塞里诺很抱歉地点了点头就去找经理。然而就在去找经理的时候，他把这张支票也塞到了口袋里，但他还是找到了经理，并在经理身边的椅子上坐了下来。这时，他来找经理并不是请他签字，而是在向经理打听汽车贷款的事。他问得很详细很具体，把所有的细节和要办的手续都问遍了，好像他马上就要贷款一样。

　　塞里诺同经理谈了起码五分钟以上，其目的无非是要让那位出纳小姐看到，他已经在找经理签字了，并且看到经理在一张单子上匆匆地写着什么。塞里诺看看差不多了，便离开了经理，大声对他说着"谢谢"，像老朋友那样同经理握了握手，然后径直走到出纳窗口前。但是，他在出纳窗口前，拿出的那一张支票，其实就是在旅馆里准备好了的那一张，上面已经描上了经理的签名和检验名。

　　当出纳小姐接到这张支票后，便很快地在上面盖了一个"付讫"的印章，然后再给塞里诺数钱。因为这位出纳小姐根本不用怀疑这上面的签字和检验号是假的，刚才自己就亲眼看到这位客户去找过经理，并且同经理谈那么久。这上面的签名很显然是经理刚才签上去的。

　　于是，她很快地数好了4000美元，递给了塞里诺。塞里诺接过来，还装模作样地重数了一遍，才对出纳小姐笑了笑，然后大摇大摆地拿着4000美元走出了银行。

　　这么轻轻松松地就骗到4000美元以后，特里萨立即同手下几个人分头行动，同时在这个银行的几家分行下手。结果他们又都成功了，在这几家分行一共骗取了20000多美元。

他们高高兴兴地开着车离开了华尔街，决定到马萨诸塞州去大干一番。

但是，他们在马萨诸塞州还没来得及下手，就又节外生枝。

特里萨一伙人杀回马萨诸塞州时，正赶上该州在更换新的驾驶执照，这无疑使他们的计划落空了。因为没有新的驾驶执照，就无法得到银行经理的签字。

到哪里去弄新的驾驶执照呢？

当时，驾驶执照签发所对这件事控制得相当严格，不要说能搞到新的，就连假的都一时无法买到。

这时，特里萨突发奇想，他对手下的人说：

"让我去驾驶执照签发所，也许能弄到新的驾驶执照。"

他手下的人都以为他发疯了，谁都不相信特里萨会成功。

特里萨说完之后，就带着一位副手去了驾驶执照签发所。他到那里把外套脱了下来，把衬衣的袖子高高地卷起来，就好像在这里工作的一位职员一样。

他一进门，就碰到了一位办事员。特里萨大大咧咧地同这位办事员打了个招呼，然后对他说：

"我是新来的，请多关照。我的头儿叫我来领一箱驾驶执照，您能告诉我，在什么地方能拿到吗？"

那位办事员很友好地打量了一下这位"新来的"，马上告诉特里萨说：

"伙计，在二楼档案室后面。你大概对件事很感兴趣是吧，看你风风火火的。还是悠着点儿吧！"

特里萨笑了笑，说了声"谢谢"，就朝二楼走去，叫他的副手在下面等他。

特里萨来到二楼档案室门前，从口袋里摸出一支铅笔夹在耳朵上，然后又煞有介事地走了进去。在门口的一块小牌子上，他看到档案室办事员的名单，上面有一个叫"埃迪"的。于是，当他走进档案室，看到一个中年男子坐在写字台那里，他便走过去对那位男子欠了欠身子说："喂，埃迪，约翰派我来取一箱驾驶执照，驾驶执照在哪儿？"

那位中年男子正是埃迪，他见特里萨这么咋咋呼呼，连头也没有抬一下，也没有问"约翰"是谁，便对特里萨说：

"在那边的柜子顶上，你去拿吧，我正忙着哩。"

特里萨一边说"行"，一边走了过去，从柜子顶上取下一箱驾驶执照，吹着口哨从埃迪身边走过，径直下楼来了。

前后还不到十分钟，特里萨就同他的副手将这一箱，也就是整整一千本崭新的驾驶执照搬到门口的车子上，发了疯似的开着车子飞快地离开了波士顿拿骚街的这个驾驶执照签发所。

现在，他们暂时不急着去骗钱，而是开始卖假驾驶执照。特里萨立即派人搞来了一本刚换发的驾驶执照，然后叫贝内特赶刻了马萨诸塞州管理部门的橡皮图章，把这一千本新的执照全造出来了，以每本300至500美元的价格，卖给那些急需驾驶执照的人。

这种新执照的销路的确不赖，许多人一听这个消息就赶来抢购，有的甚至一个人买上两三本。这些人有的是有车子但一直没有执照的，有的是执照被吊销了的，有的则是一些黑道社会的人物需要弄一种证明自己身份的证件……

总之，形形色色的人都有。几乎不到一个礼拜时间，这一箱执照，除了特里萨自己留下了十本之外，其余的九百九十本都卖光了。这一桩莫名其妙的生意，就让特里萨一伙人净赚了几十万美元。弄得马萨诸塞州到处都是崭新的假驾驶执照，许多"黑车"在高速公路上跑来跑去。

做成了这笔意外的生意之后，特里萨又开始干他的老本行。他利用一本本新的驾驶执照，到许多银行去请经理在他们的假支票上签字。

结果，他们又从马萨诸塞和纽约的多家银行和百货公司，骗取了50多万美元。仅从东波士顿夏洛特银行，就分两次共骗得30000美元。

但是，特里萨的这种生意不久就破产了。

1957年7月3日，警察找上门来逮捕了他，给他戴上了明晃晃的手铐。在法庭上，特里萨因在林恩和东波士顿犯的七起支票诈骗案，被判处十八个月监禁，缓期两年。

尽管如此，特里萨并没有就此金盆洗手。因为赌博几乎是他与生俱来的致命的嗜好。就是在缓刑期，他也没有离开过赌桌。每天晚上都要玩扑克和赌二十一点，下的赌注大得惊人。同时他还坚持赌马。当年在阿特拉斯公司，每周收入才100美元，他都坚持去马场过瘾。如今大小也是个"老板"，手下有几十号人，腰包里又有几个钱，何不去潇洒一番。因此，他每天下午在马场上花的钱，往往不少于20000。

面对这种巨额的开销，特里萨就更需要钱了。银行里保险柜中的美钞，是他最喜欢的东西。现在既然骗局破产了，再也骗不到钱了，只得变换手段——抢。

于是，特里萨从此开始了漫长的武装抢劫生涯，用暴力手段从银行、运钞车和凡是有钱的地方弄来他需要的钱。

特里萨的武装抢劫是他的一位朋友"介绍"的。

这位朋友叫贾德，与一伙武装暴徒组织有关。这个组织中也有两个人是特里萨的朋友，但平时来往不多，彼此都不知道对方在吃什么饭。而贾德却与这个组织的头目经常来往，关系相当密切。

这个武装犯罪团伙的头目叫比利·阿吉·阿吉斯托特莱斯。此人是个小个子，身高约在1.65米，但他不但心狠手辣，而且诡计多端，极端聪明。他的这份德行真是无人可比。同时，此人又有一种像宗教圣徒般的耐心。在他下手之前，他对行动的安排和周密思考的时间，有时可长达几个月之久。在没有绝对把握情况下，他是不会轻易下手的。因此，他每次行动的成功率极高，而且很少有风险。

另外，阿吉斯托特莱斯还善于化装，舍得花大本钱，连他的手下人也都一样。在每次抢劫之前，他们都仔细地化装。有时将脸上画一道伤疤，把眼睛弄成好像是斜眼，或者干脆瞎一只，在下巴上贴上小胡子……他们的这种化装几乎达到了化装师的专业水平。在抢劫十分钟以后，所有的参与者都洗去脸上的伪装，恢复出本来的面目。而在抢劫时，他们这种样子，即使是抢他亲娘老子的钱，只要不作声，也不会被认出来。

贾德介绍特里萨认识了阿吉斯托特莱斯，特里萨又见到自己的两位朋友。这时大家才知道，原来都是"同路人"，于是便开始合作。

在合作后的三个月内，他们先后在坎布里奇、布莱顿、柯立芝角和布鲁克莱恩等地进行了四次成功的抢劫。这些地方全在马萨诸塞州境内，地理环境、道路交通都相当熟悉，就像在自己的院子里掏钱一样。每次的行动计划都是由阿吉斯托特莱斯一手策划。

阿吉斯托特莱斯实在是这方面的天才，他能把每次的行动都策划得天衣无缝。尤其是在时间的选择和安排上，他几乎精确到了以"秒"为单位。他精确地计算了红绿灯交替的时间，从一个路口到另一个路口的距离和车速；想到了每次抢劫后逃跑时最安全的路线，并通过长时间的观察，知道警察在什么时间交接班，巡逻车一般都在什么地方加油，走哪条路线，车内最多时会有几名巡警，使用的是什么型号的枪支；同时，他还通过各种关系，打听到银行的人员坐在哪里，银行哪个地方的钱最多，在哪里下手可以抢到最多的钱，这些钱是散的还是成沓的，或者干脆装在特制的钱袋里，等等。

当把这一切都探明之后，他的行动计划也就出来了，于是一场抢劫就开始了，并且都能在预期的时间内干完。有时当他们刚一离开，警车就呼啸而至，结果同他们的车子擦肩而过。这种精确的计算和行动的配合，几乎连美国中央情报局的专业特工都难以做到。

当然，阿吉斯托特莱斯的这种良苦用心是有报酬的。每次分赃时，他都得双份。如果每人分得10000，那么他就是20000。对于这一点，特里萨并没有什么怨言。反正闲着也是闲着，现在既然有人为自己安排好了，何必不去玩一把。尽管也有风险，但也很刺激。在特里萨看来，风险就是金钱，这也同赌博没有什么两样。

但是，他们每次都能化险为夷，把钱顺利地抢到手。至少是这四次都收益颇丰，这让特里萨感到很满足。每次把钱抢到手之后，他都要同手下人去大赌一把，他觉得赌博也是一种抢劫。

到后来，特里萨同那个武装抢劫团伙分道扬镳。因为他对银行的了解不如那位阿吉斯托特莱斯，所以总得受制于人，帮他打下手。而他对赌场，尤其是对波士顿的赌场太熟悉了。因此，他决定扬长避短，把抢劫的目标对准了赌场。当然，这并不意味着特里萨不敢去抢银行，而是他觉得抢赌场自己可以当家。

同美国许多城市一样，波士顿的赌博同样是受到禁止的。然而嗜赌又是许多人的天性，因此这种禁止永远是纸上谈兵。另外，波士顿的大多数的赌博活动也同样都是由黑手党的代理人控制，他们从收入中提取一部分钱，然后再从中拿出一些钱去警察局贿赂警察，也送给一些小车司机。因为这些小车司机要送赌徒去赌窝，然后送这些人回家，有时还要支付赌窝的房租。有些赌徒是不玩假的，而另一些则是设下骗局。同时，黑手党还派他们自己的高利贷主到赌窝，以极高的利率借钱给那些赌红了眼的输家，从中得到一笔收益。

波士顿只有少数赌馆与黑手党无关，但大多数是由黑手党徒控制或保护。如果得不到这种庇护，根本不能在波士顿北区或东区开赌场。

可是，这些赌馆所得到的"庇护"，也完全是一种扯淡，它只是每次从赌博收入中得到一份的一种手段。这个时候唯一真正受到保护的掷骰子赌窝只有一家，那就是"大苹果"。赌徒直接到"大苹果"给他们指定的饭店，再由汽车将他们送到规定的那个开赌的地方去。这种聚赌谁也不敢碰，甚至包括警察与歹徒在内。

那是1958年秋天。当时特里萨和他的手下抢银行抢得晕头转向，只要能尽快地捞到钱什么都可以去干。一次，他的一位朋友打电话给他，说他和贾德、塞里诺等人准备去袭击一群赌徒，让他也一同去干，问他干不干。

那时特里萨在一些大赌中输了好些钱，现在有这个机会为什么不干呢？他马上在电话里答应了那位朋友，并同他约好聚集的地点和时间。

可是，到了指定地点时，特里萨的两个信得过的手下贾德和塞里诺都没有到场，只是那位通知他的朋友带了几个人来。这时特里萨已不想退出来了，但他并不清楚贾德和塞里诺不来的原因。

这是一次冒险的抢劫。他们这伙人找到了这家赌馆，也不关心这家赌馆是受到黑手党的保护还是在警察局的监控之中，便不管三七二十一就冲了进去。赌局设在这栋房子的二楼，他们五个人一人一把手枪，沿着木板楼梯咚咚咚地冲上了二楼。房间里除了四个赌钱的以外，还有两个在旁边招待茶水和负责弄吃弄喝的人。他们进去之后，五把手枪对准了这六个人，把他们逼到一个角落里，两个人动手把桌上的钱集中起来，装进一个事先准备的布袋子里，另外三个人逼着那六个人把衣服全脱下来，脱得一丝不挂，然后把这些衣服全拿过来一件一件地搜，结果又有不少的收获。在脱衣服时，有一位赌徒迟疑了一下，结果特里萨的那位朋友走上前去，朝他的下身就是狠狠地一脚，踢得他"哎哟"一声，双手按着下身在楼板上打滚。最后这个家伙的衣服也全脱下来了，特里萨发现他的下身肿得像一个汉堡包。

那六个可怜的家伙一丝不挂地挤在那里，既丑陋又滑稽。他们一个个在那里颤抖，既害怕又感到狼狈，还不晓得下面如何处置他们。

特里萨他们这一伙把所有的衣服都搜完了，钱也全部装到那只布袋子里去了，沉甸甸的有10000多美元，这实在是一笔不小的收入。现在考虑的是如何出去。如果不采取措施，这些人肯定会追出来，甚至会去报警。

还是特里萨的那位朋友有办法，他叫跟他同来的一位家伙拿过一条肥大的裤子，扎着裤脚口，然后把所有的衣服都塞了进去。

那挤在墙角里的六个人似乎明白了什么，这时，他们已经顾不得什么羞耻，在一个家伙的号召下，六个人一起冲过来和特里萨五个人撕打，除了抢衣服，还要抢回本来是他们的钱。眼看一场搏斗就要开始了，特里萨的那位朋友也顾不得许多，红着眼睛朝一个家伙开了一枪，击中了他的小肚子，血马上流了出来，他倒在楼板上大呼小叫，其他的人又都被逼到墙角里去了。

这时，特里萨的朋友才指挥手下人一个个地提着钱袋下楼去，特里萨也下楼了。但是，他刚到楼梯口，却发现他的那位朋友不知从哪里找到了半瓶汽油，他把汽油全泼在那包衣服上，用打火机点着了，"呼"的一声抛在木板楼梯上。于是，通红的火顿时沿着这干燥的楼梯和楼板，堵住了楼上那些人下来的路。

这时，他才同特里萨他们跑出了大门，坐上了停在大门外的汽车。当汽车开走时，那栋房子在熊熊地燃烧。特里萨听到楼上的人在大喊大叫，大火已烧到楼板上去了。事后特里萨才听说，那六个人中有一个被烧死了，三个人从楼上跳到下面马路上时摔断了腿。

特里萨真没有想到事情会是这种结果，抢了人家的钱还要人家的命。

特里萨刚一回家，就见到了贾德与塞里诺在自己的家里等他。他觉得很奇怪，问他们怎么在这里。

贾德说："我们给你打过几次电话，见没有人，就知道你跟那班蠢货去了。"

"不是事先约好了吗？"特里萨说。

"你知道那家赌馆的主人是谁吗？"塞里诺气急败坏地说，"那是雷蒙德的一位表弟，他的赌馆受到雷蒙德的'办事处'的保护。"

特里萨没有作声，他知道这一次可惹了大麻烦。这些年来他不是不知道，在这新英格兰地区，没有谁敢惹"办事处"的麻烦，更不要说是雷蒙德的表弟。

贾德说："我们也是才得到这个消息，就临时退了出来，想通知你又来不及了。"

"他们认出你了吗？"塞里诺说，"如果认出来了，我们只有趁早动手，将那些人全干掉，否则，雷蒙德是不会放过你的。"

"我想没有认出来。"特里萨这才定了定神说，"我们自始至终，都是把长筒袜套在头上的，我在楼上一句话都没有说。"

贾德说："这两天听听风声再说。"

这一次抢劫惊动了整个波士顿，罗得岛的雷蒙德也听到了这个消息，他连夜派出他的"高参"兼副手塔梅莱奥赶到了波士顿警察局，让他们立即将这个案子侦破，搞清楚是谁干的。否则，他将同这些警察没完。

波士顿的警察局局长也不敢怠慢，真的出动了所有的密探去明察暗访。结果花了两个礼拜的时间，才将这件事查清楚了。

不过，幸运的是，特里萨的那位朋友在警察局和"办事处"调查这个案子期间，在另一次抢赌场时，再次纵火，结果被一个赌徒抱住，两人在大火中同归于尽了。于是，那个团伙也就作鸟兽散了，其他的人也不真正认识特里萨，更不知道他的真实身份和下落。

就这样，特里萨才没有撞到雷蒙德的枪口上。在后来的三个多月内，他仍然同贾德和塞里诺这些人在干这种营生，先后抢劫了十二家赌馆。由于事先摸准了情况，倒没有遇到什么麻烦，而且发了不小的财。在这几次当中，至少有三次抢到了25000美元以上。

但是，在此后不久，特里萨到底撞在了雷蒙德的手中，险些丢了一条小命。

在特里萨和他的朋友贾德、塞里诺等人疯狂地抢劫赌馆时，波士顿警察局和联邦调查局并没有来打扰过他们。可是，另外却有一些人在设法弄清这些抢劫是谁干的。这就是罗得岛上的雷蒙德和他的"办事处"。

雷蒙德这么做的原因有二：一是为了寻找上次纵火烧毁他表弟房子的元凶，因为他认为都是干的同一行当，不是同伙也是余党；二是由于特里萨等人近日来的疯狂抢劫，使他们控制的许多赌馆生意萧条，许多职业赌徒都不敢光顾，担心会碰上抢匪，至于那些业余的赌徒更没有那种胆了，如果再这样下去，"办事处"下面的那桩买卖就得关门了。

因此，雷蒙德便同塔梅莱奥和安朱洛等人商定，一定要把这伙抢匪弄个水落石出。但是，雷蒙德要查清楚这个案子，光靠他手下的人是难以办到的，因此他便想到了当年在隆巴多的松林马场混饭吃时认识的一位朋友，此人名叫迈克尔·罗科。

迈克尔·罗科是波士顿很有权威和影响的黑手党徒，也是隆巴多门下的又一位得意门生。此人是在松林马场发迹的老黑手党徒，后来成了波士顿的大彩票投机商和高利贷主，拥有十多家赌馆。特里萨他们所抢的那些掷骰子和打牌聚赌的场所，其中有几家就是罗科控制的。

罗科这个人发迹以后交际甚广，他的合法职业是福特汽车公司波士顿代理处公关人员，同时还在一家烈性酒经销公司——白厅烈性酒公司任职。该公司的顶头上司是波士顿的百万富翁约瑟夫·林赛。

林赛现年72岁，是波士顿最有争议的市民之一。他把自己装扮成仁爱的慈善家、有成就的商人、马萨诸塞州阿尔斯顿白厅有限公司董事长和正派的地产商。除此之外，他还自称是一些著名人士的朋友和熟人，这些著名人士中就有前总统杜鲁门和当时即将成为总统的肯尼迪。

因此，他是一个手眼通天的人物，其实他也是一个黑手党徒，不过是一个"独行侠"罢了。他最早的"生意"是买卖私酒，与几个全国闻名的大罪犯都有关系。

罗科当年也干过私酒买卖，他就是在这时同林赛相识并互相勾结的。禁酒令结束之后，林赛又继续同新英格兰帮合伙干。他同隆巴多、雷蒙德、塔梅莱奥等人都是朋友和合作伙伴。他将自己的钱投资于马场、饭店、烈性酒公司和房地产。他把罗科一直拉在身边，他需要罗科为他监视其他的人，同时，黑手党人也需要林赛这样的高人，因为他同政界和上层人物都有交情，在政策对黑手党不利时，他可以通风报信，在他们当中的某些人遇到麻烦时，林赛可以出面帮助他们。因此，罗科在这中间成了一座桥梁。

对于这其中的关系，特里萨也十分清楚。

他之所以和他的朋友一次又一次地抢劫罗科的赌馆，而不去惹那些真正属于雷蒙德的"办事处"和林赛的赌场，道理也在这里。对罗科这种人，特里萨内心是瞧不起的，但明里又不敢同他叫板，只有用这种办法让他难堪。

不过这一次，罗科又同雷蒙德的利害关系连在一起。这样，特里萨就得同雷蒙德较劲了。有一天晚上，在波士顿近郊的一个小城梅德福的一家保龄球馆里，特里萨遇到一个叫吉多·吉罗的人。

此人是罗科手下的一位小高利贷债主，人长得精瘦，像个黄鼠狼。但他却依仗罗科的权势，经常不把别人放在眼里。

特里萨曾向吉罗借过 20000 块钱，但大部分都归还了，只差将近 2000 元的利息。这一次，吉罗见到了特里萨，便上前一把抓住他，对他大声嚷道：

"你这个抢劫犯，欠我的 2000 元钱还不还给我，我真想打破你的头！"

特里萨被吉罗这么一嚷，先是一愣。他是一位体重大约 220 磅的壮汉，见这样一个小个子口出狂言，不禁大笑起来。笑过之后，他用力把手一甩，然后反手将吉罗一推，推出了 2 米多远。这时，他才对吉罗说：

"本来这 2000 块钱我打算今晚就在这里还给你，但你却说我是抢劫犯，请拿出证据来。如果拿不出证据，不但不还你 2000 元，而且还要你给我 2000 元。"

吉罗一听，简直气得发抖，他跳起来说：

"我是罗科的人，你敢敲诈我！"

特里萨说："我不管你是谁的人，你再要这样无理，我就当场在这里，像切甜瓜一样把你这颗小脑袋切成两半。说，谁是抢劫犯？"

吉罗一听，心里的确有些害怕，他看了看特里萨那铁塔一样的身子，知道打架根本不是他的对手，便想："三十六计走为上。"他一边走一边说：

"罗科这几天正在找你，他正要找你谈谈，我现在就去对罗科说……"

还没有等吉罗走出门去，特里萨就走上前一步，一把抓住吉罗，像拎小鸡一样把他一把拎了过来，往地板上一扔，引得所有在场的人都放声大笑起来。

"说，你要对罗科说什么？"

特里萨大声地对趴在地板上的吉罗说。

吉罗也不是个没有见过世面的人，在这种场合下，他知道自己不是特里萨的对手，但又不能丢面子。他想了想，没有正面回答特里萨的追问，只是以一种半威胁半要赖的口气说：

"我对罗科说什么你应该清楚，罗科自然会告诉你的。我想你是怕罗科找你，才不敢让我去见罗科，是不是？如果真是这样，那就算了。"

"你滚！见你的鬼去吧，我怕什么罗科，就是雷蒙德我也不怕！"

特里萨被吉罗激怒得热血沸腾，他又一把将吉罗推到门外去了。

吉罗要的正是这种效果。他一到门外，便趁机溜走了。他一边往外溜一边说：

"好，我知道你是好汉，你连雷蒙德都不怕，就等着那一天吧，你……"

吉罗在人们的哄笑声中，边说边溜，且战且退，直到人们听不见他在说什么。

吉罗吃了这个大亏，当然不甘心，他当晚就连滚带爬地跑到罗科总部所在的那个饭店见到了罗科。他不但添油加醋地挑拨了一番，而且还煞有介事地对罗科说，他的几家赌馆都是特里萨一伙人抢的，他的许多朋友都可以证明，他们都认识特里萨和他手下的那些人。

罗科这几天正在为这些事大伤脑筋，听吉罗这么一说，便来劲了，马上操起电话，向雷蒙德汇报，告诉雷蒙德这些抢劫案都是特里萨和他的手下人一手制造的，并说特里萨并不在乎什么雷蒙德。

雷蒙德一听，说了声"知道了"，就放下了电话。他关心的并不是最近的几桩抢劫案，他不是警察局长，也不是联邦调查局的特工，更不是罗科的保镖。他不能上罗科的当，借刀杀人，把自己当枪使。他关心的是上次放火烧他表弟的那伙人。他知道特里萨如今在波士顿，在马萨诸塞州，甚至在康涅狄格州的地位和分量，如果上次杀人、放火、抢劫的事没有他的份，他当然可以不在乎自己；要是他是其中之一，那么就不怕他不在乎自己了。

雷蒙德不想轻易对特里萨下手，他要好好同特里萨谈一谈。

然而就在这天晚上，特里萨同贾德等人真的触犯了雷蒙德，当然不是抢劫，而是偷窃了雷蒙德的小舅子的一家商号。

晚上10点多钟，特里萨同贾德从保龄球馆里出来，在门口停车场刚要上车，突然从路灯下走过一个人来，对他们说：

"喂，伙计，带你们去取一笔钱，愿意干吗？"

特里萨一看，原来是维拉尼。此人是在街头巷尾偷鸡摸狗的一个小流氓，有时也靠打打别人的旗号诈几个小钱。特里萨平时懒得理他的茬儿。但今天晚上让吉罗一闹，心情很是不好，总想搞点什么行动调节一下，这么早回家去也没有意思，便停下来问维拉尼：

"你说去哪里取钱？"

维拉尼说："有一家商号在伍斯特街。我得到了一个准确的情报，那个老板今天下午得了一大笔钱，还没来得及存银行，就放在二楼的卧室里，你说这是不是个机会？"

特里萨注视着这位小流氓，怀疑对方是在捉弄自己，便追问他：

"你对这位老板熟悉吗？"

维拉尼诚惶诚恐地说："非常熟悉，一个没用的废物。他同他老婆今天晚上去看电影，还要在外面吃晚饭。他们7点30分出的门，要到12点30分才回来，现在还有一个多小时，完全来得及。"

这时，贾德在旁边问了一句：

"维拉尼，这老板同'办事处'有什么联系？哪怕有一点联系我们都不会干，也劝你死了这份心。"

维拉尼马上果断地回答：

"没有，绝对没有！'办事处'没有一个人认识他。"

"好，那你就带路吧！"

特里萨上了车，贾德坐在后座，他让维拉尼坐在他旁边的位子上，他自己动手驾着车。

十分钟以后，他们到了伍斯特大街，把车子停在离此不远的墙角下，便摸到后面的门口三下两下撬开了锁钻了进去，然后立即上了二楼来到了卧室。但是他们翻箱倒柜折腾了几十分钟，就像三个疯子一样把这间卧室弄了个底朝天，但却一无所获。

特里萨正要发怒时，却听到维拉尼在轻声地对他说："伙计，你看！"

原来，维拉尼这时正在掀开地毯，发现地板上有条缝。贾德马上找出一条铁棍，顺着这条缝将地板撬开了——他们终于在地板底下和水泥楼面之间的空隙里，找到了40000元美金，并且找到了一支枪、几块表、几枚纯金的胸针和其他的首饰。他们刚把这些东西装进口袋，就听到大门口有汽车响。

这时，他们才想到快12点30分了，准是这家商号的老板和他的老婆回来了，便慌忙溜下楼来，又从后门出去了。等他们三人摸到墙角那里钻进汽车时，看到这家商号楼下的客厅里亮起了灯，灯光从质地很好的窗帘透了出来。

他们三人相对一笑，赶快启动车子溜了。

三天以后，特里萨突然接到安朱洛的一个电话，这位昔日的老朋友对他说，雷蒙德请他去一下他的"办事处"。

特里萨一想，可能那天晚上在保龄球馆说的话传到他耳朵里去了。不过那也没有什么了不得，完全是吉罗那个家伙逼的，当面说清楚也好，免得互相之间心存芥蒂。于是，他连忙开着车去了普罗维登斯。

但是，当他一被领进雷蒙德的办事处他却傻了眼。只见雷蒙德杀气腾腾地坐在那里，还有塔梅莱奥、隆巴多和安朱洛等人也都在那里。大家都在那里一言不发，铁青着脸，见特里萨进来了连招呼都不打一下。只有塔梅莱奥似乎点了一下头算是招呼了一下。

特里萨一见这种气氛，心里不由得咯噔一下。但是，特里萨心中马上镇静了，自己的朋友已经死无对证，雷蒙德即使知道，也肯定是听罗科那家伙说的。可是罗科又没有证据，只要自己一口咬定不认账，雷蒙德也没有办法将自己怎么样了。

想到这里，特里萨便装作无事一样朝大家笑了笑，然后大大方方地坐了下来，掏出一支烟来自个儿点燃抽起来。

特里萨正要往沙发靠背上一倒，把二郎腿架起来时，突然听到雷蒙德大叫起来：

"特里萨，你这个白痴，抢劫也不看个地方！"雷蒙德一边说着，一边霍地站起来，走到特里萨面前，圆睁着一双棕色的大眼睛，用手指着特里萨的鼻子接着吼，"你做了什么事，你，你知道吗！"

特里萨自从认识雷蒙德以来，从未见他这么暴怒过。他心中不免有些害怕，但又抱着一种侥幸心理说：

"雷蒙德，您怎么说？我又怎么啦，我到底做错了什么呢？"

"做错了什么，你说做错了什么？"

108

"我怎么知道呢！"

特里萨下决心硬顶到底。雷蒙德不挑明，他绝不会自投罗网，否则，那真是白痴。

"特里萨，你好好想一想，"隆巴多这时以一种元老的身份对他说，"大前天晚上，你从保龄球馆同那个什么吉罗打过架之后去了哪里？"

"啊——"特里萨心中一块石头落了地，他轻松地笑了笑说，"我当是什么了不起的事呢。不瞒各位说，那天晚上我去了伍斯特，从一家商号里取了一笔钱，发了点小财……"

"混蛋！你知道那是谁家的商号？那商号的老板是谁吗？"

雷蒙德容不得他再说下去了，粗暴地打断特里萨的话。他问这句话时，双手攥紧拳头，似乎就要揍到特里萨身上去。

"我管那是谁家的商号，反正与您的办事处没有任何关系。"

特里萨理直气壮地说。他知道在座的都是吃这种饭的，在这里说这样的话并不丢人。

"谁说和我们的办事处没有关系，那个商号的老板就是雷蒙德先生的小舅子！"

这时安朱洛再也忍不住了，他见特里萨还蒙在鼓里，只好一针见血地点明。

"什么？你们这是栽赃！"

特里萨不由得大叫起来。他想，这肯定是罗科在雷蒙德面前告了状，他们便找出这样的借口来整他。他怎么能受得了这种窝囊气，只听到他有一肚子的委屈在说：

"我特里萨也是一条汉子，要死也得死个明白，用不着耍这种阴谋。谁说那个老板是您的小舅子，雷蒙德先生，请把证人找出来，当着大家的面说清楚，否则……"

"否则什么？"雷蒙德几乎气得嘴巴都歪了，他在质问特里萨，"你说，你要怎么样？"

一直坐在那里没有吭声的塔梅莱奥看出了这其中的蹊跷，便站起来制止了正要发作的雷蒙德和特里萨二人，然后对雷蒙德说：

"雷蒙德，我想这里头一定有误会。您先冷静一下。我先问问特里萨，你怎么知道这家商号同办事处没有任何联系？"

"维拉尼说的。"特里萨大声地说，"是那个小流氓向我提供的情报，并给我们带路，同我们一起动手干的。我的朋友贾德当面问过他，他非常肯定地回答了我们，说与办事处没有任何关系。"

"这个杂种！"

雷蒙德大骂起来。大家当然知道他在骂那个小流氓维拉尼。原来是他主动向雷蒙德"自首"的，说是特里萨逼着他带路去洗劫雷蒙德的小舅子。他还说特里萨明明知道是雷蒙德的小舅子，是故意要这么干的，并且说"不洗劫他的小舅子还洗劫谁，看他把我怎么样"，因此才惹得雷蒙德对特里萨这样剑拔弩张，并准备不让他活着走出这办事处的门。

现在听特里萨这么一说，雷蒙德也意识到这其中有原因，便对安朱洛说：

"去打个电话，把那个小流氓给我押来，我要当面问个明白，他是怎样对特里萨说的，又是谁叫他这么做的。"

这时，屋内的气氛稍微缓和了一些。雷蒙德才掏出一支雪茄烟来，把它点燃猛抽一通，并在那里走来走去。

大家都在等待维拉尼的到来。

三分钟以后，安朱洛神色不安地走了进来，他几乎不敢直看雷蒙德一眼就坐了下来。

"情况怎么样，那个家伙什么时间到？如果他说了假话，我就要把他的头拧下来！"

"老板，他的头已经被人拧下来了……"

"什么，你说什么？"

雷蒙德几乎不相信安朱洛的话，他的目光直逼到安朱洛的脸上。

"刚才那头接电话的人告诉我，维拉尼已经死了，大概在二十分钟前发现他死在关他的地下室，是叫人用刀子捅的。"

"啊——"

屋里的人除雷蒙德以外，都异口同声地叫了起来。大家又都把目光转向雷蒙德，包括特里萨在内，都在等待着他再次大发雷霆。

但是，雷蒙德沉吟了片刻，便点了点头说："我知道是谁干的，干得太漂亮了。特里萨，我不再责怪你了，不过，请你把那些钱、胸针、首饰还有枪、手表都统统地还给我小舅子，这不过分吧，你说呢？"

特里萨点了点头，他当然也知道雷蒙德此时心里在想什么。他说：

"我会把所有的东西都亲手交给你，并当面向你的小舅子道歉，还要请人帮他把弄坏的楼板修好……"

"把东西还了就可以了，其他的事你不用管。"雷蒙德打断了特里萨，"不过，我还要对你说的是，不要再去抢劫赌馆了，这样对谁都没有好处，谁的饭碗都不能砸，特里萨，你说呢？"

特里萨点了点头。

从此，他真的再没有去抢劫赌馆了。

这倒并不是他领教了雷蒙德的厉害，而是他又找到了一条新的"生财之道"。

要补充一下的就是：两个礼拜之后的一天夜里，那个叫罗科的家伙在自己家里被人打了黑枪，一命呜呼了。

那个对他打黑枪的人，并不惧怕罗科的老朋友和上司——那位波士顿"最有争议的市民"林赛。

新英格兰地区黑手党组织之间的一场轩然大波，就这样风平浪静了。

第六章

黑道操练 芝加哥老大称王

"芝加哥教父"是在父亲的皮带下长大的，少年时代便是"42号帮"的飞车高手。闲来无事，便在街头抓住一位女孩子强奸或轮奸……

因违法酿造私酒入狱四年，出狱后却成了一位彩票高手，成为芝加哥彩票霸主，至少有一千个保镖为他工作。

二战以后竟关心政治，关心进白宫的是杜威还是杜鲁门。

从此，他便与显赫的肯尼迪家族结下了不解之缘。

1957年11月14日的"阿嘉西会议"是美国现代派黑手党组织最重要的一次全国性的会议，也是一次没有开始就结束了的不成功的会议。

会议是在黑手党头目约瑟夫·巴巴拉的庄园中举行的。

约瑟夫·巴巴拉只是黑手党的一个中级头目，但他却拥有一座豪华的"山顶庄园"。

巴巴拉的"山顶庄园"位于纽约城近郊的阿帕莱城的一座小山上，周围森林密布，占地面积约 150 亩，是一个非常隐秘的场所。因此，这次重要的聚会便在这里召开。巴巴拉大出风头，既是召集人又是东道主。

在他的召集下，美国全国各地的黑手党组织，差不多都派出了自己的头目出席这次会议。受到邀请的头目有一百多人。事后警方调查的结果表明，这实在是一次美国黑手党犯罪分子的大聚会。在这一百多个头目中，至少有五十人有"前科"、三十五人曾被判刑、十八人涉嫌谋杀、十五人曾在"毫无知觉"的情况下被捕过、三十人曾因抢劫罪被判处监禁。在这些人中，有二十二人卷入劳务输出犯罪团伙，二十二人在走私毒品、石油供应和食品销售及违禁物资方面犯罪，十九人从事食品批发、机械设备进口以及基建投资的犯罪生意，另外有十七人经营酒吧、赌馆、饭店、色情业和旅游业，均有犯罪行为……

总之，所有出席者没有一个是清白的，全是各种社会犯罪活动的策划和实施者，否则，他们也就没有资格出席这样的"盛会"。而这次集会却是一次不成功的会议，它几乎没有开始就结束了。

原因是纽约州有一位叫萨金特·埃德加·D.科罗斯维尔的警察在巡逻时，发现了巴巴拉的庄园门前聚集着几十辆豪华小轿车。而这位警察知道，巴巴拉的亲戚朋友和一些生意伙伴都不是名门望族的上等人，而是下等社会的三教九流之辈；他本人又是自己辖区内的一位不安分的家伙，经常成为监视的对象。因此，萨金特见到这么多小轿车之后，便意识到里面一定有名堂，这些坐车来"拜访"巴巴拉的肯定不是等闲之辈。

另外，在前两天，他的上司又提醒过大家，据美国"麦卡锡委员会"发言人阿麦脱在一次新闻发布会上说，美国社会的确存在一个地下的"马菲亚"组织。这个组织有一个松散的机构，有特殊的目的，控制各种犯罪……其总部设在意大利，而且遍布世界各地。这是一个国际性的犯罪集团，这个组织又叫"我们的事业"。

把这种现象同这种信息联系起来，萨金特马上想到，这很可能就是那个所谓的"马菲亚"组织在进行秘密聚会。于是他马上打电话给纽约市警察局，报告了这里发生的情况，要求他们立即派人前来协助。同时，他也和他的同事——仅有的三名骑兵全部赶到巴巴拉庄园的周围进行监视，并在通往庄园的公路上设置路障，以防这些人顺利逃跑。

这位警察的这些行动，被那些放哨的黑手党徒发现了。他们立即进入会场，向巴巴拉和所有出席会议的头目报告。

会议还没有正式开始。这些黑手党头目听到这个消息后，全都惊慌失措，一些人马上走出会场钻进汽车，纷纷驾车准备逃跑。他们知道在这种场合如果被抓住了，是没有希望开脱罪责的。另一些人则弃那些汽车于不顾，溜出了庄园的后门向附近的山林中逃去。

那些驾车逃跑的黑手党头目并没有发现萨金特和他的同事们已经在公路上设置了路障，加足马力朝山下逃，结果被路障拦住了。他们只有停下车来，搬开那些沉重的石块和木头。但是，萨金特和他的同事们并没有接到逮捕令或类似的命令，他们的人手又不够，只能站在路边记下这些人的相貌特征和车型、车牌号码……

就在这时，增援的警察赶到了，十几辆警车呼啸着从山下向庄园驶来。这些黑手党头目一看大事不妙，便纷纷弃车而去，向公路两边的山林中落荒而逃。他们就像一伙越狱的囚犯，在丛林中慌不择路，只想离这庄园越远越好。树枝和荆棘无情地划破了他们的手和脸，还有身上那昂贵而体面的衣裳。警察开始了追捕，并鸣枪示警。这些人丢掉身上的枪支弹药和多余的现金，以至几个月后，人们还在树林里发现腐烂了的百元钞票。

在警察的追捕下，大约有六十三人先后落网，有五十多名黑手党头目逃脱。纽约甘比诺家族中的卡特诺是落网者之一，而他的朋友、新英格兰家族的副头目塔梅莱奥却逃脱了。同塔梅莱奥一起逃脱的是一位叫莫尼的人，此人同塔梅莱奥才认识还不到三个小时，就成了朋友，他就是有名的"芝加哥教父"——山姆·吉米萨尔维特·吉安卡纳。

吉安卡纳是如何成为巴巴拉的邀请者，又如何有资格出席这样重大的阿嘉西会议？现在是应该从头交代了。因为在四年之后，他利用新英格兰帮的雷蒙德等人，策划了一起震惊全世界的新闻事件。那就是支持约翰·肯尼迪当上了美国总统，然后又派人将他谋杀。

山姆·吉米萨尔维特·吉安卡纳出生于 1908 年。他的出生证上的具体时间是 5 月 24 日，但不知什么原因，当他成为"老大"之后，他总是在每年的 6 月 15 日庆祝他的生日。

美国名城芝加哥的巴契街区是他的出生地和童年的"教室"。这里聚居的都是意大利籍的移民，他的父母也不例外。他的父亲和母亲都曾是意大利西西里卡斯特尔维特诺村土生土长的村民。在 1907 到 1910 年的大移民期间，这对夫妇便漂洋过海来到了芝加哥，从此在巴契街区这个嘈杂而肮脏的地方住了下来。

1910 年吉安卡纳两岁时，他的母亲同巴契的许多不幸的妇女一样死于流产。不久，他的父亲又为他和他的姐姐娶了一个后妈。

1914 年吉安卡纳刚进入小学一年级时，他的后妈又为他生了一个弟弟和一个妹妹。没有正式职业和谋生手段的父亲在没有钱的日子里，唯一能做的事莫过于酗酒、打老婆和折磨孩子。在接下来的四年时光里，吉安卡纳不知有多少次被他的父亲绑在门前的那棵橡树上抽打，理由是学校里的老师说他是个"不可救药"的孩子。

1918年吉安卡纳10岁时，终于被送到圣·查理斯教养院，作为"少年犯"接受了六个月的教养。这年年底，吉安卡纳被释放了，但他却没有回父亲的那个家，更没有去那座可恶的里斯小学。从此他开始流落街头，空车厢和屋檐下成了他的"家"。

吉安卡纳流浪了两年之后，终于在1920年找到一个"家"——"42号帮"。

"42号帮"是来自巴契的一个疯狂的流氓团伙，里面的成员都是十来岁的小流氓。他们在一个叫克莱罗的带领下，先是小偷小摸，在巴契附近的商店和居民区偷衣服、鞋子、被子和一些小型家电，然后发展到偷汽车；先是从停在街头的汽车上卸下一些零件，偷去卖钱，然后是将整个车子偷走卖掉；最后，"42号帮"发展到抢劫和谋杀，把附近的街区闹得乌烟瘴气，鸡犬不宁。于是，这伙暴徒最卑鄙最邪恶的名声便传开了。许多人开始研究这个邪恶的匪帮。

有的人说，他们之所以取名"42号帮"，一定是这个集团共有42名成员。但是，实际上他们只有二十来个人。

1921年吉安卡纳才13岁，就成了"42号帮"中最疯狂最恶毒的一员，因此便得了个"莫尼"的外号。在这伙人眼中，这个眼睛凹陷的家伙敢想敢干，无恶不作，脾气大得像炸药桶。哪怕只是为了一两个小钱、一瓶啤酒，甚至是一支香烟，他都可以动手杀人。

同时，吉安卡纳还是这个黑帮中最佳的车手。他除了会偷车以外还会开车，而且会开快车甚至是坏车。他能开着一辆只有两个轮子的汽车在街上狂奔，或者是飞一般转过街角，就像一只蝙蝠在那里盘旋一样。遇到警察追捕时，他经常以这种惊人的车技同警察斗智斗勇捉迷藏，有时还以这种办法去整治那些警察。因此，他赢得了同伙的尊敬。

1923 年，15 岁的吉安卡纳投靠了当时芝加哥最有实力的黑手党头目、外号"金刚钻"的乔·埃斯帕斯多。由于在当时芝加哥黑帮派系林立的情况下，埃斯帕斯多一直保持中立的态度，受到了当时的美国总统卡尔文·柯立芝的支持。柯立芝总统以个人的名义许诺让他接管芝加哥的工会组织，经营糖业生意。因为糖是提取酒精的主要原料，而位于加勒比海中的岛国古巴又是美国食糖的主要供应商，因此，乔·埃斯帕斯多的黑手远远超出了芝加哥巴契的地界，伸向了加勒比海中的古巴。同时，他利用同柯立芝总统的关系，又为波士顿的乔·肯尼迪、加拿大的山姆和哈利·布隆弗曼等糖业生意的合作伙伴，请求到了特别保护的各种权利。

这样，乔·埃斯帕斯多一方面远离帮派之间的倾轧和斗争，牢牢地控制和垄断了许多市民的生活必需品，从中发了大财；另一方面又在政治上取得了"合法"的地位。这使他的黑帮组织成为芝加哥名利双收的佼佼者，他自己也成了名副其实的芝加哥"老大"。

吉安卡纳投靠乔·埃斯帕斯多之后，利用自己的实力及时地为他扫除了几个强硬的对立派，立下了汗马功劳。因为当时吉安卡纳的枪法和车技已在巴契颇有名声，让许多对手闻风而逃。其中有一位叫托里的对手，最后在吉安卡纳的打击下，带着 4000 万美元的积蓄，永远地离开了这个城市。

同这个大黑帮头目的"联姻"，进一步提高了吉安卡纳在"42

号帮"中的地位，他几乎成了这些小兄弟们的偶像。对此，吉安卡纳也得意非凡，总是穿着漂亮的西装，口袋里揣着填满子弹的左轮手枪，胳膊上吊着一个漂亮的大姑娘，大摇大摆地招摇过市，昂首挺胸地走在泰勒街和万胜街上。这时，当年那种"不可救药"的小痞子形象和骨瘦如柴的乞丐相已荡然无存了。

1925年9月，17岁的吉安卡纳因偷窃汽车被警察抓获，判处了三十天的监禁。

然而，正是这次判刑，成了他人生的转折点。

出狱之后，吉安卡纳又回到了父亲的家中。这是他离开家庭多年之后，第一次大摇大摆地白天从家门口走进来。以前他也回来过，不过都是晚上偷偷地溜进来，偷走一块面包或一件衣服、一双鞋子。

在这几年中，他的父亲和后妈又接连生下了三四个孩子，生活的拮据已让他父亲变得更暴躁了。不过，他永远也忘不了自己当年一次又一次地被绑在门前橡树上，被打得皮开肉绽鲜血直流的样子。

现在，吉安卡纳觉得应该是同这位暴君一样的父亲算总账的时候了。

当吉安卡纳在那天下午回家时，他的父亲对他如此大胆感到吃惊和愤怒。这时他正一个人坐在桌子边，自斟自饮地喝着一瓶葡萄酒。酒瓶快见底了，父亲的眼睛也红起来了。

他对走进来的吉安卡纳瞪了恶狠狠的一眼，然后用一种地道的意大利语对这个儿子说：

"你应该清楚，你来这里将意味着什么。"

但是，吉安卡纳并没有理睬，也没有停步，而是一步一步地走过来，甚至一直走到桌子跟前。

"见鬼，你到底要干什么？"父亲挥了挥拳头大声吼道，"再走近一步，我就会把你打出去，你给我滚开！"

但是父亲的威胁并没有阻挡住吉安卡纳的步子，他终于走到父亲的跟前，也用眼睛盯着父亲，然后不紧不慢地说：

"我来要回你拿走的东西，是我的东西。"

"什么？你简直是疯了。"父亲站起来了，似乎在冷笑，"我拿走的东西？我没拿你的任何东西……你不是这家里的人！"

吉安卡纳又逼近了一步，直勾勾地盯着父亲的那张狰狞可怕的脸，足足有一分钟，突然哈哈大笑起来：

"结束了，老家伙。"

他说着便离开了父亲，在这屋子里像一位主人一样踱来踱去，然后走到水池边，斜倚在那里，开始点烟。橘红色的火光之后，是一团团蓝色的烟雾。他仰头吹了一串漂亮的烟圈儿，然后并不看着父亲，而是看着那串慢慢消失的烟圈儿对父亲说：

"你再也没有办法把我推出去了，老家伙，你再也不能伤害我了，一切都结束了……"

"什么？你说什么？你这个小杂种，你这个狗娘养的。"父亲破口大骂，"你这个狗娘养的，你可以去吓唬那些老太婆，但这样的话在这里等于放屁。放屁，你懂吧？你赶快给我滚出去，赶快！否则我将踢死你！"

吉安卡纳乜斜了父亲一眼，又深深地吸了一口烟，吐出一长串的烟圈儿，然后字正腔圆地说了一个字："不！"

说完，他用力一摔，把手中的半截烟狠狠地丢进水池里。烟头发出"咝"的一声马上熄灭了。

"你敢！我杀了你！"

父亲尖叫着，像一头狼一样扑了过来。

但是，父亲已经不是他的对手了。吉安卡纳一闪身，让父亲扑了个空，然后他又转过身来，把父亲紧紧地逼在水池边上。

他的另一只手中，握着一把雪亮的匕首。

这把雪亮的匕首，马上冰冷地贴在父亲的喉咙上。只听到吉安卡纳在低声地喝道：

"听着，听好，别再碰我，否则我就像宰猪一样一刀进去把你宰了，听到我的话了吗？老家伙！"

父亲的眼球滴溜溜地在转，没有吭声。

只听到吉安卡纳又说：

"从现在开始，照我说的去做，明白吗？不要再碰我一下。我想来就来，想走就走，一切都得改变。今天就留你一条老命，如果你再敢碰我，再敢叫我出去，我完全可以割开你的喉咙。不过今天我不这么做。记住，你一旦忘了，我发誓我要杀死你。"

吉安卡纳宣读完了他的"誓言"之后，便松开了手。

"你敢杀你的父亲？"

"哈哈哈……"

吉安卡纳"叭"的一声，一扬手把匕首扔在父亲的脚下。

"记住，别激我。"

他头也不回地说着，然后大摇大摆地走出大门。

从此以后，吉安卡纳不仅成了家里的客人，还成了主人。每当星期天他回家时，父亲好像是很欢迎他的到来。当他走到桌子边，在父亲平日专用的座位上挑战似的坐下来时，父亲什么也没有说，乖乖地坐到一边去了。

同父亲的"战争"胜利结束了，但吉安卡纳所在的"42号帮"却迎来了厄运。

1926年9月的一个深夜，吉安卡纳和两个"42号帮"的兄弟坐在俱乐部里闲得无聊，突然想到了一个主意：去打劫本地红灯区的一家服装店。这对吉安卡纳来说，是一种很刺激的游戏。

这次抢劫一开始很顺利，他们很快地就用枪逼着店主打开了他的钱箱子，交出了所有的美元。但是，当他们三人正兴高采烈地走出门刚要上车时，突然，店主像发了疯似的不知从哪里弄来一支枪。结果一场意外的枪战发生了，店主自然受了伤，吉安卡纳的一个同伙也倒在地下。枪声惊动了许多人，也"请"来了正在街口巡逻的警察。

虽然吉安卡纳当时同另一位伙伴开车逃跑了，但第二天一清早，两名高个子警察就敲开了他的家门，手持逮捕证，给他戴上了手铐。原来那位店主被打死了。

吉安卡纳和他的同伙被送上了法庭，罪名是抢劫和杀人，赎金为25000美元。

这一次，是他的父亲又一次来到乔·埃斯帕斯多的总部，得到了这位大老板给的一个装满了现金的大信封，然后到警察局去了——要补充交代的是，自从上次吉安卡纳留下了父亲的一条老命之后，这位父亲不仅履行了自己的诺言，不再打他了，而且还一次又一次地从乔·埃斯帕斯多这里求得赎金，把他一次又一次地从警察局保释出来。

这一次，吉安卡纳又被保释了，审判的时间定在1957年的4月。

这年年底，对服装店的抢劫案宣判了，吉安卡纳和一个同伙被宣判无罪，理由是"缺乏证据"，而另一个同伙却被判了十年。不过，对杀人案的宣判还要等到明年4月份，这真让他度日如年。

这时，吉安卡纳不想坐以待毙，便对杀人现场唯一的目击者进行恫吓，使他不敢上法庭作证。

开始他打电话恫吓，没有效果；几天后又开车去登门拜访，依然没有作用。最后，吉安卡纳决定用两千美元，让那位证人保持沉默，谁知那位证人对钱并不感兴趣。

在所有的办法都用尽了的情况下，吉安卡纳和那位即将一同走上被告席的同伙商量，只有再杀一次人。

于是，在杀人案开庭审判前五天的夜里，吉安卡纳和他的那位同伙来到了那位证人开的店里，先熄了灯，然后给了他致命的两枪。这位证人终于永远地"沉默"了。

从此，既没有人指控吉安卡纳对那位证人的死负责，也没有证人在五天后的杀人案审判时站在证人席上，证明吉安卡纳和他的同伙犯有杀人罪。于是，让吉安卡纳担心了近七个月的这次审判，终于又以"证据不足"而了结了。

吉安卡纳和他的"42号帮"的兄弟，又恢复了一种"正常"的生活。他们在大街上飞车抢劫斗殴，在赌场上一掷千金，在有人和没有人的街头抓住一些少女强奸或轮奸……

然而，就在这年11月的一次抢劫中，"42号帮"的头目克莱罗被警察击毙了。

当时新闻界一片欢呼，将此称之为"42号帮"的"终结"，但这对吉安卡纳来说却是一次"幸运的突破"。因为他开始向权力的顶峰冲刺。

1928年3月的一天,56岁的"金刚钻"乔·埃斯帕斯多在巴黎的大街上，被他的仇人用手提轻机枪打成了肉酱。

从此，才20岁的吉安卡纳窃取了一部分权力，成为这些意大利移民中一个令人害怕又让人敬佩的人物。他牢牢地控制着"42号帮"。他同其他的帮派争夺地盘和经营许多赚钱的生意，他总是威风凛凛，成为许多青年真正的偶像。在后来的日子里，他除了在街头上抢劫、聚赌和杀人之外，还跟芝加哥其他的黑帮头目一起，控制了建筑工人协会、理发匠协会、干洗工人协会及电影经纪人协会等多家工会组织，并开始染指好莱坞电影界，派手下的头目操纵了好莱坞"剧院雇员和电影经纪人国际联盟会"，使他们在好莱坞电影界和各地电影院中赢得了绝对的、至高无上的地位。

当时，芝加哥的黑帮中最大的黑社会组织是"辛迪加"。吉安卡纳在这个组织的外围，为他们收集情报和收"保护金"。到1937年时，他为芝加哥的辛迪加在各家公司和企业中，至少收取过五十次"保护金"，敲诈勒索了大量的金钱。对那些拒交或少交"保护金"者，他都对他们进行威胁甚至谋杀。他的车技和枪法，使他在辛迪加这样的黑帮中备受青睐。

1939年1月17日，吉安卡纳又一次遭到逮捕，原因是警方在"花园修道院"里搜出了许多酿酒用的蒸馏器。审判在当年的5月进行，他请了最好的律师为自己辩护，满以为可以从轻发落，结果在经过九次审判后，终于被判处四年徒刑，于当年10月被押往堪萨斯州的利文沃斯堡监狱服刑。

然而，正是在这四年当中，吉安卡纳碰上了一位玩彩票的高手。此人叫埃迪·琼斯，是一位黑人，同吉安卡纳是同住一室的难友，结果吉安卡纳成了他的"高足"。从利文沃斯堡监狱释放不久，吉安卡纳就干上了这一行，从而成为芝加哥彩票场中的霸主。

后来，他的弟弟夏克回忆说：

"当时至少有一千个保镖为他们工作……还有那些钱，你简直不可想象，竟会有那么多……他们要把这些钱送到密歇根的总部去，非得用一个8加仑的篮子装着……一天赚5万美元还多。他们分别存入二十五家银行，到处都有他们的钱，随便抓一把都是美元……"

为了把这些钱合法化，吉安卡纳和那位琼斯合伙，经营许多合法的生意。他们拥有一家叫"本·富兰克林"的商场、四家豪华旅馆和一个食品市场以及好几家大的超级市场和百货公司。但是，在所有的财产当中，吉安卡纳对那些跨国房地产最感兴趣。

吉安卡纳后来在墨西哥购置了一所大别墅，在法国也买进了一大块地皮。他们把芝加哥的总部装饰得富丽堂皇。吉安卡纳成了芝加哥数一数二的"彩票大王"。他整天钻研赌博业的经营之道，除玩彩票之外，还控制了芝加哥的秘密赌场至少二百家，进行扑克、骰子和赌马等各种各样的赌博。当时，芝加哥所有的赌博业"同行"都收到了他的"最后通牒"：要么与吉安卡纳合作，要么去见上帝。

大部分的竞争者只有选择前者，接受了他的通牒。这时，吉安卡纳不仅控制了芝加哥的赌博业，而且把手伸向周围郊区的县城，在这些地方设立了几十家赌馆。这些赌馆，每一家每个月至少要为吉安卡纳挣来2万美元。

20世纪50年代后期，二战结束以后，吉安卡纳很快地控制了芝加哥的辛迪加黑帮。1946年11月，他同刚从监狱中放出来的另一位辛迪加头目拉克·鲁西，在古巴的首府哈瓦那召集了一次大会，成立了一个全国辛迪加的"委员会"。在这次有三十六个犯罪团伙头目出席的大会上，吉安卡纳始终叼着一支正宗的古巴雪茄，得意扬扬，大出风头，被"委员会"公认为辛迪加的"老大"。

1947年，吉安卡纳交给他的弟弟夏克一份工作，让他在马科特区经营弹子机的赌博业务。事先他将这个地区的警察收拾得服服帖帖，然后让夏克在这里摆上二百多架弹子机，每年赚得12万美元。夏克将这些钱都一分不少地交给了他的哥哥吉安卡纳。

1948年的春天，吉安卡纳拿出一张面额为50万美元的支票，叫他的弟弟夏克去古巴哈瓦那开辟新的赌博业务。这是夏克第一次见到这么多的美钞，他简直不敢相信这是真的。吉安卡纳对夏克说：

"我有两个想法，一是向拉斯维加斯进军，二是向国外发展，进攻古巴和阿拉伯地区。如果多米尼加共和国的独裁者能同我们合作，他会把整个岛屿都租借给我们……如果他不干，我们可以在加勒比海地区，任意找一个愿意合作的。你先去哈瓦那……"

1月18日，吉安卡纳的弟弟夏克便带着几位伙计，乘坐一架小型的飞机来到了古巴哈瓦那，很快同当地的黑社会头目接上了头。

在哈瓦那，夏克和他的伙计第一次见识了贫困的罪恶。当他们坐着豪华的轿车出现在哈瓦那街头时，那些像乞丐一样的男孩常常围着他们的车叫卖他们的"商品"：

"先生，我的姐姐很漂亮，而且还是个处女……"

这些人的英语很地道，他们堵住夏克的车，用擦皮鞋的鞋刷子敲打着车窗的玻璃，叫卖着自己的姐姐。

夏克和他的伙计很快地完成了吉安卡纳交给的任务之后，在那里逗留了一个晚上，以最快的速度，每人尽情地玩了三至五个这样漂亮的古巴"姐姐"之后，就飞回了芝加哥。当他们登上飞机时，夏克最后一次看了一眼古巴的天空，然后对他的伙计说：

"感谢上帝，总算让我们离开了一个地狱，一个美丽的地狱。"

1948 年底，吉安卡纳关心的不再是赌博，而是美国的又一次总统竞选。

1945 年二战结束前，杜鲁门成为总统。

杜鲁门自 1945 年上台之后，到 1948 年底，又面临着竞选。在此之前，吉安卡纳也同当年的"金刚钻"乔·埃斯帕斯多一样，把黑手伸进了白宫。

当年，乔·埃斯帕斯多的行为得到了时任总统卡尔文·柯立芝的"以个人名义的许诺"。而这时，吉安卡纳也通过一些议员的牵线搭桥，同杜鲁门建立了非同一般的"关系"。

有一次，吉安卡纳对他的弟弟夏克说：

"自从罗斯福死了之后，杜鲁门就是白宫中我们的人。现在他要同那个杜威竞争，我们自然只有把宝押在杜鲁门的身上。"

1948 年 11 月 3 日，芝加哥的《每日电信》报上出现了一个醒目的标题：《杜威败给了杜鲁门》。

吉安卡纳看着这张报纸，点燃了一支雪茄，脸上露出了胜利的微笑。他又对夏克说：

"伙计，杜鲁门能拥有芝加哥吗？三万张选票，来帮助这个婊子养的当选，这就是他所得到的报酬……但是，却没有人知道是谁让他当选的。"

就这样，杜鲁门终于连任成功，又在白宫开始了他的总统生涯。而这时的吉安卡纳则开始了最后统一芝加哥黑帮的"事业"。1951 年 6 月 19 日，吉安卡纳派出了三名杀手，开着一辆小轿车，在大街上将他的对手特迪·罗干掉了，从而统治了整个芝加哥黑帮。

直到 1952 年 3 月，吉安卡纳的许多非法活动还鲜为人知，他自己也喜欢这种不动声色的行动。可是，在这年 3 月的一天，《芝加哥论坛》报公布了"十九个大坏人"的名单，吉安卡纳的名字竟赫然名列榜首。他同那些新出道的大坏人一样，立即引起人们的关注。

1952 年秋天，又一次总统竞选来临。但这一次，吉安卡纳对谁当总统似乎并不十分感兴趣。甚至当杜鲁门下台后，他也没有表示过分惊奇。艾森豪威尔的当选，也没有吊起他的什么胃口。这时，他正开始走私毒品，利用一个叫威廉·波达托兹的人，把拉丁美洲和亚洲的毒品走私到纽约，同甘比诺家族联手，并且向新奥尔良和迈阿密等地扩散，芝加哥更是成了他的最大毒品集散地。在后来的几年中，吉安卡纳的"奥菲特集团"迅速地扩张着自己的势力范围，覆盖了散布在芝加哥周围的大小城镇和广大的农村。像巴达卡、肯德基和阿莫朗这样的一些不重要的社区，都成了他的势力范围。在每个地方都有一个效忠吉安卡纳的小头目，他们管理着当地的赌场和妓院，把每一项收入的红利都按规定老老实实地交到吉安卡纳那里。如果不这样做，那么在这些地方的街头巷尾或人迹罕至的山沟里，就会经常有一些腐臭的尸体出现。在这方圆几千英里的地方，能明显地感到吉安卡纳和他的奥菲特集团的势力的存在。那些妓女、赌徒、高利贷者和马场老板的命运，都牢牢地攥在他的手中。

同时，他在所谓的"委员会"中的地位也明显地越来越高。于是，有名的肯尼迪家族便开始与之联络，希望凭自己家族的富有和吉安卡纳的势力，使自己的家族成为美国的"第一家族"。

在 20 世纪 60 年代末期，这个显赫的肯尼迪家族在美国已经是众所周知了。但在此之前，这个家族却经历了一段漫长的发迹史，充满了令人不可理解的传奇色彩。

肯尼迪家族是 19 世纪 40 年代欧洲马铃薯大歉收的年代逃离爱尔兰的移民。

来到美国之后，约翰·肯尼迪的祖父帕特里克·肯尼迪白手起家，通过多年的奋斗，以酿造私酒的手艺起家。吉安卡纳认识这个诡计多端的贩卖私酒的家伙近二十五年了，见证了他如何在黑社会的保护下，在贩卖私酒方面开拓了一个广阔的前景。

他知道帕特里克·肯尼迪的生意，始终与黑道社会保持千丝万缕的联系，在纽约和芝加哥那帮有力的恶棍的支持下，窃取了全国各种各样的贩卖私酒的权利，并垄断了许多地区的私酒生意。他通过自己的萨姆塞特公司，将哥顿的杜松子酒、德奎酒和哈哥酒等三种最赚钱的私酒倾销全国各地，取得了国家允许的白酒经销权，同时兼营房地产和金融业，并逐步涉足政界。帕特里克·肯尼迪发迹之后，曾五次连任马萨诸塞州众议院议员。

与此同时，帕特里克·肯尼迪还在世界有名的影城好莱坞占有一席之地，通过控制一些制片商和许多电影明星，赚了不少的钱。

1888 年，肯尼迪的父亲约瑟夫·肯尼迪出生了。约瑟夫生来就是个"财迷"，他很小的时候总是问别人：

"咱们怎样才能挣些钱？"

为了让儿子接受良好的教育，以便将来能够出人头地，成就一番大事业，帕特里克不顾家族信奉天主教的传统，把儿子约瑟夫送入新英格兰一所有数百年历史的"新教"学校——波士顿拉丁文预备学校读书，后来又让儿子进入著名的哈佛大学深造。

约瑟夫·肯尼迪从哈佛大学毕业后，依靠父亲的政治影响，在州立银行找到了一份年薪为 4500 美元的检查员工作。几年之后，年仅 26 岁的约瑟夫成为该银行的董事长，被美国报界称为"美国最年轻的银行董事长"。

1914年，约瑟夫·肯尼迪与罗斯·菲茨杰拉德结为夫妻。罗斯的父亲是波士顿市市长，她从10岁开始，就随同父亲参加各种社交活动，成为社交界小有名气的人物。婚后，约瑟夫的事业如日中天，先后经营造船业、电影业、股票和投资业，成为腰缠万贯的大富豪，在美国《幸福》杂志"美国富豪排行榜"上，名列第十二位。

20世纪30年代是美国社会大萧条的年代，但对约瑟夫来说，却是黄金时代。

1932年，约瑟大涉足政界，成为罗斯福的热心支持者，被委任为证券兑换委员会的第一任负责人和海事委员会主席。1937年，约瑟夫被罗斯福总统任命为驻英大使，达到了他仕途的鼎盛时期。同时，他也挣了数不清的钱。

约瑟夫和罗斯共生有九个子女，他为每个子女都设立了一笔巨额的信托基金，使每个人在21岁之后，都可以得到100万美元的收入，终生可以得到2000万美元。他认为孩子们有了这笔钱，就不必像自己和父亲那样，为了温饱去拼命地工作，可以放开手脚去从事谋生以外的任何职业。

约翰·肯尼迪是约瑟夫·肯尼迪的第二个儿子，在九个兄弟姐妹之中排列第二。他于1917年5月29日生于马萨诸塞州的布鲁克林。

童年时代的约翰·肯尼迪，喜欢读书，但却很少到户外活动，身体相当孱弱，经常生病。他又不想成为一个人们所说的"书呆子"，6岁时就对他的母亲罗斯说过：

"如果你读书读得过多，就可能成为一个大傻瓜。"

这种见解对一位6岁的孩子来说，往往被很多人认为是这个孩子想偷懒的理由。

约翰·肯尼迪最初在一所天主教学校读书，后来转入新英格兰圣公会的乔特中学。中学毕业后，父亲约瑟夫·肯尼迪把他送进了伦敦经济学院，但是一场意外的黄疸病，很快结束了约翰·肯尼迪在伦敦经济学院的生活，同时还使他失去了考取普林斯顿大学的机会。

1936年，约翰·肯尼迪身体康复后，进入哈佛大学学习。在哈佛大学，他刻苦攻读政治学，热衷于阅读美国历史和人物传记。1938年，他休学六个月，到伦敦给当时担任驻英国大使的父亲做秘书。1940年，他的学位论文《英国为什么沉睡》在父母的帮助下得以出版，成为当时的畅销书，获得了文坛和政坛的一致好评。约翰·肯尼迪终于第一次大出风头，显示了一位未来政治家的才情。

从哈佛大学毕业后，约翰·肯尼迪又到斯坦福大学商学院学习了一年。这样的家族，决定了他在商业经济方面不应该存在空白。

1941年10月，肯尼迪加入了美国海军。入伍之初，他在海军情报部门从事文秘工作，协助海军作战部部长编辑新闻文稿。著名的"珍珠港事件"以后，肯尼迪渴望奔赴战场建功立业。在父亲的帮助下，他被选入鱼雷快艇训练学校学习，结业后被派往南太平洋作战，指挥一艘鱼雷快艇，并被授予上尉军衔。

1943年8月的一个夜晚，在南太平洋所罗门群岛海面上的一场战斗中，肯尼迪指挥的109号鱼雷快艇与日军的一艘驱逐舰相遇，他的快艇被日军的鱼雷击中，炸成两截。在这危急关头，肯尼迪沉着地指挥艇上的官员尽快地离开了沉船，带领大家游往附近的小岛。他自己则用牙咬住一名受伤水兵的救生带，在大海中游了十几个小时，终于把这位受伤的水兵也救上了小岛。这时，肯尼迪又把一封求援信装入椰壳之中，让岛上的居民把它送往美军的海军司令部，终于让全体官兵得救。

肯尼迪的这种行为，让他受到了美国海军和海军陆战队的通令嘉奖，并获得一枚奖章和一枚紫色勋章，成为海军中有名的战斗英雄。他那热衷于政治的父亲约瑟夫，则利用这一机会为他大肆宣传，为他日后的从政打下了基础。

1945 年肯尼迪从海军退役后，担任赫斯特系报社的专栏记者，先后采访过旧金山联合国制宪大会、英国大选和有名的波茨坦会议等重大国际事件，成为当时该报名望极深的记者。

他自己很热爱记者这个职业，希望能成为一个"以评论政治为主的报纸专栏作家"，但是他最终还是做出了另一种选择。

由于他的哥哥小约瑟夫·肯尼迪在二战中罹难，他便成了肯尼迪家族中政治传统的继承人。1946 年，马萨诸塞州第 11 区的众议院席位空缺，肯尼迪便抓住这一良机，开始竞选州众议院议员。

在这次议员竞选中，肯尼迪家族闻风而动，迅速组成一个竞选班子，帮助肯尼迪竞选。他的堂兄、竞选班子的总经理约瑟夫·凯恩当时引用拿破仑的一句名言说：

"在政治竞选中最必不可少的要素是钱、钱、钱。"

为了使儿子能当选，他的父亲也不惜财力物力，大力支持肯尼迪的竞选。他曾说：

"我们要像推销肥皂片一样地推销约翰。"

他的父亲慷慨地打开肯尼迪家族的金库，向波士顿大主教理查德·库欣捐赠 60 万美元，建造一所残疾儿童疗养院。当肯尼迪在疗养院开工的奠基仪式上，面对无数的照相机和记者，把 60 万美元交给大主教时，他父亲约瑟夫再次宣布，设立一项 500 万美元的"小约瑟夫·肯尼迪基金"，来帮助残疾儿童。

金钱，终于为肯尼迪铺就了一条通向政坛的大路。

在这次竞选中，肯尼迪知道自己潇洒英俊一表人才，对女士极富魅力，便利用这种魅力频频举行茶会和舞会等各种集会，邀请各界妇女参加。在这样的集会上，肯尼迪总是风度翩翩，像一位多情王子，周旋于这些妇女之中，让每一位妇女都认为肯尼迪对自己有好感，都在做着成为肯尼迪夫人的好梦。

由于女选民占注册选民比例的一半左右，因此，肯尼迪的"魅力攻势"便发挥了极其重要的作用，再加上哈佛大学和海军出身的许多青年选民的支持，肯尼迪竞选成功，在十名候选人中，以42%的选票当选为众议员。

当选众议员之后，肯尼迪家族立即支持肯尼迪竞选参议员。从此他又马不停蹄地开展竞选活动，在马萨诸塞州频繁出击，到各地巡回进行竞选演说。每次演说时，尽管他的背部旧伤发作，疼得让他出汗，但他坚持不拄拐杖，以顽强的毅力咬紧牙关，笔直地站在讲台上侃侃而谈，给广大选民一种健康和充满活力的形象。然而，一旦演讲结束，当他走下讲台时，他却疼得闭上双眼，冷汗淋漓。

这一次参议员的竞选，对肯尼迪来说，真是凶多吉少。因为与他竞争的对手是马萨诸塞州共和党的中坚人物小亨利·卡伯特·洛奇。

洛奇家族在当地政界很有声望，他们歧视来自爱尔兰的肯尼迪家族。洛奇的祖父曾是美国有名的参议员之一，因反对威尔逊总统的国际联盟而赢得国际声誉，而洛奇本人在进入参议院时，曾先后击败三位爱尔兰人。他被看作是出身高贵、有教养的新英格兰人的化身。肯尼迪同洛奇的较量，不仅属于政治问题，还属于两个家族之间势力的斗争。

更不利的是，在这一年（1952年），共和党总统候选人艾森豪威尔又击败了民主党人史蒂文森，共和党州长候选人又击败了民主党对手，这种种迹象都让肯尼迪的当选险象环生。

但是，肯尼迪家族为了他的当选，不遗余力地倾巢出动，组织大量的人力、物力和财力进行反击。他的父亲约瑟夫组织班子，编印了一份宣传肯尼迪的小册子，题为《约翰实现死在英吉利海峡的兄长小约瑟夫的梦想》。封面上印有肯尼迪和小约瑟夫的照片，内容主要是宣传肯尼迪在太平洋上救护战友的事迹，并配有独具魅力的插图。这封小册子共散发了九十多万份，马萨诸塞州的注册选民几乎人手一册。

当时，肯尼迪的父亲还向即将倒闭的《波士顿邮报》及时地资助了 50 万美元的贷款，使这家曾经支持共和党的报纸，立即改变态度，宣传和支持民主党的竞选纲领，成为支持肯尼迪的坚强舆论阵地。

连肯尼迪的母亲和几位妹妹也都投入了这场大战，充当肯尼迪竞选的啦啦队。他的母亲罗斯在肯尼迪竞选众议院议员时，便意识到女性选民对儿子的情有独钟，便立即带着几位女儿，继续使用这种"美男计"，在马萨诸塞州的每一个城市举行茶会。在茶会上，肯尼迪又一次以迷人的魅力向这些出席的妇女大献殷勤，使这些女人围着自己转。

这样的茶会一共举行了三十三次，出席的女性总人数达七万余人。结果在同洛奇竞选时，肯尼迪以超过七万张选票的优势当选。而这些超过的选票数，正好是应邀出席茶会的妇女的总人数。所有出席茶会的女性，几乎每人都投了肯尼迪一票。

怪不得后来洛奇深有感触地对记者说：

"是茶会，是那些茶会打败了我们！"

肯尼迪在当选为参议员的第二年，不顾那七万名妇女对自己的"钟情"，毅然于1953年9月12日，与年轻貌美且极富魅力的女记者杰奎琳·布维尔结了婚。这位负心的"公众情人"，不禁让那七万多女性大失所望。因为在当时的美国社会，对那种单身汉的狂热已经过时了，美国公众更相信有家室的人，不再相信那些没有责任感的单身汉了。肯尼迪为了获得更高的公职，在政坛上向更高的权力顶峰冲刺，他便十分果断地做出了这种选择。

肯尼迪进入参议院之后，他的父亲约瑟夫也并没有由此而掉以轻心。他的最终目标，是要把自己的儿子造就成美国总统，而不是一位称职的议员。于是，据说他便想通过与黑社会的联姻，来成就肯尼迪的事业。

肯尼迪的父亲约瑟夫尽管对芝加哥黑社会的大人物吉安卡纳不屑一顾，甚至把他看成是一个非常可恶的人，但他还是找到了吉安卡纳的门上。

在那位芝加哥市长的引荐下，1956年3月的一天，约瑟夫终于走进了吉安卡纳的客厅。

这个客厅是在芝加哥东方大使饭店的第九层。当约瑟夫走进来之后，吉安卡纳似乎很有派头地欠了欠身子。因为这个人不仅是参议员的父亲，更重要的是他是一个银行家和一位富翁，并且是代表财大气粗的肯尼迪家族来找自己的。

吉安卡纳这时正在吸着一支古巴雪茄，他很客气地对约瑟夫说：

"先生，感谢您的光临。我能为您做点什么？"

"我需要你的帮助。"约瑟夫很谦恭地说。

"这我知道，你应该告诉我，如何去帮助你。"

"你知道，我的儿子约翰在政界正不断地提升……我希望有一天他能成为总统，而不是一名参议员。现在，我要做的是不能让他受到威胁和影响，你说是不是，山姆。"

吉安卡纳点了点头说：

"我会帮助你的，也会帮助你的儿子，我会让他走进白宫。不过，当你儿子当选为总统的那一天，你一定要实现你的诺言，一定要让你儿子……"

"我会让他这么做的，山姆。"约瑟夫连忙打断吉安卡纳的话，"他当选的那一天，也是你山姆·吉安卡纳当选的日子。他将是你的人，我发誓。美利坚合众国的总统，将永远是你山姆的儿子。"

吉安卡纳没有再说什么。他只是叫侍者为他斟上满满的一杯杜松子酒，然后一饮而尽。这时他才说："从今天开始，我改喝杜松子酒了。"

这话既是命令，又是一种象征。

当天晚上，吉安卡纳给纽约的"五大家族"挂了个电话，那些对肯尼迪家族一切不利的行为和言论都消失了。他正在用自己的权势，制造一位新的美国总统。

然而，正当肯尼迪在参议院一步一步地向上爬的时候，吉安卡纳却在1957年的"阿嘉西会议"大出洋相。他同新英格兰帮的副头目塔梅莱奥逃进山庄附近的山林之后，便分道扬镳各自逃命去了。

两天以后的11月16日，吉安卡纳终于又出现在他的弟弟夏克的汽车旅馆里。他一屁股坐在酒吧的沙发上，瞪眼瞧着夏克，晃动着一条只穿着丝质衬裤的腿。

"天哪，你的腿怎么了？"夏克问。

"我被纽约城那山上的树枝划破了裤腿。"吉安卡纳似乎很得意地说。

"树枝？"夏克也笑着说，"该死的山姆，我就知道，如果有人在两天前的那次追捕中像狐狸一样逃之夭夭，那肯定就是你。"

"说得对，你听说阿帕莱城两天前发生的故事吗？不过这已经是旧闻而不是新闻了，对吧？我并不想一开始就溜，但最后还是同塔梅莱奥和卡特诺那些体面的家伙一同溜走了。我像只兔子一样穿过丛林，那位塔梅莱奥也是一样，那地方遍地荆棘密布，我损失了一件1200美元的西装，在那个鬼地方丢掉了我的一只新鞋，后来我只有把另一只也抛进了山间的水沟里。"

吉安卡纳点燃一支雪茄，露出手腕上一条镶有金星的蓝宝石精美手链。

"上帝，这简直是疯了。"夏克在感叹着，想象着自己的哥哥当时在树林中逃窜的样子。

"是疯了。"吉安卡纳说，他一边微笑点头，一边喝着咖啡说，"人啊，实在太可笑了，你要是看到那些人当时逃跑的样子，你才知道这世界上什么叫丑态百出呢！"

夏克说："我知道，我完全可以想象得出来。"

1957年11月27日感恩节过后，联邦调查局正式发起代号为"反暴行动"的行动，向全国的犯罪集团出击。

吉安卡纳趁此机会一举夺取了芝加哥黑道社会的大权，成为真正的"老大"。

与此同时，曼哈顿的布朗·卡特诺，也因为这次"阿嘉西会议"脱颖而出，成为真正的"曼哈顿教父"。

第七章

称霸黑道　纽约城群魔乱舞

在一个纽约就麇集着所谓的"五大家族"，其中甘
比诺家族为群龙之首。"阿嘉西会议"卡特诺尽管出尽
了洋相，但他却成了这个家族的"二号人物"。

"波纳诺教父"原是一位聪明而彪悍的"组长"，
但由于这个家族的多灾多难，终于"时势造英雄"。

"阿嘉西会议"之后，布朗·卡特诺才在甘比诺家族中脱颖而
出，成为纽约黑道社会中一颗耀眼的"新星"。而在此之前，他却
经历一段很长时间的沉寂。

自从塔梅莱奥离开了纽约回到罗得岛之后，卡特诺的"盗车集
团"也开始走下坡路。此时，他对这种偷窃生涯也开始心灰意懒，
总想另辟蹊径，走出一条新的出路来。

但是，他自己从小到现在，除了撬锁爬高、偷鸡摸狗之外就是
持枪抢劫，除此之外别无一技之长。卡特诺左思右想，终于想到了
一条新的出路，那就是继承父辈的衣钵重操旧业，拿起屠刀去卖肉。

也许是家传"基因"的缘故，这位曾经随父亲做过几天手下干

过屠夫的人，对卖肉这一行无师自通。卡特诺不仅对有问题的肉类交易怀有特殊的兴趣，而且对诸如生肉装箱和熔炼脂肪之类的技术知识几乎是一点就通。他精通所有与脂肪有关的知识。

重操旧业没几天，他的"解剖学"水平几乎胜过科班出身的外科医生。他能单独肢解一只羔羊，不仅可以把它大卸八块，并且可以让每一块羊肉都白里透红，看上去鲜嫩无比。

当时曼哈顿的肉类市场，都是在黑手党的控制之下。一是这种脏活累活虽然与每位高雅的富人的日常生活息息相关，但却没有哪一位愿意挽起袖子去卖肉，这样，肉类市场自然而然地就是下层人一统天下；二是这些下层人大都是意大利移民的后裔，与黑手党人无不沾亲带故，没有血缘关系也有裙带关系。这些意大利移民早年来到美国之前，其中有为数不少的人都是在西西里岛上干这种营生。他们到了美国之后，也把这种手艺带到了新的聚集地，卖肉成了一种谋生的手段。因此，这种肉类市场被这些人控制和垄断，也就是顺理成章的事了。

当黑手党垄断了这一行业之后，他们当然不会老老实实地让那些整天吃肉的富人自在地享受，吃上货真价实的肉。于是，他们便开始想出许多富人想不出来，甚至无法想象的花招来，既让富人买一斤肉掏两斤肉的钱，也求得一种心理上的平衡。从此，肉类市场上那种坑害顾客、以次充好的把戏便层出不穷，成了一种"时尚"。

在所有玩这种把戏的屠夫当中，卡特诺同他的父亲可称得上是其中的高手。他可以利用各种无人知道的办法，把那些腐臭、过期或未经检验的坏肉专门卖给顾客。尽管许多肉来路不明，但经过他们"加工"之后，就可以光明正大地走进市场，走进千家万户，在食肉者的餐桌上热气腾腾。

在父亲的言传身教下，卡特诺很快掌握了各种弄虚作假的方法。比如说，他非常熟悉一种"漂白"的方法，可以利用一种被称为"炸药"的白色粉末状的防腐剂，把腐臭的肉泡上一整夜，排干这些肉中的臭血和污液，使这些本来要丢掉的肉变得新鲜红润，让人看上一眼都垂涎三尺，食欲大增。

同时，卡特诺还懂得用一种叫甲醛的化学药剂去掩盖腐肉中散发出来的臭气，让其变得同新鲜肉别无二致。

为了应付卫生监督部门和那些官员的检查，卡特诺还很快地学会了一门新的手艺，那就是伪造图章。他可以很熟练地伪造出一枚农业部或卫生部门的印章，然后在那些过期的肉上一盖，按照自己的需要，伪造出这些肉的合格的等级和有效的保质期限。

除此之外，卡特诺还有许多一般人无法理解的"绝招"。他利用这些"绝招"，可以把牛肉变成羊肉，也可以使"猪肉"不总是来自猪身上，"羊肉"也不一定非得宰了羊才有。他对吃了坏肉拉肚子的现象从来不负任何责任。他的理由是，"人的拉肚子和痢疾发作，毕竟也是日常生活的一部分"。因此，他并没有感到这有什么值得大惊小怪的。

当然，在当时的纽约社会，在肉类市场上作弊的始作俑者，并不是布朗·卡特诺。早在20世纪30年代以前，纽约的肉类批发业，就是黑手党"五大家族"发财的地方。在20世纪30年代，《时代》周刊就在一篇社论中以默认的口气说：

"如果这种不体面的事情减少的话，那么掠夺这个城市的食品供给的人，一定是站在最底层的附近。"

这句话说得很有哲学家的风度。

不过，在当时的纽约肉类市场，甘比诺家族并不是最有力的垄断者，这种市场几乎被纽约的"五大家族"瓜分了。其中的吉诺维斯家族通过在富尔顿鱼类市场上臭名昭著的势力，控制了海产品的供应，至于牛肉和家禽肉，据说是卢切斯家族和波纳诺家族的势力范围；还有科博纳家族也在每种市场中都依靠自己的势力分得一杯羹。在当时，波纳诺家族的合伙人查尔斯·安塞莫曾就他们出售的牛肉中，是否掺有马肉这一问题做了一个"著名"的回答。他说："不错，它们中间有的哞哞叫，而有的并不哞哞叫……"

在20世纪30年代前后，纽约五大家族中的波纳诺家族，几乎可以同后来成为"老大"的甘比诺家族相提并论，难分伯仲。只是由于后来发生的一系列变故，才使这个负一时之盛名的家族开始出现群龙无首的状况。直到20世纪80年代新的"族长"或"教父"索尼·布莱克脱颖而出之后，这个家族才重振雄风。这是后话。

自从布朗·卡特诺打入纽约肉类交易市场之后，马上使甘比诺家族在这种行当中后来居上，成为一股引人注目的社会势力。

20世纪50年代初期，美国联邦调查局曾对布朗·卡特诺进行过一次为期三年之久的调查，目的是要查出卡特诺在肉类交易中的违法行为。联邦调查局把这次调查称作"笨蛋行动"，意思是要查出卡特诺这个"笨蛋"的破绽。结果最后成为"笨蛋"的，恰恰是联邦调查局负责调查的那些官员们，因为这次行动一无所获。那些官员行为的草率和技术上的"外行"，使这次调查不仅没有达到预期的效果，反而让卡特诺由此名声大振，成为甘比诺家族中一位引人注目的"新秀"。

卡特诺使甘比诺家族在纽约肉类市场占有一席之地，并且没有引起同卢切斯家族和波纳诺家族等其他家族之间的权力之争，也没有因此发生抢夺地盘的战斗，这完全取决于卡特诺本人的老练成熟和稳重沉着。

经过20世纪30年代和40年代的长时期操练，卡特诺已经机智地建立和巩固了他在布鲁克林黑社会中的地位。他那沉默的性格和短暂的监狱生活，使他在同龄人当中与众不同，显得高深莫测。他利用这些优势，迅速地网罗了一批青少年时代的朋友，很快地建立了自己的帮派体系，在手下集结了一大批为他两肋插刀的亡命之徒，形成了自己的势力。但他的这种做法，并没有引起家族中老一代头目的反感和猜忌，反而得到了这些人的认可，承认他是一位有坚韧不拔的精神和非凡能力的人，是家族中最具优秀素质的人才。

这其中更重要的原因，就是卡特诺对自己婚姻的选择。

卡特诺的妻子叫尼娜，是他少年时代的情人。1937年的秋天，他们举行了婚礼，结为夫妇。而这位尼娜却是一位不同凡响的人——她恰巧是甘比诺家族当时的"族长"卡洛·甘比诺的小姨子，据说她刚刚长大成人，还是情窦初开之时，就同卡洛·甘比诺这位炙手可热的姐夫坠入爱河。所以，卡特诺同尼娜这样的女子结婚，无疑是一种明智的选择。尽管他明知妻子的"第一个男人"并不是自己，但是他可以通过这种形式，表明他对家族的忠心和对"族长"的忠诚。何况从卡特诺的父亲那时开始，他就同卡洛·甘比诺有多种关系。甘比诺不仅同他父亲是堂兄弟，而且同他的姐姐凯瑟琳有过一段短暂的婚姻关系。这个黑手党家族就是以这种令人无法理解的血缘关系结成一种纽带，从而编织成一道保护网。尽管这种近亲结婚造成了一系列不良后果，使许多后代不是患心脏病、精神病，就是畸形和弱智，但是这种保护网却使他们的家族牢不可破。这种复杂的关系网，正是卡特诺在家族中脱颖而出的主要原因。

在当时的外人眼里，卡特诺完全是个地道的商人，是一个勤奋而又坚定的家伙。像许多意大利移民的后裔一样，他不仅是一个真正的第二代美国人，而且从一个又穷又没有文化的底层人，变成了一个殷实的公民。当时，卡特诺经常驾驶着他的那辆敞篷汽车，那宽宽的白色轮胎护盘，同布鲁克林肮脏的马路形成了鲜明的对照。他衣着考究，喜欢穿戴精工制作的衣服和浅黑色软顶呢帽，穿宽松式的开司米大衣。他虽然依旧身材纤细，但考究的穿戴和手中的权力使他丰满了许多。他看上去既不凶狠也不卑劣，人们绝对不会把他同暴徒和恶棍这种人联系在一起。但是，他却是一个地地道道的恶棍，一个为牟取暴利而不顾一切的暴徒。

肉类销售生意有三个行当，那就是批发、零售和收购。在这三个行业中，卡特诺都有非常大的影响力。在20世纪60年代，他就同父亲、两个弟弟一道，经营着纽约市有名的"戴尔肉类股份公司"。该公司是布鲁克林地区的总批发站，人们通常称它为"戴尔家居"公司。它向三百多家零售商贩提供货源，并且有权决定促销哪些品牌的产品，又可以让哪些品牌的产品在货架上无人问津。他们父子几个人就这样进行市场垄断，在肉类市场赚大钱，生意做得十分火爆。后来到了20世纪80年代，"戴尔肉类股份有限公司"转到他的儿子乔和小布朗手中，成了一家以肉类加工和批发为主的多种食品集团。

在当时，卡特诺除了经营这家公司之外，还不声不响地同各家连锁店建立了合作的关系。一个叫帕斯奎尔·康特的人，是食品连锁店合作社的董事，他成了卡特诺打入连锁店的得力助手。帕斯奎尔·康特自己拥有十几家店铺，生意做得十分像样子。自从同卡特诺联手之后，更是财源滚滚。他为了保持同卡特诺的这种关系，保护自己的财产，不久后便加入了甘比诺家族，成为黑手党成员。

卡特诺的"戴尔肉类股份有限公司"在当地的权势是相当大的。如果某位零售商对戴尔公司提出的价格不满，那么就会遭到卡特诺的报复。往往在重大的节假日前夕，卡特诺就会卡断这位零售商的货源，使他的生意做不下去，无法在这些赚钱的日子里赚到大钱。又如果某家食品加工厂的老板对戴尔公司表露出不信任的态度，甚至不想同他进行业务上的合作，那么，这位加工厂的老板就会发现，自己工厂的广告和产品，很快就会在纽约各主要的超级市场中消失得无影无踪，从此不会再有哪一位批发商上门来同自己洽谈业务，自己的工厂生产出来的商品只能永远地堆在仓库中无休止地等待，资金不能周转，产品只会发霉，直到工厂转产或关门为止。

有一次，纽约那家沃尔鲍姆超级市场的老板因为一批香肠的价格，同卡特诺的弟弟闹得很不愉快。结果第二天一清早，沃尔鲍姆超市门前就聚集了一大群示威游行者。这些人打着牌子，喊着口号，声称都是这家超市的受害者。他们圣诞节在这里买的香肠都是变质的货，结果使他们其中的每一个家庭都有一些成员不得不去看医生，以致吃药打针。

这种示威游行活动一直从早上6点持续到中午12点，整整六个小时的活动，最终将这家沃尔鲍姆超级市场摧毁了。从此以后，没有一位顾客走进这家超市的店门，使这家超市无论是货架上还是仓库中所有的商品，都原封不动地堆积在那里，除了一小部分由后门运出，折价处理给一些小商贩之外，大部分都变成了废品，最后不得不动用几十辆卡车，将这些变质了的商品拖往郊外的垃圾场。

沃尔鲍姆超级市场的老板虽然接二连三地跑法庭、工会和市场消费者协会，但依然一无所获。既找不到那次示威活动的幕后操纵者，也找不到承担责任的人。最后不得不血本无归，卷起铺盖离开了这条街，到纽约市的最偏僻的黑人街区经营一个香烟摊子去了。

一家价值几百万美元的超级市场，就这样在卡特诺的不动声色之中消失了。

当年在布鲁克林及纽约市东区，被卡特诺以这种方式挤压的零售商和超级市场以及肉类加工厂，先后有一百多家。这些地方从此便成了卡特诺的天下，使甘比诺家族在纽约的肉类行当中扶摇直上，成为当然的霸主，渐渐地让其他四大家族望尘莫及。

卡特诺也由此令甘比诺家族的大头目卡洛·甘比诺另眼相待，被"内定"为未来的掌门人。

正当卡特诺在甘比诺家族中的地位日渐显赫之时，不料一场突然而来的事件，让他第二次被关进了监狱。这起突发事件就是前文提到的"阿嘉西会议"。

1957年11月14日，卡特诺受甘比诺家族的大头目卡洛·甘比诺之命，前往纽约北部的约瑟夫·巴巴拉的"山顶庄园"，出席这次美国黑手党头目的最大聚会——"阿嘉西会议"。

这种机会对卡特诺来说，无异是一种转变命运的契机。出席这样的会议，等于承认了卡特诺在甘比诺家族内，那种仅次于大头目卡洛·甘比诺的"二号头目"的地位。所以接到卡洛·甘比诺的命令之后，他欣然前往。当时卡洛·甘比诺给他的任务是，利用这次集会推销自己，结识包括新英格兰黑帮在内的美国所有黑帮头目，最终同自己志同道合的伙计们联合起来，在纽约来一场大的行动，削弱其他四大家族，尤其是吉诺维斯家族的势力，使甘比诺家族成为纽约帮的唯一霸主。

在出席聚会的前夕，卡特诺又接到塔梅莱奥从罗得岛打来的电话，告诉他自己也将来纽约出席这次会议。这对卡特诺来说，又是一个机会。他完全可以通过这位当年的合作伙伴，顺理成章地同罗得岛、新英格兰帮搭上线。如果这个目的实现了，那么甘比诺家族称霸纽约城，甚至将势力扩展到美国东海岸各大城市的日子就不会太远了，更不要说纽约的四大家族了。

　　但是，前文已经交代过，这次"阿嘉西会议"尽管是美国黑手党历史上一次重要的会议，但也是一次失败的会议。当会议的地点被警方发现之后，这些"体面人"便一个个地逃出会场，最后无论是坐车的还是步行的，都得一个个逃进庄园附近的山林之中，在警方的追捕下落荒而逃，有许多人被拘捕。卡特诺便是被拘捕者之一。

　　当卡特诺同他的老朋友塔梅莱奥、刚刚结识的新朋友山姆·吉安卡纳一同逃出巴巴拉豪华的庄园时，他们都没有去门前停车的地方上车逃走，而是立即钻进了旁边的密林。在警察的追捕下，三个人在密林中失散了，卡特诺独自一人走进了一片荆棘丛中。这时，他已经听到了身后那些追捕警察的喊叫声和枪声，子弹呼啸着从头顶上飞过，将前面的树叶打得纷纷扬扬。

　　这时，卡特诺真有点恨自己只生了两条腿。他抛掉了身上一切多余的东西，有手枪、钞票、金表，还有那件藏青色的轻便薄呢大衣。尽管这件大衣还是来聚会前一天刚刚买的，花了他850美元，但他还是在所不惜。刚一钻进山林时，这件大衣就像一条长尾巴一样，在身后时不时被树枝挂住。现在他只有干脆把它脱下来，一边跑一边扔在树林里。

　　扔掉大衣之后，卡特诺才稍微感到轻松些，紧身的真皮马夹让他干练而又利索。这时，他就像田径场上的一位马拉松长跑运动

147

员一样，甩开两条长腿，在荒草和乱石上狂奔。银色的丝巾滑落下来，吊在胸前，最后飘了几下也掉在地上了。卡特诺对这条150美元的丝巾连看也没有看一眼就继续朝前逃去。黑色的皮鞋再也不是油光发亮了，而是沾满了泥巴，左脚的鞋很快也跑丢了，让他很难保持平衡，一颠一跛的，右脚的那一只鞋尖处也绷裂了，白色的袜子包着脚指头钻了出来。平日梳得一丝不苟的头发，此时也是又脏又乱，被汗水弄得湿漉漉，粘在发红的前额上，时不时掉下来遮住视线。

经过一个多小时的逃窜，卡特诺总算逃出了密林，上了通往县城的马路，结果还是被关卡上的警察给逮捕了。这时尽管卡特诺表现得非常镇静，但还是感到非常羞愧。他被关押在纽约市警察局的拘留所，等待传讯。

两个月以后，纽约市开庭审理这次拘捕的嫌疑人。面对陪审团的传讯，卡特诺依然表现出一副镇静的神态。在听证会上，他一口咬定自己那天去巴巴拉家，根本不是参加什么会议，而是去同巴巴拉讨论关于心脏病的问题。

陪审团中的一位陪审员对他说：

"卡特诺先生，您今年42岁，就有心脏病吗？"

卡特诺说："我不知道是否有心脏病，但有时胸部发痛。所以我想找约瑟夫问问，因为他那时有心脏病。"

陪审团对于卡特诺的这种回答并不满意，因为当时所有拘捕的参加"阿嘉西会议"的人，都说是去"慰问"巴巴拉，因为他有"心脏病"。

接着陪审员便又说：

"卡特诺先生，您和您的朋友都说是去慰问巴巴拉，因为他有心脏病。您认为这种说法是偶然的巧合，还是共同的串供？"

"是的，"卡特诺说，"谢谢你的提醒，但我确实是去同我的朋友巴巴拉讨论这个问题。"

于是，由于拒绝同法庭的合作，卡特诺被判处五年徒刑，罪名是"蔑视法庭"。

然而卡特诺对这五年的刑期并不在乎，他对那些去探望他的人说，他很快就会出来的，恐怕连五个月都不会满。

果然不出卡特诺所料，他在监狱中才待了几个月就被释放了。根据 1957 年制定的法令，"阿嘉西会议"本身还不能构成犯罪事实，出席的人员并不能由此被认定就是犯罪集团成员。当时对这些拘捕人员提出指控，是根据"召集秘密会议"而定罪的。因此，其结论最后被推翻了，于是，卡特诺被无罪释放。

卡特诺回到布鲁克林之后，受到了甘比诺家族的热烈欢迎，他由此成为比过去更重要的人物。他又一次赢得了家族的好感，大头目甘比诺也进一步承认了他的耿耿忠心。

从此，他正式被甘比诺家族认定为仅次于大头目卡洛·甘比诺的"二号人物"。他在家族中的地位进一步得到了承认。

正当卡特诺在甘比诺家族中，一步一步地朝权力的顶峰迈进时，纽约"五大家族"之一的波纳诺家族却面临着群龙无首的困境。

波纳诺家族在当年纽约的"五大家族"中，一开始也是一个具有相当实力的黑帮组织。这个家族的一个最大的特点就是，拥有大量被称为"西痞"的人。

"西痞"是一批并未加入美国国籍的非法移民，他们是意大利西西里人，大都是意大利黑手党党徒。这些人非法进入美国之后，被波纳诺家族的族长卡迈因·格兰特所网罗，在他的手下进行海洛因毒品走私和其他的犯罪活动。在许多的日子里，这些"西痞"的主要任务，就是执行卡迈因·格兰特对他们下达的谋杀任务。一旦卡迈因将谋杀的对象确定之后，这些人就会进行长时期的跟踪和监视，最后看准机会下手。他们是不达目的，誓不罢休。

这些人还有一个最大的特点，就是他们都没有美国国籍，因此一旦作案以后，在警察那里无据可查。这样，尽管他们都是真正的波纳诺家族的成员，但在美国又无人知晓。他们有时是来无影，去无踪，制造了一系列的"无头案"。

许多"西痞"都在纽约等地经营"馅饼店"，为走私海洛因进行掩护。美国有名的"馅饼贩毒案"的作案者，大都是这些人。他们势力庞大，又自成帮派，活动在布鲁克林这些最恐怖的街区，或者是尼克博克大街一带。他们是美国黑社会最出色的杀手，暗杀时无所顾忌，对谁都敢下手，即使是一般的黑帮不敢下手的法官和警察，"西痞"只要认为有必要，都照杀不误。

这股"西痞"的势力，让波纳诺家族在纽约的"五大家族"中成为一支不可小看的黑势力，使这个家族能同甘比诺家族平分秋色。所以，当甘比诺家族在纽约肉类市场上呼风唤雨时，波纳诺家族也能从中夺得一席之地。

波纳诺家族除了在肉类市场上与甘比诺家族争雄之外，其另一项最大的业务就是贩毒。继卡迈因·格兰特之后，波纳诺家族的首领布朗·西亚卡又因贩卖海洛因而被警方逮捕。这时，这个家族的领导层，又出现了一个权力的真空。

到了20世纪70年代后期，一个新的头目菲利浦·拉斯泰利继承了布朗·西亚卡的权力。但是，由于他触犯了"反垄断法"，又因暴力行为和勒索罪被起诉，被法庭判处十一年监禁。当拉斯泰利入狱后，波纳诺家族的领导层，又面临着一个后继无人的局面。这在纽约黑社会的五大家族中，实在是独一无二的。

这时，波纳诺家族中一个新的头目正在脱颖而出。此人就是索尼·布莱克。

索尼·布莱克当时是波纳诺家族一位行动组长，时年41岁。他身高约1.7米，体重170磅。矮胖的身材，粗壮的胳膊，厚厚的胸脯，看上去并不觉得可怕，其实他是一个很凶残的人。

布莱克皮肤黝黑，头发也被染得乌黑发亮。他的右臂上文着一头豹子，这就是他性格的象征。此人的脸很胖，眼睑下的垂肉使他看上去很疲倦，但真实感觉是凶狠。当他生气或对别人下命令时，他那双黑色的眼睛就会紧紧地盯着你，足足可以把你吓得腿肚子转筋。这时，布莱克的浑身上下就显得更黑了，不给人一丝柔和的感觉。而他又有一种遇事沉着冷静的做派，老练、自信而又傲慢是他的主要性格，互相依赖和忠诚是他最主要的人生信念……这一切，都让他具备了一位黑手党头目应有的素质。一旦你背叛了他，他就会将你杀死，哪怕是追到天涯海角都不放过。

布莱克出道时28岁，是这个家族中最年轻的组长。但从出道到当上波纳诺家族头目之前的一二十年中，他有一半时间是在监狱中度过的，主要的罪名是贩毒和抢劫。因此，他在家族中赢得了最大的荣誉，引人注目也是顺理成章的事。

布莱克"忠诚"的性格，使他的社交十分广泛。他的私人社会俱乐部叫"威瑟斯意美战争老兵俱乐部"。该俱乐部设立在布鲁克林地区格雷厄姆大街415号，即威瑟斯街的街角上。这里幽静、安全、干净，大部分商店和临街的商号都设在两层或三层的公寓楼里。

威瑟斯俱乐部也是一幢三层的建筑物，在它的底层有一个大前厅，厅内有一个酒吧和几张牌桌，和其他类似的俱乐部没有很大的区别。大厅的右边是一间办公室一样的地方，这里有一张写字台，几部电话机。再往里面是一间浴室，还有一个男厕所。

这个威瑟斯俱乐部是布莱克的老巢和活动中心。每天这里都人声鼎沸、高朋满座，形形色色的人都来这里，同未来的大老板布莱克进行"社交"。

在威瑟斯俱乐部的斜对面，穿过十字街口，便是格雷厄姆街420号。这是布莱克及其手下那伙人另一个秘密聚集处——摩星俱乐部。摩星俱乐部的大门口无任何标志，即使走近了，也无法分辨出它是一家公司还是一幢民宅。在这幢三层楼的墙壁上，贴着一层仿花岗岩的墙面砖，显得似乎与众不同。摩星俱乐部的前厅同样是间大酒吧，里面有一台大屏幕彩电、一台弹子游戏机和一张台球桌。在靠近里墙的地方放着一个大鱼缸，里面养着热带鱼。在下层的其他几个房间里有小型舞台、台球桌，还有自动电唱机和几张牌桌。最里面是一间厨房。

摩星俱乐部里面没有电梯，布莱克的房间在大楼的顶层，是后来加盖上去的。这里一进门是客厅，左面是厨房，里面是餐厅。右边是起居室，室内有一张抽拉式的沙发床。布莱克的卧室紧连着起居室，整套房间朴素而又实用。房间没有通往大楼顶的门，但有一架梯子通到楼顶。

布莱克手下的那帮人经常出入这里。尤其是夏季，无论是白天还是晚上，这里都有人进进出出，很是热闹。这些人大多数都有自己的汽车，而且大部分是凯迪拉克牌的。他们的车不是停在大楼的两边，就是停在门前，沿街摆成一排。但无论怎么停法，都不会受到警察的干涉，没有哪一位警察会自讨没趣。这些人在这里吃喝玩乐，赌钱或者斗殴，有时合伙去抢劫或去红灯区鬼混，专门敲诈那些有钱的阔佬，即使是白人也不放过。不过他们也有干"正经事"的时候，那就是贩毒。每当布莱克和他的弟兄们从毒品市场弄到一批货以后，他就吩咐这些人来干这些事，有的对海洛因进行"加工"，掺进面粉和奎宁粉末，有的则把掺假后的海洛因包装成二十五克一小包，然后拿到市场上去兜售，或推销给那些老主顾。当一批货推销出去之后，他们每人都能分得一大笔钱。这时他们的日子就会过得更加滋润。

布莱克除了指挥这些活动之外，还有一项属于他个人的独特的爱好，那就是饲养他的赛鸽。他在楼顶上建了三排鸽笼，并在楼顶的周围装上了一圈小型的木栅栏，每根木条的顶端都削得尖尖的，主要是提防有人爬到楼顶上去偷他的宝贝赛鸽。

三排鸽笼中共饲养了一百多只赛鸽，布莱克真的把它们看成宝贝。他除了每天都要在它们的身上消磨大量的时光外，还专门雇了两名工人，在他的直接指挥下饲养这些鸽子。他常常对这两位雇来的工人和一些朋友大讲特讲赛鸽的饲养方法。他告诉他们如何在调拌鸽食时添加维生素，以增强鸽子的耐力，又给人解释如何用不同品种的雄鸽和雌鸽进行交配，以"远亲"交配的形式获得新的品种，他认为这样的鸽子会飞得更远。

同时，他对训练赛鸽更有自己的独特的一套方法。他命令人在每只鸽子的脚上，都绑上一只便于识别的带圈，然后派人把这些鸽子带到很远的地方放飞，让它们飞回自己的家。他训练这些鸽子不仅能借助不同的标志，顺利地找到自己的家，还能在很短的时间内，完成这种高难度的飞行。他认为这是对赛鸽的起码要求。否则，这就是肉鸽而不是赛鸽。为此，他也会经常将那些"智商"极低的鸽子毫不客气地弄死，有时甚至一把就把它们的头拧下来，尽管鲜血溅了他一身，两粒小红豆似的眼睛还在骨碌碌地眨巴。他把每只鸽子飞行的速度都记在带圈上，对那些有培养前途的鸽子更是倍加宠爱。因此，他也的确造就了不少优良的赛鸽。他说他用这些赛鸽进行比赛时，每一次都能赢得3000美元以上。他还说他在乎的倒并不是这赢得的钱，而是每一只鸽子的素质。布莱克认为鸽子也同人一样，如果不是很优秀的，只能永远是个笨蛋，是别人的"下酒菜"。这就是他热衷于此道的原因。

有一次他站在楼顶上，面对这些鸽子对他的朋友说起了自己的经历。

他说，他就是出生在这个街区，他的童年是在这个街区长大的。从很小的时候开始，他就喜欢鸽子，开始养鸽子。当时他家邻居的儿子常常爬到他家的房上，从他的鸽子笼中偷走他的鸽子。这位邻居的儿子在很小的时候，就是街上的一位小流氓，偷东西、抢劫和打架斗殴，手下有十几个年龄差不多的伙计，他是他们的头儿。到后来，这个家伙不再偷布莱克的鸽子，而是要布莱克把自己的鸽子送给他，否则，就拦在布莱克回家的路上打他，有几次把布莱克打得头破血流。

布莱克这时不但不能保护自己心爱的鸽子，就连自己也保护不了。在经历过几次这样的耻辱之后，他便开始觉悟起来，同这个家伙对着干。他就是用这种方法，既保护了自己的鸽子，也保护了自己。

布莱克说，真要感谢这个家伙，是他教会了自己如何去面对这种生存的环境。他说：

"我一开始也仅仅是街头的一位小流氓，后来成了这条街上的霸主。我原来不想成为一名黑手党成员，因为我当时混得很好。"

但是，后来布莱克的生存环境再次受到了威胁，于是布莱克想道："入他们的伙要比跟他们斗容易得多。"

于是，他便加入了黑手党，成了一个专门暗杀和抢劫的黑手党人，并干得"有声有色"，很快成了一个很有"声望"的组长。

布莱克对他的朋友说：

"一切的一切都在于你有多么强大，你掌握多大的权力以及你的手段有多么卑鄙，这一切，都是你在黑手党内能步步高升的主要原因。"

布莱克当时的确很"强大"。他在波纳诺家族内，渐渐地成为一个无可取代的人。在同其他黑手党人一起行动时，他始终保持自己的尊严，并且常做出许多非凡的惊人之举。这让他变得不仅受人尊敬，而且令人害怕。

从此，尽管波纳诺家族的头目一个个多灾多难，波纳诺家族也在纽约"五大家族"中日渐衰落，但是，由于布莱克的逐渐成熟，又使这个黑手党家族出现了新的希望。在布莱克的带领下，这个家族一半的成员开始涉足海洛因走私。在这个领域内，就是"五大家族"中最有权势的甘比诺家族也不是他们的对手。原因是布莱克利用家族中那些"西痞"的力量，很快同意大利最大的贩毒网络——"馅饼贩毒网"接上了头。

众所周知，"馅饼贩毒网"的创始人是西西里岛的黑手党元老巴塞塔。巴塞塔来到纽约之后，通过一位经营乳酪公司的朋友开始经营馅饼生意。他这家馅饼店其实就是走私海洛因的公司。两年之后，巴塞塔又在彼特金人街上购置了两家馅饼店，全力以赴从事海洛因走私。由于业务量的扩大，一个偶然的机会，他与布莱克交上了朋友。尽管布莱克此时并不是一个举足轻重的人物，但他那西西里人的血统和执着任性的性格却为巴塞塔所赏识。从此，他同巴塞塔合伙经营这几家馅饼店，每年将 10 万美元以上的海洛因推向纽约毒品市场。对于这一点，不仅在波纳诺家族内鲜为人知，就连甘比诺家族的大老板卡洛·甘比诺也让他给瞒过了。不到一年的时间，布莱克又伙同巴塞塔在贾梅卡和昆斯等街区开了几家馅饼店，并买下了位于曼哈顿区第 8 大街的"馅饼城"。

布莱克始终利用同西西里岛的亲密关系，经营着海洛因生意，并同巴塞塔一直保持着亲密的合作关系。到 20 世纪 70 年代末，这个贩毒网每年都将价值 6 亿美元的海洛因运到美国，从而提升了布莱克的财力与权势。他与巴塞塔的这种合作关系一直保持到 1981 年巴塞塔在巴西被捕为止，即使是巴塞塔去了巴西开辟"拉丁美洲贩毒网"期间，都没有间断过。

他就是利用这种罪恶的毒品交易所得的巨额财富，将自己推上了家族首领的地位。

正当纽约城的这两大家族热衷于赚钱和毒品走私时，芝加哥帮和新英格兰帮的两个家族正在策划一场新的阴谋，这三个家族此时开始联起手来，准备将一位"意中人"推上美国总统的宝座。

此人就是约翰·肯尼迪。

1953 年，参议员肯尼迪娶得有美国"第一美人"之称的女记者杰奎琳·布维尔之后，在仕途上更是飞黄腾达。1958 年，他再次当选为参议院议员。

在这次竞选中，肯尼迪大获全胜，他几乎是以破纪录的胜利，获得 73.6% 的选票，这是当年美国所有参议员候选人所取得的最辉煌的成绩。肯尼迪的这一胜利，让美国民主党领袖们大喜过望，他们一致认为，这位年富力强的参议员是一位出色的"得票手"，更是民主党角逐白宫宝座的最佳的总统候选人。

于是，在1960年7月11日美国民主党全国代表大会上，肯尼迪又以806票对409票的绝对优势，击败了他的竞争对手约翰逊，被民主党提名为总统候选人，将同共和党的总统候选人理查德·尼克松进行最后的角逐，争夺美国新一任总统的宝座。

但是，肯尼迪这次问鼎白宫，并不是那么一帆风顺，他面临着一系列致命的难题。

首先，他的对手、共和党总统候选人理查德·尼克松在当时的美国政坛，是一位知名度极高的"实力派"。他曾经当过艾森豪威尔的副手，并以"共产党间谍案"和"伪证罪"罪名将美国前国务院高级官员阿尔杰·希思送进了监狱。尼克松此举，充分显示了一位政治家铁的手腕。更主要的是，在东西方对峙、美苏争霸的年代，他又作为西方阵营的代表人物，同东方势力的霸主、苏联的头号人物赫鲁晓夫面对面地进行过激烈的辩论。他的这一举动又让他身价百倍，声名鹊起。他从1952年到1960年已连任两届副总统。在这八年当中，他曾多次周游世界，并几次代表总统出席各种会议，处理过国内外许多重大的事件，充分表现出一个政治家的风范和治国的才能。而在这时，他又同美国驻联合国大使亨利·卡伯格·格奇联手出击，向肯尼迪发起猛烈进攻。这样，就让肯尼迪这次向白宫的冲刺困难重重。他不仅没有长期出任副总统的经历，而且在政坛上也没有什么建树，更谈不上什么国际影响。

所以，面对肯尼迪年轻而又缺乏经验和经历的形势，尼克松在竞选时提出的一个口号是"经验很重要"，以此诱发美国公民对肯尼迪是否成熟、是否能胜任一国之总统表示怀疑。

其次，肯尼迪家族的宗教信仰，也是他能否入主白宫的一大障碍。他们一家都是天主教徒，作为一名天主教徒出任美国总统，这在美国还没有过先例。选民们普遍担心，如果肯尼迪上台，那么有朝一日，美国的国策很可能会受到梵蒂冈所左右。这是美国国民所不希望看到的结果。

还有一个重要的原因，就是肯尼迪的父亲约瑟夫尽管是一位腰缠万贯的金融家，又曾多次以慈善家的面目在公众面前亮相，但是，他那不明不白的发家史，还有与黑手党之间那种暧昧的关系，是让每一个正直和清白的公民所不能容忍的。

这种种难题，让肯尼迪就像一位田径场上的跳高运动员一样，在仕途上哪怕是增加微不足道的一毫米，都会让他无法逾越。

但是，财大气粗的肯尼迪家族岂肯让自己家族的"希望之星"在最后的决战面前败下阵来。他们要的是最后的"冠军"而不是"亚军"。

于是，有了前几次竞选议员的实战经验，这个家族又倾巢出动，在为肯尼迪的最后竞选而拼搏。这样，肯尼迪的竞选活动在很大程度上，是依靠他的家族和朋友组成的庞大的"智囊团"为他出谋划策做后盾，而不是民主党的全国代表大会。肯尼迪家族为了家族的荣誉和希望，紧紧地团结在一起，万众一心，结成了一个令他们的对手望而生畏的战斗集体。

就像以往议员竞选一样，肯尼迪的父亲约瑟夫再次为他的竞选提供经济基础。他曾财大气粗地公开宣称，如果需要，他的全部财产都可以拿来做竞选费用。肯尼迪的母亲罗斯又带领一群女儿，发起了一个声势更大的"女人行动"。她们几乎走遍了全国，与对肯尼迪抱有希望的民主党代表们见面，探听他们的个人爱好和私生活以及各种亲属关系，将这些"情报"编成卡片供肯尼迪在不同的场合使用，以获得这些议员的支持。这时，肯尼迪尽管有了一位令许多选民倾倒的夫人，但遗憾的是杰奎琳对政治不感兴趣，在这些"女人行动"中见不到她的身影。当时她有孕在身是一个重要原因。不过，这位对政治不感兴趣的未来"第一夫人"还是没有忘记自己的责任，在几次面对记者的话筒时，她也多次说道：

"我从小到大受的是共和党人的教育，但是你得先做一个共和党人，才能认识到做一个民主党人有多么好。"

杰奎琳的这句听起来似乎很费力的话，同样委婉地表明了她的政治倾向和"望夫成龙"的心愿。

肯尼迪的几位弟弟，更是跟着他鞍前马后地冲杀。肯尼迪的大弟弟罗伯特是他竞选的总管，利用肯尼迪对他的充分信任，以极高的权威代表候选人发表演讲，成了肯尼迪竞选时真正的左膀右臂。他的小弟弟爱德华刚从法学院毕业，但也被哥哥派到了西部"前线"，专门对付尼克松的势力。

当然，最卖力气吆喝的还是肯尼迪本人。他面对尼克松"经验很重要"的口号，处处强调自己的经验和阅历。他在演说中，多次提到自己在当选参议员之前，就先后以学生、旅行家、驻英大使助理、海军军官、记者和众议员的身份到过世界的每一个大洲，并同三十七个国家的学者、店主、总理和总统交谈过，而且在三届众议员和两任参议员的任期内获得了许多的从政和治国的经验和实践的机会。

这样，肯尼迪虽比尼克松小四岁，但通过这样的宣扬、炫耀，这种年轻和阅历的肤浅不仅没有成为他的弱项，反而成了他一种年轻有为的标志。

面对广大的选民，肯尼迪有时甚至幽默地把年龄问题当成一种笑料。他说：

"有一次，我在参议院大楼的电梯里时，有人还以为我是开电梯的，进来就要我把电梯开到四楼。我说先生我同您一样。于是那位很少见面的参议员先生只好对我说：'哟，对不起，没想到您这么年轻……'"

肯尼迪的这种自编自演的"单口相声"，有时真的能博得一阵掌声。

有一次，美国前总统哈里·杜鲁门在演讲中公开向肯尼迪挑战，他说：

"我们需要的是一个极其成熟的人。"

对此，肯尼迪也毫不客气地进行了回敬。他说："如果年龄一直被认为是一个标准的话，那么美国将放弃对所有44岁以下的人的信任。这种排斥很可能阻止杰斐逊起草《独立宣言》、华盛顿指挥独立战争、哥伦布去发现新大陆！"

他这种回答，几乎要让这位前总统"闭嘴"了。

作为一位虔诚的天主教徒，为了赢得竞选，他当然不会轻易地改变自己的宗教信仰。而这一天主教徒的身份，又是肯尼迪在总统竞选时，难以让公众放弃的一个问题。对此，肯尼迪明智地意识到，无论是回避或者是掩盖都行不通，唯一的选择是勇敢地正视现实。于是，对于这一问题，他总是精彩而又带几分幽默地为自己进行辩护。

在休斯敦的一次牧师的集会上，肯尼迪发表了一通精彩的演讲。他说：

"……我是一位天主教徒，而且过去美国也没有过天主教徒当选总统，因此我有必要声明，问题不在于我信任什么教派，这只是我个人的事，而在于我信仰什么样的美国。我相信，教会和国家在美国是截然分开的。在这样一个国家里，任何一位天主教徒都不能指点总统该怎样行事，任何一位天主教牧师也同样不能指点他的教区居民该选择谁。"

肯尼迪的这种关于天主教徒的"说服"，自然"征服"了不少的选民。为了使选民认识到他对天主教和天主教神职领导人员并不畏惧和顺从，在一次晚宴上，他对站在他身边的一位过于肥胖的教会人士说：

"和一群瘦骨嶙峋、信奉苦行主义的神职人员中的一位站在一起是一件令人鼓舞的事，那些神职人员告诉我们经常性的斋戒和祈祷会带来什么后果，同时也亲自给我们送来了信息……"

肯尼迪的这种不恭敬的挖苦之辞，让在座的许多太太小姐们感到十分舒服，也获得了出席晚宴的许多先生的好感。即使那位教会人士心怀不满，也只有到梵蒂冈教廷去诉苦了。

肯尼迪在竞选演说中，就是这样经常以一种幽默和调侃的语气，对许多问题做出声东击西的回答，表现出他的机智。

有一次，一家报纸趁机"起哄"，报道了一则新闻。这则新闻说："肯尼迪的妹妹结婚时，他父亲手下的一位经理微笑着说婚礼将花费成千上万的美元。"

肯尼迪却说："我知道这则新闻纯属虚构，因为在我父亲的办公室里，从来没有人敢'微笑'。"

于是，他以这种口吻，化解了公众对他父亲万贯家财的敌意。

当又有人指责他的父亲约瑟夫用金钱为他收购选票时，肯尼迪的回答是：

"我刚刚收到我父亲发来的电报。他说，不要多买一张你不需要的选票。如果我为你的选举获胜而付钱的话，我将会受到诅咒。"

在另一个场合，肯尼迪又说：

"商业部长已宣布了一项防止黄金外流的新计划，那就是我的父亲约瑟夫今年得待在家里……"

对于这些轻松的调侃，当然能获得一些选民的掌声，但大多数选民在鼓过掌之后，也许会更清醒一些。

但是，肯尼迪的这种轻松的调侃和幽默，却被当时的新闻界炒得沸沸扬扬，对他的这种"魅力"给予了高度的评价。有一篇时评这样写道：

"一位总统身上散发出来的幽默感是不能用一两句俏皮话就能体现的。只有聪明睿智、精通政治、具有改造人类的远大目标的人才能真正做到这一点。"

新闻界之所以对肯尼迪做出如此的评价，这完全是他讨好和巴结新闻界的一种回报。

曾经是新闻记者的肯尼迪，对美国新闻界的"神力"当然心中有数，对新闻记者的禀性、嗜好和心理更是了如指掌，因此，讨好这些同行，自然十分在行。怪不得许多采访过肯尼迪的记者都说：

"和尼克松一起旅行等于打杂，而同肯尼迪一同旅行却令人轻松愉快！"

在整个竞选过程中，肯尼迪同新闻界结下了从未有过的深挚的感情。竞选结束前的一天，有名的新闻专栏作家玛丽·麦格罗里激动地同肯尼迪紧紧地拥抱在一起。玛丽流着眼泪说：

"终于结束了！"

肯尼迪用手搂着她，微笑着说：

"玛丽，我们将永远在一起！"

竞选结束以后，许多记者都成了肯尼迪的朋友，正是这些记者们那些有失公允的报道和评论，让肯尼迪捡了个大便宜。所以，对于肯尼迪的当选，一位《纽约时报》的记者激动地说：

"似乎是我们当中的一员进入了白宫！"

这位记者的这种感慨，并不仅仅是代表他一个人，而是道出了美国新闻界的心声。

正如西奥多·怀特评论的那样，肯尼迪当选与其说是"总统的成功"，倒不如说是"新闻界的成功"。

当竞选进入决战时，肯尼迪和尼克松曾共同面对七千万电视观众，进行了四次电视辩论。在这短兵相接的较量中，肯尼迪从形象上占了上风。尼克松尽管是一位很有经验的政治家，但由于过分注意自己的形象，反而"表演"欠佳，显得刻板、拘谨，不如肯尼迪轻松和洒脱。

1960年11月8日大选揭晓，肯尼迪的得票率为49.9%，尼克松的得票率为49.6%。两人得票率仅仅相差0.3%，这在美国总统的竞选史上，是差额最小、得票率最接近的一次。

就这样，在美国这个基督教徒占绝大多数的国家里，一个爱尔兰后裔的天主教徒，仅以0.3%的微弱多数的优势，从容地走进白宫，成为美国新一任的总统。这种结果，无论从哪方面来说，都是一个奇迹。

那么，谁是这个奇迹的创造者呢？

当1961年1月20日，成千上万的民众踏着被大雪覆盖的街道，站在风雪之中，参加肯尼迪的就职典礼，等待着这位年仅43

岁的、美国历史上最年轻的总统出现时，他们谁也没有去思考这个问题。他们也许认为：是时代选择了这么一位年轻的总统；是他的家族为他创造了这个奇迹……

但是，他们当中很少有人想到，共同创造这一奇迹的合伙人，也包括美国黑手党的新英格兰家族、波士顿家族和芝加哥家族，是他们共同完成了这一奇迹。正是雷蒙德和吉安卡纳这样的黑手党巨头，创造了美利坚合众国的第三十五任总统，把肯尼迪推上了白宫的宝座。

此话听起来似乎太荒唐了，但也许，事实的确如此。

第八章

翻云覆雨　肯尼迪入主白宫

　　黑手党发现这个家族的男人也同自己一样——"不光热衷于通奸，而且热情十足"，于是便投其所好，好莱坞三流影星成了未来总统的"梦中情人"。

　　拉斯维加斯大西洋城饭店的一夜幽情，终于好梦成真，让其他的情人都黯然失色——总统候选人成了"自己人"。

　　翻云覆雨，黑手党"买"来选票，肯尼迪终于险胜尼克松入主白宫，但祸根由此种下……

　　肯尼迪被认为是美国历史上最杰出的总统之一，然而从青年时代开始，他就是一位众所周知的好色之徒。他同其家族的所有男性一样，热衷于女人的程度并不亚于政治。在他身边，平时至少有三到五个情妇同时存在，他就是这样每天周旋在这些女人之间。即使是同美丽绝伦的杰奎琳结婚之后，他这种禀性仍然不改。

　　在这众多的情人之中，有一个名叫爱克斯娜的女人最令肯尼迪钟情。爱克斯娜并不是一个普普通通的情人，她的出现影响了整个美国的历史。

爱克斯娜出生于加利福尼亚州的一个中产阶级的家庭。童年时代就被认为是天生丽质。6岁时随父亲去一位朋友家，在回来的路上，父亲的车子在加油站被一辆大卡车给撞坏了。这次车祸虽然没有将这个加油站引爆起火，但却让小爱克斯娜的右腿受伤了，爱克斯娜在当地一家有名的骨科医院里躺了半年，出院后又在家中治疗了近一年的时间才完全康复。

在受伤期间，爱克斯娜无法上学去读书，父亲就专门为她请了一位家庭教师，先是在医院的病床边教她读书，然后是在家中教她。爱克斯娜不仅长得逗人喜爱，而且聪明伶俐，似乎很有一种旁人无法企及的天才和素质。她的父亲一心希望她长大之后，能进入美国一流的高等学府，将来成为科学家或成为一位女政治家。

但是，爱克斯娜后来成长的人生道路，几乎同父亲的设想南辕北辙。

12岁时，爱克斯娜的姿容已完全得到了公众的承认。她在学校里凭借美丽的容颜，成了红极一时的"校花"。在学校所有重大的庆典活动和接待重要客人的场合，都能见到她那靓丽的身影。这时，爱克斯娜开始认识到自己天生的"本钱"，从此对学习掉以轻心。她的作业总是由高年级的男同学为她代劳，她所付给的报酬就是让那位男同学抚摸或亲吻一下。

13岁时，爱克斯娜已出落得亭亭玉立，经常在放学回家的路上，能遇到一些痴情的小哥们儿，捧着一束鲜花在路口上等她。然而，这一年，爱克斯娜的少女时代也灾难性地结束了——在一次野营的晚会之后，她被三个男同学几乎是挟持到一片小树林中，以下的场景便可想而知了……

但是，爱克斯娜并没有因此而感到伤心，尽管她感到一种从未有过的疼痛和恐惧，但是，当第二个男同学爬到她身上的时候，她却仿佛有了一种奇妙的快感。所以，如果说第三位动作迟缓的男同学是强奸了她，那完全是不可思议。当时她几乎是快活地惊叫着，有一种快乐和舒服。

　　从此，爱克斯娜开始懂得如何出卖自己的魅力，如何让那些想从自己身上得到满足的异性满足，并且能为这种满足付出报酬。这时她根本不在乎什么学业，除了上课之外，大多数的时间几乎都是同那些大孩子在电影院中度过。在看过一系列的"三级"影片之后，爱克斯娜对好莱坞那些艳星的生活产生了一种疯狂的向往，认为那些女人是世界上最快活，也是最风光的女人。这时，她向往的不再是那种一流的高等学府，而是影城好莱坞。

　　16岁时，爱克斯娜终于熬完了中学时代，便独自来到好莱坞报考电影表演学校。由于她出众的身段、脸蛋和一种完全具备当一位"脱星"的素质，几乎是没有经过什么考试她就被录取了。据说她当时被指定表演的一个小品仅仅就是脱光身上所有的衣服，一丝不挂地接受导演的目测。因为，这些主考的导演有点怀疑，她身上的皮肤是否也同脸上的一样可爱。

　　在表演学校，爱克斯娜同样没有过上三天安静的生活就堕入了情网。一位当时著名的硬派演员威廉·坎贝尔在她入校三周以后爱上了她。由于需要得到一张毕业证书，爱克斯娜只好同威廉·坎贝尔于1951年正式结婚。

　　结婚以后，18岁的少妇爱克斯娜几乎是一夜之间，就成了好莱坞著名的艳星，她不仅拥有名贵的貂皮大衣和"宝马"轿车，而且有了一打"追星族"。在事业上她并没有出人头地，但在这方面却完全可以同那些大红大紫的性感女明星媲美，让她在偌大的好莱坞影城占尽风光。

这时，那位明智的硬派演员威廉·坎贝尔也知道如今的爱克斯娜，不再是当年刚来好莱坞的小可怜了，他明白他们的婚姻到了该结束的时候了。于是，在结婚七年之后的1958年，他便同爱克斯娜分手了。

分手之后，25岁的爱克斯娜正处于一个女人生命的黄金季节，天生的风韵加上成熟的美，加上在这样的环境之中的耳濡目染，让她更加容光焕发。尽管她作为一名女演员，几乎半年都没有一次出演主角的片约，但她的生活却过得让人眼花缭乱。仅她坐的汽车，差不多就是两个礼拜更换一部，而且都是那些性感明星最钟情的名贵轿车。这时，她几乎就像一位汽车推销员一样，弄得许多财大气粗的汽车厂家，都以能同爱克斯娜合作拍一张产品广告为荣。

1959年春天，爱克斯娜在一个不同寻常的场合，偶然结识了好莱坞著名的制片人，并同芝加哥黑手党"老大"有兄弟之谊的明星演员弗兰克·西纳特拉。从此，她的人生之舟开始了新的旅途。

弗兰克·西纳特拉当时在好莱坞影城，实在是一个非凡的人物。他与芝加哥帮的关系已经维持了三十多年，他同山姆·吉安卡纳的私交也有三十年之久。

20世纪50年代前后，芝加哥帮已经开始染指好莱坞影城，他们在电影事业方面已开辟了一定的市场。通过控制工会、制片商和名演员等方式，将好莱坞近三分之一的制片厂控制在自己的手中，从中获得了大量的利润。尤其是许多知名的演员，他们可以要他或她一夜之间大红大紫，也可以在某一天早晨突然叫他或她身败名裂，甚至死无葬身之地。吉安卡纳曾对一些人夸口说，如果他要某一位歌唱演员接连唱三个小时，他绝不敢只唱两小时五十九分。至于那些女明星，在他和他的兄弟们的眼里，都不过是"一堆肉"。他常说，这些人脱光了华丽的衣服之后，都不过是"一头褪了毛的猪"。

吉安卡纳聪明地维持着他与制片人、电影厂和演员之间的联系，除了替他的娱乐场所提供一流的人才和服务之外，他还能把那些尚未成名的小演员捧成大明星，从中得到巨额的回报。这些成了大明星的人，实际上都成了他手中赚钱的工具。同时，他也特别喜欢好莱坞提供的高雅的生活、精美的食品和快乐的精神享受。自从他的第一个妻子去世之后，与他睡过觉上过床的性感明星、漂亮的演员和动人的模特儿不下三十个之多。

尤其是同西纳特拉建立了这种关系以后，他们经常在纽约、哈瓦那、拉斯维加斯和好莱坞等地进进出出，逍遥自在。近三十年来，他利用这种关系，不仅赚了一大笔钱，而且同几十个女人发生过关系。吉安卡纳多次说，这些"晚会小姐"，所寻找的都是快乐的时光、新的毛皮大衣和豪华的小汽车，她们毫不在乎自己的裤带为谁而解。

然而在西纳特拉的这个"圈子"以外，吉安卡纳在一些演员和同行的面前，却总是显示出一种非常正派而得体的仪容。结得非常高雅的领带，双排的纯毛质西服，锃亮的皮鞋，笔直的裤线和梳得一丝不苟的大背头，无不显示出一种绅士的派头。他之所以这么做，无非是在需要的时候能更好地利用这些男人和女人。比如在庆典仪式和某种外交场合，他可以让这些男人和女人为自己装点门面。而实际上，吉安卡纳对这些人是非常蔑视的。有一次，他对他的弟弟说：

"弗兰克周围的这些家伙都是一些无能者、爱虚荣的女人、弱智者甚至是蠢虫。尽管这些人也赚了不少钱，但是，我总可以用各种办法去限制他们，比如，让他们因为珠宝或借贷而欠债，或者是让他们整整一夜地坐在牌桌边陪伴我……总之，我随时可以让他们一无所有，让他们满怀希望地为我服务，结果却一无所获，什么也没有得到……"

然而，对于西纳特拉，吉安卡纳却是另眼相待。他认为西纳特拉有风度，懂得如何消遣和如何享受，而且任何时候都忠于自己。西纳特拉能够全身心地投入吃喝玩乐之中，而且他总是掌握着一大把马屁精，竭尽全力地满足他的各种需求。而且他总是能使那些承欢的女人们不问任何问题，同时又知道，山姆·吉安卡纳这位大老板总是在她的"事业"上帮助她们。在山姆·吉安卡纳面前，西纳特拉总是那么恭恭敬敬，表现了一副随叫随到、言听计从的样子。

这一切，都是吉安卡纳赏识西纳特拉的地方，也是他们的合作关系能一直维持三十多年之久的主要原因。

自从爱克斯娜认识弗兰克·西纳特拉之后，他们的关系发展很快。几天之后，西纳特拉就邀请爱克斯娜飞往夏威夷去旅游，在那风光绮丽的海滨旅馆，两个人的关系已经发展到了床上。

一天晚上，正当爱克斯娜同西纳特拉两个人在床上寻欢作乐时，另一个女人却穿着透明的真丝长裙推开门走了进来。尽管是在并不明亮的灯光下，爱克斯娜还是发现这位形态姣好的女人是光着身子穿着裙子的，完全可以说是"一丝不挂"。

爱克斯娜正要发作时，却见西纳特拉在向她打招呼。原来这位女人，是应西纳特拉之约，前来同他和爱克斯娜做"群体性"游戏的。

爱克斯娜一见西纳特拉这种举动，知道这位男人并不是真的钟情自己，无非是看上了自己的美貌，想同自己玩玩而已。因此，她顿时感到很失望，也感到十分难过。尽管她也不把"性"当作一回事，但一种现代女性天生的自尊和醋意，让她重新认识了西纳特拉这个男子。

　　后来，尽管西纳特拉支走了那位女人，但他们的关系还是终结了。

　　爱克斯娜走了之后，西纳特拉坐在床上，点燃了一支雪茄，认真地思考了一下。他觉得这个女人尽管同影城所有想同她上床的男人说的那样，是一个十足的荡妇，她的价值只在于玩玩而已，但是，西纳特拉却从爱克斯娜的身上看到了另一种价值。他觉得这种价值是其他的女人身上所没有的，她犹如一座金山，尽管"挖"了这么多年，但在深处还有许多未曾开发的宝藏。因此，他觉得自己还不能这么快就同她一刀两断，应该想办法稳住她的情绪，消除她对自己的怨恨，达到再度控制她的目的。

　　于是，西纳特拉又想尽办法，同爱克斯娜"重归于好"。几天后，他又邀请爱克斯娜同自己一道去有名的赌城拉斯维加斯。因为有一部刚封镜的新影片在那里举行试映仪式，他特地邀请爱克斯娜做他的嘉宾。

　　几乎所有的女人都比男人爱好虚荣，爱克斯娜也不例外。西纳特拉甜言蜜语地向她赔不是，并向她发出邀请时，她几乎没有过多考虑就答应了。因为当嘉宾是一件很荣幸的事，出席这样的试映仪式的，都是大红大紫的明星和社会名流，如果自己有机会跻身于这样的场合，自然身价百倍，于是，爱克斯娜便把那天晚上的不快，完完全全地抛到内华达州的大沙漠中去了，第二天同西纳特拉乘坐飞机欣然前往赌城。

这次的拉斯维加斯之行，又是爱克斯娜人生之旅的一个关键的转折点——因为她就是在那时结识了后来成为美国第三十五任总统的约翰·肯尼迪。

1959年，肯尼迪家族已经为肯尼迪、尼克松的"白宫之战"拉开了战幕。肯尼迪的父亲约瑟夫再次同芝加哥大老板山姆·吉安卡纳结成新的联盟。

尽管肯尼迪本人已经当了几任参议院的议员，但他在政治上并没有什么出众的建树。他本人的性格除了爱好漂亮的女人之外，就是如美国前任总统罗斯福所描述的那样——只不过是"新的管理精华中的成员之一，既没有原则又没有个性"。

但是，由于家族的财富加上同山姆·吉安卡纳的非同寻常的关系，使肯尼迪近日变得锐不可当。因为山姆·吉安卡纳除了控制了势力庞大的芝加哥黑帮外，还同新英格兰帮等美国所有的黑道社会结成了一张无形的网，另外，他这个家族每年近20亿美元的收入，已经使他无论在白道还是黑道，都成了一个举足轻重的人物。

当肯尼迪的父亲约瑟夫再次找到他时，他很快地答应了同他联手，争取在大选时把他的儿子推上总统的宝座。然而，在背后他却非常瞧不起这个因贩运和酿造私酒起家的家族。他曾经对他的弟弟夏克说过：

"永远不要被表面现象所迷惑，曾经是无赖的永远是无赖。肯尼迪可以摆架子，假装是蓝色的血液，其实他们和我们都是一样的……我们都是从一块布上裁下来的两块料子，我们曾经都是无赖……"

既然如此，山姆·吉安卡纳为什么还要这么干，要同约瑟夫把他认为是"无赖"的那个人推进白宫呢?

这里头的原因是多方面的。首先,山姆·吉安卡纳有自知之明。尽管自己有钱有势,甚至很有"地位",但他知道自己永远都不可能成为议员,更不可能被美国人选为总统。因此,他需要找一个为自己说话的人。这样,自己的日子就安宁而又好过。

其次,在前几年的合作当中,肯尼迪家族的确够朋友。在1957年纽约的"阿嘉西会议"之后,美国国会已经完全认识到,在国内的确存在一股同意大利西西里人有密切关系的黑社会组织。身为联邦调查局长的胡佛立即下令,马上调查这个犯罪组织的一切活动,并制订了代号为"反暴行动"的行动计划,准备向纽约、芝加哥、波士顿及新英格兰地区的所有黑道组织发动袭击。1958年4月,一张出席法庭"听证会"的传票,送到了吉安卡纳手中。

接到联邦调查局的传票之后,吉安卡纳为了逃避厄运,不得不长时间流亡在外。到了1958年的7月,美国的许多黑社会头目都面临着受到审查和拘留,甚至逮捕的威胁。然而就是在这样的形势下,约瑟夫还是利用家族的影响,一方面指使自己的儿子肯尼迪在参议院有关的会议上,尽力为吉安卡纳辩护,开脱罪责;另一方面,则和儿子一道,同吉安卡纳等人结成了"玩伴",在好莱坞影城、拉斯维加斯赌城等地,没日没夜地寻欢作乐,并为其提供一切条件和方便。

患难之中见人心——在这样的患难之中,一个显赫的家族和一位堂堂的参议员能做到这一切,难道能说不够朋友吗?

在一次又一次同约瑟夫和肯尼迪兄弟等人一起寻欢作乐时,吉安卡纳开始意识到,肯尼迪家族的男人对女人都有极大的兴趣。从他们在泰伊湖的卡尔纳瓦多次的夜生活当中,吉安卡纳发现,这个家族的男人也同自己一样，"不光热衷于通奸，而且热情十足"。

在这一次又一次的"聚会"当中，自然都少不了好莱坞的那位制片人弗兰克·西纳特拉的身影。不过，直到1959年民主党总统候选人提名前的几个月时，吉安卡纳才真正清楚，原来自己的朋友西纳特拉也是肯尼迪家族的一位朋友。

1959年夏天，肯尼迪就开始了他的竞选活动，他来到拉斯维加斯，住在沙漠旅馆。这时，西纳特拉正好陪着爱克斯娜来到这里参加那次试映仪式。山姆·吉安卡纳也在这里。

一天，吉安卡纳对西纳特拉说：

"我要将那位参议员推上总统的宝座，我会成功的，他也会成功，他的父亲会感激我的。弗兰克，你有什么想法？"

西纳特拉笑了笑说：

"您的意思我当然清楚，你是要未来的美国总统成为我们的人。"

"你很聪明，弗兰克。那你就快点行动吧。不过你要知道，肯尼迪家族不缺钱，金钱是无法收买他们的。如果你仅仅是用金钱支持，那么他当选之后，不一定会报答你的。"

"那你说他需要什么样的支持，山姆？"西纳特拉故意问吉安卡纳。

吉安卡纳装作很正经地说：

"就像老头子一样，约翰这家伙同样是离不开女人的，这一点你应该比我更清楚。所以……所以我们就在这方面满足他的要求，给他提供他所要的女人，然后捆住这位参议员的手脚。你赶快准备吧！"

西纳特拉点了点头说：

"我会满足他的，你放心好了，山姆。"

果然在大西洋城的试映仪式结束后的当夜，西纳特拉便将他的

"嘉宾"爱克斯娜送到了一家狮王旅馆。西纳特拉对她说：

"我有几位朋友今天在这里玩牌，其中有一位你应该认识，就是刚才在晚会上引人注目的约翰参议员，他有可能成为下一届的美国总统，不知你是否对他有兴趣。"

爱克斯娜听西纳特拉这么一说，心中似乎明白了什么。她说：
"那位约翰参议员是你的朋友吗？"

西纳特拉点了点头。

"好吧，我会感兴趣的。"

爱克斯娜沉着地说。

"那是为什么？"

"我不管他会不会是下届总统，但我对他感兴趣，他是一位很有魅力的男人。"

于是就在这天晚上，约翰·肯尼迪终于同爱克斯娜这位"伟大的"女人见面了。两人见面之后，果然一见钟情。爱克斯娜是"有备而来"，而肯尼迪则是"相见恨晚"，在他的心目中，以前所有同他上过床的女人都黯然失色，就连妻子杰奎琳也不例外，唯有这位爱克斯娜光彩照人。

于是，肯尼迪马上使出浑身解数，向爱克斯娜发起强烈的攻势。在肯尼迪这位情场老手的攻势下，爱克斯娜那道用"沙子筑起来的城堡"顷刻之间土崩瓦解。当天晚上他们就上床了，在狮王旅馆的套房里，恨不得把对方都整个儿吞下去。

后来，每当回忆那个第一次上床的夜晚时，爱克斯娜总是兴奋得像个16岁的少女一样。她亲切地称肯尼迪为"杰克"。她说：

"同杰克谈话时，他总是一个劲儿地对你说话，兴致勃勃又具有磁性的男中音无时不吸引着你，让你成为他语言的俘虏。何况他对每一件事，每一个人都十分好奇，而且恰到好处。他总能找到话题，几乎是信手拈来，好像未加任何思索一样。那天夜里，他怎么也不让我离开他的身边……"

不过在那天夜里，却发生一个令爱克斯娜不愉快的小小的插曲——

当天午夜 12 点，肯尼迪要发表一次演说，离开爱克斯娜一个小时。这时，陪肯尼迪来这里演说的弟弟罗伯特·肯尼迪认为有机可乘，便想趁机对爱克斯娜非礼，结果遭到了爱克斯娜的拒绝。她就像一位明媒正娶的嫂子那样，对罗伯特说：

"希望你能尊重我，更能尊重你的哥哥，我不准备同他仅仅是男女之间那种朋友的关系。"

结果罗伯特·肯尼迪讨了个没趣，在爱克斯娜训斥下知难而退，差点儿闹了个大红脸。

不过，爱克斯娜并没有将罗伯特的这种想法告诉肯尼迪，这足见爱克斯娜的明智，否则后来当上了总统的肯尼迪，恐怕不会任命自己的这个弟弟为司法部部长了。

罗伯特也由此终生对爱克斯娜心存感激。

第二天，肯尼迪便公开地在西纳特拉的住处，邀请爱克斯娜共进晚餐。两人相谈甚欢，一顿晚餐竟然持续了三个多小时。在共进晚餐时，两人又是从天主教谈到美国的民主政治以及两人以前的各种生活经历，几乎是无话不谈。

在以后的日子里，肯尼迪虽然忙于竞选演说，但却几乎每天都抽出时间来陪伴爱克斯娜，每天都给她送玫瑰花，两个人就像一对到拉斯维加斯度蜜月的新婚夫妇一样。即使是没有时间陪她，肯尼迪也要给爱克斯娜打电话。

在每次通话时，肯尼迪都表现出一种急于见到爱克斯娜的样子，这让爱克斯娜得意得几乎要飘飘然了。她突然觉得世界在一夜之间变得那么美好。从此，他们经常秘密幽会，过着一种神秘的生活。尽管肯尼迪当时一直在进行竞选，依然不放过任何一次同爱克斯娜幽会的机会。

1960年3月8日是新罕布什尔州民主党初选的日子。然而，在3月7日初选前的夜晚，肯尼迪居然还同爱克斯娜在纽约饭店幽会。那天夜里，他们是在谈情说爱之中度过的。事后爱克斯娜对她的女友说：

"当时，杰克显得无比钟情。他很尊重我的感情，对我既体贴又温存。不过到了后来，由于他体力欠佳，而且把自己平日养成的傲慢习性也带到了床上，因而他似乎总是在接受服务……"

说起他们的床笫之欢，爱克斯娜总是感慨万千。她能对人说出每一次做爱的细节，并且是那样神往。尤其是对那天晚上的感受，多年之后，爱克斯娜都别有一番滋味在心头。她说："令我惊奇的是，他在竞选总统的第一轮决战的前夜，还是那样轻松和投入。更令人难以置信的是，他在整个夜晚甚至连新罕布什尔几个字都没有提起过，始终沉浸在我们的激情之中。次日清晨当他起床后坐车去会场前，还送给我一束玫瑰花，打开一看，其中有一张卡片，上面写着'想念你……'"

从这次幽会之后，肯尼迪同爱克斯娜开始在公开场合一起出现。凡是在肯尼迪竞选的足迹所到之处，人们总能见到爱克斯娜那迷人的倩影。她几乎成了肯尼迪竞选班子中又一位特殊身份的成员。

对于肯尼迪和爱克斯娜日益加深的私情，敏感聪慧的杰奎琳早有所闻，但她却依然以一贯沉默的态度漠然处之。她尽量回避与丈夫见面，对他的所作所为充耳不闻，视而不见，一律采取那种明智的方式进行冷处理。

当然，她的内心并不是那么平静的。当时，她的婆婆罗斯带领一支"娘子军"东征西讨，为肯尼迪的竞选摇旗呐喊当啦啦队时，作为妻子的杰奎琳并没有加盟其中，以自己的美貌和聪明才智去为丈夫助威拉票。她当时以怀孕为由，远赴佛罗里达州度假，在那美丽的海滨别墅之中眼不见心不烦，乐得逍遥自在。她知道，无论如何，只要肯尼迪当上了总统，她便是美国当然的第一夫人，这是任何人，哪怕是爱克斯娜也是无法抢去的名分。

杰奎琳的这种选择，无疑给肯尼迪大开方便之门，使他有更多的机会同爱克斯娜毫无顾忌地幽会。于是，肯尼迪在整个竞选初期，同爱克斯娜的关系几乎发展到了如胶似漆、形影不离的程度。

然而，爱克斯娜并不是一个简单的女人。她通过和西纳特拉的关系，除了成为肯尼迪的情妇以外，还同芝加哥帮的"教父"山姆·吉安卡纳又有了关系。这位黑手党头目本来同肯尼迪就是"玩友"，在这方面自然不甘寂寞。早在爱克斯娜同肯尼迪有染之前，他就羡慕西纳特拉能同爱克斯娜这样的尤物寻欢作乐。在那时，他就十分仰慕爱克斯娜的艳名，因为是想把她作为一块引诱肯尼迪上钩的诱饵，才迟迟没有下手。如今已经心想事成，吉安卡纳再也不会放过这种机会了，因为他认为，自己所玩过的所有女人，没有一个能超过爱克斯娜。

爱克斯娜同吉安卡纳发生关系之后，更进一步认识到自己的"价值"。她觉得自己无论是白道黑道，如今都可以畅通无阻了。爱克斯娜对吉安卡纳开始并没有过多的了解，当西纳特拉第一次将她介绍给吉安卡纳时，她根本就不知道这个人就是芝加哥帮大名鼎鼎的"教父"。但她凭多年的社交经验和一个女性的直觉，确信这个人绝非等闲之辈。

这样，爱克斯娜既是肯尼迪的情妇，又是芝加哥黑手党头目的姘头，一种特殊的身份把这两种社会关系微妙地联系在一起，她很快成了肯尼迪和黑手党之间穿针引线的人物。

爱克斯娜认识肯尼迪并同他上床是在 1960 年 2 月 7 日，在两个礼拜之后，吉安卡纳就知道了她同肯尼迪的"正式的"关系。吉安卡纳了解这一切之后，真是大喜过望，他一直希望有一个能操纵未来的美国总统的人，将来能给自己带来好处。现在终于如愿了，他觉得这个女人就是一座"金矿"，可以为自己带来取之不尽的财富。

吉安卡纳的这种想法，与西纳特拉当时对爱克斯娜的看法，是那样惊人的相似。

吉安卡纳掌握了这一切之后，立即打电话给新英格兰的"教父"雷蒙德，还通知了波士顿的特里萨和纽约的卡特诺和波纳诺家族，要求他们联手出击，利用各自的影响和势力，将肯尼迪在这次大选中推向总统的宝座，成为白宫新一轮的主人。

这些家族的头目也同吉安卡纳一样，认为这是一个染指美国政坛的好机会。其中反响最为强烈的便是新英格兰家族。该家族的一号头目雷蒙德不仅表示响应，而且指使吉安卡纳一定要同爱克斯娜这个女人，也尽快建立一种"正式的"关系。如果能做到这一点，那么将来白宫的权力，吉安卡纳就掌管了一半。在雷蒙德的启发下，对爱克斯娜早就垂涎的吉安卡纳，果然在西纳特拉的安排下，几乎没费多大力气便同爱克斯娜将关系发展到床上去了。

在这几年内，吉安卡纳一直是用这种"美男计"控制了一大批对他有用的女人，其中大都是好莱坞知名度较大的影星，另外就是像爱克斯娜这样既有魅力，又有无法估量的价值的女人。他的弟弟曾是这样评价他的：

"当吉安卡纳需要进一步了解某个为他工作的人时，他便会成为这个人的妻子或女友的最好的朋友——通常是情人。这是他这几年所采取的一贯战略。"

这一次，吉安卡纳又如法炮制，很快控制了爱克斯娜这个女人。一开始他只是给爱克斯娜打电话，向她讨好和表示恭维，后来便进行礼节性的拜访，给爱克斯娜送上一对玉镯、一块鸡心宝石或一件裘皮大衣。到了3月下旬，吉安卡纳便向爱克斯娜进行狂轰滥炸式的感情投资。3月24日在迈阿密的弗来尼布留饭店相遇时，他们便取得了一致的默契。晚宴之后，吉安卡纳向爱克斯娜送上一束艳丽的红玫瑰，然后人们便发现，爱克斯娜将自己的手臂伸进吉安卡纳的臂弯里，让他挽着自己踏着红地毯朝楼上走去。

不久，人们便看见吉安卡纳挽着爱克斯娜的手臂，从纽约来到了拉斯维加斯。

对于爱克斯娜同吉安卡纳的这种关系，肯尼迪很快就知道了。但是，他只是轻描淡写地对他的竞选班子说："我看这并没有什么不好。"当然，其中主要的原因，还是他在忙于竞选，而在竞选中并不是那么一帆风顺，许多不利于他的因素都像一座座山冈一样，横亘在他通往白宫的道路上。他要急于寻找逾越这些山峦的途径。

于是，他便开始把目光转向爱克斯娜。他知道这个女人在这时是可以助他一臂之力的。

1960年4月6日，肯尼迪第一次提出要爱克斯娜充当他与黑手党联手的信使。他十分温存地把爱克斯娜带回了家中。这是爱克斯娜第一次来到约翰·肯尼迪的官邸。当时，肯尼迪的妻子杰奎琳已远在佛罗里达州，爱克斯娜便成了这豪华官邸的临时女主人。

晚餐时，在温馨的灯光下和音乐声中，肯尼迪对爱克斯娜第一次谈起了竞选中所遇到的困难。他对爱克斯娜说：

"在即将来临的西弗吉尼亚州的初选中，形势将会对我不利……"

"是吗？"

爱克斯娜像孩子似的打断他的话，妩媚地对他一笑。

肯尼迪说："这话是真的，亲爱的。"

爱克斯娜只是一直在望着肯尼迪笑，不时地抿一口法国的香槟酒，并没有表示任何帮忙的意思。

肯尼迪一见，知道这时不是谈这种话题的时候，便将晚宴草草地收了场，同爱克斯娜走进了自己同杰奎琳的卧室，躺到了那张同杰奎琳同眠共枕的床上。

在一阵暴风骤雨般的激情过后，爱克斯娜静静地躺在肯尼迪的身边，听他同自己谈论西弗吉尼亚州的初选。在很长的一段时间内，这都是他们讨论的一个中心话题。肯尼迪别有用心地选择了他同爱克斯娜做爱之后的这个良机。

爱克斯娜当然了解肯尼迪的良苦用心和他面临的处境。她知道她的"杰克"是天主教徒，而他的竞选对手则是基督教徒。但是，在肯尼迪需要得到选票的那个西弗吉尼亚州，有95%以上的选民都是基督教徒，因而这让她的"杰克"十分头痛。

这时，只听到肯尼迪突然对她说：

"爱克斯娜，亲爱的甜心，你能帮我做一件事吗？"

"做一件什么事，杰克？"

爱克斯娜向他的怀里拱了拱，把身了同他贴得更紧些，明知故问。

"你能悄悄地为我与那个山姆·吉安卡纳安排一次见面吗？"

"为什么？"爱克斯娜以一种吃惊的口吻要自己尽量把戏做足，"我可以问吗？杰克。"

"完全可以，亲爱的，因为我在这次竞选中需要得到他的帮助，这次会面越早越好。你明白吗，亲爱的？"

爱克斯娜没有再问什么，只是翻转身爬起来跨在肯尼迪的身上，在他的胸脯上深深地吻了一下，然后滚下去拿起了床头边的电话，给在拉斯维加斯的吉安卡纳拨号。

这个风流倜傥的未来的总统，终于开口求自己了，这让爱克斯娜感到一种前所未有的满足。她期待的就是杰克的这种"真诚"，这比说一千个"亲爱的"还令人心醉。

电话很快就拨通了，吉安卡纳也许在一家夜总会里狂欢，话筒里传来一阵嘈杂的音乐声和女人嗲声嗲气的尖叫声。

吉安卡纳似乎是忙里偷闲地在听爱克斯娜的电话。当听到爱克斯娜的声音之后，他才大吼一声，爱克斯娜马上感觉到话筒里吉安卡纳的声音清晰多了。只听到吉安卡纳在问：

"我的小甜心，你是在哪里？一定是在杰克的床上，对吗？"

"既然知道了何必明知故问，亲爱的。"爱克斯娜看了一下睡在身边的肯尼迪微笑着说，"不过，我很快就会飞到你身边去的，我将在4月8日去你那里……"

"有什么事这么着急，同你心爱的杰克多玩几天不行吗，亲爱的……"

"告诉你吉安卡纳，不要得了便宜又卖乖,8日上午9点30分来机场接我，再见！"

爱克斯娜没有等那头吉安卡纳说行还是不行，就一把搁下了话筒，又躺下来，一头钻到亲爱的"杰克"的怀里去了……

4月8日上午9时半，爱克斯娜乘坐的私人小飞机，准时地降落在拉斯维加斯的沙漠机场，吉安卡纳的轿车也早就等候在那里。见面之后，爱克斯娜很快同吉安卡纳达成了协议，完成了肯尼迪交给她的任务。在拉斯维加斯的米高梅饭店的总统套房，爱克斯娜同吉安卡纳度过了一个销魂的夜晚。第二天一清早，便同吉安卡纳带着西纳特拉一班朋友飞往了迈阿密，住在位于那不勒斯海滨的枫丹白露宫。这时，爱克斯娜才打电话给还在乔治城家中的肯尼迪，叫他在4月12日一清早，直接飞往迈阿密同山姆·吉安卡纳见面。

4月12日中午，肯尼迪同山姆·吉安卡纳在枫丹白露宫进行了非同一般的会见，这次会谈让美国的历史得到了改写。

在爱克斯娜的斡旋下，山姆·吉安卡纳终于答应了肯尼迪的要求，利用自己的影响及其他几大家族的权势，将肯尼迪送上美国总统的宝座。而吉安卡纳及其他家族所得到的回报，则是让国会承认他们的合法地位，取消对他们进行追查的行动。

这次会谈终于取得了实质性的"成果"，吉安卡纳伙同其他黑帮家族立即行动起来。而在这次会谈中立下汗马功劳的爱克斯娜，所得到的回报更是她梦寐以求的。

当时在肯尼迪同吉安卡纳进行会谈时，爱克斯娜并不在场。只是会谈结束后，肯尼迪才带着满意而感激的微笑来到了爱克斯娜的套房。这时，爱克斯娜尽管不知道会谈的具体结果，但她从肯尼迪的微笑之中已经读到了会谈的内容。于是，她便故意问肯尼迪结果如何。肯尼迪并没有直接告诉她结果，而是走上前去将爱克斯娜一把搂进怀里，深情地吻了起来，吻得爱克斯娜几乎快要窒息了。

吻过之后，肯尼迪才表示对爱克斯娜的安排非常满意，并再三表示感谢。随后他们便躺在床上，谈了一个多小时关于竞选的事。

这时，肯尼迪对未来的竞选已经稳操胜券了，几天前的那种忧虑此时已荡然无存。不过在这一个多小时的温存之中，他并没有提出要同爱克斯娜做爱的要求，而是当场许诺：如果他在7月份得不到总统候选人的提名，他将同妻子杰奎琳离婚。

不过，肯尼迪并没有说他这样做是为了哪一个，是为了爱克斯娜还是其他与之相好的女人。但是，爱克斯娜对于这一点却深信不疑，同时更相信肯尼迪离婚之后一定会娶自己，而肯尼迪却始终没有亮出他最后的底牌，只是一味地诉说自己的婚姻的不幸。不幸的理由是：在这样的关键时候，作为妻子的杰奎琳却不在自己的身边，也不同自己的母亲罗斯一道去为自己拉选票，而是远走高飞在佛罗里达逍遥自在。肯尼迪一再强调自己的婚姻是一场悲剧，是非常不幸的。

这些话让爱克斯娜非常中听。在听肯尼迪诉说时，她的眼睛里竟然有了泪花，而自己心爱的"杰克"也一样，眼睛里也似乎在泪光闪闪。此情此景，实在让爱克斯娜动情而又感激。她真想让自己就这样融化在"杰克"的怀里，但是肯尼迪最后还是从床上爬起来告辞了。

在离开之前，肯尼迪将一个信封轻轻地放在她的手中，并要她等自己离开之后打开。但是，爱克斯娜却像一位任性的少女一样，一接到手便匆匆地撕开了。她发现里面是两张1000美元的支票，她似乎很生气。肯尼迪一见，慌忙握着她的手说：

"亲爱的，不要见怪，我完全没有任何别的意思，只是想表示一下我对你这几天来奔波的一点感谢。我近来可没有时间陪你去逛商场，你就自己去买一件新的貂皮大衣或其他什么特别的东西吧。"

爱克斯娜理解了肯尼迪的一片诚意，也收下了这两千美元。肯尼迪这才又走上前，拥吻了她，然后才走出了她的房间。

当肯尼迪离开爱克斯娜的房间时，吉安卡纳也同新英格兰帮等家族的头目取得了联系，肯尼迪的竞选活动由此柳暗花明。

在美国社会，基督教徒与天主教徒的比例大致是二比一。但在南部的某些州，基督教徒则占绝对优势。由天主教徒作为总统候选人而取胜的事情，在此之前还没有过先例。在肯尼迪竞选总统之前，天主教徒竞选总统的例子大有人在。早在 1928 年，当时的总统候选人阿尔·史密斯就是天主教徒，结果登台表演没有几个回合，由于选民的反感而含恨惨败。自此之后，天主教徒便很少有人站出来，重蹈史密斯之覆辙。

1960 年 3 月总统预选开始后，经过几轮激烈的角逐之后，信奉天主教的肯尼迪居然创造了奇迹，连连击败了几位民主党的总统候选人，得票率一直居于领先地位。到后来，终于能同信仰基督教的休伯特·汉弗莱最后争夺民主党的总统候选人的提名。但是，此时肯尼迪却面临着严峻的挑战，尤其是在基督教徒占人口总数 95% 的西弗吉尼亚州，肯尼迪的处境实在是不容乐观。在这样的地方击败汉弗莱的可能性几乎是等于零。

然而，就在 5 月 10 日的决战中，肯尼迪不仅没有落马败北，反而创造了史无前例的奇迹，以三比二的得票优势，将基督教徒汉弗莱斩于马下。这在反天主教的西弗吉尼亚州，实在是一个奇迹。从此，无论是基督教徒还是天主教徒，都不能不对这位天主教徒出身的民主党总统候选人另眼相待了。这一关键性的胜利，让基督教徒汉弗莱落荒而逃，最后只留下肯尼迪与共和党总统候选人尼克松对垒，为进入白宫进行最后的决战。

这其中最主要的原因，就是以山姆·吉安卡纳为首的芝加哥黑手党及其他黑手党家族，在关键的时刻，助了肯尼迪一臂之力。

自从肯尼迪同吉安卡纳在迈阿密的枫丹白露宫会谈之后，吉安卡纳便开始为肯尼迪的竞选呐喊助威了。

吉安卡纳知道，肯尼迪最担心的是西弗吉尼亚州，那里是基督教徒集中地带，另外还有煤矿工人工会也在反对肯尼迪。因此肯尼迪要想在这里取胜，似乎不大可能。

但是，人们不是常说，在美国，通往白宫的道路，是由美元铺成的吗？于是，吉安卡纳便从他们所控制的工会中，提出200万美元的"黑钱"，支持肯尼迪的竞选。

在西弗吉尼亚州初选的前夜，吉安卡纳派出他的得力干将史基利，带着一箱箱的美钞，到这些地方来为肯尼迪收买选票。同时，吉安卡纳还命令大西洋城的赌场老板，利用大量的金钱和影响力，帮助肯尼迪在民主党总统提名的预选中获胜。因为该州许多有政治影响的名人，在大西洋城里黑手党控制的赌场中，都欠下了巨额的赌债，因此，这些民主党的政界名流，也乐意听命于黑手党，为肯尼迪效命。

吉安卡纳的"双管齐下"的策略，让肯尼迪在西弗吉尼亚州5月10日的预选中，轻而易举地得到了超过60%的选票，以三比二的优势战胜了汉弗莱，创造了奇迹。

渡过了5月的难关之后，肯尼迪便在民主党中脱颖而出，在1960年7月11日的民主党全国代表大会上，以几乎超过一倍的得票战胜了约翰逊，被民主党正式提名为总统候选人，开始与共和党总统候选人的尼克松叫板，最后争夺白宫宝座。

从正式提名为总统候选人的7月到最后投票的11月，在这四个月内，爱克斯娜又先后同芝加哥黑手党头目吉安卡纳等人，进行了至少不下六次的协商。凡是在肯尼迪眼看要被尼克松"击倒"的关键时刻，黑手党都利用各种手段，使肯尼迪转危为安，转败为胜。

1960年11月8日，是总统选举最后的投票日子。这一天，黑手党同美国未来的总统再次结为"战友"。

这次竞选，是美国历史上自1916年以来，还未曾有过的一次势均力敌的两党对抗，一次旗鼓相当的"驴象之争"。为了配合竞选，肯尼迪的"玩友"西纳特拉已公开地进入了竞选班子，任职于肯尼迪的竞选办公室。一根专线，直通吉安卡纳的别墅，由这位黑手党头目坐镇遥控。西纳特拉几乎是每隔半个小时，就收集一次全国各个州投票的结果，及时向吉安卡纳报告。到当天上午的11点钟以前，肯尼迪的行情一直看好，所有的州的投票结果，均表明肯尼迪的得票一直遥遥领先。

为了保证选举的结果，吉安卡纳同其他几大家族的头目，都进行了总动员，派出了大批的黑手党徒，控制了三分之二以上的投票站。在吉安卡纳的"领地"芝加哥更是剑拔弩张，戒备森严。

到了当天下午，西纳特拉意识到选举的局势发生了变化，好运开始向尼克松倾斜。像俄亥俄、肯塔基、新泽西和一些西部农垦州已开始转向尼克松了。更糟糕的是，连伊利诺伊这样关键的州也在开始动摇。如果没有得克萨斯、伊利诺伊和肯塔基等州的支持，肯尼迪的局势早就一蹶不振了。这时，许多权威人士都在预言，最后的胜利者将是共和党的总统候选人尼克松了。

在这关键的时刻，吉安卡纳这个黑手党头目亲自出马，强有力地控制了芝加哥大部分选区和九个下层民众选区，并派出大批的黑手党徒，从一个选区到另一个选区，从一个投票站到另一个投票站，进行"武力投票"，制造了一起又一起的暴力事件，使许多投票站不得不暂时关闭。尤其是在伊利诺伊州的库克县，黑手党几乎控制了每一个投票站，使选民将所有的选票都违背自己心愿地全部投给了肯尼迪。事后，爱克斯娜透露说：

"杰克当选后，吉安卡纳一直说，要不是他为肯尼迪在伊利诺伊州库克县做出努力的话，肯尼迪这辈子就当不成总统了。"

尽管如此，最后选举的结果表明，肯尼迪仅仅只以 49.9% 对 49.6% 的得票率的微弱优势赢得了这次竞选，这种差额是在美国历史上两党竞选时最小的差额之一。

1961 年 1 月 20 日，肯尼迪终于好梦成真，走马上任，宣誓就任美国第三十五任总统。他时年 43 岁，是当时美国历史上最年轻的总统。这一天，他面对潮水般的人群，发表了被认为是美国历史上最精彩的总统就职演说。

在黑手党的操纵下，肯尼迪胜利走进了白宫。但是，他也由此种下了祸根，成为美国历史上最短命的总统之一。

第九章

挟持总统　两美女先后出击

> 黑手党登堂入室走进白宫，同总统一道共商国是，
> 为颠覆古巴，总统的情妇成了"总统特使"，在白宫和黑
> 手党之间飞来飞去，传递谋杀卡斯特罗的"密杀令"——
> 总统由此同黑手党头目争风吃醋。
>
> 好莱坞美女如云，一位性感"艳星"及时走上前
> 台替代了那位"特使"，成了又一位总统情人。

黑手党将约翰·肯尼迪送上了总统宝座之后，便开始了他们的
"收割季节"。

但是，新总统肯尼迪并不是一个善于听人摆布的人。他要迅速
建立自己的权力王国，既要摆脱黑手党对他的控制，又要巩固在白
宫的地位。于是上台后，肯尼迪立即任命他的弟弟罗伯特·肯尼迪
为司法部部长，执掌美国政府的生杀大权。

肯尼迪的这一任命，立即引起了黑手党的不满和恐惧。他们本
来想要挟总统把他们的人安插在这个位置上，结果如意算盘打错
了。同时，他们还知道，罗伯特是一个胆大包天的"浑小子"，他

的胆识比起他的哥哥来，几乎是有过之而无不及。再说罗伯特对黑手党并没有好感，在肯尼迪竞选时，他与西纳特拉曾一度"共事"，其对黑手党的蔑视就初露端倪。于是，吉安卡纳决定去会一会这位总统，他通过爱克斯娜给肯尼迪捎了个信。

出乎意料的是，肯尼迪很快就通过爱克斯娜告诉吉安卡纳，他愿意在近期内会见他，而且将地点定在白宫。

这种结果真令吉安卡纳始料不及，他真不知道这位总统大人葫芦里卖的是什么药。

但是，当他在白宫椭圆形办公室见到这位上任才几个月的总统后，吉安卡纳终于明白肯尼迪要他干什么——原来他要利用自己来对付那个加勒比海上的社会主义国家古巴。

自1959年1月1日，古巴原总统巴蒂斯塔·萨尔迪瓦辞去总统职务，在卡斯特罗革命军的强大攻势面前，于当日凌晨2点飞往多米尼加共和国避难之后，古巴这个拉美岛国便开始了新的一页。在卡斯特罗的领导下，新的政权建立了。

但是，随着新政权的建立，古巴同美国政府的关系也越来越恶化。当时的艾森豪威尔政府除了对古巴实行"隔离"和"封锁"之外，还经常派飞机轰炸古巴，进行颠覆活动，企图将这个刚刚诞生的社会主义国家扼杀在摇篮之中。

然而，卡斯特罗并不是一个"软柿子"，在苏联和中国的支持下，他同强大的美国政府进行了针锋相对的斗争。为了反对美国的经济侵略，1960年6月23日，卡斯特罗下令宣布没收美国人在古巴拥有的全部产业和企业产权。卡斯特罗的这一严厉措施震撼了白宫，引起了艾森豪威尔政府的恐慌。

结果在当年的9月18日，卡斯特罗率领古巴代表团前往纽约参加第十五届联合国大会时，遭到了美国政府无礼的报复。他们不让古巴代表团在联合国大会秘书处安排的旅馆里居住，并命令所有的旅馆都不得接纳古巴代表团。最后，古巴代表团只得在纽约的拉丁区找到了一家旅馆住下了。这时，纽约的许多大报小报又在造谣，说古巴代表在卡斯特罗的带领下，住进了一家妓院。

当苏联代表团团长、苏共总书记赫鲁晓夫前往古巴代表团的住地去拜访时，又在纽约大街上遭到了围攻。赫鲁晓夫的专车被周围飞来的鸡蛋、西红柿和黄瓜打得一塌糊涂，几乎快要被埋住了。幸好他的司机是一个勇敢的苏联红军的儿子，他左冲右突杀开了一条血路，终于把赫鲁晓夫送到了卡斯特罗下榻的旅馆。而当时纽约大街上的许多警察，都远远地站在那里，欣赏这一幕闹剧。

更令人难以理解的是，在大会结束时，美国政府竟下令扣留了卡斯特罗的专机，理由是古巴欠美国的贷款，要将这架飞机留下来抵债。最后，卡斯特罗和他的代表团，不得不乘坐苏联的一架飞机返回了古巴。

1960年9月28日，中国和古巴正式建立外交关系后，美国进一步加强了对古巴的经济封锁，于10月13日宣布对古巴实行"禁运"，禁止一切货物输往古巴（除药品和大部分食品外）。在此情况下，古巴也进行了更大的反击。在美国宣布"禁运"的第二天，古巴政府宣布接管私人企业三百八十二家和大部分私人银行；10月15日卡斯特罗宣布古巴革命已进入建设社会主义的新阶段；10月25日卡斯特罗又宣布接管美国在古巴企业一百六十六家……从此，美国和古巴的对抗骤然升级，恶化到水火不相容的地步。12月16日，美国政府宣布，停止进口古巴蔗糖，单方面废除由来已久的经济合作协议。到1961年1月3日，美国政府宣布与古巴断绝外交关系，这是肯尼迪的前任艾森豪威尔卸任前的最后一项"政绩"。

1961年1月20日，肯尼迪正式宣誓就职。他的当选是美国新一代政治家的胜利，人们习惯称之为"新一代"。在对待古巴问题上，肯尼迪比他的前任艾森豪威尔更为"鹰派"，他要积极开展他的"新边疆"的开拓计划。早在竞选期间，肯尼迪就摆出一副咄咄逼人的架势，指责艾森豪威尔政府对卡斯特罗在整个拉丁美洲地区所造成的威胁采取的"反措施"太少，以致让共产主义直接"威胁"到美国的南大门甚至整个拉美地区。他当众表示，如果自己当选，他将会采取更加明确和直接的行动来遏制、反对卡斯特罗和古巴的社会主义政权。

肯尼迪如今终于走进了白宫，是他大展宏图的时候了。于是，在他宣誓就职第二周的2月3日，他立即下令执行前任扶植巴古反革命流亡分子的计划，准备对古巴进行武装颠覆，来兑现竞选时当众许下的诺言。

也就是在这样的"用人之际"，黑手党头目吉安卡纳和其他的兄弟们，通过西纳特拉和爱克斯娜的穿针引线，被新总统肯尼迪请进了白宫。肯尼迪要利用这股罪恶的黑势力，去充当自己颠覆古巴的马前卒。

这是吉安卡纳第一次来到白宫这椭圆形的总统办公室，来到象征着美利坚合众国权力和威严的地方。这是美国政府最高权力的所在地，作为一位美国社会的罪犯，一位与白宫对抗的黑社会的头目，堂而皇之地来到这里，实在是不可思议的，也是吉安卡纳和所有的黑社会头目以前做梦都没有想到过的。于是，一种难以言喻的荣誉和自豪，顿时让吉安卡纳化解了对肯尼迪的怨恨，他似乎在今天才真正理解了这位约翰。身为一位黑手党的头目，能有这份殊荣，做人能做到这种份上，吉安卡纳还有什么不满足的。于是，在与肯尼迪的交谈当中，他果然就像一位总统助理、国务卿或者是一位国家安全委员会顾问那样，向肯尼迪面授机宜，把当年自己打家劫舍的那本经，全都念给了肯尼迪听。

在他的理解中，整个世界不过就是一个芝加哥，甚至是一个巴契街区。一位美国总统，说到底也就是当年巴契街区中"42 号帮"的头目克莱罗。要想让其他的帮派服你，在你面前装龟孙子，唯一的办法就是狠狠地揍他们一顿，一顿不服再来第二顿，直到对方跪地求饶为止。当年巴契街区的"42 号帮"就是这么做的，因此，他劝肯尼迪也这么干，学一学自己当年的头目克莱罗，在加勒比海地区，在拉丁美洲以至在全世界都照此办理——谁不服就狠狠地踢谁的屁股。

吉安卡纳的这种理解和分析虽然难登大雅之堂，但道理却不能说没有。他的话让肯尼迪受到了不少的启发。于是，轰动世界的"猪湾事件"便在这样的背景下出台了。

1961 年 4 月 14 日，在美国中央情报局的一手策划下，蓄谋已久的武装颠覆计划正式实施。当天，近一千五百名美国雇佣军携带坦克、大炮等重型武器，从他们的秘密集训营地尼加拉瓜出发，向佛罗里达州的前沿阵地迈阿密海岸进发，准备在这里渡过加勒比海峡，在古巴登陆。这些雇佣军的结构相当复杂，除了有古巴旧政权中逃亡的达官显贵的后代、持不同政见的流亡分子和中央情报局的人员外，还有美国黑道社会的许多亡命之徒。芝加哥帮在当年就与古巴的赌场老板和走私商、糖厂厂主有千丝万缕的联系，这一次他们当然要趁机重新夺回古巴这块海外的地盘。

为了配合雇佣军的军事行动，4 月 15 日清晨，几十架美制 B–26

型大型战斗轰炸机，同时从迈阿密近郊的空军机场起飞，越过海岸线，分几个波次同时轰炸古巴首都哈瓦那、巴尼奥斯省的圣安东尼奥和圣地亚哥等大城市。轰炸的目标主要是糖厂、钢铁厂、水电设备和城郊的甘蔗园。古巴的一半领土上顿时狼烟滚滚，火光冲天，古巴国防军和民兵立即投入反击。世界为之震惊，国际社会发出紧急呼吁，特别是以苏联为首的社会主义阵营密切注视事态的进展。许多有识之士惊呼，第三次世界大战一触即发。

在持续两天的轰炸中，古巴的工业和军事设施遭到了严重的破坏。但是，美国政府的不义行径也受到了国际社会的强烈谴责。然而，美国政府并没有罢休，更大的行动还在后头。

4月17日，在飞机大炮、海军驱逐舰和海军东海岸陆战队的掩护下，美国雇佣军终于渡海作战了。他们凭借优势的火力装备，强行在古巴拉斯维利亚斯省的海滩——吉隆滩登陆，同古巴国防军和古巴民兵展开了激烈的战斗。经过三天的激战，这支精心组织的雇佣军被全部消灭了。除打死的以外，其余全都成了古巴的俘虏。

4月18日，赫鲁晓夫以苏联总理的身份电告美国政府，要求停止对古巴的入侵，并公开承诺从各个方面对古巴进行援助。在这种形势下，肯尼迪政府才不得不鸣金收兵了。五天之后的4月23日，古巴领袖卡斯特罗发表了长达四个小时的电视讲话，对美国中央情报局一手谋划的"猪湾事件"进行了最严厉的谴责。随后的几个晚上，一批又一批的美军战俘，接连不断地出现在电视屏幕上，接受古巴政府的审问和各类记者的讯问。这些战俘的出丑，让刚上台的总统肯尼迪也在美国人民面前抬不起头来。卡斯特罗于5月17日宣布，愿意用这一千二百多名战俘换取五百台美国推土机。

卡斯特罗的这种建议，看起来是出于对古巴经济建设的考虑，但实际上，其象征的意义就不言而明了。然而美国政府不知是故意装糊涂，还是真的不理解，真的专门就此事成立了所谓的"推土机换取自由委员会"。美国政府此举实在是大煞风景，让全世界贻笑大方。直到这年的 10 月 10 日，美国政府才以 6000 万美元的代价，从古巴人手中换取了在"猪湾事件"被俘的一千二百多名战俘。

"猪湾事件"以后，肯尼迪总统实在是面子丢尽。为了挽回这次损失，他又一次想到了美国黑手党。

4 月 28 日，即猪湾惨败后的第十一天，肯尼迪电召爱克斯娜，让她马上飞往拉斯维加斯，从中央情报局的特工头目罗塞利那里取出一封信，然后飞往芝加哥交给吉安卡纳，同时要她与吉安卡纳商量出一个合适的时间，让他同吉安卡纳"谈一次"。

这时的爱克斯娜已经不仅仅是肯尼迪的情妇，而且是他的一位"特使"，专门负责同美国黑手党头目进行联络。从 1960 年到 1961 年的一年多的时间内，爱克斯娜这位迷人而又聪明的女人，就是利用这种特殊的身份，将美国的黑道社会同美国最高当局、美国总统紧紧地联系在一起，仅安排肯尼迪同吉安卡纳的"会晤"就有十一次之多，其中有两次是在白宫。除此之外，她还同新英格兰、曼哈顿和洛杉矶的黑手党头目都有过联系。然而到了 1962 年，爱克斯娜这种特殊的身份就由另一个女人代替了，那位女人就是比她更漂亮、丰满，更有魅力的好莱坞著名的"艳星"（即所谓的"脱星"）玛丽莲·梦露，这是后话。

这次得到肯尼迪的密电之后，爱克斯娜立即行动。在芝加哥见到"老情人"吉安卡纳之后，并没有费多大的气力，就顺利地将肯尼迪同吉安卡纳会晤的安排落实了。

这种顺利，除了因为爱克斯娜同吉安卡纳的那种特殊关系之外，更重要的是，吉安卡纳对猪湾的惨败也一直耿耿于怀。因为他对肯尼迪这位年轻总统，已经从心理上完全接受了。他不再把他看成是一位政治家，一位大权在握的总统，而看成是一位自己的小伙计。自从4月17日猪湾失败之后，他就知道肯尼迪的日子一直不好过。尽管在惨败之后，在4月24日，面对国内的舆论的压力，肯尼迪不得不公开发表声明，承认自己对失败有不可推卸的责任，但在背后，他却把中央情报局局长阿兰·杜勒斯、空军地面秘密指挥所的指挥官理查德·比塞尔和中央情报局副局长吉纳拉·查尔斯·卡贝尔等人臭骂了一顿，以发泄心中的怨气。肯尼迪几乎是咬牙切齿地说，"我恨不得把中央情报局劈成一千块"。并且很快找出了几个让他当众出丑的"替罪羊"，把这几个人枪毙了。事后，中央情报局副局长卡贝尔竟然在公开场合，愤怒地痛斥肯尼迪为"卖国贼"！同时，更让吉安卡纳想同肯尼迪"谈一谈"的原因就是，据他获得的情报说，联邦调查局的头目胡佛已嗅出肯尼迪同黑手党之间的关系，正在暗中进行调查。如果真的让胡佛这家伙抓住了什么把柄，自己同这位总统就会玉石俱焚了。

另外，还有一件令吉安卡纳伤脑筋的事：新上任的司法部部长、总统的弟弟罗伯特·肯尼迪正计划向有组织的犯罪发起最强大的进攻。那位年轻的肯尼迪编制了一个全国三十个主要犯罪团伙首领的"黑名单"。而据后来吉安卡纳对肯尼迪亲口所说，这张名单上的第一人，就是山姆·吉安卡纳，其次是雷蒙德、塔梅莱奥、卡特诺等人。罗伯特并命令胡佛的联邦调查局抓紧对这三十名暴徒进行调查。

于是，当爱克斯娜带来了那封密信之后，吉安卡纳立即答应了要同肯尼迪谈一谈。

那次会谈是在 1961 年 5 月 3 日的傍晚。

就在这次会谈前两天的 5 月 1 日，古巴军政首脑卡斯特罗第一次公开向全世界宣布，古巴是社会主义国家。卡斯特罗的这一宣布震惊了世界的东、西两方，也在美国总统的心中投下了一枚重磅炸弹。

在芝加哥俱乐部的五楼套房里，肯尼迪同吉安卡纳又一次秘密会晤。吉安卡纳先于肯尼迪走进这间房间，因为他还想再次同爱克斯娜温存一番。但是，肯尼迪随之心急火燎地走了进来。他与爱克斯娜又有一个礼拜没有见面了，并且还知道爱克斯娜这几天一直在吉安卡纳的身边。

肯尼迪一进来就搂住了爱克斯娜，甜甜地吻了她一下，并对她说：

"对不起，亲爱的，我今天晚上不能待在你这里。"

爱克斯娜见吉安卡纳就在身边，于是有点不好意思地点了点头。她不需要她亲爱的"杰克"解释他今天晚上为什么不能待在这里，因为她知道他晚上还有应酬。民主党为他的到来将要举行晚宴，他要在晚宴上演讲，演讲后还要同那些党的领导人谈心……

总统毕竟是总统，尽管他来到这里是"醉翁之意不在酒"，但他还得装成是为"酒"而来的样子。

这时，爱克斯娜突然觉得亲爱的"杰克"就像是西纳特拉手下的演员，那位专门扮演总统的演员。

爱克斯娜点过头之后，肯尼迪才放开了她，然后走过去同吉安卡纳握手，就像同一位国会议员握手一样，握得那么自然。

吉安卡纳也同肯尼迪亲切地握着手，并且像老朋友一样地拥抱了他。他没有称他为总统，而是像爱克斯娜那样，直呼肯尼迪为"杰克"。

爱克斯娜知道会谈要开始了，她便故意地问肯尼迪："你们是否希望我离开？"

肯尼迪马上反应过来了，连忙说：

"不，我希望你别走。"

但是爱克斯娜还是走开了，为了让他们谈话方便、投机而又无所顾忌。她知道，尽管自己不在这里，但是只要自己想知道这次谈话的内容，这两个男人都会在床上搂着自己一字不漏地重复一遍。

肯尼迪和吉安卡纳的谈话非常短暂，还不到一个小时就结束了，随后他们两个人都同时离去了。这天晚上，爱克斯娜终于一个人度过了一个平静的夜晚。她醒的时候天还未亮，芝加哥的夜空虽然一片通红，但那是叫灯光映的。

爱克斯娜裹着真丝睡袍，光着脚走在地毯上。她久久地站在窗前，似乎听到了那遥远的密执安湖的涛声……

第二天，爱克斯娜应肯尼迪的要求，匆匆地飞往佛罗里达州，因为新英格兰"教父"雷蒙德在前一天刚到那里。在同一天，肯尼迪也飞回了华盛顿。

爱克斯娜来到了佛罗里达州，在首府迈阿密的一家四星级酒店见到这位闻名已久的"大人物"。雷蒙德那双深邃的棕色的眼睛很是令她神往。但是，因为"公务在身"，爱克斯娜不敢同他过多地缠绵，逗留了一个夜晚便又飞往芝加哥，将从雷蒙德那里拿来的一个大信封交给了吉安卡纳。五天后，爱克斯娜来到了华盛顿，立即打电话通知肯尼迪。十分钟后，一辆黑色的大轿车将她接到肯尼迪的行宫。

见面之后，爱克斯娜的第一件事，就是把那只从佛罗里达带回来的信封交给了肯尼迪。肯尼迪接过这个大信封，并没有马上启封，而是半开玩笑地对爱克斯娜说：

"亲爱的，你在佛罗里达是否过得愉快，你在那里花了很长的时间嘛。"

爱克斯娜见肯尼迪话中有话，尤其是他的目光更让她明白了其中的弦外之音。于是，她便趁机撒起娇来：

"亲爱的，我是为了你才去那个鬼地方呀，你现在反倒审问起我来。"

"这是不错的，雷蒙德那家伙怎样？"肯尼迪笑着说，"我对他倒也很了解，并且有一面之交，现在我倒想听听你的意见。"

爱克斯娜见肯尼迪说得那么认真，倒让自己想起同他在迈阿密见面的情景。到现在为止，爱克斯娜可谓是识人多矣，但像雷蒙德这样的男人她倒见得不多。她本来想说，他是你们这些人当中最出类拔萃的一个。但是她还是违心地说："杰克，既然你与他有一面之交，何必再来问我。如果是这样，今后就少派我干这种差事就是了。我可不是心甘情愿的，要不是为了你，我才不这么疲于奔命呢！"

肯尼迪一听，马上一把将她抱住，连吻带哄地说："亲爱的小甜心，我也是说着玩的。因为雷蒙德太有魅力了，我可不愿你和他太亲近了，别让他把你勾引过去了。"

爱克斯娜也甜甜地回吻着，在"杰克"的怀里温柔得像一只波斯猫。她没想到一位堂堂的总统，竟会同黑手党头目争风吃醋。

第二天，爱克斯娜在肯尼迪的陪同下，在白宫的小餐厅用过了午饭。饭后，随肯尼迪来到了他的卧室。

这是爱克斯娜第一次来到肯尼迪白宫的卧室。今天，恰好卧室的另一位主人杰奎琳不在，爱克斯娜可以尽情地欣赏一番。

在这座世界闻名的大宫殿里，有整个一层楼是属于总统一家的。当肯尼迪入主白宫后的第一天，身为美国第一夫人的杰奎琳就拿到白宫一百五十间房间的钥匙。这一百五十间房间都归他们一家享用。在拿到钥匙的第一天，杰奎琳就在白宫总管的陪同下巡视了每一间房间。等她巡视结束之后，她马上就向肯尼迪抱怨说：

"杰克，这里的一切如此糟糕实在是出人意料，如果不彻底地翻修装饰一下，实在无法住人。"

肯尼迪虽然明知第一夫人言过其实，但还是听从她的摆布。于是，他便全权委托杰奎琳，完全按照她的意图去将这150间房间重新装修一番。

杰奎琳出身于银行家的家庭，从小过着公主般的生活。尽管父母婚姻破裂，但丝毫没有影响她的养尊处优。成年后，她先后在美国最高雅的威撒女子学院、巴黎大学和乔治·华盛顿大学接受了良好的教育。大学毕业后，又以迷人的美貌和高雅的举止步入社交界，获得当年全美"最佳初入社交界者"的荣誉称号。当时她供职于华盛顿享有盛名的《时代先驱报》，任该报的摄影记者。接触形形色色的人之后，杰奎琳变得更加成熟，也更加妩媚动人。无论是儿时好友还是同行和新交，都开玩笑说她是未来美国的第一夫人。

杰奎琳真是被这些人"不幸言中"。1951年认识年轻的参议员约翰·肯尼迪，就为他的才华所折服。当然，她的美貌和才华也同样倾倒了这位未来的总统，两人一见钟情，并于1953年9月12日在纽普特大教堂举行了盛大的婚礼。婚礼由波士顿红衣大主教理查德·库欣主持，真是盛况空前，名流云集。美貌无比的新娘和踌躇满志的新郎缓步走入教堂时，数千名未获邀请的记者冲开警察设置的警戒线，成为风传一时的佳话。

从此，杰奎琳成了肯尼迪家族中的一员。尽管她对政治不感兴趣，但她还是为肯尼迪的竞选冲锋陷阵；尽管肯尼迪对她有许多不忠的行为，但她还是尽自己的努力做一个好妻子，为肯尼迪营造一个安定的"后方"和舒适温馨的生活环境。杰奎琳不是一个政治家，但她天生的魅力和才华却成为一笔无形的"政治资产"，辅佐着肯尼迪在竞选中逢凶化吉，最后入主白宫。

杰奎琳成为真正的第一夫人之后，她几乎成了肯尼迪的生活顾问。她征得肯尼迪的同意之后，立即成立了一个专门的"委员会"，募集了数百万美元，将白宫那属于她的一百五十个房间修缮装饰一新。她在全国各地购买古老的家具和绘画，按照自己的情趣使这些古老的房间重新焕发青春。同时，她还经常邀请世界的文化名人和艺术家来到白宫，来这里演讲、演奏和绘画。像西班牙著名的音乐家巴勃罗·卡萨斯、美国著名的纽约交响乐团"桂冠指挥"伦纳德、法国名作家安德烈·马尔罗等人，都在杰奎琳的邀请下，成为白宫风光一时的客人。

杰奎琳成为第一夫人之后，几乎将她的才华和想象力发挥到了极致，使白宫成了美国的博物馆。此时，当爱克斯娜见到这样的卧室之后，她完全给镇住了。她怀疑自己是否走进了好莱坞的摄影棚，她真有点怀疑这样的陈设不真实。卧室中有两张床，她想，这可能是他们的儿女住的地方。果然，肯尼迪又带着她往前走，来到了另一间卧室。爱克斯娜见到了一张几乎是她所见到的最大的双人床。

在肯尼迪的要求下，他们又在这张双人床上缠绵一番。但是，爱克斯娜已经没有以前的兴致了。就像第一次在肯尼迪的官邸幽会一样，她无时无刻不感到杰奎琳的存在。这时，她似乎真的有点自惭形秽，她也无法理解一位仕途成功了的男人的心理。

这时，肯尼迪似乎觉察到了爱克斯娜的心理变化，他也草草地收了场。穿上衣服之后，肯尼迪又交给了爱克斯娜一个大信封，要她明天飞往芝加哥，将这个信封交给吉安卡纳。

爱克斯娜默默地接受了，她已意识到自己在这位总统心中的位置和价值。她对这样的生活开始有了想法，第一次觉得这种生活并不是自己一开始所设想的那样。至于这些经自己的手传递的信，爱克斯娜一无所知。尽管这些信封都没有封口，她却一次都没有将其中的信笺抽出来看过。她知道这是杰克对她的信任。他信任自己，自己也爱他，这一切就够了。至于信上的内容，爱克斯娜从来都不想知道。

直到十多年以后，爱克斯娜才知道，原来她当年传递的那些信，都是肯尼迪在安排美国黑手党，谋杀古巴人民共和国主席卡斯特罗的行动计划。

自从1961年5月1日，卡斯特罗公开宣布古巴为社会主义国家以后，美国政府就一直想扼杀古巴的革命，置卡斯特罗这个强势人物于死地。因为他们不希望看到，在整个拉美地区，在自己的国家近在咫尺的南大门，有一个社会主义国家存在。

于是，当武装干涉和经济封锁都没有让卡斯特罗屈服时，他们便准备从肉体上将其消灭。从1961年夏天开始，一个个谋杀卡斯特罗的计划便接踵而出。出于国际舆论的压力，美国政府既不想再用军队，也不动用调查局或情报局的特工，肯尼迪打出了一张"黑桃K"——通过吉安卡纳和雷蒙德等人的关系，利用黑手党去完成这项见不得人的"使命"。

这项"使命"其实从肯尼迪的前任艾森豪威尔时代就开始

了。1959年，艾森豪威尔批准了一个名为"猫鼬行动"的计划，该计划中最主要的一项内容，就是暗杀那些妨碍美国政府的古巴政治领袖。1975年，美国参议员弗兰克·丘奇组织了一个委员会，专门调查中央情报局当年谋杀外国领导人的阴谋。他们在调查报告中写道：

我们发现了从1960年至1965年有中央情报局参与的至少八次暗杀菲德尔·卡斯特罗阴谋的具体证据。尽管其中有几次暗杀阴谋只进行了筹划和准备，但是有一次已吸收流氓分子（即黑手党徒）参加，有两次甚至把毒药运进了古巴，并派出了执行这一任务的行动小组。另一次阴谋是向古巴一些持不同政见者提供武器和其他暗杀工具，其中有远程步枪、毒药、有毒圆珠笔、能置人死地的细菌药粉和其他一些令人难以想象的工具……

该报告中还写道：

……罗塞列和贾恩卡纳的朋友约瑟夫·希蒙作证说，他曾陪马休去过迈阿密。在枫丹白露饭店三人同住一个套间。在交谈中马休透露说，他有一个暗杀卡斯特罗的"合同"。为完成这次行动，中央情报局向他提供了一种"液体"。希蒙说马休曾说过，液体是准备放入卡斯特罗的饭里的。卡斯特罗吃下饭后就会生病，两三天后就会死去，解剖尸体也查不出死亡原因……

这份报告，仅仅是反映了中央情报局当年企图谋杀卡斯特罗行动的一小部分。其实据后来调查的资料表明，从1959年到1963年期间，卡斯特罗幸运地躲过了中央情报局策划的三十多次谋杀行动，而这些行动大部分都是由中央情报局策划的，再报请总统肯尼迪批准，最后由黑手党分子去执行。

这些直接的执行者，大部分是芝加哥帮、新英格兰帮和波士顿帮的黑手党党徒。因此，吉安卡纳、雷蒙德、特里萨等人在这样的时候，成为肯尼迪的"座上宾"就可想而知了。

但是，由于一次接一次的失败，这些人开始失宠了。肯尼迪开始明显地疏远吉安卡纳这些昔日的"玩友"。最明显的例子，莫过于1962年6月，肯尼迪拒绝西纳特拉邀请好莱坞影星和歌手，在刚刚落成的"棕榈春天"庄园度假。肯尼迪的这一举动，让西纳特拉这位"皮条客"既吃惊又愤怒。事情发生后，他几乎是暴怒地对吉安卡纳说：

"简直是荒唐！肯尼迪这个下流胚，他简直不相信天主了。"

吉安卡纳只是很有城府地笑了笑，并没有表示他应该表示的态度。因为他还知道"疏远"的证据，那就是爱克斯娜在这以前的3月份，曾吃过肯尼迪的"闭门羹"——拒绝她到白宫拜访自己。

这种疏远，让吉安卡纳认识到自己的努力被出卖了。他很快地找出了其中的原因，那就是联邦调查局已经调查到总统府了，他们在肯尼迪经常出没的地方都安装了窃听器，已经掌握了肯尼迪同黑手党勾结的许多证据。司法部部长罗伯特·肯尼迪这个混账的家伙，居然不知自己哥哥的这种"秘密"。

肯尼迪从1962年春天，就开始对爱克斯娜厌倦了。心烦意乱的他经常对爱克斯娜发脾气，态度也越来越专横。尽管如此，这个女人仍然忠心耿耿地周旋在总统和黑手党之间，为他们进行奔波。但是她无论如何也没有想到，她也引起了联邦调查局胡佛的注意，已在被跟踪和调查之中。

有一天，爱克斯娜刚刚离开旅馆，就发现后面有一辆可疑的车子跟上来了，她感到很恐慌。因为这辆车子一直停在这家旅馆的门前街口上。当她事后把这被跟踪的事告诉"杰克"，并请求帮助时，肯尼迪竟用幸灾乐祸的口气说：

"你现在才知道啊，你真是一个笨女人。"

爱克斯娜说："杰克，我十分害怕……"

"算了吧，你今后用不着再来烦我，我还有许多更重要的事情去处理。"

到了1962年的夏天，肯尼迪和爱克斯娜的关系彻底完结了。爱克斯娜很不理解，她对朋友说：

"我们没有发生争吵，只是彼此不再互相理解罢了。"

她哪里会知道，自己已经被跟踪了好几个月。关于她的调查报告，在联邦调查局局长胡佛的保险柜里，已有三十二页厚厚的一沓了。

当肯尼迪与爱克斯娜分手之后，吉安卡纳又把另一个女人送到了肯尼迪的身边，让她取代了爱克斯娜的位置。

这个女人就是好莱坞有名的"艳星"玛丽莲·梦露。

玛丽莲·梦露原名诺玛·琼·莫顿森，生于1926年6月1日。她幼年时，生父便抛下了她和她母亲，同另一位女人私奔了。她的母亲受不了这突如其来的打击，精神崩溃。在梦露7岁时，母亲被人送进了疯人院。从此，小梦露无依无靠，尝尽了人生的苦头。

当她成人之后，出落成一位风姿绰约的大美人。于是，她便来到好莱坞这个"迷人的地狱"，寻找自己的出路。刚到好莱坞时，梦露既没有背景，又没有金钱，唯一的本钱便是她那漂亮的脸蛋和一身性感的肉。但是，在好莱坞这种地方，这样的本钱是有力的武器，可以征服一切。于是，好莱坞一位强有力的人物、制片商乔·施恩克便看上了她。

施恩克当时已是一个70岁的老人了，在20世纪40年代因"布郎—拜尔夫"丑闻而蹲过大狱。但出狱之后他却身价百倍，成了好莱坞的大人物。乔·施恩克在寻找明星的过程中，通过吉安卡纳的副手约翰尼·罗塞里，找到了梦露这样一位性感女人。当罗塞里把梦露介绍给乔·施恩克时，这位70岁的老人几乎是大喜过望，当天晚上就同这位丰满的大美人上了床。从此，梦露便在乔·施恩克的"栽培"下，一步一步地脱颖而出。

一开始，由于梦露刚刚出道，乔·施恩克只是让梦露拍一些"商业片"。这些所谓的"商业片"，其实就是卖座的色情片。一位女演员，只要敢于当众脱光所有的衣服，而且敢于光着身子同某个男演员在床上"死去活来"，她就成功了一半。梦露当时的确是这样的一位女人，当时，乔·施恩克通过制片人哈利·科恩，为梦露专门拍摄了许多每张电影票只卖两角五分钱的商业片，同时，他们两个人也都从梦露身上得到了满足。

到了1953年，梦露那"两角五分钱"的生涯结束了，原因是她在此之前拍摄过一套轰动一时的裸体挂历和一部全裸的影片《夏娃的一切》。当这位全裸的"夏娃"把她的"一切"都奉献给了制片人和观众后，她一举成名，紧接着，另一部轰动影坛的影片《尼亚加拉》，终于让梦露跻身于明星的行列。

尽管梦露成了明星，有了更大的资本，但吉安卡纳还是常常为她悲哀。他说她是"一个悲哀的、被驾驭的女人"，"她对脱掉衣服比穿上衣服更感到舒服惬意"，她为了成名和荣誉，而"乐意出卖自己的灵魂和肉体"。

事实正是如此。在 20 世纪 50 年代末到 60 年代，梦露为了追名逐利，她不顾一切地"征服男人和白色骑士"，于是，她也"被征服了"。那些她想象中的"救命恩人"最后都变成了她的迫害者，她被欺骗过无数次。在她成名的同时，她已经是一个典型的牺牲品。

梦露出名后，引起了中央情报局的兴趣，同时又为黑手党所利用。于是无论是胡佛，还是黑手党的头目吉安卡纳及其同伙，都用她作为诱饵去达到自己那不可告人的目的。中央情报局就曾多次用梦露为诱饵，成功地笼络了从亚洲到中东地区的许多政界要人和国家领袖。

肯尼迪上台之后，一开始还并没有发现梦露这个人物，因为他当时身边除了爱克斯娜以外，还有许多数不清的歌星、影星和模特儿及名门闺秀。直到了 1962 年他 45 岁时，他们之间的关系才有了实质性的进展。

1962 年 5 月 29 日，是肯尼迪 45 岁的生日。这一天，在肯尼迪的私人别墅里，一场盛大的生日晚会开场了。被邀请的嘉宾都是经过挑选的，而其中女性的比例是男性的两倍，真是美女如云。梦露在吉安卡纳的安排下，终于出席了这样的舞会，并且很快成为晚会的"皇后"。尽管在华盛顿多次演出时，肯尼迪以领袖的身份走上舞台，同演员合影留念，但那都是出于一般的礼节。在那种场合，梦露无法看到肯尼迪生活的另一面。而现在在他的别墅里，梦露终于窥见了一个真实的肯尼迪。于是，两人都轻而易举地迈出了关键性的一步。

在生日晚会前两个月时，肯尼迪已开始对爱克斯娜厌倦了，而梦露也在前不久，已经同她名义上的丈夫、那位好莱坞著名的剧作家阿瑟·米勒彻底解除了婚约。于是，当晚会一开始，梦露在众多的女宾中一出现，就让肯尼迪着迷了。肯尼迪身穿便服，不顾众人的目光，手持酒杯挤过来，把手中的酒杯亲自送到梦露的手中。当时，梦露在受宠若惊之中，并没有忘记面对众多的女宾和民主党党员，挽着总统的手高唱"祝您生日快乐，总统先生，您是我的星辰……"

此时，肯尼迪也似乎陶醉了，他拉住梦露的手。

晚会结束后，梦露马上被人秘密地用车送到了机场，那里停着总统的专机。梦露刚一下车走进机舱，早就候在那里的总统就逼了上来，将梦露一把拥入怀中。肯尼迪狂热地当着那么多陪同的官员，公开地同这位女人迫不及待地在机舱里"Kiss"（亲吻）起来。这一切正是吉安卡纳和其他的黑手党头目所期望的。这时，爱克斯娜已经不在华盛顿了，同这位亲爱的杰克分手之后，她就定居在贝弗利希尔斯。梦露正式在这年的夏天取代了她。

梦露同肯尼迪正式发生关系之后，黑手党又开始策划对司法部部长罗伯特·肯尼迪的威胁，因为司法部和联邦调查局的调查已对黑手党造成了极大的威胁。这种威胁不仅会给黑手党造成灭顶之灾，同时也会让总统肯尼迪身败名裂。而更要命的是，罗伯特对自己兄长的所作所为不知是装糊涂还是故意捣乱，一直拼命地命令胡佛不择手段地全面出击。因此，如果不在罗伯特的脖子上套上一根绳子，黑手党就无法驾驭他了。

好在肯尼迪家族所有的男子都承传了其父之风，对女人的嗜好并不亚于政治。因此，黑手党就投其所好，把梦露推进了罗伯特的怀抱。

梦露与罗伯特相识也是在一次宴会上，那是罗伯特姐姐的家里。那一天，肯尼迪竟胆大包天地带上梦露，来到姐姐家中。他们刚一进门，就发现弟弟罗伯特也在那里，正在同小外甥杰克（继承了他的爱称）玩跳棋。见哥哥进来，罗伯特就马上站了起来同他握手。当肯尼迪把身边的梦露介绍给他时，罗伯特几乎是惊呆了。他没有想到，华盛顿还有如此迷人的女人。于是，从这时开始，他的眼睛便一直没有离开过梦露的胸脯。他真不知道这位性感的女人，在那透明的丝裙里塞了什么，让她这么具有磁性。

当他的小外甥还要同他继续玩棋时，罗伯特几乎要拒绝了。但是，这位少不更事的小杰克撒起娇来缠住不放。就在这时，梦露离开了肯尼迪，非常善解人意地前来"解围"了。她在罗伯特的对面坐下来，一边哄着杰克，一边面对这位大名鼎鼎的司法部部长说：

"部长先生，如果您不介意的话，就让我来同杰克玩玩，好吗？"

罗伯特一听，便笑着说：

"岂敢劳您大明星的大驾，我还付不起出场费呢！这样吧，我们来玩一把，您有兴趣吗？"

梦露很得体地说：

"这可要看杰克让不让位子，要是杰克不同意，还是不玩为好。"

谁知罗伯特一听，竟话中有话地说：

"管他什么杰克不杰克的，难道您就只愿同杰克玩，而不愿同我玩玩吗？"

这时，梦露也听出了这个"杰克"指的是谁了，她便也很乖巧地说：

"既然部长先生有这番兴趣，就不必担心什么杰克不杰克了。小杰克，看我同舅舅玩一把，好吗？"

梦露在话中故意点了一下"小杰克"，其弦外之音也就不言而喻了。既然有"小杰克"，当然有个"大杰克"，罗伯特会意地笑了，便来了兴致，大声说：

"小杰克，你也一边去吧，让我们玩个精彩的！"

于是，一个堂堂的司法部部长，就这么轻而易举地拜倒在这位艳星的真丝裙下。

罗伯特这时已经是七个孩子的父亲，但他对梦露的那份激情依然像一个毛头小青年一样。于是，弄得梦露为他动了真情，没日没夜地神魂颠倒，不但不再想进摄影棚去面对水银灯拍片，就连对肯尼迪那刻板的做爱方式也少了兴趣。从此以后，她就这样周旋在两个"肯尼迪"之间，真的成为美国独一无二的女人。她往往中午在白宫的小餐厅，同肯尼迪甜甜蜜蜜地共进午餐，午餐后便在白宫的书房同肯尼迪缠绵一番，晚上又同罗伯特在他的海滨别墅中卿卿我我，然后一起在海水中沉浮，在海滩上嬉戏到华灯初上，才双双回到那别有情调的卧室之中。

从此，她很少拍片了。她现在缺的不是金钱，而是一份人间真实的感情。但是，她渐渐地发觉，要获得这种情感对她来说已经是不可能了。无论是大肯尼迪还是小肯尼迪都不能做到这一点，他们只是把她当成一种玩物，除玩弄她的肉体之外，还玩弄她的感情。因为他们都知道她与黑手党的关系，便想利用这种关系来利用黑手党，去干那些他们不宜干的勾当。梦露终于彻底认识了这些大人物，原来他们也同那些曾经和自己上过床的男人一样，都是一样的货色，一样卑鄙和龌龊。于是，梦露便开始收集一些关于他们的资料，以便在他们完全翻脸的时候，作为一种要挟的手段，以此来保护自己。

有一天，梦露正在卧室里打开台灯，整理这些东西，她把这些资料都抄写在一个红皮日记本上，这时，罗伯特悄悄地进来了。他这种秘密来访，完全是为了给梦露一个惊喜，制造一种意外的效果，为他和她的偷欢制造一种铺垫。

他来到客厅，没有见到梦露，只看到她的管家尤妮斯·莫蕾一个人在那里看一部30年代的影片。罗伯特问梦露在哪里，莫蕾指了指卧室。罗伯特便蹑手蹑脚地上了楼，然后轻轻地推开那扇虚掩的橡木门。他以为梦露一定在床上睡觉，他想这正好少了许多过程。

但是，当他轻轻地推开门时，却发现梦露并没有睡觉，而是坐在昏暗的灯光下写东西。罗伯特感到非常惊讶，他平日看到的梦露总是那样热情奔放、风流不羁，甚至有点疯疯癫癫，没想到今天的梦露竟是如此斯文、宁静，坐在那里就像一位女中学生一样。这是罗伯特从未见过的另一种形象，心里猛生出一种新的爱怜，于是又轻轻地合上门，准备轻轻地走过去和她温存一番。哪怕是同一位女人，但只要你发现她新的形象，都会对她产生一种新的感觉和爱意。罗伯特此时的心情也是如此。

但是，当他合上门时，却不小心撞响了挂在门楣上的一串风铃，"叮叮当当"的脆响将梦露吓了一跳。她抬起头来，发现罗伯特就站在门口，更是一阵紧张，连忙说：

"你……你怎么进来的……"

她一边说一边把正在写的日记本慌里慌张地收起来，东张西望地准备藏在什么地方。

司法部部长一见到这种窘迫，当然知道梦露的惊慌，并不是由于自己的突然到来，而是出于一种另外的原因。这个原因就是那个日记本。他还从来没有见过梦露的文字，他以为那上面一定写满了与自己有关的东西，要么是爱，要么是恨，或是对自己的不忠……

罗伯特笑着说："亲爱的，瞧你这惊慌失措的样子，我为什么不可以来呢？来，抱抱我，好吗？”

他一边说，一边走了过去对梦露说：

“来，给我看看是什么东西。”

梦露连忙藏到背后说：

“没有什么，我的隐私，你懂吗？亲爱的。”

罗伯特见梦露那不自然的神态，便动手去抢。他一把抱住梦露，然后把她摔在床上，但梦露的两只手还紧紧地藏在背后，就是不肯交出来。罗伯特便把她翻过来，终于从她的手中夺回了这个日记本，急急忙忙地翻了起来。他发现上面写了有关梦露与他们兄弟俩的情感交往，也有许多他们无意中透露的国家机密和政府丑闻，有关于黑手党的材料，还有他们决定如何谋杀古巴领导人卡斯特罗的阴谋……

罗伯特翻了翻之后便往口袋里塞。梦露一见便像发了疯一样地上前来抢，结果被罗伯特一脚踹倒在地毯上。罗伯特扬长而去了。

从此，无论是肯尼迪还是罗伯特，都没有再来找过梦露。梦露的电话也打不出去，也没有人打电话来，更没有什么人来拜访她，再也不要说什么制片商找她去拍片。在这“软禁”般的日子里，梦露开始吸毒，变得神情恍惚，人也日渐憔悴和消瘦。梦露担心自己有一天也会像自己的母亲一样，被人送进疯人院。便准备趁自己还清醒时举行一次记者招待会，把心中的秘密全抖出去，把这两个肯尼迪的真实嘴脸暴露在光天化日之下。

于是，她通过她的管家莫蕾同山姆·吉安卡纳取得联系，要他们帮她最后一次，她会把一切知道的东西都告诉他们。最好是能来同她谈一谈，保证这个记者招待会开成。

吉安卡纳得到莫蕾的报告之后，知道梦露已经失去了往日的价值。但是他还是答应了梦露的要求，帮助她开这个记者招待会。不过他对莫蕾说：

"你去转告梦露小姐，招待会少谈与总统有关的话题，其他的话题随她怎么说都行。"

吉安卡纳这句话的意思，无非是要梦露将那位司法部部长罗伯特打倒，让他威风扫地，而对肯尼迪还留了一手。如果肯尼迪由于梦露的原因而遭到弹劾，他也失去了最后的靠山，那么自己两年来的努力都将付之东流。

对付肯尼迪，吉安卡纳已经稳操胜券了。他先后通过爱克斯娜和梦露这两个女人，收集了他大量的证据，已经把他紧紧地攥在自己的手中了，无论什么时候，他都可以把这些证据抖出来，让他吃不了兜着走。就连肯尼迪同爱克斯娜和梦露做爱的过程，吉安卡纳都安排人专门进行了录音窃听，还有一些录像和照片。所有与肯尼迪有染的女人，如交际花玛丽·梅耶、歌剧演员安吉·迪克森、影星朱迪等人，都在吉安卡纳的严格控制之中。这些人，都是他打倒肯尼迪的一张又一张的王牌。

不过，他认为现在还没有到叫肯尼迪下台的时候，现在要紧的是先对付那个该死的司法部部长罗伯特和联邦调查局局长胡佛。

7月底，吉安卡纳同白宫通了一次电话，要求对梦露"解禁"。吉安卡纳的要求得到同意之后，心烦意乱的梦露便在第二天飞往塔奥湖畔的卡尔瓦纳旅馆。她刚一住下，就来了一大群昔日的朋友，他们在吉安卡纳的带领下前来看她，这其中有她的朋友，也是那位已经失宠了的她的"前任"爱克斯娜的朋友弗兰克·西纳特拉，还有一位被吉安卡纳称为"兔子"的人。此人的名字叫彼得·拉大德，是好莱坞一位小有名声的喜剧演员。

晚宴时，梦露一边忘情地喝着酒，一边向吉安卡纳倾诉着内心的苦闷。她说那个罗伯特已经拒绝接她的电话，她曾经想去弗吉尼亚他的家里去找他。她还说，那个该死的罗伯特对她已经不感兴趣了，对朋友说，她"只不过是一堆肉"……

　　吉安卡纳见她泪流满脸，知道她快要醉了或者已经醉了，便叫人把梦露扶进了卧室。

　　那一夜，在卡尔瓦纳旅馆的卧室里，梦露裸露着全身倒卧在床上。卧室的门虚掩着，客厅里灯火辉煌，吉安卡纳和西纳特拉等一班人还在那里酗酒和打牌，大呼小叫，一片欢腾。

　　过了一会儿，吉安卡纳推开了卧室的门走了进来，他拉亮了卧室中所有的灯。在明亮的灯光的辉映下，一丝不挂的梦露真像她自己或者是罗伯特所说的那样，"只不过是一块肉"，但还是一块充满诱惑和陷阱的肉，一块在这个世界上无与伦比的肉。吉安卡纳看到梦露那一头金色的卷发，就像大海的波涛一样在那里翻卷，卷起一阵阵金色的波涛，其中一卷小小的"泡沫"遮住了梦露一只美丽的眼睛。一幅多么美丽的风景啊——吉安卡纳不由得惊叹着，他走过去，用手轻轻地拿开了那卷头发，在她的胸脯上吻了吻。他以前曾经拥有过她，而且有过数不清的次数。但是现在却没有那么方便了，只怪自己对她的需要不再像以前那样了，要这样一位可爱的女人去对付那么强大的肯尼迪兄弟甚至是整个肯尼迪家族，吉安卡纳觉得自己是有些残忍……吉安卡纳一边这样想，一边俯身扑了上去，把梦露的胴体紧紧地压在自己的身子下……

　　"这也许是最后一次的占有"，吉安卡纳在梦露汗涔涔的身子上对自己说。

第十章

艳星陨落　总统毙命达拉斯

　　兄弟争风，艳星失宠，为保住国家机密，司法
部部长导演了一幕人间悲剧——性感艳星终于玉殒香
消，留下千古之谜。

　　总统"过河拆桥"，黑手党"教父"只好照老规矩
办——杀！

　　于是，一桩轰动世界的总统谋杀案由此酿成……

　　在卡尔瓦纳旅馆同吉安卡纳一夜幽情之后，玛丽莲·梦露又回
到了好莱坞的寓所。

　　但是，她哪里知道，这正是吉安卡纳"借刀杀人"的伎俩——
他非常清楚地知道，到时候会有人让她不能开口，无论是肯尼迪兄
弟，还是联邦调查局或中央情报局都有这种可能，而其中可能性最
大的就是司法部部长。

　　所以，只要梦露一发出举行记者招待会的信号，这些人就会闻
风而动。后来事态的发展果然在吉安卡纳的意料之中。

　　1962 年 8 月 4 日的夜晚，又是一个美妙的周末之夜，这对好

莱坞影城来说更是如此。但是，这个周末之夜却滋生了一起让世界难以忘怀的罪恶。

早在两天之前，当梦露回到好莱坞之后，她就放出风声，将要在周末之夜在她的好朋友彼得·拉夫德的家中，举行一次盛大的记者招待会。对于招待会的主题，她却秘而不宣，没有向外界透露半点风声。这无疑又给这次招待会披上了一层神秘的色彩，让许多人，尤其是那些猎奇成癖的记者们更是翘首以待，总想抢一些石破天惊的新闻卖个头版头条。

当夜幕降临，华灯初上之时，拉夫德的家中已经高朋满座，各路记者云集在他的客厅和院落里，都在等待着大名鼎鼎的影星、这次招待会主角玛丽莲·梦露的出场。

但是，这些人从傍晚6点一直等到晚上10点以后，依然未见这位主角的芳踪。尽管这些人对梦露近来的状况也略知一二，但也没有想到她竟开了这么一个大的玩笑，把所有的人都作弄了一场。快到11点的时候，这些人才议论纷纷、骂骂咧咧地不欢而散，弄得彼得·拉夫德一个劲儿地赔笑脸。等人们都散尽之后，这个"兔子"才着急起来。他知道梦露肯定不敢开这样的玩笑，这次招待会是在卡尔瓦纳旅馆早就定好了的，还是由大老板吉安卡纳拍的板。

那么，她为什么一直不露面呢？为什么连电话也不打一个？

一种不祥的预感顿时在拉夫德的心头产生——她一定是遇到了麻烦。

拉夫德正要打个电话向弗兰克·西纳特拉打听一下时，突然"丁零零"，是电话铃一阵乱响。在这样夜深人静的时候，这铃声把这个"兔子"吓得跳了起来。他连忙拿起话筒，刚要"喂"，就听到了吉安卡纳的声音，只听到吉安卡纳在话筒里说：

"兔子，梦露已经死了……"

"什么？你说什么，朋友？"

拉夫德连忙打断吉安卡纳的话，怀疑自己没有听清楚。

"梦露已经死了，这下你该听明白了吧！她死在自己的卧室里……"

"那……那我应该怎么办？要不要我去看一看，说不定……"

拉夫德忍不住打断吉安卡纳的话。

"看，看什么看，那天在卡尔瓦纳难道还没有看够吗？"吉安卡纳也打断了他的话，很不耐烦地说，"听着，拉夫德，你给我好好在家待着，什么地方也不要去，什么话也不要说，知道吗！如果你自己惹了麻烦，我也帮不了你的忙，听清楚了吗？"

"是……是，是……"

对方已把话筒搁下了，拉夫德还在一个劲儿地对着话筒点头。他已经被这个噩耗惊呆了。

那么，吉安卡纳为什么不让拉夫德乱说乱动呢？原来，早在卡尔瓦纳旅馆同梦露幽会后的第三天，吉安卡纳就得到中央情报局的消息说，8月4日，司法部部长将去好莱坞度周末。吉安卡纳一直在等待这个机会。他不明白这位司法部部长罗伯特是为什么而来，但是他却要在这一天完成一个任务，那就是将梦露干掉，一定不能让她的什么记者招待会开成。他知道梦露这个女人冷静的时候是非常听话，但是，一旦等她激动起来，任何人都无法控制她。只要她往那么多的记者面前一站，有谁能保证她不会把同总统的关系抖出来。说她与罗伯特有关系这倒是自己所希望的，可以由此将这位不知天高地厚的司法部部长搞得威风扫地难做人，如果说她同两位肯尼迪都上了床，那么事情就麻烦了。

同时，吉安卡纳也考虑到，罗伯特肯定是为梦露而来。当然，他这次来并不是同她寻欢作乐，或许是置她于死地。于是吉安卡纳便决定，即使罗伯特不动手，他也会动手的。只要是梦露死了，只要是罗伯特来到了好莱坞，那么他就逃不脱干系，他就会利用手中的证据，将这位年轻的部长搞得身败名裂。

在听到这个情报之后，吉安卡纳立即带着几个杀手，乘飞机来到了加利福尼亚，在旧金山机场着陆。这几位杀手中有两个职业杀手，一个来自堪萨斯城，另一个来自底特律。这几个人是奉吉安卡纳之命来谋杀玛丽莲·梦露的。

到了梦露的住宅附近，吉安卡纳立即命令几个杀手，在可以监控的范围内装上了电子监视装置，等待司法部部长罗伯特的到来。

果然，在当天下午 5 点 30 分左右，罗伯特出现在梦露的房间里，他身边还带着一个人。吉安卡纳手下的那些杀手通过窃听得知，对于罗伯特的到来，梦露表现出一种强烈的愤怒，甚至有些歇斯底里的味道。她对罗伯特大声说：即使你夺走了我的日记本也没有关系，那里的内容全在我这里——梦露指的是她的心里。

这时，窃听电话里又传来罗伯特的声音，他对那个随行人员说：快给她一针，将她干掉，看她今晚还能开什么记者招待会，让她胡说八道不成……

很显然，这位随行人员中有一位医生。紧接着而来的便是一阵厮打的声音，只听到梦露在大喊大叫，又哭又闹，渐渐地便没有了声息。

窃听的杀手们知道，这位司法部部长已经得手，他正同那位医生悄然离去。果然不久，便听到汽车的引擎声。

等到夜幕降临之后，吉安卡纳立即带着他的杀手又一次来到梦露的房间。这时，他发现这位美丽的女人就像在卡尔瓦纳的旅馆里一样，此时正一丝不挂地躺在床上，头上的卷发依然是那样美丽动

218

人，像波浪一样金光闪闪，但是她已经昏过去了。

种种迹象表明，梦露是被麻醉了，刚才那位司法部部长肯定是命令他的随行医生，给她注射了大量的麻醉品，让她无法去开什么记者招待会。不过，他还并没有想谋杀她的意图，只是为了阻止她那种疯狂的行为，让她动弹不得。

那么，一旦这位女人醒过来了会怎么办？吉安卡纳想到，她第一个行动一定是疯狂地报复，将她同两位肯尼迪的暧昧关系全都告诉她能遇到的每一位记者，甚至每一个路人。

想到这里，吉安卡纳立即命令手下的几个杀手，戴上随身带来的橡皮手套，把这个赤身裸体的女人拖下床来，按在地毯上，然后打开她那性感的嘴巴，灌进了大量的安眠药片，并取来开水，将这些药片全部冲进她的咽喉。仅仅这样，吉安卡纳还觉得不保险，他又命令这些杀手，将梦露背朝地翻转过来，在她的肛门里塞进一支化学栓剂。

这种栓剂是芝加哥的一位化学工程师配制的，当时是准备用来对付古巴的领袖卡斯特罗的。使用这种栓剂既不可能留下任何痕迹，又让世界上最高明的医生都不会产生抢救这个女人的念头。因为这种栓剂含有大量的剧毒，当它进入体内之后，碰到40度以上的高温，那层外壳就会马上溶化，其中的药液会立即被周围的毛细血管吸收，然后进入血液之中，但没有任何东西从肚子里流出来。在肛门里塞进这种栓剂，同体外注射剂的效果是一样的，而且不会留下任何针眼之类的东西。总之，这是一种完美无缺的武器，它完全可以给人留下一个自杀的假象。

吉安卡纳同他的杀手在做这一切时，就像一群屠夫把一头褪了毛的猪，放在肉砧上摆弄一样。梦露那天生的丽质，尽管曾让无数的男人倾倒过，但现在真的变成了一块肉，而且是一块马上就会冷却和变硬变僵的肉。这真是一种杀人不见血的把戏，吉安卡纳和他的手下却干得那样投入。

接着，他们便把未用完的安眠药片撒在地毯上，把床头柜上的开水杯打翻在那里，让那半杯开水一滴一滴地滴到地毯上。

最后，吉安卡纳还老练地看了看有无不妥的地方，才带着几位手下离开了梦露的房间。在掩上卧室门的最后一瞬间，吉安卡纳似乎看到梦露动了一下，但他还是轻轻地把门锁上了，没有半点犹豫就匆匆地下楼了。

他终于和司法部部长一道，共同完成了一件轰动一时的新闻——共同谋杀了一个自己曾经爱过、玩过的迷人的女人。

"让那些记者们明天见鬼去吧！"在下楼时，吉安卡纳得意地想着。然后带着几位杀手，到街口的转角处，找到了自己的汽车，一溜烟地开走了。

但是，吉安卡纳的得意却变成了一种失望，梦露的死并没有引起各路记者的关注，也没有引起警方当局的忙乱。一位电影演员在自己的卧室里自杀了，事情就这么简单。而且这种"自杀"的结论完全是"一边倒"，没有引起任何争论和异议。无论是联邦调查局、中央情报局还是司法部都没有兴师动众地进行调查。因为这是司法部部长自己干的事，即使心中无底也会想道：过度的麻醉也会让人死去。给她注射麻醉品的并不是自己，而是那位医生。

当然，几天以后，那位医生便"失踪"了。

总统肯尼迪听到这个消息后，先是一惊，他不明白这个女人为什么会"自杀"。但是，当他的弟弟告诉了事情的经过（仅仅只是前一半的经过）之后，他也无话可说了。他同样以为麻醉过度也可以置人于死地。因此，最好是以"自杀"的名义才可以风平浪静。

只有梦露的朋友、制片商和她的影迷们，才为她的死愤愤不平。但当她的尸体装进棺材之后，这种不平也就平静了。对于这样一个情绪波动过大的大明星，自杀并没有什么大惊小怪，这样的先例在好莱坞可以说是并不鲜见。

不过，事情到后来还是有了结果。这个结果来自美国联邦调查局。

从1962年开始，美国联邦调查局局长胡佛在司法部部长罗伯特的指派下，对美国黑社会进行了全面的调查，榜上有名的三十名黑帮头目，都被胡佛的部下进行了监控。从1962年3月开始，联邦调查局就在吉安卡纳的办公室偷偷地安装了一个窃听装置，窃听这个黑社会老大同其他黑帮家族头目的通话。

负责窃听的两位特工约翰·亚历山大·琼姆和马其顿·道格拉斯在玛丽莲·梦露"自杀"后不久，就听到了吉安卡纳同总统肯尼迪的一次对话。吉安卡纳问肯尼迪：

"杰克，难道你以为梦露真的是自杀的吗？难道没有想到置她于死地的其他原因吗？"

肯尼迪说："山姆，既然暂时还找不出其他的原因，就不如说是自杀更妥当一些。"

"但是，难道你的弟弟，堂堂的司法部部长罗伯特先生就不可以进行调查吗？他应该对你说明事情的真相，你们可是兄弟啊。"

"山姆，还有别的事吗？我正忙着哩。"

"总统先生，可不要不耐烦。请你告诉你的罗伯特弟弟，他的麻醉药可没有那么大的作用，仅仅只是让那个可怜的女人昏迷不醒而已，真正起作用的可是我的那种栓剂，那种对付古巴佬的东西。你应该明白，是我又一次帮了你和你的兄弟，你们可不要知恩不报……"

也许是肯尼迪已经把电话挂了，他不想知道得这么详细，这时，只听到吉安卡纳"喂"了两声便摔下了话筒，大骂了一声"狗杂种，有你好看的"。

这段窃听记录，让这两位特工大吃一惊。但是，让这两位特工更吃惊的对话还在后头。那是在几天以后，吉安卡纳同罗得岛的黑手党头目雷蒙德的一段对话。

有一天，吉安卡纳愤愤不平地对雷蒙德说："罗伯特是个流氓，而肯尼迪也是个忘恩负义的小人，当上了总统就过河拆桥……"

雷蒙德说："山姆，现在抱怨有什么用，关键是你能用什么办法再次制服这两个家伙。"

吉安卡纳一听，杀气腾腾地说："办法还是有的，不过不到最后的时候我不会用。如果他们这样不讲义气，我就派人把他们干掉！"

雷蒙德说："那就看你的，需要帮忙就捎个信来。再见吧，山姆。"

两位黑手党巨头的这段对话，果然在1963年年底变成了现实。

但是，在当时，这两位负责监听的特工并没有把这些窃听记录如实地交给联邦调查局，交到胡佛的办公桌上，而是录制好了一份绝密的资料，准备有朝一日卖个好价钱。果然，在1966年，约翰·亚历山大·琼姆和马其顿·道格拉斯这两个家伙，把这些录音资料，偷偷地以390万美元的价格，卖给了《美国观察》，然后就潜逃离境，到非洲某个国家逍遥去了。这让联邦调查局，尤其是局长胡佛大伤脑筋。

如果当时胡佛得到了这些窃听资料，也许后来的事态会有所改变。但是，要想彻底地改变肯尼迪的命运是不可能的。

到了1963年，肯尼迪的命运面临着新的挑战。

美国总统的任期是四年一届，1964年的总统大选说来就来。肯尼迪及其顾问们正在极其密切地注视着反对派的一举一动，严密地关注可能会阻碍他蝉联总统职位的任何动向。

然而就在这时，得克萨斯州却出现了麻烦：该州的民主党裂变为保守派和自由派。两派互相攻击，内战不断，不服从白宫的指挥，严重危及民主党在该州的得票率。如果其他各州也照此办理，那么，民主党就不仅仅是无法蝉联总统、独霸白宫的事了。

为了平息这股势头不小的内战逆流，以党的事业为重，肯尼迪不顾众幕僚的劝阻，决定亲自前往得克萨斯州，同参议员亚巴勒和州长康纳利进行会谈，对当地的居民施加一点影响，使他们成为自己的支持者，在即将到来的大选中再投自己一票。

身为第一夫人的杰奎琳尽管对肯尼迪的放荡心怀不满，但是，她毕竟是一个有头脑的女人。再说，在白宫仅仅才住了四年，第一夫人的瘾还没有过足。因此，这一次她一反常态，决定夫唱妇随，随肯尼迪一同前往。这是肯尼迪任总统以来，第一次由夫人随同，到东海岸以外的地方进行公务旅行。但是，他们万万没有想到，这次公务旅行既是他们的第一次，也是最后一次。

肯尼迪夫妇的这次得克萨斯州之行，完全在吉安卡纳的盼望之中，而且企盼已久。他企盼的并不是肯尼迪在这次旅行中平息民主党的内战风波，而是要在得克萨斯州将他干掉。

自从玛丽莲·梦露玉殒香消之后，吉安卡纳再也没有将新的女人送给肯尼迪，他对当年的这位"玩友"已经失望了。尽管他费尽心机将他送上了总统宝座，又鞍前马后地保持了他的名节和荣誉，但是，肯尼迪不但知恩不报，为黑手党的活动大开方便之门，反而怂恿他的弟弟罗伯特对黑手党大加封杀，进行全面跟踪和调查，对

223

那些逃亡墨西哥等地的黑手党头目，依然不让他们体面地回国。

知恩必报，这是黑手党的规矩，也是黑道社会铁的纪律。这条纪律来自意大利的西西里，来自老一辈的马菲亚人。作为西西里人的后裔，吉安卡纳是坚定不移地执行这一纪律。对于这种忘恩负义之徒，唯一的下场就是——死！

因此，吉安卡纳决定让肯尼迪接受这种结局。

在时间和地点还有方式的选择上，吉安卡纳做了一次又一次的权衡，最后决定在得克萨斯州的达拉斯下手。

早在1963年的2月，吉安卡纳就在构思谋杀肯尼迪的计划。他找到了一个名叫李·哈尔威·奥斯瓦尔德的人，还有一个约翰·拉比——吉安卡纳的一个忠实的部下，对芝加哥并不陌生，但一直在达拉斯工作，被称为是吉安卡纳"在达拉斯的人"。

这两个人既是黑手党党徒，又是中央情报局的人。拉比是这样，奥斯瓦尔德也如此。

在二战以后，奥斯瓦尔德就与美国的情报组织取得了联系，后来他参加了由海军情报组织在一个极其秘密的日本间谍基地，接受了严格的训练。这时，他已经是一个中央情报局的工作人员了。

训练结束后，奥斯瓦尔德被派往苏联进行间谍活动，说得一口流利的俄语。从苏联回国后，奥斯瓦尔德在一家涉及高度机密工程的公司里为美国政府效劳。这时，他和他的妻子——一个俄罗斯女郎住在新奥尔良。不久，中央情报局就指示他前往达拉斯去找一个人。这人吉安卡纳也很熟悉，他叫班尼斯莱，曾是联邦调查局在芝加哥的代表，事实上也是吉安卡纳的"朋友"。

于是，奥斯瓦尔德在达拉斯不仅找到了班尼斯莱——他的上司，同时也找到了吉安卡纳在达拉斯的代表约翰·拉比。

吉安卡纳找到奥斯瓦尔德和约翰·拉比之后，同他们在达拉斯的人进行了几次密谈。他们经过了好几个月的策划，选择了好几个行刺的地点，像迈阿密、芝加哥、洛杉矶等地方，都曾作为候选的对象。最后，他们还是选择了位于美国南部的得克萨斯州的小城市达拉斯。因为这个城市为他们的谋杀计划可以提供最好的机会——由于民主党的内乱，总统终于被引到这里来了。

1963年11月22日这一天，一个南部天气晴朗的日子，肯尼迪总统偕夫人杰奎琳，还有副总统约翰逊及其夫人等一行数十人，乘坐总统的喷气式飞机，飞临了达拉斯这个南部小城。

上午11点40分左右，肯尼迪总统的飞机在达拉斯的勒夫机场徐徐降落，达拉斯的达官显贵和民主党的头面人物都来到机场迎接。总统的轿车也被特工人员用专机从华盛顿运来了。这是一辆专门定做的"林肯"牌防弹轿车，车身比一般的轿车要长得多，车顶装有透明的防弹玻璃。但是，肯尼迪却不大喜欢这种透明的防弹玻璃，他觉得坐在里头就像坐在玻璃柜窗里展销一样。因此，有几次他命令他的卫队把车顶上的玻璃折叠起来。

今天也不例外。当他同夫人走下飞机坐上轿车之后，同样命令他的卫队长克林顿·希尔把车顶上的玻璃折起来，然后夹在长长的车队中间朝达拉斯大街驶去。一路上人山人海，十多公里长的大街两旁的人行道上，有近二十五万人在夹道欢迎。肯尼迪面带微笑，风度翩翩地朝人群挥手致意。他看到一队小学生举着一条横幅，上面写着："总统先生，请在我们旁边停一下，同我们握握手！"他立刻吩咐停车，向这群天真的小学生伸出手去。来到一大群天主教修女面前时，肯尼迪再次停下车，同修女们交谈，并同每个人握手。

肯尼迪的这种表现，赢得了一阵又一阵的欢呼声，鲜花和气球被抛向空中。这时，同车的康纳利州长夫人笑着对他说：

"总统先生，现在您可不能再说达拉斯人不喜欢您了。"

"是的，现在的确不能这么说。"

——这是肯尼迪留给这个世界的最后一句话。

几分钟以后，当他的车队驶过休斯格街和埃尔蒙街，从得克萨斯州教科书仓库大楼旁通过时，突然一声枪响，只听到"啪"的一声，一颗子弹从大楼六层的楼口飞下来，击中了肯尼迪的头部，肯尼迪顿时血流如注。坐在他身边的夫人杰奎琳转过头来，立刻明白发生了什么。她大声惊叫起来：

"哦，不！不——"

就在这时，第二声枪声又响了。肯尼迪抬起手来，好像想握住自己的脖子，他的身子直挺挺地向前倾了一下，然后慢慢地倒在夫人的膝盖上。

肯尼迪的总统卫队的保镖克林顿·希尔第一个冲向他的轿车，其他的保安人员也都迅速地拔出手枪围拢过来，但是已经晚了。他们并没有发现凶手。总统的司机格里尔是一个经验丰富的人，他发现肯尼迪受伤后立即加大油门，全速行驶，向最近的帕克兰德纪念医院急驶而去。这一切都发生在短短的两三分钟之内，在后面一辆随行车上的副总统约翰逊和夫人已经被保镖们保护起来了，同听到枪声赶紧趴在人行道上的群众一样，他们对前面发生的惨案一片茫然。

大概只花了五分钟的时间，肯尼迪的轿车就驶进了医院的大门。尽管他接受了一切抢救措施，但已无济于事，事实上他在轿车驶进医院前就已经停止了呼吸，那颗致命的子弹准确地穿透了他的大脑……

肯尼迪被送进了医院的同时，达拉斯警方迅速做出反应，包围了那幢教科书仓库大楼。在六楼的那个窗口下，警察发现了一支装有瞄准镜的 6.5 毫米口径的自动步枪，并验出了仓库大楼工作人员奥斯瓦尔德的指纹。于是，警察将奥斯瓦尔德逮捕了。但是，尽管联邦调查局和达拉斯警方都确认凶手是奥斯瓦尔德，一切人证和物证都同时证明了这一点，但是奥斯瓦尔德本人却始终矢口否认。

两天之后的 11 月 24 日，达拉斯警察局准备把奥斯瓦尔德从市监狱转押到地区监狱去。当奥斯瓦尔德从地下室被押出来，向警车走去时，突然从旁边的记者群中冲出一个人来，朝他的腹部就是一枪，奥斯瓦尔德当场死去。

警察当场逮捕了这个凶手，他就是约翰·拉比。但是，他被捕后一直否认自己真实的杀人动机，他说并不是为了灭口，而是由于对奥斯瓦尔德刺杀总统感到无比愤怒，才使用了这种非常的手段……

在此后一连串的调查中，许多蛛丝马迹表明，杀害肯尼迪的子弹也并不是从奥斯瓦尔德的步枪中射出来的。所有的调查和争论，都无法让这个震动世界的大案水落石出。肯尼迪之死到今天仍然是一个谜。

但是，无论是官方还是舆论界，一致的结论是，肯尼迪的死与黑手党有关。这个结论的来源是爱克斯娜。

在当时，定居在贝弗利希尔斯的爱克斯娜听到肯尼迪遇刺身亡的消息后，她立即昏过去了。尽管肯尼迪同她分手了，但是，她依然对这位钟情过自己的人旧情难忘。所以，她当时尽管想到了吉安卡纳一定会对肯尼迪下手，但她一直守口如瓶，不想玷污这位总统的名誉。

直到 1975 年，美国参议院组织了一个委员会，专门调查中央情报局 20 世纪 60 年代谋杀包括卡斯特罗在内的外国领导人的阴谋时，爱克斯娜的"历史"才被旧话重提。1975 年 12 月 17 日，有影响的《华盛顿邮报》把爱克斯娜与肯尼迪还有黑手党的"三角关系"作为头条新闻，进行连篇累牍的披露，爱克斯娜作为一个新闻人物被抖了出来。

但是，当时 41 岁的爱克斯娜依然矢口否认此事。她举行了记者招待会，为自己，也为肯尼迪进行了辩护。尽管有许多证据可以证明她的辩护是那样苍白无力，但是，与此案有直接关系的黑手党头目山姆·吉安卡纳却在这一年的 6 月 19 日，被人谋杀了。到 1977 年以前，与肯尼迪谋杀案有关的人物（如那位杀死奥斯瓦尔德的约翰·拉比），大部分都不在人世了。有的被人谋杀，有的"自杀"。因此，都无法确认这桩十三年以前的陈案。

到了 1988 年，时年 54 岁的爱克斯娜在接受美国《人物》周刊的记者采访时，却一反常态，将这段鲜为人知的内幕和盘托出。这时，离肯尼迪被谋杀已经二十五年了。虽然时过境迁，人们对这段"新闻"还是极为关注。

爱克斯娜不仅承认自己是已故总统肯尼迪的情妇，而且是总统的一位特殊的"特使"，专门负责同黑手党进行联络，负责传递过无数重要的机密信件，其中大都同谋杀卡斯特罗和颠覆古巴有关，并且将肯尼迪与黑手党头目山姆·吉安卡纳的交往谈得一清二楚。

爱克斯娜的这种旧事重提，让美国人大吃一惊，也让世界吃惊。许多人都怀疑她的动机，更有人认为这是一个快到更年期的老女人的一种臆想式的怀旧。但是，爱克斯娜说：

"我已经被医生确诊身患癌症，最多还有三年的寿命。因此，我要在离开这个世界之前，把隐藏在心中的这段几十年的秘密公之于众，否则，我的心不得安宁，无法去见上帝……"

对于一个即将离开人世的人，人们还有什么理由去怀疑呢？

于是，便有了前面的那种不是结论的"结论"。

肯尼迪被谋杀之后，庞大的肯尼迪家族由此一蹶不振。

就在杰奎琳再婚的同一年，当年肯尼迪政府的司法部部长，他那最有前途的弟弟罗伯特·肯尼迪再度向白宫发起"进攻"，想同当年败于自己哥哥之手的尼克松争夺总统宝座。结果又悲剧重演，他被一位亲以色列的阿拉伯青年刺杀身亡，让肯尼迪家族的希望再一次破灭。

罗伯特遇刺后，美国政府为他举行了只有总统才能享受的国葬，连联合国也下半旗志哀。他被葬在阿灵顿公墓肯尼迪的坟墓旁边。对一个未当过国家元首的人表示如此的敬意，这在美国是绝无仅有的。罗伯特遇难之后，肯尼迪的另一位弟弟爱德华·肯尼迪又平地而起，成为"最出色的政治家"。但是，就在爱德华满怀信心向白宫冲刺时，一次意外的事故让他身败名裂。

1969年，爱德华驾驶的汽车在查帕奎迪克发生故障冲出了桥外，同车的科佩娜小姐当即被淹死了。而爱德华没有表明身份就离开了出事的地点，直到十一个小时之后他才与警方联系。此事公布于众后，爱德华受到了舆论一致的谴责，声誉受损，使他失去了进入白宫的机会，只有继续担任参议员。

随着时光的流逝和1975年以后肯尼迪的丑闻的败露，这个曾显赫一时的肯尼迪家族从此永远失去了昔日的辉煌，再也与白宫无缘了。

肯尼迪家族的兴衰史，完全是美国黑手党一手制造的。能操纵一个如此强大的家族，这在世界所有的黑手党中也是绝无仅有的。

不过，随着肯尼迪的倒下，吉安卡纳也开始走下坡路了。

尽管他策划了这次震惊世界的总统谋杀案之后，曾冷峻地说：

"1963年11月22日，美国发生了一次政变，但这次政变却是那么简单。刺杀肯尼迪总统与其他任何一次行动，比如刺杀卡斯特罗、谋杀越南领导人，还有逮捕巴拿马政治巨头诺列加一样，并没有什么不同。这个国家的政权被几个人推翻了，这些人的活干得真漂亮……没有一个人知道它的发生，但是我知道。事实上的确发生了……"

但是，就在这年年底，他还是远走高飞离开了美国。他说：

"我们在美国已经站稳了脚跟，现在是开辟新的战场的时候了，到海外去捞一笔。我想这是我离开这个国家的最好的理由。不过，如果到了海外，不被联邦调查局的人跟踪那就太妙了……"

几天以后，山姆·吉安卡纳就带着一个叫理查德·凯因的人离开了美国，到墨西哥去了。他把理查德留在身边，一直充当他的翻译。从此，吉安卡纳又旋风式地在墨西哥铤而走险。他住在墨西哥城的一幢公寓里，联络当地的各种黑道势力和美国黑手党的流亡分子，然后又从一个国家到另一个国家，建立一个个政治联盟和黑道组织。他和他的翻译凯因在拉丁美洲的沿海国家进行一系列的冒险和投机，从事利润巨大的毒品和军火走私，疯狂地"洗钱"，并且把他那章鱼一样的"触角"伸向梵蒂冈和东半球。

吉安卡纳出国之后，联邦调查局的报告表明，芝加哥的犯罪率骤然下降，黑社会的活动明显减少了。《芝加哥论坛报》和《芝加哥太阳时报》都撰文说：山姆·吉安卡纳在芝加哥销声匿迹了……

然而，他们并没有注意到，这个黑手党家族已经成了国际社会的又一公害。

就在山姆·吉安卡纳这个黑手党家族在美国暂时销声匿迹时，其他的几大家族正在新的形势下疯狂地崛起。有的在不断地扩充自己的势力和地盘，有的在贪婪地赌博、贩毒和走私。

　　自从雷蒙德成了新英格兰家族的一代霸主之后，新英格兰地区的许多帮派空前地统一起来，成为一个真正的黑手党王国。许多小偷和高利贷者以及不法之徒，经常光顾雷蒙德的办事处，向他请教"发财"的计划。

　　有一天晚上，在吉列安全剃须刀公司上班的一个家伙来到了雷蒙德的办事处，想同他合伙做一次买卖。原因是这个家伙最近赌博借了人家许多钱，这些高利贷主都在向他逼债。因此，他想从他的公司偷窃一大批剃须刀片去卖钱。这件事他一个人无论如何也弄不成，只好请雷蒙德帮忙。

　　雷蒙德很客气地接待了这个家伙，并且很爽快地答应帮他销赃，并同他谈妥了分成的比例。这个家伙很高兴地走了，回去准备开始行动。

　　等这个家伙一走，雷蒙德立即给他的副手塔梅莱奥打电话，告诉他这桩买卖。塔梅莱奥一听也十分开心，对这种无本生意很感兴趣。何况他还了解到，当时美国市场的剃须刀片十分紧俏，行情一直看好。于是，在雷蒙德的策划和参与下，这个家伙从第二天晚上就开始行动了。他同雷蒙德手下派去的人一道，从一家工厂的仓库偷走了第一批货。从此以后，他每个礼拜，大概都要从这家工厂偷走十至十五箱剃须刀片。每周五的晚上，由雷蒙德手下的人，开车来把这些刀片从他隐藏的地方取走，然后投放到各地的超级市场和其他商店。雷蒙德从这些刀片出售后的利润中，拿出百分之十的钱给这个家伙，自己得百分之九十。他干脆很轻蔑地把这个家伙称之为"百分之十的人"。几个月下来，这个"百分之十的人"竟奇迹般偷窃了几百箱刀片。这些刀片都是通过雷蒙德的手，把它们推销给新英格兰地区的各个地区，几乎每个超市和商店出售的都是他们的刀片。雷蒙德的手下有一个人，专门整理了一份各个店主的名单，并且按照不同的比例，给他们每个店配制了不同的份额，每次无论是给他们多少包或多少箱，他们都非常乐意地接受，而且从来没有退货。雷蒙德觉得，这种生意实在不赖。但是他哪里知道，有许多超市和商店的老板，根本就无法把这些刀片定期卖出去。有的大量地积压在自己的仓库里，有的实在无法卖掉，他们就干脆把这些刀片整箱地沉到河里去。因为再过一段时间，雷蒙德又会派人给他们送刀片来。

无论是积压在仓库里还是沉到河里去，该给雷蒙德办事处的钱却一分也不能少。这样，经过近半年的时间，雷蒙德在这笔无本生意中净赚了几十万美元。而那个负责偷窃的家伙，尽管只有"百分之十"的收入，但也赚了一笔钱。不过，离他还清自己的债务还有一段距离。当雷蒙德了解这一情况之后，他便主动地借了一笔钱给他，叫他可以以货抵债，其目的无非是要长期牢牢地套住这个家伙，让他心甘情愿地为自己卖命。由于他花了雷蒙德的钱，想从此洗手不干都不行。他只有一直为新英格兰家族卖命，直到走进监狱的那一天为止。

不过，有一天这个"百分之十"又来办事处找雷蒙德，对他说："老板，有一段时间我不能再做这种事了。"

"为什么？"

没有等他陈述自己的理由，雷蒙德马上气势汹汹地问："你是不是钱赚得太多了？是不是不想同我合作了，还是有其他的原因？"

"老板，的确是有其他的原因，"这个家伙抬起一张可怜巴巴的苦瓜脸对雷蒙德说，"吉列安全剃须刀公司换了一种新型的刀片，而这种刀片还只是刚刚生产。要使这种新刀片在仓库中有一定的存货，还得有一个比较长的时间。如果只有几百箱甚至几十箱存货，我把它们偷走了一批，他们很快就会发现。"

雷蒙德一听，也觉得这个家伙的话有道理，便答应了他的要求。不过，这时雷蒙德又想到了另一个问题，他对这个家伙说：

"既然在生产新刀片，那么原来仓库中的旧刀片怎么处理？"

这个家伙说："仓库中积压的旧刀片，公司的老板已经同波士顿一家废品公司联系好了，由这家废品公司用驳船将这些旧刀片运到海上，将它们全部倾倒进海里。公司从今天开始，至少已经将两车旧刀片运到了这家废品公司。"

雷蒙德一听，觉得吉列公司的老板头脑实在有些不正常，他为什么要把这么多的旧刀片当废品处理呢？他同这个家伙说：

"你知道波士顿那家废品公司吗？它的老板是谁？"

这个家伙说："老板是谁我不清楚，但是我听说这家废品公司的名字好像是叫什么'超世纪废品公司'……"

雷蒙德一听，不由得打断他的话笑了起来，他边笑边说：

"真滑稽，还超世纪的废品，真是胡说八道。好吧，今天就谈到这里，什么时候继续干等以后再说，不过欠我的钱可不要忘记还给我。"

那个家伙一听，知道这个老板想说什么，连忙点头说：

"我会还给你的，老板。"

说完，他把放在沙发上的帽子拿在手上，点头哈腰地走了。

等那个家伙刚一走出门，雷蒙德马上拿起电话，拨通了波士顿特里萨的号码。

那么，特里萨最近在干什么呢？

自从对波士顿及周围城市的赌场停止了抢劫以后，特里萨便对夜总会产生了兴趣。

对于黑手党人来说，夜总会实在是一个赚钱的好地方。因为他们这些人自己就喜欢进出各种各样的娱乐场所，而夜总会则是去得最多的地方。他们在那里不仅可以放心地谈各种生意，策划一次又一次的犯罪，还可以找到成堆的女人。夜总会是女人成堆的场所，而且所有的女人都花枝招展。

当自己胳膊上吊着一个花枝招展的女人，穿着巴黎定做的西装和五百美元以上的意大利皮鞋，趾高气扬地走进夜总会时，总会受到那里的招待员殷勤的接待。那些人总会说：

"您请坐，先生，这是专门给您留的桌子，我随时愿意为您和小姐效劳，现在就请您吩咐……"

每当听到这种话时，有谁不会心花怒放，又有谁不会为了这句话充一次"冤大头"，大把大把地向外掏钱呢！

特里萨本人经历三四次这样的接待之后，便开始猛然醒悟：与其把大把大把的钞票送给人家，为什么不开几家这样的夜总会，把那些"冤大头"的钱大把大把地装进自己的口袋呢！于是，特里萨马上着手做这种生意。

但是，特里萨尽管有逛夜总会的经验，但真正要经营夜总会却一时无从下手。这不仅要有本钱，还要有地盘，而且要有这方面的合作伙伴。而当时的特里萨可以说是一无所有。然而，正当特里萨想半路出家"改行"而又一筹莫展之时，一个极好的机会骤然从天而降。

第十一章

狼狈为奸　妖风弥漫东海岸

　　波士顿与罗得岛联手，夜总会成了黑手党最赚钱的工具，这里永远有美酒和美人。

　　买通"百分之十的人"，这其中有仓库管理员也有司机——偷窃和抢劫永远是他们的生财之道，养鸡场变成了黑市批发市场。

　　东海岸从此妖风弥漫，无论是商场还是超市，走俏的永远是黑手党的"便宜货"。

　　1963 年的一天，位于波士顿里维尔海滨林荫大道的落潮夜总会的老板、34 岁的理查德·卡斯图奇突然求上特里萨的门来了。

　　落潮夜总会是当时波士顿数一数二的夜总会，特里萨和他的一班朋友大都是这里的常客。鉴于他当时在波士顿的影响和地位，落潮夜总会的老板理查德·卡斯图奇对他和他的朋友们总是另眼相待，让他们在这里尝到了不少的甜头。

　　理查德的舅父阿瑟·文托拉是波士顿近郊维尔阿瑟农场的主人，也是马萨诸塞州最著名的窝主之一，曾同特里萨有一面之缘。

而理查德本人虽然刚出道不久，但因非法酿造和出售白酒，并多次使用暴力进行欺诈、赌博和偷窃而受到警方的惩罚。因此，他在波士顿尽管也属于有钱的人，但日子并不好过。他的夜总会多次受到别人的挤压和暗算，幸好由于舅父和特里萨的关系而没有关门。

这年夏天，一位当地出名的无赖同理查德做了"对头"，此人后来成了新英格兰地区最凶残的杀手，他名叫约瑟夫·巴博扎，是一位葡萄牙人。

约瑟夫·巴博扎成了理查德的仇人之后，经常来找他的麻烦，理查德被弄得没有办法，便去向舅父阿瑟讨教对付巴博扎的办法。阿瑟尽管是一位有钱的农场主，但对付巴博扎这样的无赖却束手无策。面对理查德那愁眉苦脸的样子，阿瑟最后给他出了个主意，叫理查德去请特里萨帮忙。他认为当前在波士顿，有办法制服巴博扎的，恐怕非特里萨莫属。于是，理查德就这样求到了特里萨的门上，请他出面教训一下巴博扎。

当时，特里萨对理查德并不了解，只是同他的舅父阿瑟有一面之交。他便对理查德说：

"你为什么不去找安朱洛？"

"安朱洛总是吹牛。"理查德说，"他也并不会保护我，我同他没有什么私交，他仅仅是我的夜总会里众多的顾客中的一员，只不过是去的次数多一些罢了。再说，他也不一定能对付得了这个畜生。"

"那么，你就认为我会保护你，我能对付得了巴博扎那个畜生吗？"

特里萨故意这么说。他这么说的目的，是想把理查德这个家伙的胃口吊高些，好让他知道只有自己会成全他。在理查德求他之前，特里萨就想好了帮他的办法，但要得的报酬就是使自己成为落潮夜总会的新主人。所以，他并没有一开始就答应帮理查德，而是摆出一副同他"谈判"的架势。

听特里萨这么一说，理查德果然心中发虚，他连忙说：

"不，你会保护我的，因为你同我舅父是朋友，我舅父是这么说的，是他叫我来求你的，如果你帮我制服了巴博扎那个畜生，我会好好地感谢你。"

特里萨却不慌不忙地说：

"感谢的话以后再说，问题是我有什么办法能得到你的感谢？因为我无法对付巴博扎，他是一个十足的无赖、恶棍，一个残忍成性的家伙。"

"我知道你说的情况并不完全是这样，你是有办法的，特里萨，我求你。"

特里萨说：

"我告诉你吧，理查德，能对付巴博扎的不是我，而是塔梅莱奥。他们有一段不平常的交往，巴博扎很是听塔梅莱奥的。"

"那么，我该如何去找塔梅莱奥，他会帮我吗？所以，我还是得求你了，你与塔梅莱奥的关系也非同一般。"

特里萨说：

"好吧，我暂时答应你，但最后的结果，还是要看塔梅莱奥的态度。"

理查德见特里萨说到这种份儿上，便只好请特里萨去找找塔梅莱奥，然后告辞了。

特里萨之所以这么做理由有二：

一是他对巴博扎并不十分了解，只是听说过一些关于他的事，知道他是个危险分子。他听说巴博扎连眼睫毛都不眨一下，就可以将任何一个人杀掉，而且没有人能遏制他。尽管他当时还没有正式成为黑手党，只是一个专搞信贷诈骗和敲诈勒索的地痞流氓团伙的头目，但是，波士顿黑手党还没有哪个人能把他干掉，就连安朱洛那样在新英格兰地区有头有脸的黑手党头目，也真的对付不了他。因此，特里萨的确不想轻易答应理查德。

还有第二个理由就是，特里萨想通过塔梅莱奥之手，从理查德那里捞点好处，最后达到控制这家夜总会的目的，把它变成自己发财的一棵"摇钱树"。

等理查德告辞之后，特里萨立即打电话给塔梅莱奥，把自己的想法和盘托出，请他看在昔日交情的分上，助自己一臂之力，事成之后，一定重重地谢他。

特里萨说："塔梅莱奥，看来您可以在这件事上大捞一笔。理查德那个小子这两年挣得太多了，几乎比我们都要多，而且大部分是我们兄弟的钱。现在他为了摆脱巴博扎这个幽灵，肯定会不惜一切代价。您有兴趣吗？"

塔梅莱奥对这笔生意很感兴趣。他马上叫特里萨通知理查德·卡斯图奇和他的舅父阿瑟·文托拉，同他们约定个见面的时间和地点。

特里萨一听，心想有了第一步，以后的事就有戏了。他马上和理查德通了个电话，说塔梅莱奥答应帮他一把，并同他约好了见面的时间和地点。

几天以后，在约定的时间内，特里萨将塔梅莱奥用车子送到了里维尔林荫大道的落潮夜总会，在那里同理查德·卡斯图奇和他的舅父阿瑟·文托拉见面。

见面之后，塔梅莱奥开诚布公地对这位有钱的老板理查德说，如果由他来对付巴博扎，使他们免遭这个恶棍的威胁和恐吓，那他们必须花一大笔钱。

理查德见塔梅莱奥真的出面了，首先从心理上得到一种安全感。他马上表态说：

"只要老板能帮我渡过这个难关，我将每月送给您 5000 美元辛苦费，如果老板认为少了还可以商量。"

塔梅莱奥点了点头说：

"对这个数字我无所谓，不认为它多，也不认为它少，就照你说的那样办。不过……"

塔梅莱奥故意沉吟了一下，表示出一种深思熟虑的样子说：

"你这家夜总会，毕竟是在波士顿，这里是特里萨的地盘。如果你想一劳永逸，永远地结束这种敲诈是不可能的。我不可能天天待在你这里为你当保镖。理查德，你明白我的意思吗？"

理查德一听，当然明白了塔梅莱奥的意思。他连忙说：

"老板的意思我当然明白，如果特里萨先生有这种诚意，又能让巴博扎那家伙永远离我远远的，我可以从夜总会的收入中，提出一部分利润给特里萨先生，对外就声称这家夜总会有一半的股份是他的。特里萨先生，你看如何？"

这时，坐在一旁一直没有开口的特里萨见事情已经到了这个份儿上，自己的目的已达到了一半，便很大度地说：

"对于你的意见我当然可以接受，不过，我要当着塔梅莱奥老板和你舅父的面把话说清楚。大家都是朋友，不能说我特里萨乘人之危。"

"不要说这样的话，朋友。"理查德的舅父阿瑟这时也开口了。他明知特里萨是乘人之危，但还是吞下这口气对他说，"如果你愿出面同理查德合作，这当然是天大的好事，不然的话，他恐怕一个子儿也赚不到，说不定还要把一条小命送给巴博扎这个恶棍，你说是不是，塔梅莱奥先生？"

塔梅莱奥点了点头说：

"我看是这样的。这件事就这么定了。特里萨，你现在就开车去一趟东波士顿，把那个巴博扎找到，就说我有事找他，叫他一定要来见我。"

特里萨果然开车去了东波士顿，在一家酒吧里找到了巴博扎。特里萨一见面，就毫不客气地对他说：

"塔梅莱奥专门叫我来找你，他说有事同你聊聊。"

巴博扎听完后，抬起头盯着特里萨足足看了有一分钟之久。这时，特里萨也认真地打量着这个家伙。他第一次发现巴博扎有一张凶残的脸和一个魔鬼似的头。他看上去和自己一样残忍，但他却只有 1.5 米高，壮得像一头熊。巴博扎曾在江湖上闯荡了几年，一次因持枪抢劫被警方捕获关进了监狱，后来他又在狱中闹事并越狱成功。因为他的行动如同魔鬼，连警方也不敢再找他的麻烦，他就这样一直逍遥法外，继续干着打家劫舍的勾当。

他看了特里萨半天之后，又呷了一口酒才说："塔梅莱奥先生想干什么？"

"他想干什么？他想同你聊聊。你去，那当然好；如果不想去，那你也得去，要不然他会另外派人请你去的！"

特里萨软硬兼施，话说得很有分量。

谁知巴博扎突然大笑起来，笑过之后他大声说：

"不，我一定去，我本来早就想同塔梅莱奥认识，没想到他竟派你找上门来了，真是抱歉。好，现在就动身吧！"

于是，特里萨就带上巴博扎开车返回里维尔，并同塔梅莱奥通

240

了电话，约好下午 3 点在落潮夜总会同他见面。

下午 3 点，几个人在落潮夜总会见面了。塔梅莱奥出于各方面的考虑，很谨慎地同巴博扎打交道。这时，他就像一位父亲那样，以一种亲切的外交口吻对巴博扎说："从现在起，你应该做一个听话的孩子。如果这样，你就可以通过我们得到工作和挣大笔的钱，否则，你这一生就会很糟糕的，你明白我的话吗，巴博扎？"

巴博扎本来就对塔梅莱奥怀有敬意，同时他也知道黑手党的势力，因此他很早就想加入黑手党，成为他们其中的一员。没想到今天这件好事找上门来了，这真是做梦都想不到的。因为他这个葡萄牙人想加入意大利的黑手党是几乎不可能的。因此，他马上抓住这一个机会，真像一个听话的孩子那样，完全答应了塔梅莱奥的要求。他立即当众保证，再也不会有人去落潮夜总会纠缠了。他希望塔梅莱奥早日让自己成为他的一名手下。

塔梅莱奥也当众拍着胸膛许了愿。他对巴博扎说，只要他好好干，他一定就能成为黑手党中的一员。这样，他就可以发大财，并且能出人头地。

从此，特里萨就成了落潮夜总会的半个老板，并以"半个老板"为起点，向这个行当大步进军。落潮夜总会的生意日益兴隆起来。许多人听说落潮夜总会的老板是有名的黑手党头目特里萨，便似乎有了一种安全感，于是，新英格兰地区所有的流氓，几乎都光临落潮夜总会，在这里大把大把地花钱。另外，这些人还可以在这里接近黑手党徒，找个机会得到一些意外的好处。

落潮夜总会的生意红火后，两个老板都尝到了甜头，但真正得到好处的还是特里萨。于是，当他在这里有了大笔的进账之后，便同塔梅莱奥合作，策划了吞并波士顿其他夜总会的计划。

他们利用巴博扎这个恶棍和他手下的喽啰，对其他的夜总会不断地进行干扰和威胁，使那些人的生意做不下去，这样，这些夜总会的老板，只好来特里萨和塔梅莱奥这里寻求保护，给他们丰厚的好处或干脆拉他们入伙。巴博扎的罪恶之手伸到哪里，他们的好处就得到哪里。这样，不到半年的时间，波士顿所有的夜总会几乎都落入了特里萨和塔梅莱奥之手，至少是得到了他们的"保护"和控制。

在美国，只要是属于黑手党的夜总会，它的生意就绝对保险了，这在波士顿和新英格兰地区也不例外。这些夜总会就可以像吸引苍蝇一样，吸引生意人、女人和歌舞演员。许多人都热衷于进黑手党人的夜总会，这除了能在与黑手党的交往之中寻求某种刺激，还有其他的许多原因。而黑手党不仅在顾客的正常消费中赚钱，而且他们还可以在夜总会欺骗一切可能受骗的笨蛋和可怜虫。这样，一家家的夜总会落入特里萨之手以后，就成了他的一座座金矿，给他带来了源源不断的财富。许多年轻漂亮的女人，在每天夜里都像潮水一样涌进落潮夜总会这样的场所，她们当中有女招待、女秘书和女商人，但更多的是一些还未出道的歌手和三流电影明星。她们这些人都想同黑手党人在一起，度过一个又一个惊险而又充满刺激的夜晚。她们喜欢同黑手党徒在一起，在这种充满危险和暴力的气氛中，干一些违禁的事情，让她们感受人生的另一种意义。

这些女人都很年轻，大都是 18 岁或 19 岁，她们利用自己的年轻和姿色，像捕蝇纸一样吸引男人，干一切她们想干的事情。这些男人大多在 40 至 50 岁，都有一个家庭、一份事业和一种成就。白天在各自的领域中拼搏、挣扎，换得一些报酬和所谓的成就、荣誉，但生活和家庭的重担，让这些可怜的男人永远像牛一样喘不过气来。如果碰上一个不理解而又贪婪的老婆，他们的日子就更惨了。他们需要放松，需要理解和温情（哪怕是暂时的和虚假的）。因此，酒吧和夜总会便成了拯救这些男人的地方，因为这些地方永远为他们准备着两样东西——美酒和女人。

如果这些男人的老婆，每个月允许他们来夜总会一到两次，这真是他们的假日。他们就会兴高采烈，享受一份属于自己的轻松。特里萨很精明地算了一下，如果波士顿和新英格兰的男人，都有这种"假日"的话，那么，他再经营几家夜总会，生意也做不完。

除了这些男人之外，还有那些快乐的单身汉和刚刚懂得男女之情的年轻人，同样是夜总会的"衣食父母"。这些人一走进来，首先都是把眼睛盯着十八九岁的漂亮姑娘，不问价钱也不吝惜体力。这些人对老板特里萨来说，都是最理想、最欢迎的顾客，他和他手下的那些招待，最乐意做的事，就是把这些天真烂漫的姑娘和小伙子们弄到一起。当他们不顾一切地要上床时，也正是特里萨开始收钞票的时候。

除了一般的女人之外，剩下的就是那些女歌手和女演员。这些女人永远得借助某一家夜总会，把自己捧上"皇后"的宝座，她们从纽约跑到波士顿，又从波士顿跑到好莱坞，有的是依靠自己的歌舞、演技，有的则是凭借自己的脸蛋和身子，但更多的是依靠夜总会的老板——尤其是那些黑手党的老板的魔棒，往往可以"点石成金"，让她们一夜成名。这些女人可以握着麦克风声嘶力竭、泪流满脸，也可以边舞边将身上的衣服一件件地摇落在舞台上，就像天女散花一样，最后留下一个"三点式"甚至干脆一丝不挂。于是，她们便由此成名了，也同样为特里萨这样的老板，赚得了大把大把的门票收入。

女歌手、女演员靠这种方法为特里萨赚钱，而男歌手、男演员为他赚钱的方法就更独特了。当时有一位叫法茨·多米诺的年轻人，是波士顿公认的一流歌手。他一年在落潮夜总会演出三至四次，每周的报酬是1.2万美元。但是到了最后，他还是欠下了特里萨一大笔钱。有一次，多米诺不仅在牌桌上输光了全部报酬，而且把六颗镶嵌着钻石的袖口扣子也换成了筹码输掉了。如果不是特里萨良心发现，让他立下一张提前领取三个月的报酬的字据，说不定那天晚上，这位一流歌手只能光着身子走出落潮夜总会。

当然，这种办法不仅仅是针对这种歌手，对付所有的男顾客，特里萨都有同样的一手绝招，那就是一律把他们引向夜总会的牌桌上去。特里萨是一个嗜赌如命的人，赌博是他发迹的最早途径，从他当海军开始，就是靠赌博积累了一大笔钱，因此他对各种赌博都感兴趣，而且技高一筹，作弊手段更是一流。因此，他在每一家夜总会里都设有赌局，以这种无声的陷阱，让许多男人蜂拥而来，然后把身上所有的钱都留给他。即使是他碰上了真正的"世外高人"，特里萨也不会在乎。他手下的那些保镖和打手，无论如何不会让那些高手，在这里赢走他们的老板一分钱的，除非你把你的性命留下来。

除了以上赚钱的方法之外，特里萨还在夜总会里设有贷款业务，进行着放高利贷的勾当。有的时候，他干脆同一些黑手党人，在那里策划行窃、走私和抢劫的"生意"。每当这时，特里萨身边总是高朋满座，许多想发财的黑手党人带着一个个花枝招展的女人走进落潮夜总会，听特里萨谈话，听他的高见，指给自己生财之道。这些人轮流来到特里萨的桌子边，陪他喝上几杯酒，同他聊上十几二十几分钟，然后再回到自己的姑娘身边。在为自己的姑娘买饮料的同时，并没有忘记把刚才特里萨桌上喝的酒，也一同付账。

这种谈话的方式，特里萨可以从晚上7点开始，一直持续到第二天凌晨的两三点钟。通过这种谈话方式，夜总会就保证了一批基本的顾客。每个同特里萨谈"生意"的人在离开夜总会时，很少有哪一位不付出大约100美元的账的。在有些日子里，特里萨每晚接待四十个这样的顾客是常事。仅从这一点就可以看出，特里萨的夜总会生意红火到了什么样的程度。

随着特里萨夜总会的生意越来越火，他在波士顿的地位也日益上升。通过同塔梅莱奥和巴博扎等人的配合，他已经吞并了波士顿大大小小的夜总会几十家了，成了这一行当中的垄断寡头。这时，他的形象已经由一个打家劫舍的强盗，变成了一个彬彬有礼的绅士，并且成为新英格兰地区一位举足轻重的黑手党头目，被罗得岛的大老板雷蒙德另眼相待了。因为在波士顿发生的任何问题，只有特里萨出面才能"摆平"。

正是在这样的情况下，特里萨才荣幸地接到了雷蒙德的电话，要他去找波士顿的那家什么"超世纪废品公司"，处理那两车老式吉列安全剃须刀片。

特里萨接到雷蒙德电话之后，毫不迟疑立即行动起来。因为雷蒙德在电话中对他说，他现在已经有专门销售这种刀片的网络和市场。如果那位老板真的准备把这些刀片装上驳船运到大海上去沉掉（而且据说已经装船了），实属神经不正常。这样不但扰乱了雷蒙德的市场，而且断了他的财路。这种做法是雷蒙德所不能容忍的。因此他要特里萨找到这家公司的老板，同他谈好这笔生意，而且越快越好。如果这位老板有半点含糊，就将他也一同沉到海里去。

特里萨几乎没有花什么力气，就在当天晚上他的夜总会里，把这位老板从一位"顾客"的嘴巴里"谈"出来了。他马上给这家公司打了个电话，邀请这家公司的老板来他的落潮夜总会做客，时间是放下电话的二十分钟以后。

不到二十分钟，这位新世纪废品公司的老板果然开着车子如期而至。特里萨很客气地接待这位很少光临的顾客，因为他从来没有想到自己同这样的废品公司还会有"业务"来往。

在桌子边落座后，招待照例送上了酒和雪茄。特里萨亲自为对方斟上了一杯，然后开门见山地说：

"听说你的公司已经运来了几车吉列安全剃须刀片，请问你打算如何处置？"

这位老板耸耸肩膀，真的像一位受人尊敬的贵客那样，双手往后一摊，不加思索地说：

"完全按照生产厂家的意思，将它们全部倒进海中。"

"已经倒了吗？"

"暂时还没有，不过我们已全部装船，明天就起锚。"

"有改变的可能吗？"

"什么意思？"

"我想把这些刀片全部买下来。"

废品公司的老板没有说话，只是看着特里萨，一副呆若木鸡的样子。

"我想买下来这不是我的意思，"特里萨见这位老板卡壳了，便继续接着说，"这是另外一位朋友的意思。这个朋友是谁今后你会知道，但我还是先让你明白，那是一个你完全惹不起的人物。这并不是我的危言耸听，他的确是这样的一个人，信不信由你。"

这位废品公司的老板终于明白发生了什么。他似乎明白今天自己碰上了一件棘手的事。把这全部的刀片倒进海里，是同吉列签了合同的，他知道这家吉列公司为什么要这么做。

吉列公司的那位老板并不是一位头脑不正常的人，而是长着精明的商人头脑。他牺牲目前的这几十车老式刀片，目的是为了给他生产的新刀片让出市场，从而在市场上造成垄断地位，成为这一个行当中的霸主。一旦他的新刀片垄断了市场，那么这笔损失很快就会由新刀片的使用者高利息地偿还——反正羊毛出在羊身上，他目前的损失只不过是一种赚大钱的前期投资罢了。

对于这一点，吉列公司的老板在同自己签这份劳务合同时并没有声明，但废品公司的老板并不是"废品"。现在，如果自己单方面毁约，把这批老式刀片卖给特里萨，或者是他那个自己"惹不起的"朋友，那将意味着有一场官司在等待自己。

因此，废品公司的老板听了特里萨的话之后，没有说话，只是在一个劲儿地喝酒或者是抽烟。他只有用沉默来表示自己的不合作，更期望特里萨能在自己的沉默中改变主意。

特里萨见废品公司的老板还没有开口，便只好继续采取攻势。他说：

"你为吉列公司办这件事，他们付给你多少钱？"

废品公司的老板见问到这么一个具体的问题，这时才随口很快报了一个数字。这种脱口而出的方式一般人都不会怀疑这个数目的真实性，但是，这个老板却是坐在特里萨面前，临时以更快的速度将这个数字翻了一倍。所以当特里萨听到这数字之后，不免有些吃惊，心想：怪不得这个家伙一直在沉默，原来他舍不得这笔生意。

于是，特里萨马上果断地对废品公司的老板说：

"朋友，希望你不要为你刚才所说的那几个小钱而沉默，担心它进不了你的钱袋。如果我们之间成交了，我的条件是：一、刚才你所报的那个由吉列公司支付的劳务费由我们照付，而且可以免去你和你的下属在海上颠簸的风浪之苦；二、我们还以每张刀片 1.5 美分的价格以现金支付的方式全部交付给你。我想这已经运来的两车刀片至少也有几百万张，这项进账是多少你比我更清楚……"

"那么，还有条件吗？"废品公司的老板终于动心了，连忙说。

"还有一个更优越的条件。"特里萨见对方动心了，便故意放慢了节奏，呷了一口酒说，"为了保证你公司的信誉，我和我的朋友保证，这批刀片买下来后，一定不在这附近的任何城镇出售，将把它们全部神不知鬼不觉地运得远远的，运到一个吉列公司无法知道也无法控制的市场去出售。这样，你们公司的信誉照样有价值，吉列公司也许永远不会知道我们之间发生的一切。"

新世纪废品公司的老板终于动心了，他的一切担忧都排除了，便迫不及待地向特里萨说好——现在他所担心的是煮熟的鸭子会飞掉。

这一切自然都在特里萨的预料之中，他见对方在"发烧"，便知道是该泼点冷水的时候了，便说：

"对你的要求也有三条：一、立即回去通知你的手下，将已装船的刀片立即搬到卡车上，送到我们指定的仓库，我们验收后立即付款；二、立即打电话告诉吉列公司，就说你们的驳船太大，两车刀片去一趟海上不合算，叫他将仓库中所有的旧式刀片在明天全部运来，你们用一条驳船拖走，不过他们明天运来的所有刀片，还得悉数送到我们的仓库，价格照旧；三、如果你们反悔或者是向吉列公司告密，报告了我们的企图，那么我们只有在海上毁掉你们的驳船，并连你一道倒进大海里。我的话说完了，你有什么意见吗？"

"完全照办！"新世纪废品公司的老板很干脆地丢下这句话，

然后站起来要付酒钱准备走。

特里萨一见，也马上站起来对他说：

"以前从来都是我的顾客为我付账，今天我得破个例，这酒钱由我掏，你快去行动吧。"

于是，通过这场不到三十分钟的谈判，特里萨就将吉列安全剃须刀片公司仓库中所有的旧式刀片全部收购过来了。这些刀片的全部价值大约在50万元，而他们付出的收购成本还没有超过8万元。

特里萨这桩买卖，让雷蒙德再次对他刮目相看。他对特里萨的能量不得不重新认识。

特里萨将这几百万张剃须刀片拿到手后，立即运到费城，通过一个叫杰克·梅斯的人将它们销售了。梅斯是纽约市的最大窝主，没有任何一种东西是他不能卖出的，从钻石和皮货到有价证券和刀片，可以说是包罗万象。他拥有数百万的家财，全国黑手党徒差不多都是通过他来销售偷来的赃物。

梅斯拿到这些刀片之后，采用"新瓶装旧酒"的办法进行"调包"，全部用新盒子装上这些旧式刀片，然后推销到各个超市和商场。结果，吉列公司的新式刀片一上市，就发现市场上到处都是原来的旧式刀片。这时他们才知道，原来那家新世纪废品公司在这上面做了手脚，而且捞了一大笔。同他们狼狈为奸的，竟是东海岸的最大黑手党家族。这时，他们已无可奈何了，只好让这两种刀片同时并存，直到旧式刀片售完为止。

从此以后，雷蒙德和特里萨在许多企业和公司，都发现了"百分之十的人"，同他们一道进行偷窃和销赃，万一偷窃不成就进行明目张胆的抢劫，把东海岸的许多城市搞得乌烟瘴气。

当时，波士顿宝丽来照相机公司是一家很有名气的企业。这家公司生产的一次性成像胶卷一直是市场上的俏货，经常供不应求。黑手党认为这是一种有利可图的生意，为了弄到这种胶卷，雷蒙德又同特里萨联手，运用窃取吉列公司刀片的方法，开始了他们的罪恶勾当。

宝丽来照相机公司的仓库中有一位工作人员，是一位嗜赌如命的黑人。此人是牙买加人的后裔，名字叫杰克逊·麦克。于是，雷蒙德就派出几个手下，拉杰克逊去赌，不是赌马就是进赌场玩牌，结果让他欠下了一大笔债务。而他的债主又是雷蒙德的朋友，是一位穷凶极恶的高利贷主。这时，雷蒙德又同这位朋友合作，对杰克逊施加压力，要他还钱。

在新英格兰这种现象是极普通的，如果某一个人欠下了黑手党的钱，他的选择不过是以下几种：要么及时还钱，要么就接受惩罚，打折胳膊或腿，但钱还不能少，同样还得支付利息。还有一种选择就是对其家庭进行威胁，将其家庭成员或者绑架，或者转卖到遥远的非洲。不过，雷蒙德通过他这位高利贷朋友，给了这位杰克逊·麦克一种新的选择，那就是给自己提供宝丽来照相机公司装运货物的信息。

一天，雷蒙德通过与杰克逊一同赌钱的手下，将这个家伙"请"到了他的办事处。一进门，雷蒙德就开门见山地对他说：

"麦克，听说你欠了一些债务是吗？"

杰克逊·麦克乍一听，似乎有点发蒙，他说："你怎么知道，老板！"

"是我的朋友告诉我的，因为你借的那些钱既是他的，也是我的，难道你还有什么不明白的吗？"

"现在我明白了，老板。"

"明白了就好，我是问你什么时候能还这些钱，麦克。你应该对我有个交代。"

杰克逊·麦克一听，有些慌张，连忙说："老板，我一时可没有那么多钱还您，我希望等我手气好的那一天，我赢了几十万或几百万的，我第一个想到的就是还您的钱。"

"手气好？"雷蒙德冷笑了一声说，"麦克，不要做梦了，我可以告诉你，你不会有手气好的时候，即使手气再好也得不到一个子儿，你得到的只是倾家荡产，你信不信！"

望着雷蒙德那双深邃的棕色眼睛，杰克逊的两条腿不由得在发抖，他的嘴唇在颤抖着，但颤动了半天都没有发出声音来。

雷蒙德一见，知道这家伙的主心骨被抽掉了，便对他说：

"你害怕也解决不了问题，关键是你得有钱。如果你没有钱，什么样的惩罚你都得认了。你说是不是？"

杰克逊只有糊里糊涂地直点头。

雷蒙德说："其实，你完全可以有钱，你有许多能搞到钱的机会，就看你愿不愿干。你不是在宝丽来照相机公司的仓库上班吗？明白告诉你，我现在很需要那仓库中的那种价格很昂贵的胶卷，只要你同我合作，让我弄到胶卷，我完全可以让你发财，因为我要的不是一般的数量，你明白我的意思吗？"

杰克逊哪里会不明白，只是他知道，这么干，自己很快就会丢掉这份体面的工作。但是事到如今，他也只有答应雷蒙德，愿意同他合作。

雷蒙德见杰克逊答应了，便对他说：

"麦克，看来你是一个聪明的孩子。你应该知道，我们是合作，而不是要你帮忙，这是有报酬的。你听说过吉列安全剃须刀片的故事吗？我想你是知道的。我们给你的报酬同样是百分之十，只要你及时向我们提供信息，这个百分之十是可以让你发财的。"

杰克逊没有话说了，他只有听雷蒙德的摆布。

几天以后，杰克逊给雷蒙德打来电话说，他已经将一个装满胶卷的集装箱调度在公司的装卸台上，叫他们开车去拉就是了。

一个集装箱装有一万箱胶卷，价值大约 5 万美元。雷蒙德接到电话后，马上派去一辆卡车，卡车的门上有波士顿港口海运装卸公司的标记。开车的黑手党徒，将这辆卡车在杰克逊指定的时间内，直接开到了宝丽来公司的装卸台，果然见有一个集装箱在那里。公司的调度员还以为是港口的车来了，二话没说就把这个集装箱吊到卡车上。集装箱一装上车，这辆卡车就按了两下喇叭，然后开走了。就这样，通过这个"百分之十的人"，黑手党一次又一次地从宝丽来公司，拉走了一车又一车的一次性成像胶卷，每一次的价值都在 5 万美元以上。

这种胶卷是黑手党所"经营"的商品中最抢手的一种。他们将这种胶卷以半价或低于半价的批发价格销到批发市场，弄得许多商店的老板，排队到这样的黑市批发市场去抢购这种胶卷。由于这种胶卷是老产品，宝丽来公司既没有更新，也没有改变什么包装，所以，这种胶卷进入市场之后，根本就没有人调查它的来源，只要不是冒牌货就行。这样一来，无论是雷蒙德还是杰克逊都得到了好处，唯一受损失的只有宝丽来公司了。

后来，这家公司搬迁到新的地方，他们在新的地方变得十分谨慎，公司的防范保安措施也很严密。黑手党要想同从前一样，直接把卡车开到公司装卸台，然后把货拉走已经不可能了。但是，即使如此，雷蒙德的手下还是能得到这种胶卷。不过，现在用的方法已经改变了。

每次当公司的货车开出厂门之后，杰克逊·麦克这个"百分之十的人"就马上给雷蒙德打电话，告诉他这批货是运往码头、火车站，还是直接送到近郊的某个批发站，走的是哪条路线，车上有几个人，集装箱的颜色及编号或者有什么特殊的标记，等等。

雷蒙德掌握这些情报之后，马上根据不同的情况及时做出反应。他使用的最直接最干脆也是最多的办法就是抢劫。派出几个人或一辆车子，在宝丽来公司的货车经过的公路上寻找一个机会，将这辆货车拦住，把司机和押车人拉下来"教训"一顿，或者是蒙上眼睛塞进车厢里，然后由他们把这辆货车开走。这样，这一车的胶卷就属于他们了。

有的时候，他们也同汽车旅馆或汽车饭店的老板勾结，等司机在睡觉或玩女人时把车开走；也有在吃饭时让司机喝上几杯白酒，这样他就无法开车了，只好临时请人代他开车，而这些临时开车的人就是守候在一边多时的黑手党徒。

当时，雷蒙德和特里萨在波士顿有一个极为秘密的赃物集散地，那就是位于里维尔的阿瑟农场。对于这家阿瑟农场大家也许并不陌生，它的主人就是前文出现过的落潮夜总会的老板理查德·卡斯图奇的舅父阿瑟·文托拉。

自从理查德同特里萨"合伙"之后，他便成了他们其中的一员，尤其是他的舅父阿瑟·文托拉由于同特里萨早就是朋友，所以更是同黑手党合作得十分愉快。他的阿瑟农场地处波士顿近郊，位置隐蔽且又交通方便，那里头原先有一个占地几百平方米的室内养鸡场，后来，阿瑟干脆把养鸡场搬迁了，把这个大养鸡场空出来，给了黑手党做储存赃物的仓库。

近年来，自从雷蒙德同特里萨联手之后，他们的生意越做越大，通过诈骗和抢劫而来的货物不仅品种繁多，而且数量也越来越多。他们几乎成了东海岸一带最大的"批发商"。运用各种手段搞来的黑货除了刀片、胶卷之外，还有烈性白酒和各种各样的生活必需品。尽管他们同许多地方的黑市批发市场建立了联系，有许多货物通过杰克·梅斯这样的窝主，运销到别的州去，但他们还得有自己的窝点。这样阿瑟农场的这间室内养鸡场就派上了用场。许多来自南方的汽车，络绎不绝地驶进阿瑟农场，运走一批批的赃物，然后把一笔又一笔的钱划到雷蒙德和特里萨在纽约、华盛顿或者是洛杉矶的开户银行的账号上。几年来，他们的存款就像滚雪球一样，变成了一个又一个外人无法知道，甚至连他们自己也一时算不清楚的天文数字。

新英格兰帮和波士顿家族的那种"生意"虽然越做越大，但是，在当时的几年中，一直没有引起警方的注意。原因就在于，雷蒙德和特里萨在做这种生意时，很少由自己的手下人直接参与，都是通过那些"百分之十的人"里应外合。由他们提供准确的情报和运货的时间、路线，然后再由他们的手下人把货接过来。这样一来，有时也不免有失误的时候。

有一次，一个名叫法特·卡迪洛的"百分之十的人"打来一个电话，告诉雷蒙德，他将要把一车优质的加拿大烈性酒运往南方，请他立即组织人准备"接货"。法特·卡迪洛在电话里约定了"接货"的时间、地点和方式。

雷蒙德听到这个消息之后，马上同往常一样，命令他手下的一个小头目带上两个兄弟，在第二天中午 12 点以前，赶到马萨诸塞州的彭布罗克附近的那家汽车旅馆。法特·卡迪洛在电话中约定，他将在 12 点钟在那家汽车旅馆吃饭，休息一个小时然后继续赶路。他们必须趁他吃饭时将车开走，他会把一把配好的发动机钥匙留在挡风玻璃下面，并不把车门的玻璃关死。这是当时许多身为司机的"百分之十的人"惯用的一种"交接"方式，因此，黑手党的人可以毫不费力地将整车的货连车运走。

第二天中午 12 点左右，一辆装有三个集装箱的加长卡车，果然按时驶到了彭布罗克附近的那家汽车旅馆前。那位小头目一见，知道是法特·卡迪洛送货来了，便马上在汽车旅馆对面的小店隐蔽好，只等他同押车人进去吃饭时便下手。

法特·卡迪洛将车子开到旅馆门口后，便立即同公司的那位押车人进旅馆吃饭去了。那位小头目一见，马上从对面的小店里走出来，然后同另外两个兄弟迅速地打开车门钻了进去，发动车子就朝前开去。这时，法特·卡迪洛司机正同那位押车人在旅馆里喝酒，吃饭。吃完饭后，他们便找了一间临时的房间休息。等他们睡了一觉走到店门口一看，车子已经无影无踪了。

那位小头目和两位兄弟沿着柏油马路，将这辆大卡车开到彭布罗克附近的一个地下仓库后，便立即同仓库中那些接应的黑手党徒爬上车子，将那三个集装箱撬开。如果这三个集装箱里装的都是上等的加拿大烈性酒，那么肯定价值 15 万元左右。但是，等他们把集装箱打开一看，发现里面装的全是袋装面包，有的面包还已经变质了。那位小头目一见，气得大叫起来，大骂那位法特·卡迪洛司机。他命令手下的人将这些面包全部抛在地下，并说要把这辆大卡车连同三个集装箱，开到附近的山谷去炸掉。正在这时，那些往下抛面包的黑手党人突然发现，面包下面有一排排的木箱子，他们抬出一只箱子打开一看，才发现这箱子里装的都是地地道道的加拿大烈性酒，而且都是上等货，每个酒瓶上盖的全是弗吉尼亚州的税印。原来是这样。

这时，那位小头目才高兴得跳起来，连忙叫人把所有的木箱子都抬进了仓库。他知道，既然这些酒瓶上都盖有弗吉尼亚州的税印，这说明这些酒在马萨诸塞州是不能出境的，否则，将违背这个州的"禁酒令"。事后，他们只好把这些酒三五瓶地推销，或者十瓶十瓶地一次又一次地卖给各个不同的酒吧和地下黑市场，再由这些地方的老板把这些酒装进旧瓶子里出售。这样一来，他们才没有惹出麻烦，将这一车货卖出了 12 万美元。

事后，雷蒙德一边将 1.2 万美元交给那位法特·卡迪洛司机，一边说：

"如果你要是给我们送来了一车面包，那我们只有把你的车炸掉，幸好里头是酒。"

那位司机也得意地一边数钱一边笑着说：

"下次，我再给您送些'面包'来。"

雷蒙德拍着他的肩膀笑了。

当时，雷蒙德和特里萨指使黑手党干这种买卖时，实行的一条铁的纪律就是，他们从来不使用任何武器，尤其不准用枪。他们都知道，如果使用枪支进行武装抢劫，不仅会伤人，会出人命，而且会引起警方的注意。那么，他们的"生意"就会是一锤子买卖，不仅断了自己的财路，而且会造成意想不到的后果。

他们当时最有力的助手，就是那些"百分之十的人"。在不断的诈骗和抢劫过程中，他们发展了一批又一批这样的人，为他们通风报信，提供方便，里应外合。

当然，有时候他们也会在公路上拦住过往的汽车进行抢劫。他们拦住汽车后，先是打开车门将司机和押车人拖出来，将他们像绑货物一样捆得结结实实，藏在路边的小屋子里甚至树丛中，派一两个人看着，其他的人便开着车子将货卸空后，再开着车子回来。这时，他们才将这些吓得半死的司机和押车人放在空车上，让他们互相去解开绳索。而这时，那些抢劫的黑手党人已经逃之夭夭了。当司机和押车人去报警后，也只能对警察说，这些抢劫的人都套着长筒袜子，根本描绘不出他们长得什么样子。

这样，那些警察也只好表示沉默。因为这样的"无头案"他们见到的已经不是第一次了。

当时，在东海岸的许多州的城市，这样的抢劫实在是屡见不鲜。黑手党对什么样的商品都感兴趣，大到电视机、珠宝、皮货，小到鞋、帽、袜子和酒及各种食品。他们将这些抢来的商品以最低的价格尽快地"处理"给各种商店和市场，因此，这些东西也一时成了抢手货。有许多商店和超市，在圣诞节前夕，货架上摆的商品，大多是从黑手党那里来的。由于价格便宜而货又地道，结果往往顾客盈门，生意兴隆，许多市民都来抢购。而这些抢购商品的人，从来都不关心这些商品的来路，而只管它们的质地和价格。

当然，黑手党也有自己的商店。凡是较为贵重的东西，如皮货、大衣、上等时装和珠宝钻戒等，都是在这样的商店里出售。这些东西不仅质地上乘，而且价格又相当便宜，这样同样可以吸引许多顾客。而这些顾客当中，有许多是法官、警长及政界人士的妻子和家属，有时还有这些法官、警长本人。这些人同样不问这些便宜货的来头，还以为自己是在同这些店家进行合法交易。

由于新英格兰地区两大黑手党巨头的联手，让整个东海岸乌烟瘴气，无论是正常的商业秩序还是金融生活都遭到了严重的干扰和破坏，弄得许多厂家连连亏损甚至倒闭。但是，这两个家族的财富却在不断地膨胀，在几年之内，他们已经暴富到惊人的程度。

　　不过，这种混乱并不仅仅发生在新英格兰地区，此时在美国的另一个大城市纽约，在出名的商业区曼哈顿，黑手党的财富也在迅速地膨胀起来。

第十二章

走马换将　回光返照纽约城

　　波纳诺家族走马换将，一位新人脱颖而出，"摩星俱乐部"成了他发迹的据点，一个衰败的家族终于回光返照。但是，在"拉斯维加斯之夜"，他却错把联邦调查局的特工当知音，竟同他"合伙"走私毒品。

　　甘比诺家族"教父"虽然在黑道游刃有余，但却"后院起火"——他爱上了一位来自哥伦比亚的小美人……

　　1976年对于纽约五大家族之一的甘比诺家族来说，真是一个不幸的年头。因为在这一年的夏天，这个家族最负盛名的头目卡洛·甘比诺不幸在家中病逝。

　　卡洛·甘比诺当时不仅是甘比诺家族的头目，而且是全美国黑手党委员会的主席，因此，他的死去无疑让这个黑手党家族在黑道中的身价开始贬值。

　　不过，卡洛·甘比洛的死去，却为他的妹夫布朗·卡特诺的上台提供了一个千载难逢的机会。布朗·卡特诺也正是在1976年秋天，爬上了甘比诺家族的领袖地位，成为名噪一时的"曼哈顿教父"。

卡特诺上台伊始，便遇到了一个强硬的对手——波纳诺家族的威胁。

在纽约黑手党的五大家族当中，波纳诺家族尽管是一个多灾多难的家族，但由于他们那种特殊的成员结构，尤其是许多未入美国国籍的"西痞"的鼎力相助，使这个家族一直在纽约黑道中处于不败之地，一直是五大家族之首的甘比诺家族的劲敌。

早在 20 世纪 60 年代中期，乔·波纳诺成为该家族的首领，正式以他的名字给这个家族命名之后，他的行为变得日益古怪。当时，他试图把他的势力范围由纽约向美国西海岸地区扩张，进一步垄断美国毒品市场的"业务"。就在这时，波纳诺家族成了黑道的众矢之的，遭到了各个家族的反对。在其他四大家族中，最具有反对实力的便是甘比诺家族。于是，这两个家族旧仇加新恨，成为一对旗鼓相当的黑道对手。

到了 1964 年，波纳诺意识到自己的家族不是甘比诺家族的对手，便采取一种隐退的策略，希望淡化其他家族对自己的仇恨。其策略之一便是由他的儿子比尔来担任波纳诺家族的"顾问"，自己也退隐二线，成为在暗中使劲的幕后人物。但是，波纳诺的这一招并没有收到预期的效果，他的做法抹杀了他自己的血缘关系的特殊性，同时也被看成是对以他的名字命名的黑手党家族的一种蔑视，因此同样遭到各个方面的反对，连比尔手下的人也不尊重他。其中有一个人公开地说：

"如果一个孩子不能说贫民区人民的语言，他就不能从摇篮里抱出来，给他穿上夜礼服，让他做他们的头目。"

纽约五大家族领导层中的成员也对波纳诺本人表示"同情"，认为他提拔自己的儿子比尔·波纳诺，完全是对自己无能的一种承认。特别是波纳诺本人企图把家族的势力扩张到西海岸，更引起了以甘比诺家族为首的其他四大家族的反对。他们一致认为，这种不顾团体利益的扩张，打破了传统的平衡，由此产生的一切后果都得由波纳诺和他的家族成员承担。

正当甘比诺家族同波纳诺家族同室操戈、剑拔弩张之时，一位黑手党人出来调停，愿充当这两个家族的中间人，做牵线搭桥的"和平使者"——此人便是新泽西州不引人注目的黑手党头目德卡瓦尔坎蒂。

1964 年 8 月 31 日，德卡瓦尔坎蒂会见了新泽西州伊丽莎白泥工工会的一位代表，同他谈到了纽约五大家族之间的"麻烦"。他对这位工会代表说，乔·波纳诺已成为"不受欢迎的人"，不仅纽约五大家族的领导层不喜欢他，就连美国黑手党委员会也不承认他的领导地位，"委员会不再把乔·波纳诺看成是头目了"。

更令当时委员会气愤的是，一次委员会召开会议，没有通知乔·波纳诺的儿子比尔参加，而是通知他本人出席，而他本人却拒绝出席，派他的儿子比尔出席。谁知他的儿子比尔知道这个通知的背景之后，不仅自己傲慢地不予以理睬，也阻止父亲不要出席这样的会议。比尔的这种做法，激怒了整个黑道社会。正如那位调停人德卡瓦尔坎蒂对那位工会代表所说的那样：

"当乔公然反抗委员会时，他也正在反抗全世界。"

于是，那位爱管闲事的德卡瓦尔坎蒂便觉得事情到了这种地步，如果再不向乔·波纳诺"游说"一番，是不应该的。

但是，还没有等到德卡瓦尔坎蒂的"游说"生效，这位乔·波纳诺便神秘地"失踪"了。

1964 年 10 月 21 日傍晚，乔·波纳诺同他的一位律师桑特徒步通过曼哈顿区时，突然被一伙武装暴徒绑架了。而实施这次绑架计划的便是甘比诺家族中的中层头目卡特诺。

卡特诺当时执行的是委员会的绑架计划。他指挥手下人将波纳诺绑架之后，并没有对他进行侮辱，更没有将他暗杀，而是要借委员会的名义同他"交涉一些事情"。波纳诺同意体面地隐退并放弃他的扩张计划。结果他保住了一条性命，退隐到亚利桑那州塔克森小镇他那幢"平房"中去了。而真正得到好处的，却是执行这次绑架计划的卡特诺，尤其是绑架之后，他没有寻找借口，将这个与自己家族有宿仇的对手置于死地的宽宏大量的做法，一直在黑道社会传为"美谈"。

事后有人问卡特诺，当时为什么不寻找一个借口，将波纳诺干掉，哪怕是把他装在一只密不透气的大塑料袋里裹住他的头，也可以让他窒息而死。但是，卡特诺并没有使用这种习以为常，而又不引起任何麻烦的做法，他对人的解释是：

"黑道的规矩就像美利坚的宪法一样，谁也无法破坏。委员会是命令我将他弄出纽约而不是叫我将他送进地狱。"

卡特诺的这种做法，无形中为自己塑造了一种黑道首领的形象。

波纳诺退隐到亚利桑那之后，把他的家族的权力不是传给了他的儿子，而是留给了一个很不安稳的领导人卡迈因·格兰特。当然这也并不完全是他个人的愿望，完全是在被绑架之后，通过卡特诺之口，向他传达的委员会的"旨意"。

卡迈因·格兰特是他的前任的顾问。此人个子矮小，大约 1.6 米，秃头，肥胖而且健壮。格兰特由于经常不断地吸雪茄，赢得了一个"莱罗"（"小雪茄"）的绰号。此人曾于 1957 年陪伴过波纳诺家族的头目乔·波纳诺到过巴勒莫，参加西西里和美国黑手党头目的聚会。在这些头目当中，他见到了当时还很年轻的西西里黑手党"元老"、世界著名的大毒枭巴塞塔。通过巴塞塔的关系，格兰特同加拿大的大毒枭科特罗尼勾搭上了。他同科特罗尼家族结成了密切的联盟，走私海洛因。

格兰特是一个野心勃勃的匪徒，他当时因走私海洛因被警方逮捕，关进了宾夕法尼亚州的刘易斯堡联邦监狱。在监狱之中，他也同样具有相当大的权势，不仅那些囚徒怕他，就连监狱中的狱警和看守都惧怕他。他被关在看守极其严密的 C 区，这个地方关押的大都是声名狼藉的黑手党徒和杀人抢劫的重刑犯。但是，格兰特却在 C 区这样的地方，被视为"黑手党全部头目的首领"。

在格兰特还在狱中服刑时，波纳诺家族的领导权于 1973 年转移到菲利浦·拉斯泰利的手中。两年之后，拉斯泰利又因走私海洛因锒铛入狱。此时，适逢格兰特从刘易斯堡联邦监狱释放。这对格兰特来说，又是一个东山再起、称王称霸的好机会。于是，他几乎没有花多大的气力，又成了波纳诺家族的头目。

格兰特重新主宰波纳诺家族大权之后，又同甘比诺家族再次结仇。这次结仇的原因还是为了争夺海洛因毒品市场。他非常嫉妒卡洛·甘比诺在纽约五大家族中的影响，特别是甘比诺家族即将上任的首领卡特诺，对他造成的威胁让他几乎无一日安生。于是，他决定以自己在黑道中的威望，再次同这个家族决一死战。结果，格兰特的这种自不量力的决定，让自己走到了生命的尽头。

1976 年 7 月 12 日，卡迈因·格兰特在布鲁克林荷兰移民大街的意大利餐馆用过午餐之后，便习惯地抽着雪茄，同他的两位助手走出餐馆。然而，就在他刚走出餐馆的大门，还没有爬进汽车时，三名戴滑雪面罩的持枪人来到他的面前。走在最前面的一位携带着一支双管猎枪，还没有等格兰特和他的助手反应过来，那支双管猎枪就喷出了两串长长的火舌，所有的子弹都打在格兰特的身上。与此同时，另外两名杀手也同时开火了，他们以一种职业杀手的技巧先同时向格兰特开了两枪，然后把剩余的子弹都射向他的两位随从人员。尽管格兰特的助手也拔出了手枪，但还没有来得及扣动扳机，就同他们的主子一道倒在血泊之中。三具血淋淋的尸体摆在餐馆前的马路中间，其中一位的嘴巴里，还咬着半截依然在冒烟的雪茄，这就是卡迈因·格兰特。这成了当时的一大新闻。

卡迈因·格兰特和他的助手，是死在甘比诺家族的枪口下的。他死的时候正是甘比诺家族走马换将之时。在他死后不久，布朗·卡特诺便走马上任，登上了甘比诺家族的最高权力宝座。而此时，波纳诺家族又出现了权力的空当。由于拉斯泰利尚在狱中，这个多灾多难的家族再一次出现群龙无首的局面。

也正是在这样的形势下，波纳诺家族的一位重要人物粉墨登场，接过这个家族的权杖，开始收拾残局。此人便是索尼·布莱克。

布莱克依靠他在格雷厄姆街 420 号的"摩星俱乐部"，已经在波纳诺家族中形成一股举足轻重的势力，他只是在等待一个合适的时机，取代这个家族的首领地位。现在他终于等到了这个机会。

于是，在 1976 年的秋天，就在卡特诺成为甘比诺家族首领的同时，布莱克也终于如愿以偿。

布莱克上台之后，尽管他知道暗杀格兰特的枪手是执行委员会的命令，并且知道是卡特诺的手下，但他并没有去追查，也没有继续同甘比诺家族结仇，而是积极开辟他的生财之道。他的生财之道主要是两大项目——贩毒和赌博。

布莱克把波纳诺家族原有的毒品走私网络，做了一些适当的调整。这种调整其实是一种收缩。他几乎在暗中同甘比诺家族的新头领卡特诺重新划分了一下势力范围，让出了一些地盘。布莱克这种做法是相当明智的。他知道无论是在纽约还是在美国，自己家族的势力永远超不过甘比诺家族。既然如此，他只有采取以屈求伸的办法，给对方一点好处，既表示了一种"臣服"的意思，也给了对方一点实惠。这样，甘比诺家族自然不再对自己虎视眈眈了。

在缓和了同甘比诺家族的矛盾之后，布莱克便开始了他的新的出击，那就是疯狂地进行赌博。

1978年初夏的一天，布莱克同他的几位副手，在纽约的塔希坦旅馆的游泳池边躺着。这时，他用浴巾抹了一把湿漉漉的头发，然后对左右说：

"最近，我又想到了一个挣钱的路子。我想搞一次'拉斯维加斯之夜'的活动。"

拉斯维加斯不仅是美国，而且是全世界都出了名的赌城。布莱克在这里说的"拉斯维加斯之夜"，其含义自然不言而喻。他接着说："这种活动的收入就全是我们自己的，谁也别想夺走它。"

其他人一听，都认为是个好主意，便七嘴八舌地表示赞成，立即进行策划。

布莱克说：

"既然是以拉斯维加斯的名义，那么我们活动的形式和内容，都必须具有拉斯维加斯的风格，让这样的活动就像在拉斯维加斯一样。这样，那些没有勇气和财力，而又想过一过拉斯维加斯瘾的先生们，一定会趋之若鹜，大家认为怎样？"

大家自然没有反对意见。通过策划，最后布莱克决定派人从拉斯维加斯租来一批赌盘和其他的赌具，等这些东西运到之后再开张。

第一个"拉斯维加斯之夜"定于 5 月 9 日星期五的夜晚举行。在此之前的三天内，布莱克已经通过"空中运货公司"，从拉斯维加斯大西洋城的老板那里，把赌盘、黑杰克牌桌、纸牌、骰子以及其他诸如此类的东西托运来了。取货单上的托运人的签名是：纽约布鲁克林 / 格雷厄姆大街 415 号 / 意大利老兵俱乐部 / 丹尼·曼佐。

他在此之前还打出"广告"，这项活动是一次以慈善为目的的捐赠活动，所得的全部收入都一分不留地捐给"意美战争老兵"俱乐部。

布莱克的这种招数，当然是掩耳盗铃的骗人把戏。于是，他们便开始贿赂一些要害部门的人物。

几天前，帕斯科县警察局的约瑟夫·多纳休上尉来到了俱乐部。和往常一样，他没有穿警服，是在下午俱乐部关门之前缓步踱过来的。这位多纳休上尉已 60 岁出头，他最大的爱好就是喜欢有一大批年轻的听众，听他吹嘘自己在纽约当过十六年警察的经历。

多纳休上尉来了之后，布莱克的副手托尼·罗西向他报告了"拉斯维加斯之夜"的事情，他的目的当然是希望能得到这位老警察的某种许诺。罗西是受布莱克之命故意这么做的。

凡是当过警察的人，都喜欢夸张自己那小得可怜的权力，多纳休也不例外，何况他还是有过十六年经历的老警察。于是，他听罗西说完之后，马上拍着胸膛打包票说：

"托尼，这没有任何问题的，我可以向你保证，一切都会安排得妥当而又令你满意。"

罗西当然马上向他表示感谢和"尊敬"，因为他需要的正是多纳休的这种保证。不过，罗西还是进一步问他：

"多纳休上尉，如果一位执法人员来到这儿，你们能不能因为

266

是一家私人俱乐部而不让他进来？"

多纳休上尉毫不犹豫地说：

"没问题，这完全可以把他挡在门外。而且谁要想搜查一个关着门的场所，那他必须持有搜查证，否则，我会指控他违法。"

罗西一听，尽管觉得这位老头有点虚张声势，但还是装出一副非常相信的样子，对他奉承起来。他说：

"如果所有的警察都像您老人家一样，那么整个纽约城也就太平无事了。"

多纳休听了很是得意，又当场保证，"拉斯维加斯之夜"的那个晚上，他将亲自到岗执勤，以确保不出任何麻烦。为了这番美意，罗西送给了多纳休 200 美元，以表示对他这次来访的报酬。

这样的交易，已经通过罗西和布莱克本人之手，做成了好几笔。因为他们不想在第一个"拉斯维加斯之夜"就出现不愉快的事情。

5 月 9 日，第一个"拉斯维加斯之夜"终于拉开了帷幕。

赌场就设在"威瑟斯意美战争老兵俱乐部"，那位曾经许诺过的老警察多纳休果然不辞辛劳，真的在门口充当保护神。

室内灯火辉煌，人声鼎沸，各路赌场高手都闻风出动，为布莱克捧场来了。不过，布莱克和罗西等一班兄弟们也并不亏待这些朋友，他们吩咐在一间屋子里放了一长溜的桌子，上面放着自助餐食品，除了冷肉片、色拉之类的东西之外，还有各种各样的饮料和酒。罗西特地端着两个杯子，给在门口的多纳休敬了一杯酒，并又把 400 美元塞到他的手里，拜托他要确保这些朋友不受干扰。多纳休十分自信地点了点头。

俱乐部内人头攒动，许多职业赌徒都来到这里一显身手，这些人同布莱克都很熟。为了实现在"拉斯维加斯之夜"大捞一把的目的，布莱克特地从迈阿密请来了几位专门掷骰子的赌博高手，请这几位高手为自己掌坛，他要将这些前来捧场的朋友们的腰包全都弄瘪。这些人尽管都是赌坛高手，但是，他们当中却没有几个人到过真正的赌城拉斯维加斯，更不了解那种真正的拉斯维加斯掷骰子游戏的奥妙。所以，这种真正的"拉斯维加斯骰子"就像魔鬼的眼睛一样，永远盯着他们摆在赌台上的筹码。结果几个回合下来，那些满怀希望而来的朋友们，都一个个垂头丧气，或者是在大声骂娘。

这时，站在一旁的布莱克自然是喜形于色，他在心里真有点儿怪那几位请来的骰子手的心太黑了一点，何必要把这些人斩尽杀绝呢！

然而就在布莱克得意时，意料之中的乱子也出现了。几位输得眼睛都红了的朋友终于发作了。因为这些人都是真正的高手，几个回合下来，他们终于看出一些破绽，便开始大喊大叫。其中吵得最凶的是两个希腊人，他们是一对兄弟，而且是当地出了名的一对赌瘾。在以前任何场合，他们都收益甚丰，没有想到在今天这个俱乐部里，却始终没有那种运气。

这两个希腊人面对的掷骰子的人叫杰克，是布莱克请来的这几个掷骰子高手中手段最狠的一个。这时，两位希腊人已经快山穷水尽了，但杰克还在用诱人的办法，引诱这两个冤大头下注，他似乎不把这两兄弟口袋里的最后一个子儿掏出来就不甘心。

这对希腊兄弟不愧是赌坛高手，即使在这样的情况下，他们还依然保持清醒的头脑，结果，终于让他们看出了杰克的花招，于是便大吵起来。整个俱乐部一时大乱，许多输红了眼的赌徒便趁机起哄、发难。正在赌场上巡视的罗西一见这种情况，立即把布莱克请出来压阵。

布莱克来到杰克的赌台前，大声地说：

"杰克，你是我请来的骰子手，希望你不要引得朋友们发火，把这张赌台给烧了。在我这里，不允许任何人玩小动作。我们的活动是一种慈善的活动，我不允许任何人捣乱，破坏我们的游戏。如果再有哪一位害群之马硬要同我作对，我将派人把他从这里扔出去，摔到大街上，并且在把他扔出去之前，我会把他兜里所有的钱全掏出来。"

布莱克的话，终于镇住了那些起哄的人。更让大家心服口服的是，布莱克竟然来到杰克面前对他说：

"伙计，请你离开你的赌台，换另外一个兄弟上去，你的报酬我照付就是了，我要的就是你立即离开你的赌台，因为你没有完全领会我搞这次活动的目的。"

杰克没有说什么，照布莱克的话做了。他坐到一边喝饮料去了。他知道这是布莱克见好就收的策略，在这张赌台上，他已经为布莱克赢了不下 10 万美元。

那么，杰克为什么要如此为布莱克卖命呢？

原来，杰克并不是一位真正的从迈阿密来的掷骰子的高手，他是美国联邦调查局派来的一名特工。他的真名叫约瑟夫·皮斯托恩。他的使命是打入波纳诺家族，侦破黑手党组织的"意大利馅饼贩毒案"。

在美国纽约五大家族中，与西西里血缘关系最密切的家族有两个，这就是甘比诺家族和波纳诺家族，这两个家族也是在海洛因交易中活动最猖獗的家族。

1971 年，甘比诺家族主要的毒品供应商（也是甘比诺本人的亲戚）萨尔瓦托·英泽里罗被科莱昂家族杀害了，另外几位得力的助手如罗萨里奥·斯帕托拉和甘比诺兄弟也被逮捕。从此，纽约有名的海洛因走私网络"馅饼联号"就完全由波纳诺家族控制。当时，波纳诺家族同邻国加拿大最主要的黑手党首领文森特·科特罗尼关系密切，因此，加拿大边境便成了海洛因进入美国毒品市场的必经之途。科特罗尼兄弟和波纳诺家族紧紧地勾结在一起，使蒙特利尔成了海洛因中转站。这里居住着大量的意大利侨民，尽管这些人大部分是意大利的卡拉布里亚人而并非西西里人，但他们同样聚集在波纳诺家族的麾下，进行疯狂的毒品走私。

在卡迈因·格兰特之前，控制蒙特利尔这条白色通道的是安托尼·第·阿哥斯蒂诺。此人同许多法国马赛的同行一样，曾是前盖世太保的间谍及黑市买卖人。阿哥斯蒂诺体魄健壮，相貌堂堂，一身的橄榄色皮肤，显得十分温文尔雅。他会流利地讲五国语言，口袋里至少有七个国家的护照。他本人还是"法兰西贩毒网"的主角，在巴黎拥有三间夜总会和五家妓院。他曾同最大的毒枭露西亚诺的副手安格尼奥·吉安尼一道，组织过闻名世界的"吉诺欧洲之游"。他们免费为大量的意大利和美国游客提供豪华舒适的游艇或汽车，让这些人带家属旅游欧洲，通过这种"欧洲之旅"为他们走私毒品。

1975年，第·阿哥斯蒂诺被驱逐出加拿大之后，波纳诺手下的卡迈因·格兰特就很快替代了他，继续干着这种勾当。意大利西西里生产的海洛因，大约有60%是通过这条白色通道进入美国毒品市场的。因此，从1973年开始，美国联邦调查局同加拿大皇家骑警队多次联手，对这些毒枭进行侦破和清剿，并多次派特工打入黑手党内部，但这条白色通道始终没有得到最后的堵塞。1976年，联邦调查局特工约瑟夫·皮斯托恩再次奉命打入黑手党内部。他先在迈阿密神不知鬼不觉地混进了甘比诺家族，一直在赌场一边跟踪这些毒贩，一边向当时控制了毒品走私重要渠道的波纳诺家族渗透。

当格兰特暴尸街头、布莱克乱中出道之后，这位化名为"杰克"的特工终于找到一个钻进波纳诺家族的机会。在 5 月 9 日的"拉斯维加斯之夜"，他终于让波纳诺家族的头目布莱克另眼相待了。当然，对于约瑟夫·皮斯托恩的来历及动机，布莱克还一直被蒙在鼓里。

当"杰克"从他负责的那张赌台上退下来之后，布莱克特地把他请进了俱乐部的一间密室。对于这种对自己赤胆忠心的人，布莱克向来是不轻易错过。他现在要在波纳诺家族站稳脚跟，并且要立于不败之地，不能让自己家族的首领像走马灯一样，一个个昙花一现，你方唱罢我登场。因此，这样赤胆忠心的人对他来说，是一种财富，越多越好。

布莱克的这种做法，正是这位特工"杰克"求之不得的。几年来，他卧薪尝胆，以一位联邦调查局特工的身份，在黑手党家族中忍气吞声，逆来顺受，目的也就是希望有朝一日，能得到这些黑手党头目的赏识，最后钻入他们的心脏。

来到密室之后，布莱克微笑着向"杰克"递过一支雪茄，然后对他说：

"杰克先生，对您刚才在赌台前的表演，我既佩服又感谢。但是，我并不想把我策划已久的'拉斯维加斯之夜'变成一锤子买卖，否则，这岂不断了自己的财路，您说是不是？所以，这就是我要请您来这里休息的原因，也许您不会见怪吧。"

"瞧您说的。""杰克"也趁机顺着竿子往上爬，装出一副受宠若惊的样子说，"能得到布莱克先生的这种邀请和礼遇，实在是我的荣幸，还说什么见怪不见怪的话。"

布莱克说："行，能理解就行。现在，我还有一件事想向您咨询一下，不知杰克先生在这个地区，还有没有其他的生财之道……"

"您说的是不是指海洛因贸易？""杰克"连忙打断布莱克的话，装出一副十分热衷和投机的样子。

"我说的当然同这种贸易有关，但不仅仅是指海洛因，还有大麻、可卡因等诸如此类的买卖。这是当今世界上最赚钱的生意，远远胜过军火、黄金和珠宝交易。当然，比当年贩卖黑奴和东方'猪仔'是要差一些，但那毕竟是那个时代的特点。"

布莱克说这番话时，黑道领袖派头完全暴露无遗。这位化了名的特工先是心里一沉，但马上冷静下来了，心想："今天总算钓到了一条大鱼。"于是，他马上推心置腹地说：

"布莱克先生，不瞒您说，我在纽约和东海岸并没有这方面的关系。但是，由于我在佛罗里达生活了多年，因此，在迈阿密我倒有一些这方面的关系。那个地方紧靠加勒比海，同南美的关系极为密切，您应该知道，南美的哥伦比亚、玻利维亚、巴西、秘鲁，甚至包括加勒比海上的古巴，都是当今世界上最大的海洛因基地。"

布莱克一听，马上喜形于色地对"杰克"说：

"我也没有必要再瞒您了，杰克，您刚才说的那些地方对我并不陌生，我们同那些地方的某些人也有这方面的合作。因此，我希望我们能联起手来，扩大这方面的合作，把我们的货源和进货渠道尽量弄大一些。卡特诺他们的目光老是盯着加拿大那个方向，那里只是意大利西西里人的地盘，波纳诺家族的利益是不会被甘比诺家族挤走的。我现在要做的事，是再度开拓加勒比的海上通道。看来这件事只有拜托杰克先生了，有好处是我们大家的，我绝不会做对不起朋友的事。"

"杰克"一听，心里非常高兴，没有想到布莱克对毒品交易这样热心，而且对自己没有一点戒备之心。他意识到，现在是轮到这个黑手党家族倒霉的时候了。

正当化名为"杰克"的联邦调查局的特工约瑟夫·皮斯托恩打入波纳诺家族之时，甘比诺家族却在新头领布朗·卡特诺的统治下，依然在纽约黑道社会稳扎稳打，游刃有余，一直过着一种逍遥法外的日子。这种日子从 1976 年一直维持到 1981 年。在这五年当中，卡特诺充分显示了个人的领导艺术和一个黑道领袖天才，使甘比诺家族成为唯一一个让美国司法机关束手无策的家族。不过，在这五年当中，卡特诺个人的私生活并不那么风平浪静，他已经由一个当年的街头浪子变成了一位引人注目的"人物"，这其中的主要原因同一位女人有关。

这位女人就是格罗莉娅·奥拉特——她既是卡特诺的用人，又是一位让他深深迷恋的情人。

格罗莉娅本来是一位很平庸的女人。1949 年 10 月 18 日，她生于南美洲的塞维利亚，一个只有四千人口的小镇。不过这个小镇离哥伦比亚最大的毒品中心麦德林市才 200 公里，这使她的童年生活多了一种神秘色彩。她的父亲是一位政治上的激进派，卷入了哥伦比亚保守派与自由派之间的斗争不能自拔，成了保守派追杀的对象，一年当中几乎有一半以上的时间是躲在山洞中过日子，所以，童年时代的格罗莉娅最大的愿望，就是希望能看到在山洞中生活的父亲活着回家来抱抱自己。

14 岁那年，格罗莉娅刚刚成为一名少女就被一伙人强奸了。突如其来的打击，使她对这个世界充满了恐惧，对生活彻底地感到绝望了。事情发生之后，她被家人送进了修道院。她在修道院里，一直处于一种麻木状态。在神经崩溃中，她在修道院里像一具行尸走肉，看着那些修女在她面前走来走去。她可以一个人默默地在自己的房中一坐几个小时，任别人为她祈祷而没有任何反应。她脸色苍白，神情哀怨，一副楚楚可怜的模样。

然而，就在这副可怜的模样下，一颗绝对自私而又冷酷的心正在成长。在修道院的岁月中，格罗莉娅开始由憎恨那几位轮奸她的人到仇恨整个世界，她在策划一种报复的计划。她竟早熟而无师自通地认识到，自己的苦难是由于自己的美丽而造成的。这种美丽是女人天生的资本，也是置男人于死地的桃色陷阱。于是，她慢慢地懂得，女人要想报复男人，不要像火一样熊熊燃烧，去烧毁自己仇恨的男人，而只要像水一样温柔地浸透，同样可以把男人置于死地。她的复仇计划就是，以"性"作为报仇的工具。

就这样，格罗莉娅在修道院无声无息地生活了几年之后，不仅出落得亭亭玉立，而且也声称自己的"病"完全康复了，不需要在这样的环境中再接受治疗。她对嬷嬷说，她要回家，去过一种正常人的生活，她会做到这一点，也应该做到这一点。

她的家人为她请来了心理医生，对她进行必要的检验和测试。面对这些莫名其妙的提问和穿白大褂的人，格罗莉娅巧妙地对答如流。就这样，她被认为是一个治愈了心灵创伤的人，走出了修道院。这时，格罗莉娅不由得在想：人们是多么容易被愚弄和欺骗啊，一个人永远不知道另一个人内心在想什么。

走出修道院之后，19岁的格罗莉娅于1969年1月孤身一人来到了美国，找到了几年前移民来的一位姐姐，同她一起住在科罗纳昆斯的一家公寓里。初来美国时，格罗莉娅几乎不会说英语，就连西班牙语的水平也十分有限。她的姐姐帮她在一家工厂找了一份工作，她就这样在美国落脚了。

但是，格罗莉娅尽管远离家乡故土，那少女时代的创伤并没有真正愈合。她是怀着一种复仇的野心来到这个异国他乡的，因此她对这份工作并不满足，她在等待着一个机会，让她实现她在修道院中冥思苦想了几年的计划。工作之余，她并不把自己限制在拉美人的社交圈里，她认为这些人都是地位低下的外来移民，不可能给她更大的机会。她开始想方设法接触真正的美国人，和上流社会的富人来往。她知道只有这种人，才能成全自己。几年以后，格罗莉娅终于等到了一个机会——当时住在托特山上庄园中的卡特诺需要雇佣一位女用人。

卡特诺自从接管了甘比诺家族的大权之后，便开始超然物外，做起了"山中宰相"。他在托特山修建了一幢豪华的庄园，并从家族基层的事务之中彻底摆脱出来，坐在他那豪华的宅邸里对家族的活动进行遥控。卡特诺从此不再在大街上走来走去，更不会再去冲冲杀杀、身体力行。对于家族所控制的建筑业、赌场和海洛因走私等一切活动，他只是在听完手下人的汇报之后，再做出决定性的决策。他当时的主要事务，就是同各个家族的首领进行交往，同各类政客打交道，或者是去贿赂警察和法官。他也从此便一直逍遥法外，再也没有被警方列为打击的对象，任何一家警察局的档案室里，都没有他的犯罪记录。

然而，凡是甘比诺家族所干的一切罪恶勾当，都是在他的操纵之下进行的。

这时，卡特诺已经60多岁了，但是，他对人生的各种乐趣并没有淡漠。当他的手下人用一辆林肯轿车，将洗过澡、换过衣服的格罗莉娅接到他的庄园之后，他便开始了一种新的生活。

那年夏天的一个周末，格罗莉娅出现在这座豪华的庄园中，在铺着地毯的客厅里接受她希望的考试。当时，担任"主考官"的是卡特诺的妻子尼娜·卡特诺和他的女儿康妮，他自己则坐在书房里的转椅上，像一位真正的绅士一样在抽着雪茄。

由于格罗莉娅的英语水平太糟糕了，这种考试实在无法进行下去。他的妻子向这位新来的女佣提出任何一个问题，都无法得到一个完整而令人满意的回答。最令她不愉快的是，这位女佣总是以一大堆拉丁语夹着几个零碎的英语单词，表达一通她也无法理解的意思。对于这样的一位用人，他的妻子唯一的办法，就是吩咐手下人再开车把这个女人送下山去，免得今后发生更大的不愉快。但是，正当他的妻子和女儿要做出这一选择时，卡特诺却意外地出现在客厅里。他对这位可怜巴巴的女佣看了一眼之后，便决定阻止他的妻子的做法。

他说："尼娜，就让这个孩子留下来试几天，也许她做家务并不像她说话那么笨，我们请的又不是家庭教师。"

卡特诺的妻子看了他一眼，并没有反对他的意见。这位愚蠢的女人并没有想到自己满头白发的丈夫，在不久后的日子里，会把这位可怜的哥伦比亚女人弄到自己的床上去。于是，格罗莉娅就这样留下来了，留在托特山上的这座豪华的庄园里，留在这位"教父"的身边。

当格罗莉娅见这位老人点了点头，示意自己可以留下来时，她的心里似乎动了一下。她的印象是，这位让许多人谈虎色变的黑手党"教父"，原来是一个神情痛苦而又沮丧的老头子。格罗莉娅似乎有点可怜卡特诺了。

在开始做家务的日子里，格罗莉娅表现出一副勤勤恳恳的样子，但由于她那太有限的英语，不得不让尼娜夫人一遍又一遍地用手势去比画，叫她如何把意大利馅饼放到烤箱里去，又如何把脏衣服放进洗衣机里，然后如何打开水龙头，洗干净之后，再如何放进烘干机去烘干然后去熨平。这一遍又一遍的手势，渐渐地把高贵的尼娜夫人弄得不耐烦了，她不由得开始抱怨自己的丈夫，留下这样一个连英语都听不懂的外国女人，让自己天天都要用手势同她打哑语。

面对这样的抱怨，卡特诺并没有同意妻子将格罗莉娅送走的意见。他解决的办法是，叫人买来了一台袖珍式的手提翻译机。他叫妻子对着这台翻译机大声说：

"格罗莉娅，你该去洗盘子了！"

而翻译机里发出的则是拉丁语，意思也是叫格罗莉娅去洗盘子。

从此，妻子再也没有理由赶走这个女佣，反而增加了一种乐趣，总喜欢对着这台翻译机大喊大叫，让它发出许多令自己陌生的声音。她真不敢相信，这种声音就是自己的指令，听起来同鸟叫一样。

格罗莉娅就这样依靠这台翻译机，成了卡特诺家中的一员，起早摸黑地忙上忙下。当然，她知道这样长期下去，并不能达到自己的目的，于是，她便一边接受这台机器的指令，一边暗暗地模仿尼娜夫人的发音，学习一些简单的英语。渐渐地，她开始能听懂一些简单的对话，其中包括尼娜夫人对卡特诺喋喋不休的抱怨和不满。这时，格罗莉娅开始懂得，这位有钱有势的"教父"，原来真的是一个不幸福的人。于是，她便开始刻意修饰自己，尽量地引起卡特诺的注意。尽管这位"教父"的年龄同自己父亲的年龄不相上下，她还是希望有朝一日，他和自己之间会发生一些故事。格罗莉娅的这种希望终于实现了——

第二年春天的一天，翻译机里出现了卡特诺的声音，只听到他在说：

"我喜欢你的笑容，你的眼睛真漂亮……"

格罗莉娅第一次听到这种声音时，她的心里一愣。但她马上明白过来了，并不是这架翻译机出了毛病，而是卡特诺真的在对自己说话。不过，她还是装出一副不明白的样子。她似乎懂得，过早地心领神会并不是好事。她依然一如既往地保持一种羞涩的沉默。

但是，几天之后，这层沉默的面纱终于彻底被撕开了。那天晚上，卡特诺走进了格罗莉娅住的房间。由于他手里没有那架翻译机，他只能用一种特殊的手势来表达他的意思。对于一个有过性生活的女人来说，这种手势是不用翻译的。卡特诺拥抱了她，把她搂在怀里。格罗莉娅象征性地挣扎了几下就不动了，任凭这位像父亲一样的人去摆布……

从此，卡特诺下山的日子更少了，更多的时间是在托特山上的庄园，同这位小情人调情。他对格罗莉娅的热情，就像一位青春勃发的年轻人一样，对她几乎着迷了。当家里没有人的时候，他便帮助格罗莉娅脱光所有的衣服，让她在庄园中那座豪华的游泳池中裸泳。透过清澈的池水，他就像在观看一条活生生的美人鱼。裸泳之后，卡特诺总喜欢把她裹在自己的那件睡袍里，揩干她身上的每一滴水和湿漉漉的头发，然后倒在躺椅上进行长时间的接吻和抚摸，直到两个人的激情像水蒸气一样消失。

在很长的时间内，卡特诺同格罗莉娅都没有实际性的性行为，只是长时间的抚摸而已。这倒并不是出于道德的原因，而完全是生理的原因。这种现象让正处于青春期的格罗莉娅一次又一次欲火中烧。她时常很纳闷地怀疑：难道这就是美国人或者说是黑手党"教父"的做爱方式?

从此以后,卡特诺不再把格罗莉娅当成是一位女佣。在他的心目中,她的地位改变了。他虽然同妻子尼娜名义上是夫妻,但他们已分居多年。许多年来,他们都是各人住在各人的房间里,即使是在夜深人静的时候,也从不往来。这就是格罗莉娅第一次见到他,就觉得他很沮丧、很不快活的原因。

这时,格罗莉娅不再是一位寄人篱下的用人,她几乎成了这个山庄的半个主人。除了物质上的享受之外,在精神上她同样得到了满足。就连那位高贵的尼娜夫人,再也不敢蔑视她满口的拉丁语音,并且还为她请来了另一位女佣,负责她的起居和日常生活。卡特诺这时再也不必为偷情而徒增烦恼。在这座庄园中,有一半的房间是属于卡特诺和格罗莉娅共同使用的。

当卡特诺沉浸在与小情人的爱河之中时,他的甘比诺家族也在悄悄地发生变化。尽管他每天照常接待从山下来访的客人,签署许多熟悉的协议和下达不同的命令,但在1981年以后,卡特诺的这一切都在渐渐地失灵,家族内部出现了一些新的派系,为了权力的再分配在扩展各自的地盘。原先由卡特诺控制的许多赌场、酒楼、建筑行等生意的大宗收入,也开始流入私人的腰包。在纽约街头和布朗克斯的停车场上,经常发生一些持刀伤人的惨案,在郊区也经常发现一具具尸体,但这都不是卡特诺下达的命令。不过在联邦调查局的档案中,都一桩桩一件件地记在卡特诺的名下。从此,卡特诺又引起了警方的重视,再次成为追查的目标。

1984年3月30日,已69岁高龄的卡特诺终于又一次遭到警力的逮捕。这一天,多年没有在大众场合正式露面的"教父"卡特诺,被几名警察押到联邦广场26号的联邦调查局总部取指纹,确认了他的身份之后，他将被转送到距此大约三个街区远的曼哈顿管教中心，然后在那里进行审理并确定保释或起诉。可是，当卡特诺从联邦调查局的总部被带出来，应该押送他去曼哈顿管教中心的车子却神秘地"失踪"了。于是，在这种无奈之下，这位满头白发的黑手党"教父"，只好在光天化日之下徒步走过宽阔的曼哈顿广场。这种情景，真让许多闻讯而来的记者拍手称快。无论是电台还是报社杂志社的记者，都紧紧地追随在卡特诺的前后左右，频频地按动手中照相机的快门。一台台摄像机更是不停地转动，在抢拍这千载难逢的珍贵的镜头。要知道，如果是在往日，要想这么近距离拍到这位"大人物"的镜头，那是无法想象的事。要么只有偷拍，要么只有冒着挨他的保镖的枪子的危险。

这时，卡特诺眯着眼睛走在宽阔的广场上，就像一位囚犯走在沙漠中一样。明亮的阳光照在他那花白的头发上，他的样子无疑是在示众。周围是成千上万围观的市民，他们并不是在一睹他的"风采"。这是卡特诺多年没有过的遭遇，他意识到这是一种耻辱。他为了保持自己的尊严，不得不依然把腰板挺得笔直，两眼威严地注视着前方。但是，他内心的空虚无法掩饰，从他那苍老的脸上一览无余。许多人都意识到，卡特诺已经失去了往日的一切。

不过，在曼哈顿管教中心的审理和听证中，卡特诺并没有受到指控，仅仅是被罚了款。在保释征询时，他镇静地签下了200万美元的保释金，并把他那座托特山上的庄园做抵押。在办完这所有的手续之后，于当天下午5点钟左右，卡特诺被保释回家了。回到了托特山庄园之后，卡特诺又渐渐地恢复了元气。吃过晚饭后，他洗了一个热水澡，然后又重新换上那件睡袍。在格罗莉娅的服侍下，他注射了一支胰岛素，静静地坐在书房里，把一天来的事情认真地思索了一番。到晚上 11 点钟左右，他终于得出了一个结论，那就是自己的权威已经开始动摇并在渐渐地失去。这种动摇不仅仅是他个人的权威，而是整个甘比诺家族。他知道自己这个不可一世的家族，正在一步一步地走向没落，毁灭已为期不远。

卡特诺的这种预见是非常清醒的，果然在一年之后，一切都变成了现实。

不过，在 1984 年的 3 月的这天晚上，卡特诺依然搂着他的小情人上床去了。只是到了凌晨 3 点钟的时候，他才想到，应该把自己今天的遭遇和思考，告诉雷蒙德和其他的人。他要清醒地告诫他们：整个美国黑手党家族，离毁灭的日子已经不远了……

第十三章

败走麦城　两家族土崩瓦解

　　芝加哥"教父"流亡墨西哥，最后被驱逐出境回到美国，尽管他的"业务"遍布全球，但最后还是被人枪杀在花园里。

　　波士顿"教父"遭厄运，虽然他赌运高照，组织"环球赌博旅游"，与海地共和国总统合伙开赌城，但最后却栽在一位部下的手中。银铛入狱后众叛亲离，他的妻儿几乎成了乞丐。他一气之下自首告密——尽管他活着，但在黑道追杀中一直亡命天涯。

　　甘比诺家族的"教父"布朗·卡特诺的预见并不是始于1984年再次被捕之后，从他1976年上台伊始，他就本能地意识到美国整个黑道社会的命运——因为在他上台的前一年，就有两个家族遭到了灭顶之灾。

　　首先遭到覆灭的是让美国总统肯尼迪兄弟相继身败名裂的芝加哥帮。肯尼迪兄弟相继遇害之后，在警方的追杀下，芝加哥"教父"

山姆·吉安卡纳不得不流亡墨西哥。山姆流亡墨西哥之后，纠集国外黑道势力继续为非作歹，被历史学家称为"流浪暴徒"。有时，他也秘密地返回芝加哥或者是东海岸的英格兰地区，进行一些非法的黑道串联活动。他这时主要的活动是走私军火及毒品。

大概在1967年夏天，美国联邦调查局派出密探，探明了山姆在墨西哥的住处，便指派前《芝加哥太阳时报》的一位名叫山姆·史密斯的记者，利用职务之便潜入墨西哥，对山姆进行秘密跟踪报道。史密斯当时是《生活》杂志的记者，他毅然地接受了这一充满冒险精神的使命，赶到了克尔那瓦卡。到了那里之后，史密斯租用了一架直升机，飞抵了山姆在墨西哥舒适的新住宅上空，在飞机上利用先进的摄影器材拍了许多照片，对山姆在墨西哥的行踪进行了曝光。

史密斯回国之后，把这些照片拿给了《生活》杂志社，全部刊登在当年第9期的杂志上。在刊登照片的同时，史密斯还撰写了一篇长长的报道，对山姆在墨西哥的行径和他当年在芝加哥的历史，做了一番详细的介绍。在文章中，史密斯除了客观叙述之外，还充分发挥一位记者的想象力。这篇图文并茂的"独家新闻"问世之后，立即引起了一阵轰动。山姆见到这些臆造的文字和真实的照片之后大为光火，声称要对这个记者进行报复。不过，这时美国当局已对史密斯采取了严密的保护措施。

根据史密斯提供的线索，联邦调查局在当年夏天，又对山姆身边的二十四名成员进行了起诉，他的翻译凯因也在其中。

不久，凯因奉山姆之命，潜回伊利诺伊为他处理一桩商业上的事务，结果被跟踪已久的联邦调查局的特工捕获。凯因被抓获之后，关在芝加哥警察局的监狱等待宣判，他被指控参加了1963年的抢劫案。

1968 年 2 月，凯因连同山姆的另一位部下威利被宣判有罪。威利被判处十五年有期监禁。凯因由于得到了联邦调查局中的朋友暗中帮助，仅仅只判了四年监禁。

凯因是山姆流亡国外的一位得力助手，对于他的入狱，山姆感到极大不方便。但是，由于他有墨西哥余党的支持，即使没有这样的一位助手，他也继续着他的"环球旅行"。他在里奥和阿克伯尔克同当地的黑社会头目梅耶·兰斯基进行会晤，两人商谈了几个小时，达成了一笔价值为 30 万美元的军火生意。但由于事后行动不慎，这笔生意并没有结果。

与梅耶·兰斯基会晤之后，他又到罗马同鲍尔进行秘密会晤，讨论的中心话题是海洛因的贸易。在这一连串的会谈当中，有时他也忙中偷闲，抽出时间来与菲利斯·麦尔盖乐一同度假。山姆度假的生活可以说是丰富多彩。有时，他在新的邸宅宴请墨西哥官员，有时是在附近的一个俱乐部里打高尔夫球。每当这种场合，这位"退休了的流浪暴徒"依然派头十足，不但前呼后拥，而且挥金如土，其派头并不亚于一位出访或退休了的部长。

1968 年 7 月，联邦调查局试图再次将山姆·吉安卡纳搞垮。为了达到这一目的，他们决定采取最大胆的计划，把山姆的二女儿邦尼和她的丈夫托尼·迪西卷进来。邦尼夫妇当时住在塔克森。

一天夜里，塔克森的联邦调查局人员大卫·海尔开始执行这一计划。他雇了当地的三个流氓，开始袭击邦尼的家。这三个流氓手持冲锋枪，击碎了邦尼家的玻璃窗，有五发子弹射进了她的卧室，不过并没有造成人员伤亡。

在山姆的女儿的家遭到袭击的两个星期后，波纳诺和其他部下的住宅也遭到了同样的袭击。这些袭击不仅使用了冲锋枪，而且还动用了手雷和微型炸弹，制造了多起爆炸事件。不过，这同样没有任何人员伤亡。大卫·海尔的目标并不是要制造伤亡，而是敲山震虎，引诱山姆·吉安卡纳离开墨西哥回到芝加哥来。但是，这一系列的暴力事件不仅没有达到预期的目的，反而有引起帮派大战的危险。山姆在获悉这一系列的事件之后，立即向国内和海外的黑道社会发出了紧急呼吁，准备纠集几个家族的力量，进行一次疯狂的报复。

中央情报局获悉事态的发展之后，马上召开紧急会议，并向国会建议立即制止这种暴力行为。有关方面经过近一年的调查，终于在1969年5月，查清了这一系列暴力事件的幕后策划者，就是联邦调查局的代理人大卫·海尔。

随着调查结果的揭秘，海尔只好从联邦调查局辞职，但拒绝出庭作证。最后，联邦调查局和它的代理人大卫·海尔被免于起诉，这件事也就不了了之。不过，联邦调查局的初衷也由此破灭了，逃亡墨西哥的山姆·吉安卡纳并没有由于女儿和部下的住宅遭到袭击而逃离，相反，在这段时间内，他继续在墨西哥的南部和中部进行着罪恶的短途旅行。

此后不久，他便移居到克尔那瓦卡镇边美丽的拉斯奎因塔斯巴，在那里建立了他的新居。这座新居旁边有一个绿草如茵的高尔夫球场，还有一间幽雅的丁香花小屋。在天气晴朗的日子里，山姆经常去俱乐部打高尔夫球，然后坐到丁香花小屋中去喝酒。他往往是一杯又一杯地干着昂贵的法国白兰地或葡萄酒，完全是一副乡村绅士的派头。

在1969年以后的几年中，山姆·吉安卡纳继续居住在墨西哥，不过还是经常出去旅行。这时他旅行的范围不再局限于墨西哥，而是真正的环球旅行。他不仅仅"访问"过欧洲和拉丁美洲的城市，而且还到过中东地区，去过德黑兰、贝鲁特、黎巴嫩等地。在贝鲁特，山姆还在当地一个国家级俱乐部里获得成员的资格。他以此为据点，结识了许多在世界上极有影响的经纪人，其中包括山姆的"朋友"、曾担任过伊朗国王的萨荷。

在这里，山姆如鱼得水，不仅生活得花天酒地，而且也没有什么不安全的因素。因为这几年，美国中央情报局与这些国家的关系，一直处于良好状态之中。尤其是萨荷，据说竟然是在中央情报局的支持下，推翻了他的前任，当上了国王。中央情报局与伊朗这种友好的关系，一直维持到1969年萨荷下台被迫逃亡时为止。

几乎从1970年开始，山姆在芝加哥及中东地区，至少有五个以上的东方事务代表团在他的指令下为他工作。他通过美国中央情报局，在菲律宾、越南和老挝等地都建立了合作机构，进行着一个个价值数十亿美元的海洛因走私生意。他们建立了一个庞大的走私集团，这个走私集团由中央情报局和黑手党共同参与，遍及哥斯达黎加和巴拿马等地。

1972年下半年，山姆的翻译理查德·凯因从得克萨卡纳监狱"刑满释放"，很快重新获得了他的信任，并继续担任他的翻译和国际随从，陪伴他周游世界。山姆频繁的旅行，竟增进了他与梵蒂冈大主教马辛库斯和米歇尔·辛都纳的关系。

1973年，据说由于山姆同他的朋友之间的一场激烈的争吵，他的翻译凯因离他而去回到了芝加哥。回到芝加哥后，凯因公开声称同山姆在一起并不愉快，并且开始对山姆进行攻击。结果在这年的12月20日，这位忠实的随从被谋杀了。

谋杀是在光天化日之下进行的。当天中午，凯因正同几位身份不明的人在罗斯的三明治商店吃中午饭。几个人吃完后都站起身离去了，留下凯因一个人在那里。不一会儿，两个头戴滑雪面具的人，拿着手枪走进店里。一进门，这两个人便要里面所有的人迅速靠墙站成一排。据目击者事后说，这两位杀手中的一位，左手戴一只黑手套，右手戴一只白手套，他的同伙却没有戴手套，手里拿着对讲机。只见那个人把对讲机举到嘴边大声说："谁收到了包裹？"

他问了几遍，直到最后有人回答："这里来了一个家伙，他可能拿到了包裹。"

听到这句奇怪的回答之后，那位戴黑白手套的枪手立即走近凯因，距离很近地朝他的头部连开了两枪，他简单地搜查了凯因的口袋之后，就朝门外走去，同另外一个枪手消失在门外，只留下倒在血泊之中的凯因和几位吓呆了的顾客。

这种明目张胆的谋杀，并通过对讲机来传递暗号，在芝加哥黑社会的暗杀史上还是第一次。更让人感到奇怪的是那两只一黑一白的手套。有些人事后这样解释：这两只手套是谋杀凯因的一种信号，两只手套分别象征两股不同的势力，即美国中央情报局的"白手"和山姆·吉安卡纳的"黑手"。

这种解释似乎并非自作聪明，但却无法得到证实，就像山姆在凯因的谋杀案中到底扮演什么角色一样，永远是一个谜。

凯因被干掉之后，山姆的身体便开始每况愈下，疾病使他无法再继续旅行。他只是坐在家中，把许多全球性的大宗业务都委托他的部下去处理，这些人当然是他可靠的亲信，他自己则把注意力转向自己的健康，对外来威胁的防范也松弛了。结果，山姆由此失去了自由。

1974 年 7 月 18 日晚，山姆在自己的花园中被捕了。当时他只是穿着睡袍和拖鞋，结果被四个潜入花园的人抓住了，连夜送进了地方监狱。拘押了两天之后,他被押往墨西哥城。到了墨西哥城,山姆立即被押着上了飞机,直飞得克萨斯州的圣安东尼奥。飞机着陆后,"迎接"他的是几位联邦调查局的人。这些人递给他一张票,命令他在下周一去芝加哥接受大陪审团的调查。

这次山姆是被墨西哥当局驱逐出境的。对于这种非礼的待遇山姆十分不解。因为在这以前,他同墨西哥当局一直保持着良好的关系,这种良好的关系一直通到墨西哥现任总统那里,他不可能是一个"不受欢迎"的人。所以他对自己的被驱逐感到震惊,怀疑可能是美国中央情报局安排了这次"驱逐"。

星期一,山姆回到了芝加哥,走进法庭坐在大陪审团的面前。他得到了法庭的豁免,并没有供出什么实质性的东西。陪审团只有根据他这些毫无价值的证词进行审判,结果他被判无罪,走出了法庭。

从这以后,山姆的健康状况进一步恶化,他的胆囊炎十分严重,曾两次飞往休斯敦做手术,由著名的医生德拜基主刀,但还是没有根治。这时,他一直住在芝加哥的橡树园中的别墅里,和家人生活在一起。

1975年6月19日,参议院情报委员会的几位成员来到了芝加哥。他们的目的是准备把山姆·吉安卡纳从他居住的橡树园别墅转移到华盛顿特区。然而,就在这一天,这位芝加哥"教父"被人暗杀了。

这天晚上,这个仍然大权在握的"老板"还在家中同朋友和家人聊天。对于那几位情报委员会的官员的到来,他们正在进行热烈的议论和猜测。山姆对即将面临的参议院的调查并不在乎,他根本没有去理睬这些。他当然知道什么话该说什么话不该说。结果到了当天午夜时分,山姆·吉安卡纳死了——一枪打进后脑,一枪打进嘴里，还有五枪击中了他的下颌。然而，他的家人却全然不知，直到第二天早晨，他的死才成了一条惊动全世界的头条新闻，他的名字和照片再次出现在世界许多国家报纸的头版位置。这一年，山姆·吉安卡纳 67 岁。

山姆被神秘地暗杀之后，引起了许多的猜疑，主要是对他的死因。

一种说法是，由于他旅居拉美以后格外贪婪，拒绝与他的同伙去分享他所积累的庞大的财富；一种说法是他的家族在觊觎他的权力，但这种说法似乎有些勉强。

总之，他的死不仅仅是黑社会的报复，还有更多的原因，要确认凶手是谁，已经不可能了。正如他自己生前所说的一句话：

"查出谁还活着，你就会找到凶手。"

随着山姆·吉安卡纳的死去，美国黑道社会中这个曾不可一世的芝加哥家族，便从此不再辉煌了。

几乎在芝加哥家族覆灭的同时，波士顿家族也土崩瓦解了。

波士顿家族的头目文森特·特里萨是 1969 年在马里兰汤德森监狱向政府投降的。1975 年他被保释出狱后，便遭到美国现代派黑手党对他展开的全球性的追杀。然而在入狱之前，特里萨却为黑手党掠夺了惊人的财富。在美国所有的黑道头目中，特里萨挣钱的手段是数一数二的。

当年，特里萨凭借塔梅莱奥的帮助，几乎垄断了波士顿的夜总会、马场和港口俱乐部，并且同雷蒙德联手，抢劫了大量的财富。这时，他的势力已扩展到波士顿的心脏地带。他在波士顿的汉诺威大街开办了一家"美国信贷公司"，目的是为了方便黑手党朋友在那里借钱。如果一个人在黑手党没有朋友，即使他很守信用，那他同样连一分钱都借不到。"美国信贷公司"将钱借给黑手党徒，是为了在税务侦探询问他们的钱的来处时，好为这些人出示书面证明。其实这个公司，是黑手党隐蔽"黑钱"的一个据点。

该公司不是由特里萨本人亲自出面开办的，它的董事长是乔治·卡塔尔。

乔治·卡塔尔是一个资产在百万以上的土地投机商，在加拿大和西西里都占有大量的资产和土地。这个家伙在这种行当中是个天才，但是他犯了一个致命的错误：喜欢同黑手党徒瞎混。他开始是黑手党头目莫迪卡的"朋友"。莫迪卡当时是马萨诸塞州洛瓦尔－劳伦斯地区一带的头目，乔治就帮他在这一带推销彩票、抽彩和经营赛马的买卖。他是个真正挨户挨家推销的推销员，工作负责而又狡猾，绝大部分的收入是合法的。他当时公开的职业是在劳伦斯地区的一家叙利亚人的饭店里工作，但没过多久，他便巧妙地将这家饭店据为己有，然后又通过各种关系，接手了一家名叫"社区贷款公司"的信贷公司。通过这家公司，他在整个新英格兰地区迅速进行土地投机，开设运输商行和信贷公司，并经营了好几家汽车旅馆，他的资产就像吹气球一样迅速膨胀起来。

这时，出于安全方面的考虑，也为了赚更多的钱，他非常希望能同黑手党合作。他对他原来的老板莫迪卡非常尊敬，认为他是在这一带最有权威的顶尖人物。于是，有一天乔治就去找莫迪卡。他对莫迪卡说，他想在波士顿为黑手党开办一家信贷公司。莫迪卡认为这个主意不错，立即从中拉皮条，同特里萨取得联系。特里萨对乔治和莫迪卡的这些做法很满意，马上表示支持他们为黑手党办点实事，于是这家"美国信贷公司"就成立了，乔治任公开的董事长，他向这家公司投资了20万美元，开始借钱给黑手党徒。

乔治是一个十分精明的人，他通过这种关系同黑手党取得了联系，实际上他是利用黑手党在为自己挣钱，他本人挣得的钱，比黑手党挣得的钱多十倍。在黑手党的保护下，他的公司迅速发展起来，并且很快发展了六家子公司。他办事非常缜密，不仅同黑手党有联系，而且同马萨诸塞州、缅因州等地区的议员和警察都有联系，他脚踏两只船，求得了各方面的保护和支持。这时，他抛开了原来为他拉皮条的黑手党小头目莫迪卡，直接同特里萨合作。

特里萨"接管"这些公司之后，把"美国信贷公司"的总部改名为"泛美信贷公司"，仍然由乔治和他的兄弟经营。不过，公司的一切活动已经变了。除了向黑手党提供大量的贷款之外，其他的主要"业务"就是通过这几家公司进行金融诈骗和"洗钱"。在这家公司的总部，特里萨每周的"薪金"是6000美元，而塔梅莱奥的"薪金"则为3000美元，公司最早的"监护人"莫迪卡也能拿到2000美元。

"泛美信贷公司"的董事长后来换成了乔治·卡塔尔的弟弟彼得·卡塔尔，而乔治本人则从事更大的生意。他的弟弟彼得·卡塔尔同样是一位对黑手党非常感兴趣的人，他总想自己能成为黑手党的一员。他平日的衣着打扮总是同电影中的巴特·马斯特森（波士顿地区的另一位黑手党经纪人）一模一样，戴一顶黑色的大礼帽，提一根散步用的手杖，并且喜欢带上一支手枪。

有一天他对特里萨说，他想把他的"泛美信贷公司"总部更名为"食人鱼公司"。他说：

"我想这个名字，也许更富有刺激性。"

特里萨望着这位头脑发热的董事长，再想象那种食人鱼的凶残，他点了点头表示同意。

于是，彼得马上派人从他的一个朋友那里，真的买来了两条活的食人鱼。他把这两条食人鱼分别养在两只特制的大玻璃缸里，一条取名为格拉迪斯，另一条就干脆叫彼得，并由莫迪卡专门负责管理这两条鱼。

莫迪卡每天上班的第一件事，就是吩咐他的女秘书派人去买喂食人鱼的饲料，这些饲料主要是那些五颜六色的金鱼。然后，他就趴在桌子上画他的小矮人。他的小矮人画得十分成功，都是一些卡通人物。他很得意地称自己为卡通画家。等到特里萨上班来了，他就到他的办公室去，陪他玩一种两个人玩的牌。每天上午 10 点 30 分，他都要陪特里萨一道，站在这两只大的玻璃缸前，看那位女秘书喂食人鱼，看着那两条食人鱼把丢下去的金鱼和肉块一口吞噬下去。

特里萨他们之所以养两条这么凶残的食人鱼，目的不是为了观赏，而是为了引起那些欠钱的人的恐惧。有时，他把那些欠钱的人找来，让他们同自己一道，站在玻璃缸边欣赏这两条食人鱼"大鱼吃小鱼"的把戏，然后对这些人说，如果不及时把钱还来，他们就会像这些可怜的小金鱼一样，变成食人鱼的饲料。有一次，特里萨他们真的命令手下的打手，将一位叫塔利亚的欠债人的手插进其中的一个玻璃缸里。这个叫塔利亚的人的两根手指头，马上被那条叫"彼得"的食人鱼啃下了一截，痛得这个家伙连连求饶，在地下打滚。

塔利亚的"故事"很快在新英格兰地区传开了。从此，特里萨收账再也不是一件难事。

特里萨除了控制波士顿的"食人鱼公司"和许多大大小小的子公司之外，另外一个挣钱的地方便是马场。

在新英格兰地区，几乎所有的马场都在黑手党的控制之中。该地区赛马作弊的事可以说是世界上最多的。特里萨手下有一位叫布朗迪·西莫内利的人，是新英格兰地区最大的赛马作弊人。

布朗迪·西莫内利本人曾是一名骑手，后来改做驯马师，他在马场厮混的历史不少于三十年，所以他对这其中作弊的门道几乎比任何人都精。

西莫内利作弊手段渗透到赌马的各个方面，用得最多的手段有三种：

第一是威胁马主。如果这匹马在比赛时会威胁他们下赌注的另一匹马，西莫内利就会把这匹马的马主找来，明白对他说："你一定要管好你的马，明天一定不能上场，即使上场了也不准赢，否则，我们的人就会把你的家连你的马厩一同炸掉。"许多马主都受到过这样的警告，但没有一个人敢违抗。他们知道这个家伙的背后站着的是特里萨，有谁敢用自己的身家性命去同特里萨"开玩笑"。

第二是贿赂骑手。骑手的目的是想凭自己的本领在老板那里领来薪水和奖金，但同样不想出卖自己的性命。西莫内利经常邀请一些有名气的骑手到黑手党的夜总会"做客"，找一个漂亮的西班牙女郎，让这位骑手在夜总会的包房里先出一身臭汗。这样，这位骑手就像他那匹赛马一样驯服听话。有时，他还派人陪这些骑手打牌，让他输得精光，然后又借给他大量的钱，这样，这位骑手也同样不敢"跳槽"或"炝蹶子"。

第三种办法就是拉拢马场中的工作人员。他们要赌哪匹马，就事先给这匹马服上大量的兴奋剂，在进行尿样测试时，就把没有服兴奋剂的马尿送上去。这样，即使是再高明的药物检验师，也永远查不出其中的破绽。

除了这三种办法之外，其他凡是能用得上的办法，他们都能用上。当时，特里萨通过手下的人，几乎控制了新英格兰地区所有的马场，从中获取的暴利到底有多少，永远是一个谜。有许多赌棍在不明真相的情况下，一天到晚站在马场中坚硬的水泥地上，梦想的就是希望守到一个发财的机会。一旦机会来了，他们就倾其所有，孤注一掷，把所有的赌注都押在他们满怀希望的那匹马上。结果到头来，他们等到的结果往往是血本无归或者是倾家荡产。

这种赛马舞弊的把戏几乎所有的人都在搞，也并非在一家马场进行。尽管许多人都知道这么做，甚至也这么做了，但到头来真正的赢家却是特里萨和他的手下。也有许多人知道其中的内幕，但这些人永远只能是守口如瓶。如果一旦泄露了天机，那么就可以在某条公路边的水沟里发现他的尸体，并且可以发现，这具尸体上的生殖器不见了，塞在上面的嘴巴里。这是意大利西西里黑手党典型的惩罚的办法，在美利坚合众国的东海岸地区同样屡见不鲜。即使许多政客和警察也知道元凶是谁，他们往往也只是缄默。

在波士顿，贿赂警察是黑手党的一件主要的工作。这种贿赂给他们带来了丰厚的利润。在波士顿及周边城市，每年大概有7亿美元的收入，通过信贷欺骗、非法的赌博和黑市交易流入黑手党的钱柜。在这里，为黑手党公开或暗中"效劳"的不仅仅是马萨诸塞州、缅因州和罗得岛的警官先生，而几乎是新英格兰地区所有的警察。当时，波士顿大概有三百六十名刑事警察，而在特里萨掌握之中的不少于三百名，所以，特里萨在这里的任何活动都来去自如，从不受刁难。

在普罗维登斯，大约有一半警察的名字都列在特里萨的"工资表"上，特里萨每月定期给这些警察发工资，并请他们经常光临酒吧、夜总会或赌场去过把瘾。所以，当这些警察有时开着警车去执行公务时，如果经过特里萨的办公大楼，看见他坐在二楼阳台上的扶手椅上晒太阳时，他们都会放慢车速，朝这位黑手党"教父"挥手致意。

每年的圣诞节前夕，许多得到通知的警察，都在规定的时间内，先后来到特里萨的总部，从他手下的工作人员手中领取"红包"。在里维尔、萨默维尔、斯普林菲尔德和波士顿总部，特里萨都要给这些警察发"红包"，每次都不少于5000美元。有时，对于那些有"特殊贡献"的警察，奉送的钞票达到10000美元或更多。这样，在平时办案时，那些精明的警察自然知道该怎么做。

在所有的黑手党头目中，唯有特里萨一直对赌博情有独钟。因此，在特里萨控制了波士顿的夜总会、工会、马场和其他许多赚钱的行当之后，他的朋友拉尔夫·金泰尔又向他建议，组织一种"旅游赌博"的活动。金泰尔说，这样的活动可以赚大钱。

对于金泰尔的建议，特里萨当然心动。他知道，赌博无论在什么地方都会受到当局的限制，最小的限制是要纳税，最大的限制是会遭到警察的干预，往往会被查封场馆。如果不在一个地方赌博，自然省去了许多的麻烦。为了稳妥起见，特里萨便动身对国外的一些赌场进行了实地考察。

特里萨考察的赌场之一，是位于西印度群岛中的安提瓜岛。当时那里最大的赌场是马穆拉·比奇旅馆赌场，而在安提瓜岛管事的黑手党头目则是查尔斯·图里内和安杰路·基耶帕。图里内是杰诺赛帮的成员，他是赌场的老资格专家。当古巴对黑手党来说还是"天堂"的时代，图里内就曾同迈耶·兰斯基在哈瓦那共事。而基耶帕则像一位国王一样，在安提瓜岛东奔西走，"统治"着这个海岛。他大腹便便，秃顶，看上去像一位银行家。他的衣着总是那么考究。

到达安提瓜岛的当天晚上，特里萨就同图里内和基耶帕接上了头。在一家当地最有名的夜总会里，他们三个人共同策划了一场赌博大战。接着，特里萨在这两位同行的鼎力相助下，在安提瓜岛摆开了赌场。那些掷骰子的人都是训练有素的高手，而且每一粒骰子都是灌了水银的。同时，特里萨还让人从波士顿带来了许多有魅力的女人，来"安慰"这些赌徒。这些女人都是花钱请来的妓女，一个个都善解人意。特里萨知道，这些赌徒都是从各地来观光旅游的游客，他们到安提瓜岛来的目的，当然不外乎金钱和美女。后来赌徒多了，波士顿雇来的妓女不够用，特里萨又通过图里内和基耶帕，在当地招募了一批妓女。

安提瓜岛实在是个天然的大赌场，这里人的生活中的一个重要内容，就是赌博。特里萨的赌场开张后，仅仅是小试牛刀，就让许多游客变成了穷光蛋。

通过对安提瓜岛的实地考察，特里萨坚定了对旅游赌博的信心。他认识到，只要组织得好，这种买卖比什么生意都赚钱。关键是要选好地方。通过打听和研究世界各地赌场，特里萨决定在英国伦敦开一家高级赌场，即侨民俱乐部。

他之所以看上了伦敦，其理由有二：一是伦敦城只有为数不多的七八家赌场，许多赌场的生意并不景气，很有"潜力"；二是伦敦的赌客都太绅士，他们不是真正的赌客，正统得完全依靠运气而不懂得"技巧"。于是，特里萨决定向伦敦进军。

经过一番谋划之后，侨民俱乐部正式开张了，这是一家完全可以同赌城拉斯维加斯相媲美的一流赌场，里面吃喝玩乐"一条龙"服务。特里萨最得力的助手就是最有名的赌博专家迈耶·兰斯基。赌场内有许多名师掌勺的小餐馆，吃饭时，经常有弦乐四重奏的小乐队来伴奏，陪酒的女郎更是一个个妙不可言。这种环境，对每一位嗜赌的游客来说，真是一个值得一试的地方。于是，许多旅游行当的导游小姐，都想方设法把一个又一个的旅游团体拉到侨民俱乐部来，这些人可以从旅游团所花的费用中，提取30%的回扣。一时间，侨民俱乐部人头攒动，赌客如云。

更重要的是，特里萨一伙并没有打算在侨民俱乐部的赌博中做手脚，骰子中没有灌水银，纸牌上也没有做暗号。俱乐部的收入就只有微不足道的17%。就是说，俱乐部就是指望从赌客的1000元赌注中得到不少于170元的利润，这种没有欺骗的赌博很符合英国人的那种传统的绅士风度，因此，侨民俱乐部的生意在一天天地看好。每个来俱乐部参加赌博的游客，先交10000元，换成英镑计算的筹码。除了房钱、饮食和来回机票外，每个赌客可以从这10000元中收回8020元的筹码收据。如果这8020元的筹码输光了，他们可以凭信誉卡或其他证件再回俱乐部立一张字据，再借一两万都行。这种正规的赌博，给侨民俱乐部带来了不少的生意。

在伦敦的旅游赌博取得成功的同时，特里萨又同兰斯基等人策划，决定在远离波士顿的密西西比河上开一家赌场。那里有一座名叫巴哈马的小岛，他们决定把赌场建在那座小岛上。

经过近半年紧张的施工，一座豪华别致的赌场终于建成了。这座昔日荒凉的小岛不仅有一流的赌场，还有旅馆、游泳池、夜总会和咖啡厅等许多游乐场所。这时，特里萨又同好莱坞八十多名三流的女影星和纽约几百名红得发紫的妓女签订了合同，让这些女人分期分批来这小岛"献艺"，顿时让这座小岛成了美国上流社会趋之若鹜的乐园。

密西西比河上的"赌城"的成功，再一次激发了特里萨对赌博业的野心。

1967年春天，特里萨又突发奇想，准备会见加勒比海上的岛国——海地共和国的总统弗朗索瓦·杜瓦利埃，在海地组织赌博旅游。在康涅狄格州的黑手党头目戴维的安排下，特里萨终于如愿以偿，在海地共和国的总统府见到了这个国家的最高统治者和最大的独裁者。

弗朗索瓦·杜瓦利埃是一个非常贪婪的人，也是一个非常狡猾的家伙，他又矮又瘦，皮肤呈灰褐色，一双棕色的眼睛在一副大眼镜后面总是不停地闪烁。尽管他受过高等教育，但他的英语水平却实在令人不敢恭维。

在戴维的引荐下，特里萨向杜瓦利埃建议，可以在风景优美的太子港建一个赌场，他将组织世界各地的游客来这里观光旅游，这样，太子港就会成为一个世界著名的旅游区，可以得到意想不到的收入。

这位总统似乎是在听着，也听得很仔细，但是，一个多小时的会见结束了，却没有做出任何决定，这令特里萨很失望。这时，他真有点怀疑自己的朋友戴维同这位总统的友谊，是不是同他自己说的一样。因为在此以前，戴维曾多次向特里萨说过，自己在1962年和1963年的两次国际赛马中，如何同这个总统联手发行非法彩票，挣了不少的钱；又如何躲过美国联邦调查局的监视，为海地共和国弄到了大批的枪支弹药，装备了这个国家的军队，帮助杜瓦利埃巩固了在加勒比海地区的地位。而现在，这位总统似乎把这一切都忘记了，对他们的建议不置可否。这不但令特里萨失望，也让戴维感到不愉快。

然而，就在这次会谈后的一个礼拜，杜瓦利埃突然打电话给戴维，说他同意特里萨在海地开展赌博旅游，并同意在太子港设赌场。戴维听到这个消息后，马上通知特里萨，再次同杜瓦利埃进行面谈。于是几经磋商，太子港赌场问世了。特里萨通过他的搭档，为这个风景优美的赌场，输送了一批又一批的赌客，也为海地这个小国带来了丰厚的收入，而海地总统的私人收入更是无法计算。

在尝到了甜头之后，这位共和国总统竟在几个月之后再次向特里萨建议，利用太子港的几处空旅馆，再建几座赌场。同时，他还对这位给他带来了无数美元的大财神爷说：

"您到海地来，我在这里给您购置一座美丽的大住宅，一个大庄园，您就像一位国王一样在这里生活，我保证您能赚大钱，又过得舒服。"

对于这种建议，特里萨并没有动心。他知道自己还在联邦调查局那里挂着号，如果老待在一个地方，让那些密探闻出了味道，总不是好事。但是，这位共和国总统却信誓旦旦地向他保证："如果您在这里发现密探，我马上叫人把他们关起来，关进我们国家的监狱。没有得到您的同意，我决不会放他们走。"

特里萨并没有接受杜瓦利埃的这番好意，依然打一枪换一个地方。每建立一个新赌场之后，他就把它交给手下的心腹去管理，他自己又去开辟新的赌场。就这样，在那几年内，他带着一个又一个的赌博旅游团在南美洲、欧洲到处旅行，除了在伦敦、安提瓜、海地等地建立了赌场之外，他还在葡萄牙、多米尼加共和国、巴哈马群岛和蒙特卡罗等国家和地区，都建立了不少的赌场。

由于这几年他一直把他的"事业"转向海外，他同新英格兰地区的其他黑手党家族的关系，一直相处得很好，彼此之间没有什么利害冲突，自然没有什么矛盾发生。但是，在他的家庭内部，这几年却连连大战爆发，原因是他爱上了一位19岁的舞女，以致他的结发妻子布兰琪闹得不可开交。

最后在塔梅莱奥等人的规劝下，特里萨还是回到了他妻子的身边。这位痴情的舞女也只好知难而退了。

到了 1969 年，特里萨已经 41 岁了，三百二十五磅的体重让他做什么都感到难受。也正是在这一年，他再一次被联邦调查局逮捕了。

1969 年 6 月 30 日上午，特里萨送他的儿子去骑术学校。当他驾着车在慢车道上行驶时，突然被三辆黑色的轿车包围了。他无法逃走，几位持枪的汉子已经跳下了车，用枪指着他，其中一位汉子说：

"举起手来，特里萨，联邦调查局的！"

特里萨举起手来走出了他的汽车，但他嘴里仍在大骂：

"狗娘养的，你们就不能等一等，让我把孩子送到学校去，你们这群猪猡！"

但是，这几位密探并不理他这一套，而是喝令他转过身去，把他推到车旁边，叫他伸直双手，分开脚，然后进行搜身。

这时，一位密探从车门的另一边扶下了他的儿子，并把他送到了骑术学校。他们并不希望特里萨在他的儿子面前难堪。

搜过身之后，特里萨被押到波士顿联邦调查局总部，然后关进了伍斯特地方监狱。

坐牢，对于特里萨来说是他人生的一部分内容。从 13 岁开始，在二十八年的犯罪生活中，他先后被逮捕过三十二次。但一般的情况下，都是多则关押三五个月，少则三四天就保释出来了。但是这一次却没有那么顺利。

他被糊里糊涂地关进了监狱，联邦调查局的人员只是宣布他被捕了，但并没有说明为什么逮捕他。当时，他心里在想，这可能又是一场"误会"。

三天以后，他的妻子布兰琪获准来探监，他对他的妻子说：

301

"你去找我的律师，可以向法院申请将我保释，保释金可以开价10万美元，还可以更多些，我在这个鬼地方一天都待不下去了。"

布兰琪看到这个身体臃肿的丈夫，知道他的心脏病随时有复发的可能。尽管他曾对自己不忠，但这么多年来，一直能同自己厮守到今天，这在像他这样的人身上还不多见。她便对他说：

"特里萨，您不要着急，我会想办法的，您的朋友也会帮助我们的。"

但是，布兰琪并没有给他带来好消息。一次，她告诉特里萨，他的律师已同波士顿法院进行了交涉，同意缴纳10万美元的保证金取保，但是法院拒绝了。更为严重的是，波士顿警察局专员埃·麦克纳特地写信给多次审理判决特里萨的法官，要求他撤销对特里萨保释的动议。他在信上说，如果特里萨"继续自由自在地逍遥法外，那么他会给社会造成更大的危害，使波士顿的犯罪和腐败现象加剧，甚至可能多发生几起谋杀案"。这位专员还说，也许特里萨这一次会拿出更多的钱保释，但他的非法生意已经是天文数字……

同时，布兰琪还告诉她的丈夫，他这次被捕，完全是由一个叫肯·史密斯的人引起的。

肯·史密斯是林恩银行的职员。他曾同特里萨商定，准许特里萨用著名的黑手党人或者死人的名义贷款，然后同特里萨分赃，付给史密斯6%的手续费。这样，特里萨就可以得到许多的钱，可以把这些钱投入高利贷或其他更赚钱的生意。对于这种伎俩，特里萨以前也曾干过，当然知道这是空手套白狼的无本生意。于是他便同意了，从中获得了大量的好处。但是，他并不知道史密斯这个家伙还进行其他的诈骗活动，用银行的钱投机房地产买卖。由于史密斯的行动过于张狂，结果引起了马萨诸塞州总检察署官员的注意。

一个月之前，银行开始查账，史密斯害怕了，便一次又一次地给特里萨打电话。他哪里知道，史密斯同特里萨的通话，都被联邦调查局监听，于是特里萨便再次惹火烧身。本来，在史密斯第一次同特里萨通话时，特里萨就意识到可能会东窗事发，便准备找个机会把史密斯带到海地太子港去，然后把他埋在那里。但是，他却动手太迟了，现在已经晚了，失去了一切机会。

特里萨没想到自己竟栽在一个小人物手中。他知道这次看来没有希望出去了，只有等着上法庭接受判决。

几天以后，联邦调查局又把特里萨转到刘易斯堡监狱，对他正式收监，并严加看管。就在这时，特里萨的部下开始哗变，树倒猢狲散，众人各奔前程。

最早叛逃的是特里萨在财务上最亲密的心腹布拉克。当海地太子港的俱乐部正式运营以后，特里萨便把它交给布拉克打理，自己则带着一个又一个的赌博旅游团周游世界，进行环球赌博旅游。布拉克是一个相当歹毒而又贪婪的家伙，但他在特里萨面前又像狗一样忠诚。他以太子港俱乐部为据点，掌管特里萨近年来所有的俱乐部。这几年，特里萨几乎是在为布拉克"打工"，他每开发一个新的赌博俱乐部，就把它交给布拉克，自己再去猎取新的目标。他对布拉克完全相信，毫不怀疑他的忠诚。这是特里萨在用人上犯的一个致命的错误，现在得到了报应。

布拉克得到特里萨不可能再获得保释的消息后，便开始卖掉俱乐部，把特里萨创下来的基业全都换成现钞，揣入自己的腰包。他还取走了同卡格尔做证券生意的所有的投资，把特里萨投入高利贷中的数百万美元也席卷一空。同时，他还取走了在三家银行中租用的保险箱中的所有存款。这些款项加起来，总数在 4000 万元以上。

其中在保险箱中的 1000 多万元的存款，是特里萨打算留给妻子布兰琪和儿子的，现在也被他偷窃了。

布拉克在特里萨入狱后，也成为联邦调查局追捕的对象。根据已掌握的情报，他同六个重大的案件都有关系，每个案件都可以至少判他十年监禁。但是，联邦调查局却抓不到布拉克，他已带着几千万元的现金，躲到老家西西里去了，他隐藏在那里，逍遥法外，度过他富有的后半生。

继布拉克之后，整个波士顿家族都开始叛逃，所有的马场、赌场、夜总会、工会及建筑行业的大小头目，都把家族的财产变成自己的财产，许多银行存款都通过合法的手段，转到了这些人的名下。特里萨几乎是一夜之间变成了穷光蛋。

按照黑手党中不成文的规矩，特里萨坐牢之后，他的家属和孩子照样可以得到丰厚的待遇，每逢节假日，都得给他们送礼物，去看望他们。特里萨当年就一直是这么做的。比如当年同他一起抢银行的贾德被捕后，特里萨每月都亲自给他的妻子送去生活费，每个月的生活费不少于 5000 美元，并且在节假日给他们送去礼物，给他的儿子送去 2000 多美元的玩具。还有他的另一个部下丹尼坐牢时，特里萨每周都给丹尼的妻子送去 2500 美元的生活费，一直送了四年零三个月，直到特里萨被捕的前一周，他还叫人送给丹尼的儿子 2000 美元零花钱。孩子现在已经 18 岁了，有自己的社交生活，需要一定的零花钱。他对每一位被关进大牢的部下，都按照这种规矩去做，不论时间多长，从不怠慢任何一个人。

可是，现在的情况却变了。在入狱时，特里萨吩咐布拉克继续给丹尼的妻子每周 2000 元的生活费，并吩咐给自己的妻子布兰琪每周同样的数目，另外给儿子 500 元的零花钱。但是，布拉克这个混账的家伙不仅一次都没有照办，一个子儿都没有给，反而偷走了留给布兰琪的所有存款。

布拉克如此，其他的大大小小的头目也是一样。特里萨被捕快半年了，竟没有哪一位家伙到狱中来看一次自己，到家中去安慰一下布兰琪，或者送点钱去，这令特里萨非常恼火。那些家伙不仅不去照顾自己的家属，反而忙着去变卖家族的一切，把家族中成千上万的财富据为己有，就像一伙十恶不赦的强盗一样，抢劫了自己然后在一边喝酒，一边分赃。

特里萨想到这一切，除了恼火之外，还非常失望。他看到了这个家族的腐败和没落。他觉得，现在再也没有必要去为这一批忘恩负义的小人去隐瞒什么了。于是，他决定把自己的家族，完全"交"给警察，让这些人同样在劫难逃。

1969年12月17日，在刘易斯堡监狱的"黑手党人区"，广播喇叭在高呼：

"36132号囚犯文森特·特里萨，快到监视中心来，有人在办公室找你谈话！"

听到这个广播的人都知道这是个不祥之兆。因为他们都知道，只有警察或联邦调查局的人，才把犯人找到监视中心"谈话"，而别的什么人来了，都是在会客室（即探视室）。如果把人找到监视中心，那将意味着这个人有重要的话要说。他从那里出来之后，不是一个叛徒也是一个告密者。所以，当特里萨被两名狱警押解着经过犯人的窗口时，这些黑手党徒都以异样的目光紧张地打量着特里萨这个臃肿的大胖子。

见到看守长之后，特里萨表示不愿去监视中心，有事可以在探视室说。但是，看守却摇了摇头，坚定地说：

"不，你应该去，文森特！你去看看是什么人找你。你可以同他们谈谈，也可以不回答他们的问题，但是这样就得把你隔离起来，关进小号的单间，事情就这么简单！"

特里萨只好去了监视中心，两个联邦调查局的密探在那里等待他。

"能帮你们什么忙呢？先生们！"

特里萨一进门就问，他似乎看出这两个密探的不怀好意。

"你的上诉被驳回来了。"一个密探说。

"那又怎么样呢？"特里萨说，好像一切在意料之中一样。

"这与你难道完全无关吗？"另一个密探说，"也许你想同我们谈谈。我们听说，波士顿的伙计们很不够朋友，你快成穷光蛋了，你的太太也得不到任何帮助……她不得不去工作，但她又找不到合适的工作。"

特里萨的心动了一下。但他还是冷冷地说："先生，我明白你们的好意，但是，请你们原谅，不要见怪，让我把刑期坐满吧……也许以后我们还会见面。"特里萨说完就要回监狱去。

两个密探对视了一下，只好挥挥手，叫那两个狱警把特里萨押走。其中一个说：

"我知道你需要时间，但我们会等待的。"

特里萨转身就走出了监视中心，他走过一排排的牢房，看到许多眼睛都在注视着自己，但目光却很和善。

一周以后是圣诞节，妻子布兰琪又来到监狱探望他。特里萨瞧着妻子脸上的泪痕，对她说："布兰琪，你得对我说实话，他们对你和孩子到底怎么样？"

布兰琪哭了，她说：

"文森特，圣诞节他们没有给我一个子儿，更没有给孩子买礼物……"

特里萨的心中怒火燃烧，他问：

"难道你没有给他们打电话，给那个该死的乔·布拉克？"

"我打过电话，而且不止一次，但一直都联系不上，最后一次有一个接了电话，好像说他是布拉克的表弟……"

"他怎么说？"

"那个人说，他准备了1000块钱，叫我晚上9点钟开车去取，地点在……"

"你去了吗？"

"如果我去了就见不到你了，文森特！"布兰琪哭起来了，"我没有去，后来我听人说，那个家伙想干掉我，他在我的车里事先放了一颗炸弹，想把我除掉……"

"狗娘养的！"

特里萨大叫起来。他推开妻子，在会客室大步地踱来踱去。最后他对布兰琪说：

"你现在就回去，把家中所有值钱的东西都卖掉，变成现金，然后带着儿子回你娘家去，在那里听我的消息。我想，我不久会同你见面的……回去吧，亲爱的。"

布兰琪瞪大眼睛望着特里萨，她明白他要干什么。她说：

"文森特，你这样做会不会……"

"我已经没有第二条路可走了。再见吧！亲爱的。"

布兰琪吻了吻她的丈夫，含着泪走了。

第二天，特里萨找到了看守长，他说：

"请你转告上周来的那两位先生，就说我要见他们。"

看守长对他说："我会照办的，先生。"

1970年1月5日，特里萨从刘易斯堡监狱转到马里兰州的汤森德地方监狱。在这里，这位波士顿最大的黑手党"教父"向政府投降了，并且开始了他的告密生涯。

在法庭上，特里萨承认自己有罪，但请求将宣判日期推迟三十天。联邦调查局批准了特里萨的要求，把他带到皮茨菲尔德。在那里，特里萨供出了他所知道的美国黑手党的全部内幕。

作为对特里萨的回报，美国司法部向特里萨做出了应有的承诺。司法部发言人声明，保证特里萨家庭的安全，并供给生活费，将他的刑期由十五年减为五年。他们并表示，尽一切努力取消州法院在审判中所做的判决，从1971年起开始保释。

由于特里萨的"合作"，波士顿家族大大小小的头目都先后落网，而特里萨一家却在警方的保护下，过着一种暗无天日的生活。他们先是住在一家汽车旅馆，并且不停地挪来挪去。最后，警方为他们在新英格兰某地找了一家旧城堡，这座城堡很大，有五十多个房间，特里萨一家住在里面，警方在三楼的一个房间里安装了一套电子监测设备，对城堡周围半径10公里以内的范围随时进行监测。在城堡所有进出口，都安装了电子感应器，一有情况就会自动报警，所有的人员可以在五分钟内，全部转入地下室，那里有一个坚固的防空洞。

特里萨有事外出或者是去法院作证，都是乘一架专用直升机来去。直升机的机场就在这城堡的房顶上。

在严密的保护之中，特里萨和他的家人在这里一直住到了1975年他刑期满了五年为止。

1975年，特里萨刑满释放，但是他却不敢回到童年生活的地方。这时，美国黑手党对他展开了全球性的追杀，扬言无论他逃到天涯海角都不放过。特里萨从此开始了流亡的生涯，但他和他的家人一直在警方的保护之中。

第十四章

兔死狐悲 曼哈顿生离死别

波纳诺家族分崩离析，新"教父"认敌为友执迷不悟，结果招来灭顶之灾——他的尸体被发现时面目全非，只有一位牙科医生能辨认出是他。

曼哈顿"教父"兔死狐悲，妄图力挽狂澜，又召开黑道会议，哪知早在警方的监控之中；逮捕时生离死别，才显露人间真情。

芝加哥"教父"山姆·吉安卡纳被害和波士顿"教父"文森特·特里萨流亡之际，正是曼哈顿"教父"布朗·卡特诺上升之时。

自从1976年他担任甘比诺家族头目之后，这个家族在平安无事之中度过了平静的五年时光。但是，到1981年以后，这个家族也面临着内忧外患的困境。尤其是他69岁那年，家庭内部上演的那出"妻妾争风"的闹剧，更让他"出尽风头"。这时，这个家族也开始四分五裂，众叛亲离。1984年的再次被捕，并且在曼哈顿联邦广场的徒步"示众"，更让这位"大人物"预感到，这个家族的末日已经来临，属于自己的日子已经不多了。

自从 1984 年 3 月 30 日被捕，花了 200 万美元保释出来后，卡特诺便在家中闭门不出。由于年事已高，各种老年病也接踵而至，折腾得他永无宁日。幸好这时他的妻子，那位高贵的尼娜夫人不知什么原因，竟然主动放弃自己在家庭中的"夫人"位置，把它拱手让给那位正值盛年的格罗莉娅，不再同她为争夺一个百病缠身的老头子而争风吃醋了，才让卡特诺总算有几天清静的日子。

于是，他便同这位青春勃发的小情人，在这座托特山上的庄园中，过着一种老夫少妻的富翁生活。对于黑道中的大小事务，卡特诺似乎开始淡漠了。他这种淡漠的原因，除了自身的因素之外，还有一个重要的原因就是"兔死狐悲"——因为在这以前，纽约黑手党的各大家族都在走向没落，其中最令他伤心的就是，能够与甘比诺家族抗衡的波纳诺家族中的"后起之秀"布莱克也死于非命。

联邦调查局特工约瑟夫·皮斯托恩成功地打入了波纳诺家族，取得了布莱克的信任之后，这个家族的命运及整个纽约黑社会的内幕便在警方的掌握之中。

然而更可怕的是，黑社会从上到下，所有的人对这种现实却一无所知。

自从那次"拉斯维加斯之夜"，那位化名为"杰克"的特工约瑟夫·皮斯托恩取得布莱克的信任之后，波纳诺家族便被误导进入一个无底的陷阱之中。从此以后，布莱克一直同"杰克"等人往来于纽约与佛罗里达之间，为寻求新的毒品市场而奔波。

当时，布莱克把毒品称作为"鸽食"。也许是他从小对鸽子情有独钟，因此，他在走私毒品时，还把这种白色的粉末，冠上这么一个温情脉脉的名字。

1978 年以后，布莱克已经建立了庞大的毒品关系网络，从加勒比海和墨西哥湾海上或空中来的毒品，都可以在佛罗里达找到市场，而迈阿密则成了布莱克最大的毒品转运站。他有一位专门从墨西哥弄来海洛因的部下，有一架双引擎的"阿兹泰克"飞机，可以把他需要的"鸽食"从墨西哥空运过来，而不会被美国的海岸卫队截获。同时，他还可以直接从南美最大的毒品基地之一哥伦比亚，弄来纯度在 90% 以上的可卡因，两个月之内就能赚到 100 万美元。

他的那位部下说，只要给 2.5 万美元的"路费"，他就可以跑一趟哥伦比亚，然后交给他 5 万美元。布莱克同意了这位部下的要求，这条"白色通道"为他带来了丰厚的利润。即使是有名的"馅饼贩毒案"破获之后，布莱克的毒品交易依然畅通无阻，让他财源滚滚。

1981 年 1 月 17 日，布莱克同他的朋友在俱乐部赌钱，被巡逻的警官抓获了。其实，这是"杰克"事先向当地的警察局报的信。结果布莱克和他的朋友都被戴上了手铐，同时被戴上手铐的还有那位"杰克"。他们被带到纽约特里奇的帕斯科县警察局，"杰克"问一位警官要多少保释金才能出去。

这位警官说："布莱克是 2000 美元，他的朋友罗西是 5000，其余的人每人 1000。"

这时，"杰克"对布莱克说：

"为了不暴露我们的身份，索尼，我看还是交了这笔钱吧，请他们派两个人，跟我们其中的一位去取钱，你看如何？"

布莱克想了想说："就这样吧，但我们还得和他们讲讲价钱。"

那位"杰克"又充当中间人"拉皮条"，同这些警察讨价还价，但依然没有结果。最后他们只是答应将"杰克"留下来当人质，其余的人第二天全部释放，但必须在下午 6 点以前把所有的保证金都交齐，否则，就翻一番。

这件事就这样解决了，但"杰克"的行为却引起了布莱克的朋友罗西的怀疑。他对布莱克说：

"你对'杰克'这个人到底了解多少？"

布莱克说："你这是什么意思，谁能帮我从佛罗里达找到这么多'鸽食'，是你吗？如果不是你，就请你以后别眼红！"

罗西没有话说，他只是非常生气地同另一位朋友，乘当天的班机飞到迈阿密去了。他只是说他们要去那里谈一笔生意，其实他们是去那里调查这个"杰克"的来历。他不希望布莱克的行动让这样一个人左右。

罗西去了之后，另一位组长莱夫迪对布莱克说："整个委员会正在纽约开会，会上许多委员都提名由萨利·法鲁吉亚代理族长，等拉斯提·拉斯泰利出狱之后，再由他担任我们的族长。"

"难道没有人反对吗？"布莱克问。他没有想到自己的地位和身份竟一直没有得到委员会的承认。

"反对的当然有。"

"那是谁？"

"甘比诺家族的布朗·卡特诺。"

"这就够了。"

布莱克非常自信地说。因为他知道卡特诺在整个委员会中的地位。尽管他年事已高，又不大管事，但委员会中那些委员都是他当年的同事和朋友，即使卡洛·甘比诺死了，不再是委员会主席，但是，甘比诺家族的分量，是任何一个家族都无法替代的。那么，卡特诺为什么要为自己说话呢？原因很清楚，只不过是自己这几年来，在毒品交易的地盘上放了他们一马。想到这里，布莱克认识到，自己这几年的做法还是对的，尽管自己在家族中的地位并不那么牢固，但想找一个人来替代还是不可能的。

但是，布莱克在家族中的地位却由此受到威胁。由于莱夫迪向布莱克披露了委员会开会时的内幕，结果几天之后，莱夫迪突然失踪了。同时，三位在家族中一向支持布莱克的组长，也在同一天晚上被杀害了，这样，波纳诺家族又面临着分裂的危险。

布莱克通过调查，知道这是支持萨利·法鲁吉亚的那伙人干的。他决定对这伙人进行报复，以巩固自己在家族中的地位。于是，他立即打电话给去了迈阿密的罗西和他的朋友，叫他们马上回到纽约来。

罗西等人当时正在调查"杰克"的来历，他们通过甘比诺家族在迈阿密的人，大体上已经了解到这个"杰克"是一个身份不明的人。尤其是他在毒品走私方面的能量，更引起了罗西等人的怀疑。他们根本无法相信，这么一个身份不明的人，竟然能在佛罗里达和加勒比海地区畅通无阻，一次又一次地躲过当局海岸卫队的搜查，将大量的毒品运进美国毒品市场。有这样能力的人一定有着非同一般的来头和背景，但"杰克"的背景是什么呢？

正当罗西等人要进一步调查时，布莱克的电话却使他们不得不暂时放下正在进行的调查工作，同几位朋友赶回纽约。从电话中他们已经知道，家族内部的这场"内战"，要么将整个家族毁灭，要么就是分裂。为了整个家族，也为了布莱克，罗西和他的朋友愿意两肋插刀。

2月的一个晚上，布莱克同罗西等人在摩星俱乐部集会，"杰克"作为布莱克最信任的朋友，也出席了波纳诺家族这次事关重大的会议。这时，离莱夫迪的失踪和那三位组长的遇难已有五天了。但是，一种复仇的怒火并没有因为时间的推移而熄灭。在会上，罗西义愤填膺地说：

"索尼，现在到了关键的时刻，如果你再不采取行动，下次失踪的就是你和我们这些朋友了。"

对于罗西和他的朋友的心情，布莱克当然清楚。但是，他作为一个家族的头目，并不想让一场内战，而使这个家族陷入一场无休无止的灾难之中，更不想由于某位部下的一时冲动，而将自己推向一个尴尬的境地。于是，布莱克便冷静地对罗西说：

"罗西，对于你和你的朋友们的担忧，对于你们对我的支持，我非常感谢。对于莱夫迪和那三位组长的不幸，我心里同样感到愤怒和悲伤。但是，如果由于我的不冷静，而让整个波纳诺家族从此陷入一场无休无止的灾难之中，甚至由此而不复存在，这是我本人所不愿看到的结局。"

罗西一听布莱克这么说，不由得跳了起来，对他大声说：

"索尼，既然你这也怕那也怕，那你为什么又要把我从迈阿密叫回来呢？难道你对萨利·法鲁吉亚等人的阴谋就无动于衷吗？如果你真要这么做的话，我们只好另作打算了，因为你不值得我们信任，更不值得为你去卖命！"

这时，坐在一旁的"杰克"终于站了起来，他指着罗西说：

"朋友，请你不要用这样的口气同索尼说话，他并没有说对萨利·法鲁吉亚等人的阴谋无动于衷，他只是想找一条两全其美的办法，把这些事情摆平……"

"够了！"罗西见"杰克"开口了，便迫不及待地打断他的话，"只有你，杰克，才能找出两全其美的办法，而索尼是没有这种本事的，除非他是你。"

"你这话是什么意思？""杰克"问，他似乎听出了弦外之音，因为他知道，罗西这班人刚从迈阿密来，也许在那里嗅出了什么。这时，只听到罗西在那里冷笑一声：

"嘿，什么意思？我想这种意思在座的都会明白，不明白的就是你一个人。我看这也没有什么奇怪的。索尼，我们商量正事吧，在这种情况下你不应该太绅士了。"

布莱克依然很心平气和地说："罗西，我们是要谈点正经事。不过，今天晚上大家还是玩一玩，有些事情人多了反而会坏事，就让我一个人去考虑吧。"

布莱克的这些话，无论是罗西还是"杰克"都感到很奇怪，奇怪的还有那些与会者。他们原以为在今天晚上的聚会中，布莱克会拿出一个经过深思熟虑之后十分成熟的办法来。然而，会议到头来，却成了一次真正的俱乐部聚会，一个个都玩得异常开心。

第二天，布莱克同甘比诺家族的族长卡特诺通了个电话，向他请教如何处置自己家族中的这种纷争。但是，卡特诺此时也并没有教给他什么锦囊妙计，只是泛泛而谈。布莱克放下电话，心想这笔电话费付得划不来。

就在布莱克"冷处理"这件事情时，罗西那伙人却背着他在"热处理"。他们打听到在本周星期四上午，萨利·法鲁吉亚将要亲自由纽约去一趟迈阿密，以即将上任的大老板的身份敲定几笔大生意，然后在那风景宜人的海边度周末。于是，罗西便决定在法鲁吉亚去机场的路上，炸掉他的车，把这个野心勃勃的家伙干掉。

然而，就在星期三晚上夜深人静时，萨利·法鲁吉亚接到一个神秘的电话。一位不愿意透露姓名和身份的人在电话中对他说，明天上午一定不能去机场。

接到这个电话之后，萨利·法鲁吉亚深思熟虑了一番，不知这个打电话的人是谁？又是出于何目的打来这个电话？为了搞个水落石出，他不得不在凌晨2点时，拨通了布莱克的电话。

这时，布莱克正在摩星旅馆的一间包房里，搂着一位年轻的西班牙女郎睡觉，旅馆服务台把他的电话转了过来。布莱克非常不情愿地拿起话筒，一听是萨利的声音，不由得大叫起来：

"你这个无赖，这个时候打电话来是什么用意……"

布莱克这种发怒的声音，几乎把身边的那位西班牙女郎吓了一跳。布莱克对着话筒和萨利大吵了一通之后，才放低声音说：

"你明天就在家里等，等我坐车去接你，然后我们一同去机场，看谁敢暗算你……好啦，再见吧！"

第二天，布莱克果然一清早就带着两名枪手，亲自开着自己的防弹车去了萨利的别墅。他这种言而有信的做法，实在让对方大为感动。机票是昨天订好的，离登机的时间还有三个来小时，于是他们很悠闲地坐在萨利的花园中，一边谈天说地，一边慢慢地品着早茶和尝着早点。

后来话题转到上次委员会开会的事情上来了，萨利·法鲁吉亚这时已无法回避那次在会上提出来的议案。他只有坦率地对布莱克说：

"索尼，你应该知道谁会提这么个愚蠢的话题，我想你应该明白。实话告诉你，这种做法完全为在狱中的拉斯提·拉斯泰利铺路，等他一出来，就让他顺理成章地当族长。他们现在之所以要拉我上马，是担心你以后树大根深无法扳倒……"

"好啦好啦，萨利，我全明白了，不谈这种话题了。"布莱克十分大度地打断萨利·法鲁吉亚的话。

"你明白就好。我倒不会有这种野心，也不想去做这种傀儡，让人家用线吊来吊去。"

萨利·法鲁吉亚趁机补充了自己没有说完的话，然后就同布莱克聊其他的话题去了。看看时间不早了，他们就共坐布莱克的那辆防弹车朝机场驶去。由于布莱克就坐在萨利·法鲁吉亚的身边，罗西和他手下的人当然就无法下手，也不敢下手。在布莱克的保护下，萨利·法鲁吉亚顺利地飞往了迈阿密。他并不想做什么族长，一心挣他的钱去了。一个危险的对手，就这样乖乖地投降了。

萨利和他的副手上了飞机后，罗西等人立即赶到了布莱克的住处。他们对布莱克的这种做法非常不满，问他为什么要保护萨利。在这一连串的质问中，他们似乎有一种被愚弄和被出卖了的感觉。

布莱克非常理解罗西和他的朋友的心情，他只是冷静地对他们说："我们真正的敌人并不是什么萨利·法鲁吉亚，这是一个只要钱而不要面子的家伙，哪怕给他一点好处，他都会叫你一声爹。我们要注意我们真正的敌人，我们家族之中这种永无休止的残杀，才是那些真正的敌人求之不得的，你们懂吗！"

布莱克的一番话，彻底让罗西觉悟了。这件事能有这样一个结果，是罗西他们料不到，也做不到的。从此，布莱克在波纳诺家族中的地位达到了无人能敌的地步。这恐怕也是布莱克的黑道生涯中最辉煌的时候。

1981 年 8 月 14 日，黑手党的十几位头目又在新泽西州召开会议，布莱克也出席了这次会议。但是，这是他最后一次公开露面，当他从会场中出来坐上一辆汽车后便从此永远地消失了。

布莱克失踪以后，在纽约黑道社会和美国黑手党中，引起了强烈的反响。许多猜测和各种谣言顿时铺天盖地。更让人们感到惊讶的是，布莱克最信任的朋友"杰克"竟是联邦调查局的人。

让这位特工约瑟夫·皮斯托恩过早地暴露身份的是一个叫朱迪的女人，她是布莱克最为钟情的一位情人。

布莱克失踪后，朱迪马上打电话给"杰克"，希望他能帮自己找回布莱克。"杰克"答应了朱迪的要求，并约好了见面的时间和地点。

这次会面安排在华盛顿，朱迪一走下飞机，就被两名特工挟持着上了汽车，一直朝马里奥特旅馆驶去。在车上，朱迪挣扎着对他们说：

"你们没有权力这样对待我，快让我下去，我要去见杰克。"

其中一位特工笑着说：

"好人儿，我们这就带你去见什么杰克。"

"你胡说！"朱迪非常气愤地说。

"不要同她啰唆，把她的嘴巴封上。"其中一位特工果然掏出一卷胶带，真的把朱迪的上下嘴唇紧紧地封住了，任她怎么挣扎也无济于事。

到了马里奥特旅馆，朱迪被他们带进了三楼的一个房间，她果然见到了她要见到的"杰克"。这位可怜的女人先是一愣，似乎明白了什么，后来变得异常恐惧。她对"杰克"说：

"杰克，我很害怕，我也很担心索尼，我很想念他，你们把他怎么啦？"

约瑟夫·皮斯托恩这时才公开对朱迪说：

"告诉你吧，朱迪，我再也不是什么杰克了，我还要告诉你的是，索尼可能回不来了。我们建议你不要再与那儿的人联系了。他们不是你真正的朋友，你自谋生路吧。"

"杰……啊，约瑟夫，难道这一切都是真的吗？难道……难道索尼真的回不来了吗？你快告诉我呀，约瑟夫。"

"我不是已经同你说过嘛，他的确回不来了。"约瑟夫说。

"我能见见他吗？"

"不能！我也不知道他在哪里。"

"我现在终于明白了，"朱迪突然变得像一位女大学生一样，抒情地说，"我现在才知道，快乐的日子永远不会太久的。不过，我和索尼在一起时，的确过得很快活。"

"我也是。"约瑟夫言不由衷地说，"索尼是一个天才的领袖人物，是一个我们都无法成为的人。"

听约瑟夫这么一说，朱迪很难过，她禁不住哭了。她说：

"约瑟夫，我一直觉得你不是那个世界的人，因为你的举止言行与他们不同。我当时就看出来了，你身上带有一种情报人员的味道，你知道吗？我知道你不仅仅是个贼，你是索尼和我的好朋友。索尼曾对我说过，他对你没有一点点反感。"

"真的是这样吗？那我太高兴了。"约瑟夫说，"索尼去新泽西的头一天对我说，他要去开会，没想到他一去就杳无音信了。后来，我发现他离开之前，把身边所有的珠宝、值钱的东西和房间钥匙都交给了酒吧的招待查利。他唯一带上的东西就是他的车钥匙。"

"难道他知道自己回不来了吗？"朱迪说，"他并没有告诉我，也没有给我打电话。"

"对，他肯定知道他回不来，但又不想让你为他担心。"约瑟夫分析说。

朱迪认为约瑟夫的话很在理，她又黯然神伤地说："我一直很喜欢索尼，现在仍然喜欢他。"

约瑟夫说："朱迪，我也是一样。"

"你觉得我会有什么麻烦吗？"

约瑟夫说："不会的。我敢肯定你不会有什么麻烦。别担心，不会有人找你麻烦，只要你自谋生活，不再与那些人来往。"

朱迪点了点头，她反而觉得这位联邦调查局的特工，现在还是一个值得她信任的人。朱迪又和约瑟夫谈了一会儿便告辞了，她说她的情绪很好。

对布莱克来说，这位化名为"杰克"的特工约瑟夫的确是一位值得信赖的人。也正是由于这一点，在新泽西州的黑手党会议上，许多黑手党头目都认为布莱克不仅信任约瑟夫，而且向他泄露了许多不应该泄露的秘密。于是，委员会就强行做出一个决定，先将布莱克软禁起来，这就是布莱克"失踪"的真相。同时，黑手党委员会还做出决定，对特工约瑟夫展开追杀，并对罗西进行保护。

但是，到1982年3月，罗西也被人杀死。他的尸体是在一个停车场的车里被发现的。该停车场位于波纳诺家族的族长助理史蒂夫·香农所住的楼房附近，准确的地点是北摩尔街和西街交叉的角上。有人发现罗西的脑袋上中了四枪，而他的口袋里还留有6700美元。所以，是谁杀死了罗西永远是一个谜。

布莱克的失踪及罗西的被杀，让这个波纳诺家族一时作鸟兽散。家族内部一片混乱，自相残杀，许多相信或轻信约瑟夫的成员都遭到了杀害。美国黑手党再一次遭到毁灭性的重创。

尽管所有的黑道社会一致盟誓立约，要同仇敌忾，对约瑟夫进行全面捕杀，但是，这位精明的特工并没有由此而遭到伤害。

1982年8月2日，约瑟夫还堂而皇之地站在南部地区联邦法院的 318 号大厅上，为联邦政府公诉波纳诺家族的其他人犯，指控这些黑手党徒犯有敲诈勒索罪而出庭作证。

就在这次审判十天后的 1982 年 8 月 12 日，在斯塔腾岛马里港区南大街附近的一条河里，发现了一具变了形的尸体。尸体装在一个医院用的尸袋里，本来已经被埋葬了，但一场大雨，把覆盖在上面的泥土冲开了，尸体被冲了出来。这个人是被杀害的。他的双手被剁掉了，生殖器仍然塞在嘴巴里——这证明完全是黑手党干的，而且证明此受害者是一位泄密者，他违背了黑手党传统的"缄口法"。

后来经过牙科医生验尸检查，判定这位受害者就是波纳诺家族"失踪"的族长索尼·布莱克。

一个不可一世的黑手党家族，正在走向最后的没落和衰败。

发现了索尼·布莱克的尸体之后，甘比诺家族的头目布朗·卡特诺似乎看透了一切。从此他更消沉，任家族内部的那些小头目去争权夺利。到 1983 年，美国整个黑道社会都笼罩着一种末日的气氛。为了扭转黑道社会的这种情绪，黑手党委员会决定在 6 月上旬在曼哈顿召开一次秘密会议。会议于 6 月 14 日在休斯敦大街附近的一家馅饼店举行，这家店的名字叫巴里。

但是，那次会议却"流产"了，原因是吉诺维斯家族的首领安东尼·塞勒诺有一次同他的司机萨尔·阿弗利诺在车上谈论此事，结果他们的谈话被联邦调查局事先安放的窃听器窃听了，窃听的录音后来又被黑手党的"朋友"复制了一份。于是，这次会议就被迫取消了。

直到 1984 年 5 月，黑手党委员会又策划一次秘密集会。这次集会尽管也被联邦调查局的高级侦探乔·奥布赖恩的部下发现了，但黑手党头目却浑然不知。

于是，5月15日下午1时，黑手党的聚会在斯塔腾岛卡梅朗路34号如期举行。纽约黑道社会所有的头目都出席了这次秘密会议，甘比诺家族的头目布朗·卡特诺也不例外，他走下了托特山的山庄，在这次会议上，扮演着一个黑道"教皇"的角色。

与此同时，联邦调查局的特工在乔·奥布赖恩的指挥下，也同时出动了，对这次会议暗中进行了严密的监控。特工们通过调查，知道卡梅朗路34号是一对工人夫妇的住宅，在一个叫南滩工人住宅区的旁边。这家房东是一位码头工人，是布朗·卡特诺的亲戚，他的妻子是市教育局的医生助理。这是一对很老实的夫妇，他们并没有主动为黑手党的这次集会提供场所，而是卡特诺通过他的儿子，给了他们一些钱，说他有几位朋友要谈一笔生意，借他们的房子暂时用一用，叫他们暂时离开几个小时，他们就这样答应了。

联邦调查局的特工对这些情况都调查清楚了，并对这房子周围的邻居和其他住户都进行了摸底。从社区的居住名单上，了解这些人的身世和职务后，便分别埋伏在卡梅朗路34号周围，暗中进行监视。为了吸取1957年11月14日黑手党召开的阿嘉西会议的教训，乔·奥布赖恩命令他们只是监视，记清每位出席会议的黑手党头目的名字和特征，千万不要打草惊蛇。并且命令这些监视的特工，在2点30分以前，一定要全部离开这里，让每一位有资格参加会议的人都感到很安全。

为了能更好地监视这次黑道聚会，乔·奥布赖恩带着几个特工，驾着一辆轻型工具车，直接驶近卡梅朗路34号。他们在车厢里放了一只装阿马纳冰箱的大纸箱子，上面蒙了一块黑色的塑料布，装成一家商场送货的车子。几位负责监听的特工就躲在车厢里的塑料布下，密切地注视着34号的动静。

　　卡梅朗路是一条窄长的街道，尽头是一个呈丁字形的街口，34号就在街口处。这是一幢单独的小平房，窗户上此时正挂着扇形的窗帘，小小的庭院里空空荡荡的，只有几株高大的乔木。一切都很安静，不见一个人影。

　　乔·奥布赖恩指挥这辆工具车，朝这条窄长的街道开过去，然后开到离街口大约100米的地方停下来，车厢调转来正对着这幢房子的大门。藏在黑色塑料布下的特工们，透过这道黑色帘幕，可以将这幢房子前的栅栏和任何一个来往的人都看得明明白白。他们在1点钟以前就把车子开到了监控的街口，在另一幢房子的廊檐下静静地等待着。这辆车就像事先停在那里两三天一样，丝毫不会引人注目。

　　待到乔·奥布赖恩把一切都布置好，参加集会的黑手党头目便一个个出现了。

　　最早出现在乔·奥布赖恩视野中的，竟是甘比诺家族的头目布朗·卡特诺。卡特诺是坐一辆灰色的凯迪拉克轿车来的，开车的是这个家族的副头目弗兰基·德西科。对于这辆车子，乔·奥布赖恩和他的部下并不陌生，因为他们曾多次在卡特诺的托特山庄内见到过。弗兰基开着车子从卡梅朗路朝街口驶来，来到34号门前似乎放慢了速度，然后又一个右转弯朝丁字街口前方开去。大约两分钟的样子，凯迪拉克在街边停下了，卡特诺下了车，朝34号慢慢走来，而弗兰基则开着车擦过他的身边，也朝34号驶来。但是，他并没有在34号门前停下，而是快速地驶过34号的栅栏，一直沿着丁字街朝前开去。这一切都让在工具车内的乔·奥布赖恩看得一清二楚。他在心中不由得暗笑，觉得这个家伙的迷魂阵摆得并不高明。

就在弗兰基开着车子驶过乔·奥布赖恩的工具车尾不久，卡特诺踱着不紧不慢的步子，朝34号走去。他推开了院子的铁门，走过院落中的甬道，径直朝大门走过去，好像他就是这幢房子的主人一样。

　　卡特诺出现不久，其他一些黑手党家族的头目也陆续出现了。他们有的同卡特诺一样，摆了一下迷魂阵，把自己的车子让副手或保镖开去了；有的则在很远的街口就下了车，然后走了过来，同样把车子开得远远的。这样，在34号门前，看不到一辆车子。卡特诺这次变得很聪明。因为他曾是那次阿嘉西会议的逃亡者，所以他记住了那次失败的教训，不把许多名贵的轿车摆在34号门前，引起过路人或警察的注意。

　　大约在2点以前，该出席会议的黑手党头目，都一个不落地全露面了，这也可见卡特诺在黑道中的号召力。因为这次聚会是他力主召开的。但是，他并没有想到，这是他一生当中犯下的最大一个错误，而且是一个致命的大错误。因为由于这次聚会，纽约黑道社会所有的头目，都暴露在联邦调查局特工的眼皮底下。

　　到了2点钟，所有监控的特工都悄悄地撤退了，只留下乔·奥布赖恩的那辆工具车，他和几位特工继续在那里监视着这幢毫不起眼的小平房，直到他们的会议结束。他们并没有接到总部命令他们包围这幢房子，将这些黑手党头目一网打尽的命令。因为根据联邦调查局和美国警方掌握的情报，这次黑手党聚会的目的，并不是给政府以新的威胁，只是进一步讨论如何合理地瓜分毒品走私的范围，另外就是准备在美国的建筑业方面造成垄断的局面，当然还讨论了其他一些内部权力瓜分问题。比如波纳诺家族自从失去布莱克之后，一直又处在群龙无首的状况之中。尽管那位拉斯提·拉斯泰利从监狱中释放出来了，但他作为族长的名分一直没有得到承认。这次集会上，拉斯提·拉斯泰利正式被委员会指派为波纳诺家族的头目。尽管他得到应有的权力，但这个家族由于卡特诺的坚决反对，而被排斥在委员会之外。拉斯泰利并没有取得黑手党委员会委员的资格。

纽约黑道社会的这次集会，由于没有警方的干扰而开得十分成功，因此会议进行的时间并不长。到4点30分的时候，一些头目便陆陆续续地走出34号大门，会议圆满地结束了。

会议结束时，这些头目离去的方式也同来时一样，都是一个个地分散走出来。几分钟出来一个，几分钟出来一个，而且都是步行到较远的街口才上车溜走的。最后出来的又是卡特诺，他到5点钟时才走出大门。由于会议的成功，他的神态显得十分自信而且从容不迫。他竟一边走，一边向四周环顾着，看看路边的树木，又看看头上的电线。有几次，他的眼睛竟朝街对面屋檐下的那辆工具车瞧了瞧。他做梦也没有想到，那里面会有几双睁得滚圆的眼睛，把他的一举一动都"记录"下来了。他走出大门后，沿着丁字街朝前走去，不多时，弗兰基的那辆灰色的凯迪拉克又开过来了，在卡特诺的身边缓缓地刹住。这时，卡特诺不慌不忙地点燃一支雪茄，狠狠地吸了一口，然后才慢慢地钻进车内，坐在后排的座位上。他那从容又傲慢的神态，气得乔·奥布赖恩真恨不得拔出手枪，朝他一梭子扫过去。但是，这位警官并没有这么愚蠢和冲动，他在等待着机会。他为今天的收获而欣慰。他在心里说：有朝一日，我总要把你们这些人一网打尽。

果然，就在这次黑道集会的两个月之后，一个天赐良机，终于让乔·奥布赖恩的愿望变成了现实。

1984 年 7 月 15 日，意大利黑手党的元老、西西里黑手党委员会的创始人托马索·巴塞塔在巴西被捕后，便在这一天被引渡到意大利。

巴塞塔被引渡到意大利之后，出于对意大利和美国的仇恨与绝望，他开始了长达两个月时间的"告密"生涯。从 1984 年 7 月 16 日开始，一直到 9 月 12 日为止，巴塞塔供出了他所知道的有关黑手党的一切内幕。其中涉及无数黑手党家族的头目以及家族的结构体系、帮派的渊源、西西里黑手党同纽约黑手党的关系、两个"委员会"的先后的成员和组织结构以及在历来黑手党的内战中的策划者、杀人凶手和其他许许多多鲜为人知的内幕。

从此，黑手党的那种战无不胜的神话，终于在巴塞塔"诚实的背叛"下破灭了。黑手党由此开始了它史无前例的灾难。根据意大利政府提供的巴塞塔的供词，美国联邦调查局经过一系列的周密的部署之后，终于在 1985 年 2 月 26 日采取了一次铁的行动，将整个纽约委员会成员全部捕获，一网打尽。这是美国政府在对黑手党的斗争中最坚决，也是最彻底的一次。正如鲁迪·居里安尼所指出的那样：

"对执法者来说，它是伟大的一天，可是对黑手党来说，它是倒霉的一天，可能是最坏的一天。这件案子在一次起诉中控告的黑手党头子，比以前任何时候的都要多。"

五十多年以来，人们知道纽约黑道社会的这个"委员会"的存在，但是，当局从未有能力真正去识破它，或者对它日复一日的破坏提出有力的证据，更不要说将这些人绳之以法。尽管有大量的描写黑手党的图书和电影问世，但人们一直认为这是那些作者和导演无中生有的演绎，以此骗取读者和观众腰包里的钱，并没有清醒地认识到，那些黑手党人竟如此为非作歹，为所欲为。所以，当这么一大批上了年纪而又"德高望重"的名人、大老板被捕时，许多人的反应不仅仅是大吃一惊，而且是无法相信。

在这次大追捕当中，被捕获的黑手党委员会的委员当中有：吉诺维斯家族的头目安东尼·塞勒诺、卢切泽家族的头目托尼·科拉诺、科洛博家族的代理头目金纳罗·兰格拉和已被排斥在委员会之外的波纳诺家族的头目拉斯提·拉斯泰利。除此之外，甘比诺家族的头目布朗·卡特诺自然在劫难逃。

逮捕布朗·卡特诺的行动是在2月25日傍晚7点30分开始的。

7点25分，联邦调查局的警官乔·奥布赖恩带着两名助手，驱车来到托特山上的庄园。对于这里的一切，乔·奥布赖恩是那样熟悉。曲径通幽的环山车道、宽阔优雅的廊柱台阶、庄严的大柱子、俯瞰全城风景的楼台……一切都是那么讲究、别致而又威严。当乔·奥布赖恩的警车来到山庄前时，瞭望塔上的自动安全摄像机的镜头还在像往日一样摆动着，及时地把这辆突如其来的警车和三位警官到来的图像，清晰地反映到卡特诺的客厅、卧室和工作间等处的所有大屏幕上。

正当卡特诺和他的保镖们要做好准备，"迎接"乔·奥布赖恩和他的助手时，乔·奥布赖恩及时地按响了门铃。

"谁？"

卡特诺明知故问地对着对讲机喊了一声，威武的声音既表示自己的威严，也表示自己的存在。

"我，乔·奥布赖恩。"乔·奥布赖恩直率地自报家门后接着说，"卡特诺先生，我有一张逮捕您的逮捕证，联邦调查局签发的，请您打开您的大门。"

"啊——知道了。"

卡特诺先是一惊，紧接着马上镇静下来，挂断了对讲机。然后，他便亲自启动了大门的开关。两扇巨大的铁门便徐徐向两边开启，与此同时，门楼的那盏探照灯发出强烈的光柱，刚好把乔·奥布赖恩三个人笼罩在光圈之中。

"乔，这是真的吗？拿给我看看。"

正当乔·奥布赖恩等人不知所措时，卡特诺已走下了大门的台阶，来到了他们三人的面前。乔·奥布赖恩迅速地走出了这耀眼炫目的光圈，来到卡特诺面前。只见卡特诺那肥大而笨拙的身躯站在那里，一条灰色的宽松便裤，一件浅蓝色的丝质衬衣，脚上是一双几乎可以称得上是工艺品的绣花白色拖鞋。只见他的头发往后梳理着，整洁而又一丝不苟，脸上架着一副淡色飞行员眼镜。他的声音中听不出任何的怒气和不满，他只是有些不解地接着问：

"能说明这是怎么回事吗？"

"当然可以，卡特诺先生。"乔·奥布赖恩也不卑不亢地说，"根据是，有组织犯罪团伙的同案人。差不多有您一打的同伴正在被捕和等着被捕，先生。这是逮捕证。"

乔·奥布赖恩走上前去，出示了那张逮捕证。

"是吗？现在？"卡特诺问了一声。

"对，是现在。"乔·奥布赖恩说。

"那我这个样子下山去总不像话吧，能否让我换件衣服？"

"当然可以。"

"那好，请进屋稍候片刻。"

乔·奥布赖恩没有犹豫，对两位助手点了一下头，立即随同卡

328

特诺走进了庄园的大门，来到了那灯火辉煌的客厅。

客厅里所有的灯都打开了，除了镶嵌在大理石墙上的壁灯外，屋顶上还有许多大大小小的吊灯。正中央是一盏枝形的大吊灯，那些"树枝"似乎是纯金做的，这让乔·奥布赖恩有些吃惊。

这时，客厅里还坐着两个人，女的是格罗莉娅，她那日益丰满的身体套着一件纯白的开司米羊毛衫，下身是时髦的牛仔裤，看上去像一位纯情少女。同格罗莉娅同坐在另一张沙发上的是一位中年男子，一副绅士派头。乔·奥布赖恩觉得很陌生。卡特诺马上笑着介绍说：

"这是理查德·霍尔夫曼大夫，我的内科医生，也是我的朋友。"

这位大夫很友好地点了点头，但他并没有问奥布赖恩是谁，也许刚才他已从监控的屏幕上知道了。

格罗莉娅似乎对乔·奥布赖恩有些不满，她对他不友好地瞪着眼睛。但奥布赖恩不得不承认，这位女人做一位情妇是很称职的——即使她在不友好的时候，她的样子还是那么可爱、迷人。

"您好，格罗莉娅。"

乔·奥布赖恩向她打着招呼。他无法知道该称她为"夫人"还是称她为"小姐"，只好像老朋友那样直呼其名。

但格罗莉娅并没有由于乔·奥布赖恩的问候而改变她的怒容，也没有回答。

"要有礼貌些，"卡特诺在一边似乎看出了格罗莉娅的不满，便婉言相劝，"这个人只是在做他的工作而已，并没有不对的地方。"

"工作？难道他的工作就是给人添麻烦！我公开声明：我并不欢迎这位乔·奥布赖恩先生。"

乔·奥布赖恩并没有生气，只是笑了笑，然后很幽默地说：

"格罗莉娅，我觉得你的英语水平大有长进，卡特诺先生，您认为是这样吗？"

卡特诺没有正面回答，只是说：

"乔·奥布赖恩先生，我想换身套装，你看怎么样？"

他的意思很明显，无非是希望乔·奥布赖恩不要生格罗莉娅的气，能多等一会儿，让他打扮得体面一些。他知道这次下山去，肯定要见一些大人物，还有记者什么的。

"我看没有这种必要。"

乔·奥布赖恩果然没有生气，只是像一位老朋友一样，用商量的口吻向他建议。

"我知道没有必要，"卡特诺说，"但我会感觉到舒服些，你说呢？"

"那就随您的便吧。"乔·奥布赖恩只好妥协。

卡特诺很快去了楼上的卧室，他的医生和格罗莉娅也上去陪他去了。乔·奥布赖恩并不担心他会趁机逃走。

正在这时，乔·奥布赖恩身上的对讲机响了，只听到门外的一位助手对他说：

"来了几个人，他们说是卡特诺的家属。"

"让他们进来！"乔·奥布赖恩说。

一会儿，果然有几位男男女女进来了，乔·奥布赖恩的一位助手也一同进来了。乔·奥布赖恩一见，立刻认出来了，这几个人原来是卡特诺的女儿、女婿，还有他的妻子尼娜。他的女儿康妮·卡特诺怀里抱着她的孩子，身边站着她的第二任丈夫乔·卡塔拉提。

刚好在这时，卡特诺已经换好了衣服。他已穿着一身深蓝色的套装，系着一条大红色的丝质领带走下楼来，身边跟着格罗莉娅和他的私人医生霍尔夫曼大夫。他们走下楼梯，吃惊地望着这几位不速之客——包括尼娜夫人在内，她现在也成了这里的"客人"，这幢豪华庄园真正的主人，已经是卡特诺身边的那位丰满、年轻而又迷人的格罗莉娅了。

"你们是怎么来的，康妮？"

格罗莉娅果然以主人的口吻先发制人，她在问卡特诺的女儿，一位比自己大两岁的少妇。

康妮并没有回答，只是尼娜夫人在惊叫着说："我们是来串门的，因为再过四个月，便是您70岁的生日，我们准备来商量庆祝的事，人活到70岁是很不容易的，何况您这样的人。没想到在门口碰上了警察，不让我们进来。布朗，您能告诉我这是怎么回事吗？您能告诉我吗，亲爱的？"

对于尼娜夫人的这番长篇大论，今天的布朗·卡特诺似乎并不感到厌烦。也许是她说得太多了，担心乔·奥布赖恩和他的助手受不了，他才打断了她的话。这时，他并没有考虑身边的格罗莉娅的情绪。

卡特诺快步走下了最后一级楼梯，径直来到女儿的身边，看了看她怀中的孩子，自己的外孙女儿，答非所问地说：

"康妮，这孩子长得够可爱的。她睡着了晚上别抱她出来，当心着凉……"

"爸爸……"

康妮忍不住了，泪水涌了出来，她放声哭了出来，上前去拥抱卡特诺。她的丈夫一见，马上过去接过她手中的孩子。康妮紧紧地抱着自己的父亲，泪眼婆娑地说：

"爸爸，爸爸，您……您已经70岁的人了，您是要受苦的……您看，您的头发已全白了……呜呜呜……"

康妮抬起头来，仰视着卡特诺的脸。她的泪水在脸上流淌。她的手在努力地往上抬，想去抚摸父亲的白发。卡特诺望着这张酷似自己的脸，泪水也在眼眶里打转，但他却努力没让它们掉下来。他只是低下头去，吻了吻康妮的额头，让女儿的手，在他的白发上轻轻地向后抚摸着。他轻轻地说：

"康妮，好好带好孩子，虽然你也还是一个孩子……"

说着，他推开了女儿，朝门外走去。

这时，格罗莉娅似乎明白了什么，她一步赶上来，拉住卡特诺，并且抱住了他，也在痛苦地啜泣着。她的全身在不停地颤动、抽搐，就像卡特诺的女儿康妮一样，似乎比她还要伤心。

卡特诺这时也抱住了她，在她的肩上拍了拍，然后用力把她推开。

他的女儿、妻子都怒火中烧地看着这一切，只有他的女婿无动于衷地看着。这时，他怀中的女儿不知怎么醒了，竟"哇"的一声哭了起来。

卡特诺一听，果断地推开了格罗莉娅，走了过去，从女婿乔·卡塔拉提手中接过孩子，深情地看着这个不懂事的外孙女，在她的脸蛋上深情地吻着，几滴老泪终于落在这张粉团一样的脸蛋上，和她的泪水汇在一起往下流……

这时，乔·奥布赖恩和他的助手站在一边，看着这一幕生离死别的"室内剧"。他把手伸进风衣口袋里，摸了摸那副已经不是那么冰冷的手铐。但是，他到底没有拿出来，只是又把手抽出来，然后对卡特诺说：

"卡特诺先生，我看时间已经不早了……"

"哦，对不起。"

卡特诺一听，慌忙把外孙女递给女婿，但女儿马上接了过去。他用手很快地擦了擦眼睛，笑着对乔·奥布赖恩点点头说：

"奥布赖恩先生，我们可以走了。"他说着便朝门外走去。

尼娜夫人就站在靠门边的地方。卡特诺来到她的身边，稍微停了几秒钟。尼娜夫人终于走上前去，帮他押了押刚才弄歪了的领带。她的眼里也饱含着泪水，但没有掉下来。

卡特诺最后看了她一眼，似乎想说些什么，但嘴唇动了一下却没有出声，只是在她瘦削的肩头上拍了两下，便头也不回地走到门外，径直朝门边的警车走去。

这时，他终于听到了屋内尼娜夫人放声大哭的声音。

乔·奥布赖恩的助手打开了警车后座的门，他和乔·奥布赖恩扶持着卡特诺上了车，让他坐在他们中间。另一位助手也上来了，快速地发动了马达。

这时，乔·奥布赖恩才摸出口袋里的手铐，在卡特诺的手上碰了碰。

卡特诺一愣，马上反应过来，连忙把双手伸了过来，让乔·奥布赖恩给自己套上。他非常感谢这位"老朋友"，刚才没有在客厅里让自己在家人和朋友面前丢脸……

第十五章

群魔尽除　黑道遗患未有期

曼哈顿"教父"终于在劫难逃，花了400万美元保释后却死于副手的枪下，死后还要把脸藏在汽车的底板下。

最后剩下的是新英格兰家族，它的"教父"穷凶极恶大开杀戒，最终还是归案伏法——"头号杀手"被迫叛变，"办事处"全军覆灭。

美国五大家族虽然"寿终正寝"，但这并不是最后的结局。

1985年2月26日，纽约黑手党委员会的所有成员全部被逮捕归案。这是美国近代史上，反黑手党斗争中一次最伟大的胜利。

5月中旬，联邦法院组织了庞大的特别陪审团，对这些"教父"们进行审判。这些黑手党元凶，平均年龄为70岁，一个个都是满头白发而又老奸巨猾，许多人在黑道社会为非作歹已近半个世纪。

开庭的那一天，美国联邦法院的大门前军警密布，同时也云集着各路记者近千人。当押送这些犯人的警车开过来时，几乎被阻塞得水泄不通，摄影灯不住地乱闪。急得那些军警们只好奋力分开人群，将警车开往法院前的停车场，然后将这些犯人一个个押下车来，送到法庭的被告席上。

保释听证会在当天下午 3 点钟举行。联邦调查局总部和法庭陪审团通过一上午紧张的忙碌，已经基本上做出了决定。下午 3 点整，当这些元凶再一次被押进法庭时，法院内外又热闹了一番。许多平日趾高气扬的黑手党头目，面对记者摄影机的镜头和话筒，也不得不扭过脸去，或者用手捂住自己的嘴脸，更不要说侃侃而谈。这多少有点让这些满怀希望的记者们失望。

听证会持续了两个半小时。被告席上坐着包括布朗·卡特诺在内的九个人，他们都是纽约黑手党委员会的成员，是纽约黑道社会中的"高层领导人"。旁听席上是他们的家属和朋友，其中不乏各家族的小头目。记者席上挤得密密麻麻的，但他们却一个都没有带照相机进来，这是法庭的规定。

听证会开始后，单调的对话、冗长的术语、套话、无效的反对意见、重复的结果……让这样的过程枯燥无味。但是每一位出席者都兴趣盎然，专注而又投入。正是这种枯燥、单调而又无味的过程，让被告席上的被告和旁听席上的家属和朋友们感到，这些被告们已经陷入了深深的麻烦之中，他们在焦躁不安地等待着最后的结局。

直到 5 点 15 分，最后的结局终于明朗化。这次逮捕的九个人，没有一个被起诉，都是缴纳一定数额保释金然后释放。每个家族的头目获得自由的代价是 200 万美元，副首领的保释金是 100 万美元。但是，甘比诺家族的头目布朗·卡特诺的"身价"却翻了一倍，他需付出的保释金为 400 万美元。

这种对于一般平民阶层来说近似于天文数字的保释金，对这些

336

黑手党头目来说，却是小菜一碟，他们一个个都在保释的文件上当场签字画押，几乎连眉头都不皱一下。尽管卡特诺要签的是一张400万美元的支票，但他也毫不犹豫，在众目睽睽之下，潇洒地签下了他名字的全称，用的还是那种为人熟悉的花体字。

签字仪式进行得相当顺利，5点30分，法庭宣布，所有逮捕的九个人全部当场释放，他们全都可以回去同家人心情愉快地共进晚餐，甚至可以喝上几杯法国葡萄酒和昂贵的白兰地、人头马……顿时，就像打开了地狱之门一样，法庭内外一片喧闹。最活跃的除了这些黑手党头目的家属和朋友之外，就数那些报社、电台、电视台的记者们，今天晚上的新闻节目又有了新的内容，收视率、收听率倍增不止；明天一早的各种报纸，又将被抢购一空，因此他们还得考虑加印的数量……

布朗·卡特诺在家人和朋友的保护下，几乎是被架出了法庭，然后在大门口的台阶下，钻进了他那辆凯迪拉克。在上车的一瞬间，卡特诺无意中发现了站在台阶上的乔·奥布赖恩，这位忠实的警官正在望着自己。卡特诺向他挥了挥手，不知是向这位警官致意还是告别。

乔·奥布赖恩也举起手，朝卡特诺还礼。不过，从此以后他再也没有见到这位黑手党头目。当他们再次"重逢"时，乔·奥布赖恩见到的只是布朗·卡特诺血肉模糊的尸体。

布朗·卡特诺被保释后，他的日子并不平静。当年10月中旬，他因两起操纵盗车集团案和谋杀案受到指控。联邦调查局在收集了大量的罪证之后，再次将他收监候审。但是，这一次卡特诺又被保释，但保释的期限只有六个月，联邦法院将在1986年4月对这两起案件进行审理。那时，卡特诺将难逃劫难。

然而，就在1985年12月16日的傍晚，大约5点45分，布朗·卡特诺却在曼哈顿的一条繁华的大街上——纽约曼哈顿东区46大街的第一和第三条小巷的牛排馆门前不远处被谋杀了，同时毙命的还有他的司机兼保镖托马斯·比尔。

这是卡特诺最后一次在这有名的牛排馆用餐，几十年来，他成了这里的老主顾。老板知道卡特诺是卖肉的出身，对牛排的挑剔是带有绝对权威性的。只要是上等的新鲜牛排，又有一流的烹调技术，价钱从来是不计较的。只要吃得满意，他付的账总是超过了餐费的几倍甚至十几倍。所以，他们没有一个不愿意拿出看家的本事，来伺候这样的主儿。

这天傍晚的牛排也不例外，既新鲜又做得香酥可口，让卡特诺食欲大增。尽管他已经70岁了，但还是吃了三大块，并喝了一杯价值150多美元的波尔多葡萄酒。用过餐之后，卡特诺满意地敲着餐桌，叫来了老板，当场签下了一张500美元的现金支票，然后在老板的目送下，同托马斯·比尔一道走出了店门，上了停在门外的黑色林肯轿车。

在暮色中，托马斯·比尔开着这辆林肯轿车，径直朝46大街驶去。这时，他听到卡特诺在后座打着满意的饱嗝，并闻到了一股温馨的酒香。当车子缓缓地驶入第一条小巷和第三条小巷的交会处时，两个穿雨衣的男子出现了。他们迅速地从左右两边靠近车窗，就像躲避地面上的积水让路一样。就在接近车窗的一瞬间，他们迅速地从雨衣下面抽出两挺微型冲锋枪，朝车内一阵猛射。这种近距离的射击，效果当然可想而知。在不到一分钟内，卡特诺和托马斯各中了六枪，他们几乎还没有感到痛苦便倒在各自的座位上，鲜血流出了车外。这时，靠近路边的那个杀手从破碎的车窗中伸进手来打开了车门，把卡特诺肥胖的身躯拖了出来，对着他的脑袋给了最后一枪。随着这一声沉闷的枪响，卡特诺的脑浆迸裂，溅得车内到处都是，还有几点红白相间的浆液，飞到了那位杀手的雨衣上。卡特诺那一百多磅的尸体，就像他生前宰过的无数头牲畜那样，抽搐了两下便不动了。

事情干得干净利索，毫不拖泥带水，而且前后还不到五分钟的工夫。事情完结以后，这两位杀手不慌不忙地沿着 46 号大街，拐进了第二条小巷。小巷深处，一辆还没有熄火的汽车在等着他们。

两分钟以后，围过来几位目击者，还有两名巡逻的警察。但他们都没有发现，这两位受难者之一，便是大名鼎鼎的曼哈顿"教父"布朗·卡特诺，都认为他不过是一个可怜的白发老者。这时，卡特诺的尸体横陈在路边的水泥地上，他的两条腿像睡着的醉鬼一般伸向人行道，而他那已没有后脑勺的脸依然伏在车门口的底板下，不肯向人露出庐山真面目。

直到警官乔·奥布赖恩接到巡警的报警赶来后，才真相大白。当乔·奥布赖恩用戴着白色手套的手拖出这具尸体，翻转一看时，不由得惊叫一声：

"啊！原来是他啊！"

曼哈顿最大的黑手党"教父"的生命就这样在不经意中烟消云散了。

事后警方调查的结果表明，这是甘比诺家族内部权力斗争的结果。

时年 70 岁的布朗·卡特诺自从保释在家后，一步也离不开他那托特山豪华的庄园，离不开他的内科医生理查德·霍尔夫曼，同时也离不开经常要注射的胰岛素，更离不开他那可爱的小情人格罗莉娅。因此，年轻的家族首领和家庭成员便开始背叛他，他的副手弗兰基·德西科用这最后的一招，结束这位至高无上的统治者的衰老多病的生命，然后取而代之。他担心如果在 1986 年 4 月开庭审判时，这位"教父"如果受不了监狱之苦，说不定还会给整个家族带来更大的麻烦。

于是，布朗·卡特诺就这样结束了他的一生。

在他去世之后，尽管他的葬礼比任何去世的头目都要隆重，但他的家族却从此处于分崩离析的动荡之中。他留下的一大堆关于他的档案，依然存放在联邦调查局总部保密室的第二十五个文件密柜中；他那座豪华的托特山庄园，依然耸立在纽约城最高的山上，俯瞰着那座雄伟的维拉扎诺大桥……但是，几年以后，那不可一世的纽约五大家族之首的甘比诺家族就不复存在了——存在的只是一些继续为非作歹的散兵游勇，他的副手弗兰基·德西科并没有好梦成真，再现他的辉煌。

布朗·卡特诺的去世让世界震惊，更让美国黑道社会震惊。他们所有活着的成员都意识到，同样的灾难将会随时降临到他们的头上。

到这时，在美国黑手党五大家族当中，就只剩下了新英格兰家族了。但这时的新英格兰"教父"雷蒙德，也感到美国黑手党的末日为期不远了，他的办事处也开始玩不转了。近几年来，许多不如意的事情一件又一件地包围着他，让他焦头烂额。

第一件不如意的事便是"泛美信贷公司"所引起的。

前文已经说过，"泛美信贷公司"是波士顿"教父"特里萨在波士顿的汉诺威大街同乔治·卡塔尔开办的一家信贷公司。这家公司其实是黑手党在波士顿的一家地下银行，既方便黑手党敲诈勒索，也为特里萨和卡塔尔赚了不少的钱。所以，这家公司让雷蒙德和塔梅莱奥很眼红。

在公司开办时，卡塔尔投资了 20 万美元，特里萨利用的是自己在波士顿的势力，做的是无本生意。另外一个投资者表面是卡塔尔原来的老板莫迪卡，实际却是雷蒙德和塔梅莱奥。因为这家公司是在新英格兰家族的三号头目安朱洛的地盘上开办的，这对安朱洛的生意无形中是一个很大的威胁，因此，作为新英格兰家族一号头目的雷蒙德和二号头目塔梅莱奥，当然不好明目张胆地去侵犯安朱洛的利益。于是，便把钱"借"给莫迪卡，让他去公开投资。莫迪卡曾是波士顿一个老资格的黑手党人，有着很高的威望和牢固的社会基础。雷蒙德和塔梅莱奥就给了莫迪卡 30 万美元去投资，而自己则在暗中坐收渔利。

雷蒙德和塔梅莱奥当时还以为这件事办得天衣无缝，心里很是得意。但是没有多久，他们却发现自己上了当。

原来有一天，安朱洛来罗得岛办事，同这两位头目谈起泛美信贷公司的事。他认为特里萨和卡塔尔这样做，妨碍了他赚钱，断了他的财路，表现出一种非常不满的情绪——因为他根本就不知道，这家公司的股份当中，也有雷蒙德和塔梅莱奥的家当。如果安朱洛知道了这其中的内幕，恐怕即使是借十个胆给他，他也不敢这么说。因此，他想到雷蒙德和塔梅莱奥这里讨个公道。

谁知雷蒙德和塔梅莱奥听安朱洛这么一说，不仅不支持安朱洛，反而为特里萨和卡塔尔说话，并教训安朱洛不要太霸道了，好处都想一个人得。

对于这种教训，安朱洛当然不能理解，更不能接受。明明是自己受了损失，反而说是自己想得好处，他当然不满。于是他便气愤地说：

"我哪是想得什么好处，真正得好处的不是别人，而是特里萨，难道你们连这一点都不明白了？"

雷蒙德说："特里萨得了什么好处？他付出了几十万美元的本钱，当然要赚回他的利益，这是天经地义的事，哪个人办公司不想赚钱！"

安朱洛一听，突然笑了起来，大声说：

"没想到大老板今天也糊涂到这种程度。"

雷蒙德一听，更不解其中的缘故，便问：

"我怎么糊涂，难道我说错了吗？"

安朱洛说："你说的是不错，办公司当然要赚钱。但是我可要告诉你，特里萨做的可是无本的生意，他一分钱都没有出，所有的本钱全是卡塔尔和莫迪卡的。难道你们连这一点都不清楚吗！"

安朱洛的话对雷蒙德和塔梅莱奥来说，无疑是当头一棒，他们的确没有想到特里萨要利用自己在波士顿的势力，这样玩空手道。这种空手道在别人头上玩玩也可以，可这一回竟然玩到自己头上来了。特里萨可以做无本的买卖，而我们为什么要出本钱去让他赚钱？这件事幸好还没有人知道其中的内幕，如果让圈外人知道岂不遭到耻笑？两位新英格兰家族堂堂的一号、二号头目，竟让波士顿的特里萨给耍了。

雷蒙德同塔梅莱奥一合计，便决定马上撤回给莫迪卡的30万美元的投资，同时也要同特里萨一样，空手套白狼，在泛美信贷公司中分一杯羹。于是，当天就一个电话拨到莫迪卡的家里，向他摊牌。

谁知道莫迪卡和卡塔尔的关系非同一般，他一听说这两位老板要抽回这 30 万元的投资，那么信贷公司便要关门了。在这种情况下，他的感情的天平便向卡塔尔一方倾斜了。他自恃自己曾是当地黑手党的元老，便倚老卖老，居然不买雷蒙德和塔梅莱奥的账，拒不答应抽回这 30 万美元。

　　这样一来，雷蒙德和塔梅莱奥便迁怒于莫迪卡了。

　　经过几次交涉，莫迪卡不但拒不执行这两位头目的命令，反而责怪他们出尔反尔。这时，雷蒙德和塔梅莱奥都感受到自己的权威受到了挑战，决定对这位顽固的莫迪卡进行报复。不然的话，他们今后在新英格兰地区就无法发号施令。

　　到底如何进行报复呢？

　　雷蒙德同塔梅莱奥商量了半天，都无法找出一个师出有名的理由。常言说"姜还是老的辣"，此话果然不假。最后还是这位老谋深算的塔梅莱奥献上了一条"锦囊妙计"。

　　塔梅莱奥说："这件事解铃还得系铃人，既然是安朱洛挑起来的，还得叫他去摆平。"

　　"怎么个摆平法？"雷蒙德问。

　　"信贷公司中不是有一位叫洛奇的年轻人嘛。此人据说是莫迪卡的表弟，我们就叫安朱洛去把这个洛奇杀掉。"

　　"你简直是说笑话。安朱洛即使再蠢，也没有蠢到这种地步，他会无故地去杀一个人吗？而且还是莫迪卡的表弟。"

　　雷蒙德似笑非笑地摇了摇头说："此议不妥，不是个好主意。"

　　但是，塔梅莱奥却十分自信地说："我有办法叫安朱洛去干。"

　　"你有什么办法？"

　　"首先，我向安朱洛说明，那 30 万元不是我们投资的钱，而是我们借给莫迪卡的钱。其次，我再向安朱洛说，莫迪卡现在已经还不上我们的钱了，原因是他的表弟洛奇在公司中挥霍无度，花了大量的钱，快把那30万美元花光了。因此，我们只有请安朱洛你出来，把那个小子干掉，否则，到头来我们一分钱都要不回。"

"我看尽管如此，安朱洛也不会这么听话。"

"他会干的。"塔梅莱奥很自负地说，"由于这家公司侵犯了他的利益，他巴不得这家公司今天就垮台。他这样一做，莫迪卡只有两种选择，要么马上把我们的钱抽回来，要么让他的表弟真的去死。然而，无论是哪种选择，这家公司都无法维持下去，而这种结果正是安朱洛所希望得到的。既然如此，安朱洛为什么不愿干呢？他既是帮了我们，而实际上也是帮了他自己。在我们、安朱洛和莫迪卡三者之间，这是二比一的关系。二比一，这着棋必赢不输，你说呢？"

雷蒙德认真地想了想，最后不得不点了点头。他不由得对塔梅莱奥说："行！还是你有办法。"

谁知塔梅莱奥的这条"锦囊妙计"，却在安朱洛面前碰了个钉子。

第二天，当塔梅莱奥对安朱洛如此这般游说了一番之后，安朱洛的回答却是这样的：

"您的话我听明白了，塔梅莱奥。但是，我还得去问问莫迪卡才行。"

塔梅莱奥一听，几乎怀疑自己的耳朵出了毛病，听错了。他连忙说：

"安朱洛，你怎么可以这么糊涂，你去杀他的表弟，还要去问他！"

"我怎么不要去问他，因为我是去帮你们要回这30万美元，因为我是去杀他的表弟啊！因为……"

"慢，难道你就没有什么好处吗？难道你就不希望这公司倒闭或也从公司中得到一份吗？"塔梅莱奥连忙打断安朱洛的话说。

"塔梅莱奥，如果我真的照你和雷蒙德的话去做，我除了欠一条人命之外，得不到任何好处。因此，我只有去问一问莫迪卡再说……"

"混账！"塔梅莱奥不由得大骂一声，恨恨地对安朱洛说，"你难道不想想，在新英格兰，到底谁是老大！"

"我看这很难说。"安朱洛不卑不亢地说。

塔梅莱奥没有兴趣再同安朱洛谈下去了，他没有想到事情会弄成这样。

然而事情到这里还没有完结——

几天以后，安朱洛把这两位头目的企图告诉了莫迪卡，他担心以后雷蒙德和塔梅莱奥恶人先告状，说自己要谋害他的表弟。他也不敢得罪莫迪卡。

莫迪卡听安朱洛这么一说，气得暴跳如雷。他马上驱车来到雷蒙德的办事处，对雷蒙德和塔梅莱奥捶着桌子大声吼：

"我要求得到尊敬！"

雷蒙德这时也顾不得什么尊严了，也大声地喊道："尊敬？你要求得到什么样的尊敬？你的表弟洛奇在公司挥霍我的钱财，你还来这里要得到尊敬？给我滚出去吧，老家伙！"

"不！不——"莫迪卡大声吼道，"雷蒙德你不要这样对我说话！要杀掉我的表弟，这是万万不可能的！你办不到！"

"滚出去吧！莫迪卡，你找塔梅莱奥去，从此不要让我再见到你！"

雷蒙德完全是一副中世纪暴君的样子，往日的那种"教父"的风采已荡然无存了。他感到他的权威不仅仅是受到了挑战，而且是遭到了践踏。

从此，雷蒙德再也不理睬这个老资格的黑手党元老了，但他的威望也从此开始下跌。

为了在新英格兰地区树立自己绝对的权威，雷蒙德从此不惜采取一切手段，大开杀戒，排斥异己。1969年特里萨在汤森德地方监狱向联邦调查局自首之后，雷蒙德的性格更是变得暴戾无常。他不但向黑手党委员会建议，对特里萨这个叛徒进行全球性的追杀，而且宣布要以50万美元的高价，去买特里萨的头颅。他这种做法多少有点令黑手党人心寒，因为知情人都清楚，特里萨的叛变，完全是被黑手党人逼的。

波士顿家族溃散之后，雷蒙德又趁机收拾了新英格兰地区的另一个帮派组织——爱尔兰黑手党。

在20世纪70年代前后，爱尔兰黑手党是一个不可忽视的帮派组织，其中有两大黑道势力——查尔斯顿的伯纳德·麦克劳林派和温特·希尔的詹姆士·麦克利安派。这两大帮派是爱尔兰黑手党的中坚力量。

1971年，这两个帮派中的两个浑小子，为了一个女人争风吃醋，结果大打出手，导致了帮派之间大战。在这场持续几个月的大战中，有据可查，能找到尸体的死亡者就有四十八人之多，而那些"失踪"和找不到尸体的远远不止这个数字。

一开始，雷蒙德对爱尔兰黑手党内部的自相残杀并不关心，但是到后来，他却公开地介入了。因为他觉得这是一个消灭爱尔兰黑手党的好机会。于是，他开始支持麦克利安。这不仅仅因为麦克利安对他和塔梅莱奥都很尊敬，平时合作也很愉快，更主要的是，在两派的内战当中，麦克利安派明显地占了上风。因此，雷蒙德便阴险地落井下石，利用麦克利安派的势力，先将麦克劳林派彻底打垮，然后再收拾麦克利安。

由于麦克劳林派在内战中失利，他们被迫放弃波士顿南区的地盘，于是，麦克劳林派便对整个波士顿地区发动全面的袭击，以此来发泄内心的不平。他们袭击了波士顿的马场和夜总会，使平日红红火火的赛马赌博和博彩生意都一片萧条。而这种结果，却给新英格兰家族三号头目安朱洛带来了极大的危害，因为他的大部分生意都在波士顿。

安朱洛这时只好求助于雷蒙德，请他出面调解。雷蒙德尽管对安朱洛的某些做法（如前面的"泛美信贷公司"一事）不满，但在这样的问题上他还是毫不含糊，命令他的二号头目塔梅莱奥负责对爱尔兰黑手党的两派进行了调解，让他们停止对波士顿地盘的争夺，因为安朱洛光在彩票生意一项中，就亏损了8万多元，其他的生意更是损失惨重。

通过多方的努力，塔梅莱奥终于同麦克利安和麦克劳林两人联系上了，决定在落潮夜总会进行谈判，塔梅莱奥充当他们的中间人。对于这个决定，双方都表示同意。因为谈判的双方，都认为塔梅莱奥是一位比较公正的人，在谈判时，他不会袒护任何一方，他只是希望双方能早日结束这种流血的争斗。

谈判的日期定在下周的星期二。

到了星期二那一天，麦克利安老老实实地带着几位兄弟，提前五分钟来到了落潮夜总会，等待另一方的谈判代表的到来。在规定的时间内，麦克劳林也带着几位兄弟进来了，但他们进来时，每个人手里都拎着一个纸袋。中间人塔梅莱奥很奇怪，他问麦克劳林：

"那里面装的是什么？"

"我们的枪……"麦克劳林期期艾艾地说，"有这些家伙在这里，我们不能空着手来这儿，他们会……"

"胡说！"塔梅莱奥一听火冒三丈，在桌子上狠击一掌，大声说，"你们都带着枪来，这是来谈判吗？如果真是这样，那你们就都到马路上，互相开枪好了！"

塔梅莱奥觉得自己受到了侮辱，便怒气冲冲地离开了现场，马上开车回到了普罗维登斯，把情况告诉了雷蒙德。他说：

"麦克利安是愿意进行和谈的，但是，麦克劳林那家伙要动武。"

"好啊！"雷蒙德一听，马上大叫起来，"这是他们自取灭亡。麦克劳林想动武，那就叫他尝尝动武的滋味。"

雷蒙德正愁找不到借口，现在机会来了，他怎么能放过呢！于是，他马上命令巴博扎组织一支人马，去麦克劳林的总部，正式对他们宣战。

雷蒙德对巴博扎说："只要认准了是麦克劳林派的，不管什么人，都给我打死，一个都不要放过！"

巴博扎现在是雷蒙德办事处的头号杀手。他得到这个命令后，立即带领二十多位枪手，持一色的冲锋枪，开着两辆装甲汽车，杀气腾腾地朝麦克劳林的总部冲去。

麦克劳林见塔梅莱奥拂袖而去，知道事情有些不妙，回来之后便没有敢再回总部。所以，当巴博扎带着枪手杀到麦克劳林的总部时，里面空空如也。巴博扎本想大开杀戒，没想到扑了个空，心里很不舒服，便命令带来的这些枪手，将总部内的桌椅、文件柜、电话、打字机等一切东西悉数砸毁，将麦克劳林的总部搞得像飞机轰炸了一样，才开着车子回去复命。

捣毁了麦克劳林的总部之后，雷蒙德还不甘心，他的目的是要借此机会，将麦克劳林派一网打尽。于是，他再次命令新英格兰帮的杀手们，对麦克劳林派的党徒进行大规模的追捕，要将他们在新英格兰地区斩尽杀绝，一个都不留。

到 1972 年 10 月 20 日前，麦克劳林派所有的成员都成了惊弓之鸟，没有被打死的也都纷纷逃到了纽约、洛杉矶，甚至国外。就在这一天，麦克劳林本人在西罗克斯伯里的斯普林大街上仓皇地走过，结果被巴博扎发现了。他毫不犹豫地追上前去，用一支特制的大口径手枪，将他击毙。

到这时为止，麦克劳林派基本上被剿除了。

麦克劳林派覆灭之后，雷蒙德的阴谋并没有结束。这时，他又开始了收拾麦克利安派的行动。但是，没有等新英格兰帮动手，麦克利安派就瓦解了。

在麦克劳林被击毙十天后的 10 月 30 日中午，麦克利安从萨默维尔百老汇大街的一家旅馆里出来，刚钻进他的汽车，就被麦克劳林派中的一个漏网分子史蒂夫·休斯窥见了。于是，休斯马上掏出大衣下的自动步枪，站在议会大厦剧院旁的台阶上向麦克利安射击。麦克利安还没有来得及还击，就连中三枪倒在他的汽车旁边。一颗子弹穿透了他的左胸，结束了他的生命。

休斯是麦克劳林派中最残暴的杀手之一，同时也是一个很有头脑的人。他在这近一个月的逃亡中，能一次又一次地躲过新英格兰帮和麦克利安派的追捕，可见他是非同一般的党徒。

史蒂夫·休斯的出现，再次引起了雷蒙德的重视，他下令不惜一切代价将休斯捕杀。终于在近一年后的 1973 年 9 月 23 日，休斯遇到了新英格兰帮的头号杀手巴博扎。

这一天，休斯正乘坐 114 路车去马萨诸塞州的米德尔顿，结果在波士顿的三松饭店附近被巴博扎发现了。这位嗜血成性的头号杀手马上追上去朝他开火。巴博扎当时使用的是一支特制的高级手枪，这支手枪中发射出的子弹，完全可以穿透装甲车的钢板。碰上了巴博扎这样一个克星，休斯真是在劫难逃。他被巴博扎在车窗上瞄准了，子弹穿过车厢的挡板，将休斯当场打死在座位上。巴博扎用的是国际上禁止使用的汤姆弹，所以子弹穿透休斯的胸部时炸开了，把他的前胸炸开了一只比茶杯还要大的洞。

如果休斯没有死去，爱尔兰黑手党未来的领袖非他莫属，但是他却等不到这一天。

随着麦克劳林、麦克利安和休斯等人的先后死去，爱尔兰黑手党终于全军覆灭了，雷蒙德剿灭爱尔兰黑手党的计划到此已圆满实现。

在这次残杀当中，新英格兰帮的头号杀手巴博扎果然"名不虚传"，他杀人最多，为雷蒙德立下了汗马功劳。

但是，也正是这位战功卓著的"功臣"，给雷蒙德带来了灭顶之灾，并导致了整个新英格兰帮的覆灭。

在纽约黑手党委员会全部伏法，黑手党"教父"卡特诺毙命之后，联邦调查局和美国警方又把打击黑手党的矛头指向新英格兰地区。

1986 年 10 月 6 日，也就是在联邦调查局准备实施打击计划的前一个礼拜，波士顿市地方警察局竟意外地捕获了新英格兰帮的头号杀手巴博扎和他的三名同伙，并在他企图逃跑的车中发现了一支填满了子弹的军用机枪和他那支特制的重型手枪，另外还有三支自动步枪。

巴博扎的落网给了联邦调查局一个意外的收获，为实施对新英格兰地区黑手党的打击打开了一个决定性的缺口。

巴博扎被捕之后，雷蒙德准备进行营救。当时，雷蒙德想通过一个朋友担保，把巴博扎营救出来。但是，巴博扎是一个血债累累的头号杀手，保释他出来要花一笔很大的钱。通过有关方面私下向地方法院打听，巴博扎当时的保释金大约要 10 万美元。

雷蒙德听到这个价钱之后，便开始打退堂鼓，不想花这么大的代价去营救这么一个头脑简单、性格粗野、只会杀人的有勇无谋之辈。因此，他迟迟不与地方检察官和地方法院联系。

雷蒙德的这种想法虽然没有对任何人说，但是，他的行为已经告诉了所有的人。于是，巴博扎原来行动小组中的两位得力的助手，也是已博扎的好朋友汤米·德普里斯科和阿瑟·布拉斯便决定承担这个义务，自己动手，想办法凑齐 10 万美元，将自己的头目和朋友保释出来。他们对雷蒙德这种做法表示极大的不满。

为了弄到这笔钱，汤米和阿瑟两个人并没有去找雷蒙德，也没有去找办事处的其他头目如塔梅莱奥和安朱洛等人，而是自己动手开始持枪抢劫。他们开始在波士顿和周边地区抢劫银行和夜总会，对马场的赛马经纪人进行敲诈勒索。顿时，波士顿地区的社会治安又坏到了极点，安朱洛的生意也受到了损失。

有一次，汤米和阿瑟持枪来到波士顿北郊的一家夜总会，冲进去用枪逼着夜总会的老板拉尔夫说："拿出你的所有的钱，让我们去把巴博扎保释出来。"

拉尔夫却笑着说："朋友，请别开玩笑，巴博扎跟我有什么关系，要是安朱洛倒差不多。我们可是一个子儿也不给你们。"

汤米一听，气得大叫起来："混蛋，不拿钱出来就掏光你的口袋！"

"你敢！"

拉尔夫由于有安朱洛为后台，并不把巴博扎的这两个朋友放在眼里。谁知站在一边的阿瑟马上掏出手枪，对拉尔夫连连射击，把他打倒在地上。然而就在这时，拉尔夫手下的保镖也开枪了，几支手枪一齐开火，结果把阿瑟和汤米都打死了，而拉尔夫并没有丧命。

拉尔夫的保镖把阿瑟和汤米打死之后，还抢劫了他们的口袋。事后有人说，这两个人已为保释巴博扎筹集了7万多元，也许对这家夜总会抢劫是他们最后的一次"筹集"。但拉尔夫始终不承认汤米和阿瑟有这么多钱。

拉尔夫的人把汤米和阿瑟打死之后，还把他们的尸体运到落潮夜总会的那条街上，吊在路边的电线杆上示众。这一下，可惹出了大乱子，整个波士顿一片哗然。

首先是警方发出警告。地方检察官加里·伯恩马上对记者说，巴博扎的保释金现在不是10万，而是20万。如果他的手下人还要这样干，那将起诉他，让他在监狱中度过后半生。

其次，巴博扎非常愤怒。他在拘留所听到这个消息后，马上传出话来，只要他出来，首先就干掉拉尔夫，炸平他的夜总会，并把他的后台安朱洛也杀死。

雷蒙德听到这个消息之后，便决定不再去营救巴博扎了，尽管他以前为自己卖过命，立下过汗马功劳：一是要20万的保释金，他舍不得花这笔大钱；二是巴博扎一旦保释出狱，会给安朱洛造成威胁，甚至会威胁到整个办事处，这无疑是引狼入室。

同时，雷蒙德还担心巴博扎会越狱出来，找安朱洛和他们算账。对巴博扎来说，越狱是轻而易举的事。因此，雷蒙德马上同塔梅莱奥和安朱洛商量：一是派安朱洛马上去新泽西州的朋友那里，搞一些霰弹枪和特制手枪来对付巴博扎；二是叫塔梅莱奥把办事处的几十名杀手全都安排到巴博扎以前经常出没的夜总会、酒馆、赌场和他的住处，只要一发现巴博扎的影子，就把他打死；三是不要与地方检察官和法院交涉保释的事宜，让巴博扎长期在拘留所关下去；更狠毒的一招是，雷蒙德试图收买拘留所的看守和牢里的其他黑手党徒，想将巴博扎在拘留所干掉。

雷蒙德和他的办事处对待巴博扎的这种态度，无疑是犯了一个致命的错误。他不仅把自己那种过河拆桥的嘴脸暴露无遗，更主要的是让其他的黑手党人心寒。大老板对巴博扎这样的"有功之臣"都如此，那对其他的小喽啰更不用说了。因此，许多人开始动摇，新英格兰帮内部开始众叛亲离。

最后真正对新英格兰帮和雷蒙德造成威胁的还是巴博扎。

当巴博扎在牢里对拉尔夫和安朱洛骂娘时，他听到了一个更令人愤怒的消息：雷蒙德、塔梅莱奥等人不仅不营救他，还要派人谋杀他！

这个消息对巴博扎来说，无疑是一个晴天霹雳。想到当时自己为他们冲冲杀杀，两肋插刀，如今却得到了这样的待遇。巴博扎现在没有其他的选择了，唯一的出路就是投降——向联邦调查局告密，把雷蒙德和他的办事处的老底、把新英格兰黑手党家族的老底向警方和盘托出，把这些不仁不义的家伙一锅端。

但是，巴博扎又很快否定了自己的决定。他平生最恨那些告密的人，他自己也不想做那样的人，他只是想出去。出去后洗手不干，除此别无他求。

于是，1987年的一天，巴博扎在狱中偷偷地写了一封信，请人送给雷蒙德。他在信中说：

"……我对汤米和阿瑟两人所干的一切不负任何责任，我从来都没有指使他们这么干，我为我在这里所说的一些话感到遗憾。对于拉尔夫所说的那些话，我同样感到遗憾，因为我当时实在是失去了控制……我现在唯一的希望就是，请你们把我从这里救出去……我还有一些钱，我出去之后，让我同我的妻子和孩子走得远远的，到南方、加州西部甚至巴西或南非都行。我可以向你们保证，从此以后你们再也听不到我的消息，甚至看不到我的影子。我不会再惹你们或其他人生气。但是，我要请求你们让我活下去——不是因为我过去所做的一切，而是看在我的孩子，还有妻子的分上……"

巴博扎在这封信中，表现了一种忏悔的态度和常人的心态。但是，他的信并没有打动雷蒙德和塔梅莱奥，更没有打动安朱洛。

看过信后，雷蒙德说："我不相信这是他说的话，他永远不会说出这样的话。"

塔梅莱奥说："我们还是做件好事吧，让他出来。等他出狱后还不清醒，再把他干掉。"

安朱洛一听，大叫起来："不行，无论他是出来了还是在监狱里，我都要想办法把他干掉，这家伙出事之后，让我一直提心吊胆地过日子。这卑鄙的东西，他骂我搞同性恋，我要报复他。"

安朱洛不仅在办事处这么说，而且还对巴博扎的一个朋友说，叫他转告巴博扎：

"你对巴博扎说，不管他在里面还是在外面，他都活不长久，这是办事处的决定，是头儿雷蒙德亲口对我说的。"

这位朋友把安朱洛的话如实地带给了巴博扎。巴博扎彻底绝望了，三天以后，他开始向警方坦白交代了雷蒙德和办事处的一切内幕，尽他所知……

巴博扎告密的消息很快就传到了罗得岛的办事处。这时，雷蒙德和他的副手决定孤注一掷，在自己进监狱之前把巴博扎干掉。但是他的决定只得到三号头目安朱洛的支持，二号头目塔梅莱奥不再管这些事了——在末日到来之前，他开始堕落。他要利用最后的时光，"享受一下人生"。

于是，塔梅莱奥尽管已80来岁，但他仍然放下一位白发老者的架子，频频出入夜总会和妓院，常常用金钱和手枪勾引和威逼20岁以下的女孩子同他上床。他开始尽情地享受那种许多人所迷恋的"白发红颜"的生活。他完全变成了一个名副其实的色狼，不到一个月，就有几十个女孩子被他糟蹋了，但这个变态的老头还继续乐此不疲……

在塔梅莱奥及时行乐的同时，雷蒙德和安朱洛则在一次又一次地筹划谋杀巴博扎的计划。这时，他们以重金雇了一位来自费城的杀手凯利，由他组织一伙人专门对付巴博扎。雷蒙德给凯利的奖金是20万美元，这恰好是保释巴博扎所需要的数目，但他宁愿用这笔钱去买一具巴博扎的死尸。

联邦调查局得知这一情况之后，立即把巴博扎转移到马萨诸塞州的州监狱，并组织了一支由二十名防暴警察组成的"卫队"，专门负责巴博扎的安全。后来，警方还把巴博扎的妻子和孩子都接了来，让他同家人在一起生活。在一年多的时间内，警方把巴博扎一家转来转去，不停地变换监禁的地点以防不测。

1988年9月，在凯利的暗杀小组追杀得很紧的时候，警方把巴博扎和他的家人送到离格洛斯特海岸50公里远的一座海岛上。这个地方是一座孤岛，叫撒切尔岛，是大西洋中的一座老灯塔站。这个灯塔如今已经荒废了，只留下一个堡垒似的塔座。塔座中间是空的，大约有 8 平方米见方，巴博扎一家人就住在这里。塔座周围是巨大的岩石和陡峭的崖岸，海浪就在崖岸下汹涌澎湃。岩石中有两个天然的溶洞，被当年的灯塔建筑者辟成了两个房间，警方的防暴警察就分别住在这两个岩洞里，日夜守护着塔座中的巴博扎一家。一条摩托艇一天一次往返 50 公里的大西洋的风浪中，送给给养。

当凯利得知巴博扎被转移到撒切尔岛之后，他立即建议雷蒙德买了一条豪华游艇。在风平浪静的日子里，凯利就组织一伙游客到游艇上打牌赌钱。凯利和他的手下都是赌场的高手，在前后近两个月的时间内，他在这条游艇上挣了 15 万美元。除去还给雷蒙德 11.2 万美元之外，他还赚了一条游艇和几万美元。

赌钱不是凯利的目的，他的最终目的是利用这种形式接近撒切尔岛。在这条游艇的后舱有一间特制的房间，彩色的油漆里面镶嵌的是驱逐舰上用的装甲钢板。几个外人无法发现的孔洞中有两架望远镜，另外的孔洞则是配有瞄准仪的远程机枪，一共有五挺，每挺机枪里面都随时填着可以穿透装甲车钢板的霰枪弹，这是安朱洛从新泽西专门为对付巴博扎买来的。

这个房间每天二十四小时都有凯利手下的杀手轮流值班，他们和在游艇中间赌钱的凯利都配有对讲机。凯利给他们的任务是，密切监视前面的那座孤岛，只要一发现巴博扎的影子就开枪。能活捉他就更好，万一不能活捉就把他打死。

但是，二十多天过去了，凯利的计划始终没有实现——原来，联邦调查局在发现撒切尔岛海面出现了这艘游艇之后，便知道其中有名堂。于是，一个礼拜之后，他们又把巴博扎一家偷偷地用一架水上飞机运走了。至于转移到什么地方去了，凯利和雷蒙德一直被蒙在鼓里。直到他们同时被联邦调查局逮捕之前，才知道巴博扎一家转移到格洛斯特海峡中另一座海岛上去了。那里有一座富人的庄园，巴博扎一家就在这庄园中住下来了。

尽管这时雷蒙德和凯利等人得到了这个消息，但已经来不及有什么动作了。

1989年4月的一天深夜，联邦调查局突然出动了几十辆装甲车和几百名军警，包围了罗得岛办事处，将新英格兰家族的大小头目一网打尽。

在这些被捕的头目中，唯独没有塔梅莱奥。原来在这次行动前的三个月前的一天，塔梅莱奥已死在落潮夜总会二楼的卧室里。这天他正逼几个一丝不挂的女孩子在做"群体性游戏"，结果把这几个女孩子逼急了。其中一个女孩子在同他口交时，含着眼泪，愤怒地一口咬下了塔梅莱奥那条再也无法勃起的阴茎，痛得他在地板上打滚。旁边的几个女孩子便一拥而上，拔光了他头上的白发，最后连掐带卡把他弄死了……

塔梅莱奥的一生就这样结束了。

雷蒙德、安朱洛和他手下的二十几个大大小小的头目被捕后，分别被关在远离波士顿的亚特兰大监狱。

三个月之后，联邦法院在波士顿举行法庭听证会，对雷蒙德等人进行审理。在法庭上，巴博扎终于露面了，他站在配有防弹玻璃罩的证人席上，为新英格兰地区黑手党的"教父"和头目们的罪行作证。

此时，这位昔日的杀人魔头，几乎变成了一位文质彬彬的学者，他在作证的同时也承认了自己的罪恶。

听证会以后，罗得岛办事处的所有的黑手党头目都被正式起诉。经过审理，所有的头目都被判处八至十年的监禁。安朱洛的刑期也是十年，理由是他向法庭保证：无论是在服刑期间还是刑满之后，他都要对巴博扎一家的安全负责。

唯有雷蒙德的刑期是十五年——他出生于 1908 年 3 月 17 日，到判刑时他已经 81 岁。即使他能在亚特兰大监狱中蹲满他十五年的徒刑，他出狱时已经是 96 岁了。所以法庭没有必要要求他对巴博扎及其家人的生命负责。

美国黑手党五大家族中的最后一个神话就这样破灭了。但是，这并不能证明：在美国这片土地上，在人类现代社会中黑手党人从此绝种了。

黑手党，现代人类社会中一个永远无法消失的话题。